초정 박제가 문학 연구

초판 1쇄 인쇄 2004. 12. 13.
초판 1쇄 발행 2004. 12. 18.

지은이 정일남
펴낸이 김경희
펴낸곳 (주)지식산업사
       서울시 종로구 통의동 35-18
       전화 (02)734-1978(대) 팩스 (02)720-7900
       한글문패   지식산업사
       영문문패   www.jisik.co.kr
       전자우편   jsp@jisik.co.kr
                jisikco@chollian.net
       등록번호   1-363
       등록날짜   1969. 5. 8.

책값   15,000원

ISBN 89-423-4033-4 94810

이 책을 읽고 지은이에게 문의하고자 하는 이는
지식산업사 전자우편으로 연락 바랍니다.

슬벗한국학총서 3

초정 박제가 문학 연구

정 일 남

지식산업사

책을 내면서

2001년 5월의 어느 날, 성균관대학교 600주년 기념관 4층 복도 벽에 손바닥만한 게시문이 나붙었다. 바로 '솔벗 한국학 연구지원공고'였다. 솔벗재단의 한국학 연구 지원대상으로 선정될 경우, 500만 원의 연구비를 받을 수 있다는 내용이었다. 경제여건이 어려운 처지에서 공부하던 필자에게는 그야말로 커다란 유혹이 아닐 수 없었다. 혹시나 하는 마음에 연구계획서를 만들어 솔벗재단에 우편으로 보냈다. 얼마 안 가서 지원대상에 선정되었다는 소식이 날아왔다. 귀를 의심하였을 정도로 기뻤다. 나중에 알게 된 사실이지만 전국에서 40여 명이 신청한 가운데서 필자를 포함한 15명만이 선정되었던 것이다. 학문의 길에 들어서서 처음 느껴본 흥분이었다. 솔직히 말하자면 '나도 학문 연구로 살아갈 수 있구나' 하는 자긍에 가까운 생각까지 해보았다. 연구기한은 2년이어서 시간은 충분했으나, 본래의 연구테마가 책으로 출간되기에는 마땅치 않았으므로 재단의 동의를 거친 뒤 본 테마와 관련이 밀접한 필자의 박사학위논문을 다듬어 제출하기로 했다.

그런데 선택된 15편의 테마도 원고가 완성된 다음 모두 출간되는 것은 아닌데, 다만 그 가운데서도 우수한 논문 3편 정도만이 최종 선정되어 책으로 나온다는 것이었다. 필자의 논문은 거듭 운이 좋아 결국 오늘과 같이 출간에 임하게 된 것이다. 실로 감개무량하다. 특히 해외동포임에도 내국인과 동등한 자격으로 논문을 접수하고 심사하여 선정해주신 솔벗재단의 이온규 선생님 및 심사위원 여러분들에게 고마운 마음 그지없다.

초정 박제가(楚亭 朴齊家)에 대한 관심은 그의 독특한 개방적 사유, 곧 '열린 생각'에서 비롯되었다. 초정의 열린 생각은 '상대가 나보다 못하거나 원수라 하더라도 나보다 나은 것이 조금이라도 있다면 그에게서 배워야 한다'는 자세에서 출발한다. 이러한 마음가짐에서 형성된 초정의 열린 생각은 혁명적이면서도 과학적이다. 초정은 농업과 상업, 실(實)과 허(虛), 고(古)와 금(今) 등의 관계를 변증법적으로 사고했다. 그는 조국이 중국뿐만이 아니라 점차 많은 나라들과 통상(通商)하여 더욱 부강해지고 사람들의 고루한 의식을 갱신하기를 바랐다. 이러한 열린 생각은 또한 문학론의 바탕을 이루고 있는바, 초정의 안목에는 하늘과 땅 사이의 모든 것이 시(詩)였다. 그리고 왕희지(王羲之)나 두보(杜甫)만 배우는 자의 작품은 결코 뛰어나지 못할 것이라고 하면서, 초정은 이들뿐만 아니라 고금의 많은 문인들을 배워야 훌륭한 작품을 산출할 수 있다고 보았다. 실제로 자신의 시론을 창작을 통해 직접 실천하기도 했다. 중국에서 그를 비롯한 사가(四家)의 시선(詩選)이 출간될 정도로 초정은 나라 안팎에 시화(詩畵)로 명성이 높았던 것이다. 이러한 업적들은 타고난 자질을 바탕으로 이루어진 것임을 부인할 수는 없지만, 무엇보다 열린 생각의 산물이라고 말하지 않을 수 없다. 열린 생각을 근본으로 하는 초정의 실학사상이 당시 사회 전반에 걸쳐 실행되었더라면 그 뒤에 닥쳐올 수난의 역사를 모면했을지도 모른다. 그는 평화 시기에 미래의 불측(不測)을 대비하여 부국강병을 도모해야 한다고 일찍이 주장했었던 것이다. 이렇듯 시대를 앞서갔던 초정의 사유방식은 현대인의 귀감이 되기에 모자람이 없다.

이 책은 필자의 박사학위논문을 수정하고 보완한 것이다. 책으로 출간하기까지 많은 고마운 분들의 도움이 있었다. 우선 4년간 학문적으로 이끌어주시고 졸업논문지도를 맡아주신 임형택 선생님과 성균관대학교에서 박사공부를 하도록 추천해주신 김병민 선생님(현 중국 연변대학총장), 그리고 추천에 선뜻 응하시어 필자의 입국수속 및 유학 시 학업뿐만 아니라 물심양면으로 많은 도움을 주신 김시업 선생님, 송재소 선생님, 진재교 선생님 등 학과의 여러 선생님들에게 감사의 마음을 표한다. 그동안 경제적으로 도움을 주신 양천장학회와 유학시절 함께 공부하고 여러모로 도움을 준 신두한 등 동문들에게도 고마운 마음을 전하고 싶다. 동시에 그간 가문의 일을 전담한 집사람에게도 고마울 뿐이다.

끝으로 지식산업사에서 책을 내게 된 것을 행운으로 생각하면서 관계자 여러분들에게 감사드린다. 특히 필자의 서툰 글을 바로 잡느라 심혈을 기울인 편집부의 윤동구 씨의 노고에 고맙다는 인사를 드리고 싶다.

2004년 11월 중국 연길에서

정 일 남

차 례

제1장
서 론

초정 박제가(楚亭 朴齊家, 1750~1805)는 자신과 함께 사가(四家)로 불리는 이덕무(李德懋) · 유득공(柳得恭) · 이서구(李書九)와 더불어 18세세기 조선 후기의 문학을 다채롭게 장식한 천재적인 문인이다. 서출(庶出)이 아니었더라면 그의 인생은 더욱 순탄하였을 것이고 명성 또한 더 크게 떨쳤을 것이었다. 아니, 오히려 서출이었기 때문에 그의 문학이 국제적 명성과 더불어 더욱 밝은 빛을 발했는지도 모른다.

주고받은 시편은 구름이 흐르는 듯, 샘이 솟는 듯, 비단으로 꾸민 듯, 마름을 펴놓은 듯 찬연하게 갖추고 있다.[1]

초정의 시는 미끈하기가 탄환과 같아 억지 소리나 껄끄러운 궁상맞은 소리는 없으니 과연 그의 말대로 '글이란 완전히 이루어지면 묘미가 절

---

1) 陳鱣, 〈貞蕤集序〉《貞蕤集 · 附 北學議》, 국사편찬위원회, 1961). "酬唱之篇, 雲流泉涌, 綺合藻抒, 粲然具備."

로 나온다'는 표현이 조금도 지나친 말이 아니다. 흉금이 磊落한 것이 마치 그 사람을 보는 듯하다.[2]

초정의 글은 별처럼 빛나기도 하고 조개처럼 반짝이는가 하면 글의 기운은 물에 노는 교룡과도 같다. (……) 글이 괴이하기가 온갖 것이 다 쏟아질 듯하니 참으로 천하의 기문이 아니겠는가.[3]

이상은 청(淸)의 일류 문인들이 초정의 작품에 보내는 극찬에 가까운 평가이다. 이처럼 초정은 국제적으로 호평을 받았지만, 정작 국내에서는 그다지 호의적인 평가를 얻지 못했던 것 같다. 그의 말대로 고고(孤高)한 사람과 벗하고 번화(繁華)한 사람을 멀리하여 뭇 사람들과는 잘 어울리지 않았던 데다, 특히 모가 난 북학사상(北學思想), 문체문제(文體問題) 등으로 구설수에 오르고 백안시되었으니 말이다. 게다가 한때는 정조(正祖)의 지극한 지우(知遇)를 입었으면서도 추방의 신세에 처하게 되는 비운의 결과를 맞이하고, 나중엔 "풍류도 그치고 아름다운 말도 끊긴"[4] 채로 생을 마감하지 않았던가. 하지만 그의 사상과 문학은 당시는 물론 지금까지도 여전히 빛을 발하고 있어, 그의 고결한 인격과 더불어 빼어난 선견지명과 독특한 시론(詩論), 그리고 신운(神韻)과 생취(生趣)가 흘러넘치는 시가의 특질과 매력을 규명하

2) 潘庭筠, 《箋註四家詩》(柳琴 抄, 白斗鏞 校, 京城 : 翰南書林, 1921, 성균관대 소장본), p.117. "楚亭詩脫手如彈丸, 不爲僻澁之音, 所謂文入妙來, 無過熟耳, 襟氣磊落如見其人. 頡頏四家未易定, 王盧前後也."

3) 李調元, 〈貞蕤閣詩集序三〉(李佑成 編, 《楚亭全書》, 亞細亞文化社, 1992. 上, p.11). "其爲文詞, 有粲如星, 光如貝, 氣如蛟宮水焉. 有如黯如屯, 雲如久陰. 如枯腐, 如熬燥之色焉. 有如春陽, 如華川者焉. 透迤迤逸, 有如海運, 震怒動蕩, 怪異百出者焉, 豈非天下之奇文哉!" 앞으로 본문 안에서는 【楚亭全書】, 면수】 식으로 표기한다.

4) 《楚亭全書》中, p.370, 〈祭族從兄參知公道翔文〉. "烏呼, 風流歇矣, 綺語絶矣, 考德問業今其蔑矣."

는 작업은 오늘날에도 여전히 의의가 크다고 생각한다.

그동안 철학, 경제, 문예를 포함한 여러 영역에서 박제가에 대한 적지 않은 논문이 이미 나왔지만, 그의 방대한 학문적 업적을 감안할 때 앞으로도 더욱 깊이 있고 광범위한 연구가 나올 수 있으리라 기대되고 있다. 특히 문학 분야의 연구가 더욱 요청된다. 현황을 보면, 문학 집단의 한 성원으로서 박제가를 연구한 논문들이 많은 편이고 그 성과도 크지만, 박제가의 문학만을 전문적으로 다룬 연구는 상대적으로 적었다.

박제가의 문학에 대한 주요 연구 성과들을 정리하자면, 먼저 박제가의 생애 및 사상과 관련하여 문학관이나 시를 중점적으로 거론한 논문들[5]을 들 수 있다. 그 가운데 오수경과 김경미의 작업은 초정의 생애와 교유(交遊), 미의식, 그리고 시론을 포함한 문학관과 시의 세계를 주제별로 두루 다루어 일반론적 의미에서 그의 미의식과 시론 및 시의 특질을 밝힌 초기의 연구들이다. 이 논문들은 박제가의 문학이 갖는 문학사적 위상과 가치를 나름대로 규명했다는 데 의의를 가질 수 있겠으나, 일부(미의식, 시론 등)는 더 진전되고 확장된 논의가 요청된다. 그 밖의 논문들은 단편적으로 시, 또는 시론을, 혹은 양자

---

5) 오수경, 〈초정 박제가 시 연구〉, 성균관대 석사논문, 1982.

  김무헌, 〈박제가의 懷人시 略評〉, 《淵民 李家源先生 七秩頌壽紀念論叢》, 정음사, 1987.

  최신호, 〈박제가의 문학관에 있어서의 生趣문제〉, 《聖心어문논집》, 13집, 1990.

  김경미, 〈朴齊家 詩의 研究〉, 연세대 박사논문, 1991.

  이경수, 〈박제가론〉, 《조선후기 한문학 작가론》, 집문당, 1994.

  정우봉, 〈초정 박제가의 문학사상〉, 《박제가의 학문과 사상》, 한국사상사연구회 발표문, 1997.

  안대회, 〈박제가 시의 사물·인간·사회〉, 《한국 한시의 분석과 시각》, 연세대 출판부, 2000.

  송재소, 〈實學派 文學觀 一考察〉, 《한국한문학연구》 26집, 태학사, 2000.

를 모두 다루거나 각 부분별로 나름대로 깊은 연구를 펼치고 있어 주목되기는 하나, 대부분 유기적 연관을 결여하고 있다는 한계가 있다. 그 가운데서 눈여겨볼 만한 것은 안대회와 송재소의 작업이다. 안대회의 논문은 초정의 시를 삶의 변모 단계와 연관시켜 크게 사물·인간·사회의 세 가지 주제로 집약하여 파악하고자 시도한 점이 새롭다. 그리고 송재소의 논문은 초정의 미의식과 시론을 비교적 체계적으로 다루어 이 분야 연구의 수준을 보여주고 있다. 이상의 성과는 좀더 사고의 폭을 넓히며 새로운 논의를 전개하는 데 바탕이 되는 중요한 선행 연구이다.

다음으로 사가, 또는 특정 유파의 일원으로 박제가의 문학관, 시와 시에 나타난 실학사상, 회화성(繪畵性), 청 문화와의 관련 양상, 영향 관계 등을 연구한 자료들[6]을 들 수 있다. 이들 연구는 주로 사가 및 기타 유파 성원들의 공통된 특징을 규명하는 데 초점을 모았다. 그 가운데서도 특히 김병민(金柄珉)의 저서는 중국에서 나온 연구 업적을 충실히 반영하고 있다는 점에서 흥미롭다. 비록 북학파가 갖는 유기적인 연관성에 주목하여 학파의 공통된 면모를 밝히는 데 주력했지만, 워낙 초정의 사상이나 문학이 특이하기 때문에 초정을 언급한 분량이 여느 문인들의 것보다 상대적으로 많을 뿐더러 초정의 근대의식, 곧 개방의식, 개성의 중시, 시를 통한 자유의지의 표출 등을 유파

---

6) 정양완, 《조선조 후기 한시연구─특히 四家詩를 중심으로》, 성신여대 출판부, 1983.

송준호, 〈조선조후기 四家시에 있어서 실학사상의 검토〉, 《淵民 李家源先生 七秩頌壽紀念論叢》, 정음사, 1987.

안대회, 〈백탑시파의 연구〉, 연세대 석사논문, 1987.

윤기홍, 〈朴趾源과 後期四家의 文學思想 硏究〉, 연세대 박사논문, 1988.

최숙인, 〈朝鮮後期 文學에 나타난 繪畵性 硏究〉, 이화여대 박사논문, 1989.

金柄珉, 《朝鮮中世紀北學派文學硏究》(延吉 : 延邊大學出版社, 1990).

이경수, 〈漢詩四家의 청대 시 수용연구〉, 서울대 박사논문, 1993.

의 특징과 함께 드러내고 있어 주목된다.

한편 한정된 자료들을 통해 북한의 초정 연구 현황을 살펴보면, "당대에 이름이 있는 '사가시인'(四家詩人)의 한 사람으로"[7], "박연암의 영향하에서 미학사상을 발전시키고 사실주의 시가를 창작한"[8] 시인으로 각각 평가하는 짧은 언명이 드문드문 보이기는 하나, 구체적인 연구는 찾아지지 않는다. 오히려 "18세기 실학의 대표적인 인물의 한 사람으로"[9] 박제가의 철학사상을 언급하는 것을 보면 북한에서는 초정을 철학자로서 더욱 인정하는 것 같다.

이상에서 살펴본 대로 지금까지 나온 박제가 문학에 관한 연구들은 그와 국내외 문인들 사이의 교유 양상이나 문예관, 시의 내용적 특질, 표현 기교, 영향 관계 등을 다양하게 다루어, 그의 문학사적 위치를 규명하는 데 일정한 기여를 했다. 그러나 그의 인격, 미의식, 시론 등의 특징적인 면모, 그리고 회인시(懷人詩), 제화시(題畵詩)를 망라한 적지 않은 시 작품들에 대해서는 아직도 더 깊이 있는 전문적인 논의가 필요하다. 아울러 그의 시론에 따라 창작된 시의 특징적인 면모와 매력을 밝히는 작업 또한 병행되어야 한다고 생각한다.

이 책은 대략 다음과 같은 내용과 순서로 전개하고자 한다. 우선 초정의 생애와 인격과 사상을 다루되, 그의 생애 부분에서는 주로 어릴 적부터 보여온 학문적 지향에 대해 언급할 것이다. 인격에 대해서는 고고(孤高)와 타인과의 부조화[寡合], 벽(癖)의 측면 등을 살펴본 뒤, 그의 호가 초정(楚亭)인 점을 감안하여 그의 인격을 굴원(屈原)의

---

7) 《문학예술사전》 中, 과학백과사전종합출판사, 1991, p.29 참조.

8) 최규화 엮음, 《우리나라 고전작가들의 미학견해자료집》, 조선문학예술총동맹출판사, 1964, p.337.

9) 정성철, 〈박제가의 철학사상〉, 《조선철학사》 2, 과학백과사전출판사, 1987, p.340 참조.

인격과 비교 고찰함으로써 초정의 인간적 면모를 한층 깊이 인식하려 한다. 그리고 열린 생각, 애국애족(愛國愛族)을 바탕으로 하는 개방적 사상 등도 함께 검토한다.

다음은 초정의 심미의식(審美意識)과 시론을 다룬다. 심미의식은 양허(養虛)와 결부하여 미적 관조, 미적 판단이라는 관점에서 고찰할 것이다. 시론 부분에서는 시미론(詩味論), 제론(霽論), 성자일치론(聲字一致論), 시화일치론(詩畵一致論) 등의 측면을 살핌으로써 시론의 특징을 규명하고, 이를 초정 시의 특징적인 면모, 또는 매력을 밝히는 데 이론적 근거로 삼는다.

그 다음으로 시론의 실제에 해당하는 시 작품의 분석을 진행하고자 하는바, 시미론은 신운적(神韻的) 풍의 시를, 제론은 초예적(超詣的) 풍의 시를, 성자일치론은 생취적(生趣的) 미(味)를 이루는 시를, 시화일치론은 회화적 미(味)의 시를 각각 다룬다. 이러한 요소들이 전체적으로 초정 시의 풍미(風味)를 이루는 신운 또는 신기(新奇), 초예, 생취, 회화성의 특징을 구현하고 있음을 밝힘으로써, 박제가 문학의 특징적인 면모와 그에 따른 매력을 규명하고 나름의 의의를 정립해 볼 것이다.

박제가는 개성 있는 문인이다. 그는 예리하고 섬세한 관찰력과 명석한 두뇌의 소유자로서 오로지 개혁·개방만이 나라를 구하는 길이라는 것을 자각했다. 그는 실제로 이와 관련하여 깊은 사고를 전개했었고, 저술 등을 통해 부국강병의 길을 모색하기도 했다. 또 미의식 및 시론이나 시 창작에서도 그에 상응하는 사유와 참신한 모습을 보여주었고, 수준 높은 창작으로 조선 후기 한문학사(漢文學史)를 빛내었던바, 그의 문학에 대한 한층 더 깊은 연구는 여러 모로 의의가 클 것으로 생각한다.

제2장

인격과 사상

1. 성장기──문예와 交遊

　초정의 생애는 기존 연구들을 통해 이미 상당 부분 밝혀졌기에 여기서는 다만 청소년 시절의 문예적 취향과 그의 삶에 대한 몇 가지 쟁점만을 언급하고자 한다.

　서자(庶子)로 태어난 초정 박제가는 일찍이 유년시절부터 남달리 공부에 열중하는 모습을 보여주었다. 젖 먹을 때부터 글을 익히기 시작했는데, 네 살 많은 그의 누이와 함께 글을 읽었던 것을 보면 초학에 누이의 도움을 많이 받은 것 같다. 누이 또한 총명하고 협기 있는 여성으로서 초정에게 학문이나 인격적으로 적지 않은 영향을 준 것으로 보인다.[1]

　장차 대성할 학자는 어릴 때부터 조짐이 드러나는지, 젖먹이 시절

─────────────

1) 《楚亭全書》上, pp.593~595, 〈七夕篇〉. "我初學書尙哺乳. 姊來倂讀偏含妬. 四歲以長不知敬, 常呼小字逢姊怒 (……) 姊有奇氣邁男子, 慷慨如聞古俠士."

부터 글에 흥미를 가지기 시작한 초정은 글쓰기를 좋아해서 붓을 늘 입에 물고 다녔다. 심지어는 측간(廁間)에 가서도 모래 위에 그림을 그렸는가 하면, 허공에 대고 글 쓰는 연습까지 했다고 하니, 어릴 적 부터 일찌감치 문예와 인연을 맺은 듯하다.[2] 따라서 초정이 장성하여 시(詩)·서(書)·화(畵)에 두각을 나타내게 된 것도 이때부터 보여준 비범한 모습과 갈라놓을 수 없을 것이다.

초정은 어떤 일에 열중할 수 있는 남다른 끈기를 지니고 있었지만, 한편으로 개구쟁이와 같은 모습도 보여주었다. 언젠가 그는 여름에 분패(粉牌)에 글씨를 쓰는데, 웃옷을 벗고 기어 올라간 탓에 무릎과 배꼽이 먹으로 뒤범벅이 되었고, 마구 쓰고 어지럽게 베끼느라 병풍이고 족자고 가리는 것이 없었다고 한다.[3] 공부하는 모습이 마치 진흙탕에 들어가 뒹굴며 노니는 개구쟁이를 연상시키기도 하지만, 그것을 지켜보는 어른의 마음에는 그 모습이 무척 장하고 대견스러우며 또 귀여웠을 것이다. 그리고 7세 때 벽을 틈도 없이 글씨로 메웠다든지, 읽은 책은 반드시 세 번씩 베꼈다는 등의 일화는 초정이 어린 나이에 과분할 정도의 조숙함과 놀라운 끈질김을 지니고 있었음을 보여주는 증거라 할 수 있는데, 그 뒤 그가 벽(癖)에 가까운 정신으로 학문에 몰입한 것도 이러한 끈기의 연장선에서 이해해야 할 것으로 본다. 초정은 이미 5세부터 10세 사이에 《대학(大學)》·《맹자(孟子)》·《시경(詩經)》·〈이소(離騷)〉·진한문선(秦漢文選), 두보시(杜甫詩)·당시(唐詩)·공자보(孔子譜)·석주오율(石洲五律) 등의 책을 읽으며 벌써

---

2) 《楚亭全書》中, p.133, 〈閱幼時所書孟子叙〉. "卷如掌者什餘 : 大學, 孟子, 詩, 離騷, 秦漢文選, 杜詩, 唐詩, 孔氏譜, 石洲五律, 自批, 皆散不完 (……) 因思幼時好書, 口常唧筆, 畵沙於廁, 書空於坐."

3) 위와 같음. "嘗夏日書粉牌, 匍匐裸而登之, 膝與臍, 汗爲之墨, 橫臨亂摹, 不擇屛簇. 丙子, 移屋靑橋, 靑橋之壁, 已無白矣. (……) 是以所讀之書, 必再三抄焉. 已而年長以尺, 冊大以寸, 九歲而爲此編. 是時小於此者, 蓋盈斗."

자기 나름대로 비주(批註)를 달 정도였으니, 그의 학문적 자각은 어린 나이에 비추어볼 때 놀랍게 성숙해 있었음을 알 수 있다.

초정의 학문적인 재능은 성장할수록 더욱 빛을 발했으나, 그것이 밖으로 드러날수록 신분의 한계에서 오는 갈등과 고민은 점점 더 커져갔을 것으로 보인다. 이 점은 그의 초기 시에 '슬픈 가을'〔悲秋〕이 많이 등장하고, 그가 줄곧 초정이라는 호를 견지하면서 굴원(屈原)의 〈이소경(離騷經)〉을 손에서 놓지 않았던 것에서 짐작할 수 있다.

초정은 11세에 아버지를 여의면서 삶의 안정을 누릴 수 없게 되었다. 16, 7세까지 청교(靑橋), 묵동(墨洞), 필애(筆厓) 등으로 거처를 전전하며 영락(零落)의 생활을 경험했던 것이다.[4] 그러나 워낙 조숙했던 초정은 이러한 불안정한 가운데서도 더욱 학문에 정진하고 인간적으로도 더 성숙해갔을 것으로 본다. 형암 이덕무(炯菴 李德懋)의 말을 빌리면, 초정은 나이 어린 소년으로서 어른처럼 엄전하고 정신이 건전하며 심지가 굳고 말이 분명했던바, 형암 자신도 이에 감복하여 후생 가운데 수재로 추앙하지 않을 수 없었다고 한다.[5]

한편 초정의 열렬한 문예적 성향은 그의 남다른 교유벽(交遊癖)에서도 드러난다. 다음의 자료는 이러한 상황을 설명하는 단적인 사례라 할 것이다.

지난 戊子, 己丑년 어름 내 나이 18, 9세 나던 때, 美仲 박지원 선생이 문장에 뛰어나 當世에 이름이 높다는 소문을 듣고 마침내 탑골의 북쪽에 사는 그를 찾아갔다. 선생은 내가 찾아왔다는 말을 듣고 옷을 차려 입고

---

4) 《楚亭全書》中, p.133, 〈閱幼時所書孟子叙〉. "余年十一歲庚辰, 先君沒後, 搬于墨洞, 又移于筆崖, 又儌于墨, 再入筆. 五六年之間流落殆盡, 吾之幼不可得而再考."

5) 李德懋, 《國譯 靑莊館全書》(민족문화추진회, 1979), 〈雅亭遺稿〉 7권, 〈與朴在先齊家書〉. "賢者以沖妙之年, 儼如成人, 斂神畜志, 言潭井井, 劉雕返樸, 有古奇男子風. 不侫歎未曾有, 不可不推以爲後來之秀."

나와 맞으며 마치 오랜 친구라도 만난 듯이 손을 잡으셨다. 드디어 지은 글을 전부 꺼내어 읽어보게 하였다. (……) 나는 한번 그곳(친구의 집— 필자)을 방문하면 돌아가는 것을 잊고 열흘이고 한 달이고 머물렀고, 지은 시문과 尺牘이 곧잘 책을 만들어도 좋을 정도가 되었으며, 술과 음식을 찾으며 낮을 이어 밤을 지새우곤 했었다. 아내를 맞이하던 날 저녁의 일이었다. 장인댁의 건장한 말을 가져다 안장을 벗기고 올라타고는 어린 종 하나만 따르게 하여 밖으로 나왔다. (……) 삼경을 알리는 북소리가 울린 뒤 여러 벗들의 집을 두루 심방하고 탑을 빙 돌아 나왔다.[6]

이 글에서 벗을 중히 여기는 초정의 우도(友道)정신, 또는 젊은 인재를 아끼고 사랑하는 연암 박지원(燕巖 朴趾源)의 어진 인격을 발견할 수도 있겠지만, 무엇보다 초정의 남다른 학구열을 감지할 수 있을 것이다. 당시 열혈 청년으로서 지식을 얻고자 하는 욕망에 사로잡혀 있던 초정에게, 그와 교유한 문사가 연암만이 있었던 것이 아니었음은 이미 널리 알려진 바와 같다. 뿐만 아니라 초정은 일단 친구를 방문하면 열흘이고 한 달이고 머물면서 시문과 편지[尺牘]가 한 질을 이룰 정도로 학문 탐구와 창작에 전념했음을 스스로 토로하였다. 이런 열정과 끈질김은 시종 유지되었는데, 심지어는 신혼 첫날밤까지도 할애하여 친구 집을 방문하기에 이를 정도였다. 지나치다는 인상을 줄

---

6) 《楚亭全書》中, p.83, 〈白塔清緣集序〉. "往歲戊子·己丑之間, 余年十八九, 聞朴
美仲先生, 文章超詣, 有當世之聲, 遂往尋之于塔之北. 先生聞余至, 披衣出迎, 握手
如舊. 遂盡出其所爲文而讀之. 於是親淅米炊飯于茶罐, 盛以冰瓷, 庋之玉案, 稱觴以
壽余. 余驚喜過望, 以爲千古之晟事, 爲文以酬之. 其傾倒之狀, 知己之感, 盖如此. 當
是時也. 炯菴之扉對其北, 洛書之廊峙其西, 數十武而爲徐氏書樓, 又折而北東, 爲二
柳之居也. 余乃一往忘返, 留連旬月, 詩文尺牘, 動輒成帙, 酒食徵逐, 夜以繼日. 嘗娶
婦之夕, 取舅家驄馬, 解鞍而騎之, 獨從一奴出, 時月色滿道. 從梨峴宮前, 鞭馬西馳,
至鐵橋酒家飲, 鼓三下, 遂盡歷諸朋家, 繞塔而出."

수도 있을 만큼 초정은 벗을 좋아하고 학문에 빠져들었던 것이다. "인간은 하루라도 벗 없으면 좌우 손을 잃은 듯"[7]하다고 했을 정도이 니 말이다. 이러한 그의 교유 자체가 인격적으로, 그리고 학문적으로 한 걸음 더 나아가는 과정이었다고 볼 수 있다. 그는 자신의 이러한 교유벽을 직접 고백하기도 한다.

내가 백 가지 가운데 한 가지도 능한 일은 없으나 賢士와 大夫들과 노 닐기만은 즐긴다. 그들과 사귀기를 좋아할 뿐 아니라 이 일에 하루 종일 부지런히 돌아치니 사람들이 자못 그 한가한 틈이 없음을 비웃었다.[8]

연작시 〈희방왕어양세모회인시60수(戲倣王漁洋歲暮懷人六十首)〉 의 머리말이다. 이는 바꾸어 말하면 백 가지 가운데 가장 능한 것이 바로 현인문사(賢人文士)들과 교제하는 일이라는 말로 받아들여진다. 하지만 초정의 이런 교유를 뭇 사람들은 이해하지 못한다. 단지 한가 하여 하는 일 없이 노는 줄로만 여겼을 뿐, 그 이면에는 학문에 굶주 린 한 젊은이의 피가 끓고 있음을 누구도 몰랐던 것이다. 국내외 명 인문사 60명의 인품과 재능을 회인시(懷人詩)의 형식으로 함축 있게 묘사한 이 연작시만으로도 그의 교유의 폭과 문예적 취향을 여실히 인지하고도 남는다. 물론 이들 가운데 중국의 문사들에 대해서는 정 확히 알 수 없지만, 그들 역시 학문적으로 이름 있는 학자들임에는 틀림없는 것이다. 초정은 이 연작시의 첫 수에서 "高人과 藝士를 오 래도록 따랐는데 畵癖과 書淫에 스스로 빠져든"[9] 자신의 상황을 시

---

7) 《楚亭全書》 上, p.111, 〈夜宿薑山十首〉(3). "人無一日友, 如手左右失"
8) 《楚亭全書》 上, p.125, 〈戲倣王漁洋歲暮懷人六十首幷小序〉. "余百無一能, 樂與賢 士大夫遊, 旣與之交好, 又終日矗矗不能已也, 頗笑其無閒日焉."
9) 《楚亭全書》 上, p.126. "高人藝士鎭相隨, 畵癖書淫我自痴. 終日詼諧頻絶倒, 誰知

화하여 어릴 적부터의 학문벽(學問癖)을 그대로 드러내고 있을 뿐 아니라, '사자가 공을 굴리는 뜻을 누가 알랴'는 식의 은유로 자기만의 경술(經術)과 문예의 세계를 남몰래 구축해 왔음을 시사한다. 따라서 이러한 교유 속에서 초정의 인격과 학문은 점점 더 성숙해 갔을 것이다. 실전(失傳)된 《백탑청연집(白塔淸緣集)》이나 중국에서 간행된 《한객건연집(韓客巾衍集)》[10]은 바로 그것의 결실이라 하겠다.

한편, 인간적·학문적 성숙에 이르기까지는 어머니의 정성 어린 자식사랑이 있었음을 초정은 절감하고 있다. 아들의 교육을 위해서라면, 때때로 아들이 당시 유명한 어른과 손윗사람 등과 사귈지라도 이들을 있는 힘을 다하여 모셔다가 접대하였다 하니,[11] 자식에 대한 어머니의 사랑과 기대가 얼마나 컸는지 짐작할 수 있다. 초정이 사귀던 어른과 손윗사람이란 아마도 박지원, 이덕무 등 당시 이름이 쟁쟁하던 석학들을 말하는 듯하다. 하지만 고생을 하면서 자신을 키운 어머니에 대한 초정의 심정은 그야말로 죄의식으로 가득 차 있을 뿐이었다. 자신을 잊고 오로지 자식의 앞날을 위하여 모든 것을 바치신 어머니의 은혜에 조금도 보답하지 못한 것을 초정은 깊이 뉘우쳤다. 효심과 인정에 끓는 초정의 인간적 면모가 그대로 드러나는 부분이다.

때문에 초정은 자신이 오로지 학문에만 전념할 수 있게 된 것이 모두 어머니 덕분이라고 피력하기도 했다. 아울러 평소에 부모를 정성

　　獅子弄毬時"

10) 박현규는 〈韓國的 《四家詩》 與淸朝李調元的 《雨村詩話》〉《中國古代, 近代文學研究》, 中國人民大學出版社, 1999. 1)에서 《韓客巾衍集》은 중국에서 단행본으로 간행된 것이 아니라, 건융(乾隆) 60년에 출판된 이조원(李調元)의 《雨村詩話》(十六卷本)에 수록되었다고 주장한다.

11) 《楚亭全書》 中, p.263, 〈與徐觀軒常修〉. "念先母孀居, 食貧十有餘年, 身無完衣, 口無適味, 鷄鳴不寢, 爲人傭針, 而遣子遊學. 子所交遊, 往往多先生長者, 當世知名之士, 則必極力招致, 具酒肴以待之. 見其子者, 實不知其家之貧也. 僕之得專意遊學, 以有今日, 皆母之賜也."

껏 섬기지 못하였으니, 학문에 정진하여 불후한 업적을 이룩함으로써 어버이에 보답하고자 하였던 것으로 보인다. 물론 벼슬로는 크게 이름을 떨치지 못했다고 하더라도 그 뒤 그가 문인으로서 이국에서까지 명성을 날릴 수 있었던 것은 결국 이 같은 원동력이 큰 이유 가운데 하나가 되지 않았을까 하는 생각이 든다. 곧 이 모든 것을 어머니의 배려와 갈라놓을 수 없다는 말이 되겠다.

1777년(정조 원년), 즉 제1차 연행(燕行)을 하기 바로 전 해에 초정은 증광시(增廣試)에 응시한 바 있다.[12] 이 점은 그가 여러 글에서 과문(科文)이나 공령문(功令文)을 '문장의 피모'(皮毛)라 하여 과거(科擧)에 반감을 토로한 것에 비추어보면 얼핏 이해가 가지 않을 것이다. 아래의 인용문은 과거에 대한 초정의 비판을 그대로 드러내고 있다.

> 오늘날 사대부는 과거를 통하지 않으면 벼슬자리에 들어갈 수 없고, 문벌이 높지 않으면 청요직(淸要職)을 차지할 수 없다. 과거에 꼭 붙자고 하면 선비가 자신을 파는 행실을 해야 함으로 입신을 하기도 전에 염치가 땅에 떨어진다. 문벌을 숭상하다 보니 관직의 적임자를 가리는 일이 없으므로 태어나기도 전에 사람의 귀천이 판가름 난다. 세상의 이치가 어지럽게 된 연유가 오로지 여기에 있다.[13]

과거를 거쳐 벼슬을 하는 일이야말로 선비가 자신의 인격이나 양심을 팔고 염치를 불문하는 것이라고 초정은 비판한다. 나아가 과거와 문벌제도는 세상의 이치를 어지럽게 하는 바탕임을 지적하여 그

---

12) 《楚亭全書》中, p.27, 〈試士策 丁酉增廣〉.

13) 《楚亭全書》中, p.99, 〈送元玄川重擧序〉. "今之士大夫, 非科擧無以入仕宦, 非門閥不能擅淸要. 夫科擧之必取, 則士有自鬻之行, 而廉恥崩於立身之先. 門閥之爲尙, 則官無擇人之實, 而貴賤判於有生之初矣. 世道之衰, 職此之由乎"

제도적 폐단을 비판하는 데까지 필봉이 미친다. 그런데 이처럼 매도하던 과거에 초정은 무엇 때문에 응시했을까? 초정은 과거 응시의 직접적인 원인을 장인의 권유 때문이라고 솔직히 고백한다. 그는 20세에 쓴 〈서과고서(西科稿序)〉에서 "장인이 말씀하시기를 많은 사람들이 하는 대로 따르는 것이 옳다. (……) 선비가 이 세상에 태어나서 임금을 위해 힘을 다하고 백성을 윤택하게 하기 위해서는 과거가 아니면 벼슬길에 나갈 수 없다"고 밝힌 바 있다. 이후 그는 "물러나 백편을 공부하였다"[14]고 했다. 이러한 점을 볼 때, 그는 불합리한 과거에 대하여 그토록 비판을 가했음에도 장인의 권고에 못 이겨 하는 수 없이 과거 공부를 시작했던 것 같다. 그리고 과거에 합격하고 한 해 뒤에 쓴 〈시사책 정유증광(試士策 丁酉增廣)〉에 보면, 당시 주요 시험관인 이명식(李明植)이 "이 글은 時俗科文으로 논할 것이 아니다"라고 하면서 초정의 것을 일등으로 뽑으려 했으나, 다른 시험관이 문장 구성이 격식에 어긋난다고 하여 실격시키려 했기에 결국 초정을 3등으로 뽑았고, 또한 이 사건을 부끄러이 여겨 숨기고자 하였다는 기록이 있다.[15] 이에 이덕무가 초정에게 편지를 보내어 "우리 무리는 농사를 지을 줄도 모르고 또한 市井에서 장사도 못하는 사람이라 앉아서 늙으신 부모가 굶주리는 것을 보면 부득이 과거에 굽히는 것 또한 당연한 이치이니 지나치게 상심하지 말게나"[16]라고 하여, 그로 말미

---

14) 《楚亭全書》中, p.81, 〈西科稿序〉. "李公曰：從衆可也. (……) 士生斯世, 致君澤民, 非科擧則不能進身, 余退而學百篇."

15) 《楚亭全書》中, p.27, 〈試士策 丁酉增廣〉. "主試李公命植, 大加歎賞曰：此不可以時俗程文論者, 拔置第一, 而下段捄弊措語有違格式, 他考官欲黜之, 李公不可, 遂降置三等. (……) 信手書呈, 只以出場爲快. 初非置得失於胸中也. 不愜之事, 欲諱逾章, 偶被高擢, 遂惹人笑, 于今有餘愧焉."

16) 李德懋,《靑莊館全書》,〈雅亭遺稿〉7권,〈與朴在先齊家書〉. "如吾輩不能盡力南畝, 亦不能營刀錐於市門, 坐視老親之飢, 不得已屈首於此事, 亦常理也, 愼勿憾憾也."

암아 후회하고 있는 박제가를 위로하기도 하였다. 즉 과거에 응시한 간접 원인은 아마도 가난을 해결하려 했던 데 있었을 수도 있다. 가난은 벼슬하기 전까지 계속 초정을 괴롭힌 듯싶다. 그가 검서관(檢書官) 벼슬을 일컬어, 한 집안의 부모를 봉양하는 일은 곧 이 일에 관련된 것이고, 일신의 진취(進取)도 이에서 나오며, 그것이 아니면 고기가 물을, 새가 둥지를 잃은 것 같아 장차 곤궁하여 굶어 죽게 될 것이라고 한 점에서 이를 알 수 있다.[17]

그리고 "이 글은 時俗科文으로 논할 것이 아니다"라는 이명식의 말을 주목하기 바란다. 비록 부득이 과거시험에 응시는 했지만, 초정은 자신이 비판의 대상으로 여겼던 문장의 피모(皮毛)와 같은 글은 쓰지 않았다. 또한 틀에 짜인 격식도 따르지 않았다. 초정의 인격과 개성이 드러나는 점이라 하겠다. 게다가 임금과 백성에 이바지하려면 과거를 거쳐 벼슬하는 길밖에 없다는 장인의 권고도 초정에게 무리가 아닌, 일정한 설득력을 가졌던 것으로 보인다. 남다른 포부를 키워 온 초정이 아니었던가.

한편 위의 내용과 관련하여 초정이 1794년(정조 18년)에 무과에 장원으로 급제했다는 사실 여부에 대한 논란이 있다. 김용덕, 이경수 등은 《실록》의 기록[18]에 따라 초정이 무과에 응시하여 장원급제한 것으로 언급하고 있다.[19] 이와는 반대로 정충권은 무과에 관한 전문 도

---

17) 《楚亭全書》中, p.290,〈與徐內翰有榘〉. "嗟乎! 一家之仰哺, 關於此, 一身之進取, 出於此 雖至愚者皆知, 非內閣, 則如魚之失水, 鳥之失巢. 子子然無所歸, 將顚連窮餓以死也."

18) 《朝鮮王朝實錄》(국사편찬위원회, 1970) 46집, 정조 18년 2월 26일조. "甲申, 行酌獻禮于文廟, 還御春塘臺, 試文武科. 文取金近淳等六人, 武取朴齊家等三一人, 放榜."

19) 김용덕,〈貞蕤 朴齊家 研究〉,《朝鮮後期思想史研究》, 을유문화사, 1977, pp.104~105 ; 이경수,〈朴齊家論〉, 정양완 외,《朝鮮後期 漢文學 作家論》, 집문당, 1994, p.261.

서인 《무과총요(武科總要)》의 기록[20]에 근거하여 초정이 무과에 응시
한 사실 자체를 완전히 부정한다.[21] 필자는 두 기록을 저울질해 볼
때 해당 내용이 더욱 자세히 기록된 전문서인 후자에 믿음이 간다.
하지만 문제는 여기에 있지 않고 입증 방법에 있다.

정충권의 경우 전문 서적의 기록을 존중하는 것은 좋으나, 이를 입
증하는 과정에서 불리한 사실에 대한 합리적인 해석은 제쳐두고 오히
려 엄연한 사실을 외면한 채로 논지를 전개하고 있는 점이 유감이다.
예컨대, 실록에도 나타나 있듯이 초정이 오위장(五衛將), 곧 정3품 벼
슬을 지냈던 일[22]은 무과 시험과 관련지을 수 있는 사실이기도 하지

---

20) 여기서는 장서각 소장본(藏書閣 所藏本)으로서 1974년 아세아문화사에서 간행
된 영인본을 참조한다. 《武科總要》는 조선왕조의 정조(正祖), 순조(純祖) 연간에
병조(兵曹)의 속아문(屬衙門)인 무선사(武選司)에 서리(書吏)로 있었던 임인묵
(林仁默)이 과거(科擧), 취재(取才) 등 무선(武選)에 관한 법전(法典)과 규례(規
例), 시행세칙(施行細則) 등을 수집·편찬하고, 또 조선태조 원년부터 순종(純宗)
20년까지 428년 동안의 문(文), 무(武) 방목(榜目)을 수록한 상·중·하 3책으로
된 필사본인데, 상권에는 법전·규례·시행세칙 등을, 중·하권 2책에는 문·
무·방목을 각각 수록한 희귀본(稀貴本)이다《武科總要》解題에서). 이 《武科總
要》에는 무과에 장원한 사람의 이름이 한량(閑良) 박제곤(朴齊坤)으로 되어 있
고, 내용은 실록보다 더욱 구체적으로 기록되어 있다(p.415 참조).

21) 정충권, 〈朴齊家의 武科 應試 與否 辨證〉, 《전농어문연구》 제7집, 서울시립대,
1995. 정충권의 관점을 크게 다섯 가지로 요약해 보면 다음과 같다. 첫째, 실록의
박제가는 오기(誤記), 또는 다른 동성동명의 박제가다. 이에 대한 증거는 《武科總
要》의 기록이다. 둘째, 과시(科試), 또는 공령문(功令文)을 비판했던 그가 증광시
(增廣試)에 응시했던 자신을 부끄럽게 생각했으므로 과거를 재차 시도할 수 없
다. 셋째, 1793년 당시 검서관(檢書官) 겸 종6품(從六品)직인 부여 현감으로 비교
적 순탄한 관직 생활을 했으므로 역시 필요를 느끼지 않았다. 넷째, 40대 초반에
안질이 심하였으므로 활쏘기로 겨루는 무과 장원으로 급제했다는 것은 믿기 어렵
다. 다섯째, 시문에서 관직 생활에 대한 혐오감을 드러냈다.

22) 《朝鮮王朝實錄》 47집, p.11, 정조 21년 2월 25일조. "同知經筵事, 沈煥之啓言 : 動
駕時, 東西班設軺床, 蓋有品數. 文班則參議以上, 武列則亞將以上, 始得床坐矣.
(……) 向來園幸時, 前五衛將朴齊家, 又據胡床於班臣, 使閽隷往問, 則輒脆然曰 :
床本吾家所有, 借隷持來云. 其處之不恭, 出語之甚悖, 不可以事. 上曰 : 朴齊家之

만, 정충권은 이를 간과하고 있다. 또 당시 초정이 안질이 심하여 무과 응시 자체가 어려웠으므로 장원은 더욱 가능성이 없었던 것으로 말하고 있지만, 사실 그날의 무과 시험장에 70세, 심지어 80세나 되는 거자(擧子)들이 많았던[23] 것을 염두에 둔다면 40대 중반에 불과했던 초정에게 급제의 가능성이 전혀 없었던 것은 아닐 터이다. 또한 현감으로 재직 중이면서도 검서관을 여전히 겸직하고 있었다는 사실로 미루어볼 때, 초정의 안질은 심하지 않았거나 지속적인 질환이 아니었던 것으로 생각된다. 그리고 초정이 부여 현감(縣監)에 재직할 때 "문관으로 순탄한 관직"이었다고 하지만, 호서(湖西) 암행어사 이조원(李肇源)이 정사를 잘못하였다는 이유로 초정을 탄핵한 것[24] 등을 감안하면 당시 외직 벼슬이 그리 순탄했던 것만도 아닌 것 같다.

물론 이와 같은 사실들은 정충권 자신의 논지를 입증하는 데는 불리한 요소이기는 하지만, 오히려 이런 것들을 외면하지 않고 조리 있게 해석한다면 초정의 무과 응시 여부를 가리는 데 더욱 설득력이 있을 것이다.

요컨대 초정 박제가는 어려서부터 벽에 가까울 정도로 시·서·화에 각별한 애정을 쏟았고, 성격적으로도 집요한 일면을 드러내었다. 홀로된 어머니의 정성 어린 보살핌 속에서 차츰 성장해가며 학자 문인들과 열심히 교유를 하는 사이, 그의 예술 지향은 더욱 확고해져 오로지 학문적으로 성취하는 길만을 어머니에 대한 보답으로 여겼을 것으로 이해된다. 따라서 뒷날의 학문적 대성은 유년기부터 초정 스

答語不恭, 則自來輕率不知格例之致, 何足責也. 此後申明舊規, 俾無如許之弊."

23) 《朝鮮王朝實錄》46집, p.451, 정조 18년 2월 24일. "敎曰 : 今番慶科, 武所有八十, 七十之擧子, 其數夥, 然且聞居住多在遐鄕."

24) 《朝鮮王朝實錄》46집, p.391, 정조 17년 5월 27일. "湖西暗行御史李肇源, 復命進書, 啓召見於便殿, (……) 扶餘縣監朴齊家 (……) 俱以不治, 勘罪有差."

스로 기울였던 각고의 노력, 그리고 이를 뒷받침했던 어머니의 사랑이 있었기에 가능했다고 할 수 있을 것이다.

그리고 초정이 과거를 반대하면서도 응시한 원인으로, 가난을 해결하는 방도로 삼은 바와 장인의 권고를 들 수 있을 것이다. 하지만 이러한 현실과 '타협'한 것은 본질적으로는 별 문제가 되지 않는다. 그는 부득이 과거에 응시하면서도 단순히 급제를 위한 응시라고 생각하지 않았고, 나름대로 자신이 지향한 파격적인 내용과 형식으로 대응하였기 때문이다. 이는 소신을 지키는 슬기로운 타협이었고 열린 사유의 결과였다고 할 수 있다.

2. 인간적 면모──孤高한 자세

문학, 특히 시가 인간의 성품이나 희로애락과 밀접한 관련이 있음은 두말할 필요가 없다. 우리는 침울한 두보(杜甫)의 시에서 그의 우울한 성격의 일면을 읽을 수 있고, 자유분방한 이백(李白)의 시에서는 그의 소탈하고 낙천적인 성격을 감지할 수 있는 것이다. 따라서 시적 화자의 마음이 슬플 때는 비애의 정감을 발로한 시가 이루어지고, 그 반대의 경우도 마찬가지이다. 바로 이런 의미에서 시가 곧 인격의 발로이고 정감의 꽃이라고 할 수 있다. 초정의 경우 또한 예외가 아닐 것이다.

출신이 서얼(庶孽)이었던 초정이 여느 사람들처럼 평범한 인물이었다면 모르겠으나, 출중한 재능에 남다른 포부를 간직하고 있음에도 그것을 발휘하고 실천할 수 없었던 인물이었기에, 그로서는 오로지 문학에 심취하여 세상을 살아가는 것 외에는 도리가 없었다. 이러한 처지를 떠올린다면 그의 붓 끝에서 이루어진 초기의 시에서 외로움과 고민, 그리고 그로 말미암은 애처로움이 이따금 나타나는 이유를 쉽게 확인할 수 있다. 이처럼 시가 인격과 정서의 발로라는 사실이 초정에게도 적용되는 것이다.

이런 취지에서 이 절에서는 초정의 인간적인 면모를 고찰하되, 부분적으로는 그의 호가 초정(楚亭)이고 〈離騷〉를 애송했다는 점과 관련하여 초정의 인격을 굴원의 인격과 비교하고 조감함으로써 그의 문학을 이해하는 배경으로 삼고자 한다.

우선 초정은 짧은 자서전(自敍傳)을 통해 자신의 외모와 인품을 그려내고 있다.

조선이 개국한 지 384년, 압록강에서 동쪽 천여 리에 자리한 신라 땅에서 태어났고, 본은 密陽 박씨이다. 《大學》의 뜻을 취하여 이름하였고, 離騷의 노래에 기탁하여 호를 지었다. 코뿔소 이마에 칼날 같은 눈썹을 하고, 초록빛 눈동자에 귀는 희었다.[25]

사람의 외모를 보고 내심을 정확히 파악할 수는 없겠지만 성격의 일면을 대략 짐작할 수는 있을 것이다. 자신의 말대로라면 초정의 외모는 비범하다. 옛날부터 이마가 툭 튀어나오면 귀상(貴相)이라고들 했는데, 이와 같은 코뿔소 이마에다가 또한 칼날처럼 생긴 눈썹까지 지녔으니 초정에게서 예리한 안목과 만만치 않은 성미가 느껴질 만하다. 게다가 초록빛 눈동자는 서양인이 아닌 동양인으로서는 좀처럼 보기 드문 신기한 것이다. 뿐만 아니라 귀 또한 희었다. 그러니 초정은 이미 외모에서부터 남다르게 비범하다는 인상을 남기는 동시에 인

---

25) 《楚亭全書》中, p.169, 〈小傳〉. "朝鮮之三百八十四年, 鴨水之東, 千有餘里, 其生也出新羅, 而祖密陽, 其系也, 取大學之旨而名焉, 托離騷之歌而號焉. 其爲人也, 犀額刀眉, 綠瞳而白耳."

격 또한 심상치 않음을 예감하게 한다고 하겠다.

그리고 또 하나의 외적이면서도 내적인 특징을 설명하는 부분은 초정 박제가라는 특이한 호와 이름이다. 이름을 제가(齊家)라고 한 것은 무슨 의미에서일까? 이름을 지을 때 서출임을 감안하여 제가만 잘하면 된다는 숨은 뜻을 담은 것은 아닐까 하고 생각할 수도 있겠지만, 이는 유교의 정치 덕목인 수신(修身), 제가(齊家), 치국(治國), 평천하(平天下)와 관련된 것으로, 심신을 수련한 다음 출세하여 이름을 떨쳐 가문을 빛내기를 바라는 목적으로 그 이름을 지었으리라고 본다. 초정 자신도 분명 대학(大學)의 뜻을 살려 지은 이름임을 밝히며 이를 치국 등과 연관시키고 있다. 즉 어릴 때부터 남달리 공부에 열중했고 성인이 되어서는 경제의 술책을 좋아했다고 스스로 말한 것처럼, 초정은 이름에 걸맞은 성취와 입신양명을 위하여 스스로 학문에 정진하고 재능과 포부를 키웠을 것이다.

초정(楚亭)이란 호는 초사의 주인공인 굴원의 인격을 사모해서 단 것으로 본다. 이 점은 뒤에서 밝히겠지만, 이 호는 간접적으로 박제가의 고고(孤高)한 인격과 문인적인 성향, 그리고 제가라는 이름에 어울리는 큰 뜻을 말해주는 외적인 징표라고 볼 수 있기도 하다. 물론 초정 이전에 많은 문인 겸 정객들이 굴원의 애국 충정과 고고한 인격을 사모해서 동병상련의 공감대를 이루어왔던 것도 사실이다. 하지만 초사와 연관시켜 호를 정한 문인은 박제가가 거의 유일하다는 점에서 초정이 굴원에게 가졌던 경의의 정도를 짐작할 수 있다. 게다가 고국인 신라 땅에서 태어났음을 강조한 점은 국토에 대한 사랑과 민족의 긍지를 표현한 것으로 생각할 수 있을 것이다.

이처럼 초정의 외모나 외적인 것을 통하여 그의 인격의 핵심을 개략적으로나마 미루어 짐작할 수 있을 것이다.

孤高한 사람만을 골라서 더욱 가까이 하고 繁華한 사람에 대해서는 더욱 멀리하므로 사람들과 잘 어울리지 못하고 늘 가난하게 지냈다. 어려서는 문장가의 말을 배우고 장성해서는 경제의 술책을 좋아하여 수개월 동안 집으로 돌아가지 않아도 사람들은 알지 못했다. 그는 이제 高明함을 좋아해서 세간의 일은 뒤로 하고, 복잡한 名理와 그윽하고 오묘한 이치에 집착한다. 오로지 百世 이전의 사람들과만 응답하고, 만리 밖 먼 땅에 가서 활개치고 다닌다.[26]

고고한 사람을 가까이 하고 번화(繁華)한 사람을 멀리한다고 했다. 여기서 말하는 고고란 말 그대로 홀로이 고상함을 이르고, 번화란 호화로운 생활을 영위하는 이른바 권세 있고 부유한 사람들을 가리킨다. 초정이 사우(師友)한 사람들을 보아도 이 점이 충분히 설명된다. 홍대용(洪大容)·박지원·이덕무·유득공(柳得恭)·이서구(李書九) 등 국내 인물들은 두말할 필요 없이 인품이나 재능으로 보아 흠잡을 데 없는 학자이자 문인들이고, 연행 길에 사귄 청의 문인들 또한 기윤(紀昀)·옹방강(翁方綱) 등과 같은 석학들이 아니겠는가. 물론 이들 가운데 이른바 번화한 사람이 없는 것은 아니지만, 자신을 낮추고 궁핍한 선비와 사귈 수 있다면 번화한 사람일지라도 그 마음이 어질 것은 의심할 여지도 없을 것이다. 공자(孔子)는 자기보다 못한 자를 벗으로 사귀지 말라고 하였다. 이 말은 사람에 따라 나름대로 이해할 수 있겠지만, 우선 현능(賢能)의 여부를 가려서 벗할 것을 권하는 말로 받아들여진다. 초정은 이들과 교유함으로써 많은 것을 습득하는 동시에, 한층 더 마음을 도야하고 재능과 포부를 길렀을 것이었다.

---

26) 《楚亭全書》中, p.169, 〈小傳〉. "擇孤高而愈親, 望繁華而愈疎, 故寡合而尙貧. 幼而學文章之言, 長而好經濟之術. 數月不歸家, 時人莫知也. 方其玩心高明, 遺落世務, 錯綜名理, 沈潛幽渺. 與百世而唯諾, 越萬里而翶翔."

　자신보다 9년 연하인 초정과 절친한 사이였던 형암 이덕무는 15세의 초정을 처음 만나던 때를 이렇게 쓰고 있다. "나는 (그의) 신기를 살피고 말을 물어보며 지절을 묻고 성령을 대조해 보았는데 매우 마음에 들어 즐거움을 견딜 수가 없었다." 그야말로 망년지교(忘年之交)의 지기(知己)를 만난 기쁨이 아닐 수 없다. 사람을 대할 적에 말을 잘하는 편이 아니었던 초정은 형암 앞에서만큼은 유독 말을 거침없이 잘하였다고 하니,[27] 이는 인격의 과합(寡合)적인 측면 때문이기도 하겠지만, 처지·인격·사상·학문을 막론하고 지기로서 형암이 자신과 상통하고 상합(相合)되었기 때문일 것이다. 반대로 범속한 사람들, 그리고 허례허식이나 명분에만 집착하는 무리들과 어울리지 않았을 것은 자명한 일이다. 형암 또한 2만 권의 장서(藏書)에 박문강기(博聞强記)한 학식의 소유자였으니, 초정을 만나자마자 진작 만나지 못한 것을 유감으로 생각했음은 두말할 나위도 없을 것이다.

　다음은 초정의 인격을 칭송하는 형암의 글이다.

　그대는 나이 어린 소년으로서 成人처럼 엄전하고 정신이 건전하며 심지가 굳고 말이 분명하구려. 文飾을 제거하고 질박함을 따르는 사람으로 옛날 奇男子의 풍도가 있기 때문에 나는 未曾有라고 흠탄하는 터이니 후생 가운데 수재로 추앙하지 않을 수 없소. (……) 純全하고 명철하여 先民과 짝할 사람은 오직 그대와 같은 사람이라야 될 수 있소.[28]

---

27) 李德懋, 《靑莊館全書》, 〈雅亭遺稿〉 3권, 〈楚亭詩稿序〉. "余詗之以神氣, 試之以言譚, 扻之以志節, 照之以性靈, 雖然相契, 樂不可湛.", "在先每對人不能言, 對予能言, 予亦聽人言不能解聽, 在先能解. 在先對予雖不欲言, 其可得已."

28) 李德懋, 《靑莊館全書》, 〈雅亭遺稿〉 7권, 〈與朴在先齊家書〉. "賢者以沖妙之年, 儼如成人, 斂神畜志, 言譚井井, 劉雕返樸, 有古奇男子風. 不佞歎未曾有, 不可不推以爲後來之秀. (……) 爲言也, 淳眞精明, 隣於先民, 惟如賢者者可庶幾焉, 勉之哉"

이 밖에도 이덕무는 같은 글에서 "초정은 원래 명민한 사람이다"
(楚亭素俊爽者), "초정은 단아하고 근칙한 사람이다"(楚亭雅飭者) 등
지나치다는 느낌이 들 정도의 찬사를 연발하며 초정을 호의적으로 평
가하고 있다. 옛날부터 사람에게 기인의 풍도가 있다고 함은 그 사람
이 보통 사람과는 다른 기이한 남아의 풍도를 갖춘 인격의 소유자임
을 말해 주는 것이다. 그렇다면 초정 시의 기이한 요소도 이러한 그
의 인격과 무관하지 않다는 의미로 이해할 수 있다. 그리고 선민(先
民)이란 순수하고 질박한 인격을 소유한 옛사람들을 가리키는 말로
서, 중국의 도연명(陶淵明) 같은 이들을 가리키는 것 같다. 초정의 시
에도 "선민의 말씀이 있거늘 소박함을 지켜 시골로 돌아가리"(先民有
至言, 守拙歸田園)29)란 말이 있음에 주목할 필요가 있다. 즉 이들과 짝
할 만하다고 한 것은 청년 초정이 세속의 무리들과는 전혀 다른 인격
을 소유하고 있음을 말하는 것으로서, 더없는 극찬이 아닐 수 없다.
형암은 인간의 순수하고 질박함이 점점 담박해지고 있는 때에 초정과
같은 인격의 소유자는 참으로 보기 드물다고 보았던 것이다. 사실, 같
은 서얼 출신에 약한 기질과 내성적인 성격을 지녔던 형암 또한 고고
함은 물론이고 자존과 인애를 함께 갖춘 인격의 소유자였고, 세속의
화리(貨利)·성색(聲色)·완호(玩好) 따위의 일에는 관심조차 두지 않
았던 것이다.30) 둘 사이가 절친한 관계였던 데는 이러한 공통의 인격
적 바탕이 작용했을 것이다.

더욱이 형암은 욕심이 적은 초정의 인격에 감복해 마지않았다. 때
문에 초정의 시가 "담박하고 소쇄하여 그의 인격과 같았다"31)며 형암

---

29) 《楚亭全書》上, p.101, 〈重陽日, 心溪處士入城, 翌日炯菴陪其大人, 與之同出, 余
　　欣然羨之, 於是有廣州之行八首〉(4).
30) 유재일, 《李德懋의 詩文學 硏究》, 태학사, 1998, pp.28~29 참조.
31) 李德懋, 《靑莊館全書》, 〈雅亭遺稿〉 3권, 〈楚亭詩稿序〉. "故其詩, 澹泊瀟洒, 克肖

은 초정의 인격과 시 사이의 긴밀한 관계를 설파하였던 것이다. 또한
초정의 인품이 강개하고 옛사람을 사모하며 중국을 선망하였기에 초
오(超悟)하고 해탈(解脫)하여 말과 생각의 기이함과 웅장함이 이와 같
으므로, 초정의 시 또한 속태를 벗어나 기묘한 경지로 들어간 것이라
고 하였다.[32] 말하자면 초정 시의 '담박소쇄'(淡泊瀟灑)한 특징은 결국
그 자신의 고고하고 과욕을 부리지 않는 인격의 소산이라는 뜻이 되
겠다.

한편 초정은 성정이 기발〔警拔〕하고 논(論)함이 모가 나서 날카로
운 만큼,[33] 주변의 사람들과 잘 어울리지 않는 모습도 보였다. "재선
은 直性이고 진실만을 추구하므로 화합이 잘 되지 않는다", "더욱이
행동이 꼿꼿하여 거꾸러지기 쉽다"[34], "너무 예리하고 고집이 세다"
(太銳自用)[35] 등의 평은 고고함과 관련된 그의 인격의 다른 일면으로
서, 그만의 남다른 개성이기도 하다. 이는 초정의 외모, 곧 코뿔소 같
은 이마에 칼날 모양의 눈썹에서 볼 수 있듯이, 예상하지 못할 일은
아니다. 말하자면 동전의 양면과도 같은 인격의 두 측면이라 하겠다.
정조 21년(1797년) 2월 25일 동지경연사(同知經筵事) 심환지(沈煥之,
1730~1802)가 처신이 불공하고 말이 패려(悖戾)하다는 이유를 들어
박제가의 파직을 주청(奏請)하였던 것도 초정의 이 같은 성격과 관련
이 있을 것으로 본다.[36] 초정의 인격을 극찬했던 형암도 그의 과격한

其人."

32) 李德懋,《青莊館全書》,〈清脾錄〉4권,〈楚亭〉. "此皆快脫塵臼, 優入妙境. 盖其人
品, 慨慕古人, 艶羨中國, 故超悟解脫, 語奇思壯如此"

33) 成海應,《研經齋全集》外集 1(오성사, 1986), p.314,〈柳惠甫哀辭〉. "楚亭性警拔,
每酒酣放論廉利鋒鍔, 若不可犯公."

34) 成大中,《青城集》6권(여강출판사, 1985), p.123,〈朴在先赴任永平序〉. "在先直性
任眞, 於世寡合", "尤直行易蹶, 此非在先憂耶"

35) 朴趾源,《燕岩集》3권(경인문화사, 1974), p.74,〈答洪德保書〉第3.

36) 당시 심환지가 품수의 구별을 무시하고 호상(胡床)에 앉아 있는 박제가에게 사

성미 또는 이에 따른 '과분'한 처사에 대해서는 선배이자 친구로서 간
곡히 타이른다.

> 형의 성질이 남달리 괴벽하고 우리 예의의 나라에 생장하여 도리어
> 우리와 다른 천 리나 먼 중원의 풍속을 사모하는 것을 늘 한스럽게 생각
> 하였소. (⋯⋯) 심지어 만주의 철보, 옥보의 무리를 형제처럼 보고 서장
> 의 황교와 홍교의 유를 士友처럼 보니 세속에서 말하는 소위 唐癖, 唐學,
> 唐漢, 唐魁의 명목이 모두 형의 몸에 집중되었소.[37]

'소심하고 신중'한 성격을 지닌 형암은 남달리 '괴벽'한 초정이 자
신의 성미로 말미암아 지나치게 중원의 풍속을 사모하게 되고, 이른
바 '오랑캐 친구'나 황교(黃敎) · 홍교(紅敎) 등 이른바 사교(邪敎)를
접하게 됨으로써, 나중에 당벽(唐癖) · 당괴(唐魁)와 같은 명목을 자초
한 것이라고 여기었다. 이는 초정의 지나친 소행을 지적하고자 한 것
이기는 하지만, 오히려 이 글을 통해 평소 "만인이 바다 같으나 홀로
문을 닫았던"(萬人如海獨關扉)[38] 과합(寡合)의 초정이 연행 길에서는
적극적으로 교제하는 인격의 소유자로 변신했음을 알 수 있다. 초정

람을 시켜 물어보게 하였더니, 박제가는 벌컥 화를 내면서 "상은 본래 우리 집 것
으로 하인을 시켜 가져온 것이다"라고 하였다. 이에 심환지는 박제가의 처신이
불공하고 말이 매우 패려(悖戾)하니 파직할 것을 주청(奏請)했다. 하지만 정조는
"박제가의 대답이 말이 공손치 못한 것은 원래 사람이 경솔하여 格例를 모르는
소치이다. 뭐 나무랄 것이 있겠는가. 이 뒤로는 舊規를 거듭 밝혀서 이러한 폐단
이 없게 하라"고 하였을 뿐 그 주청(奏請)을 들어주지 않았던 것이다《조선왕조
실록》 47집, p.11 참조).

37) 李德懋, 《靑莊館全書》, 〈雅亭遺稿〉 7권, 〈與朴在先齊家書〉. "而每恨吾兄爲人性
癖突兀, 生長東方禮義之鄕, 而反慕中原千里不同之俗, 其所設心, 一何玄溷. 甚至滿
洲鐵保, 玉保之輩, 看作兄弟, 西藏黃敎, 紅敎之流, 視如士友. 世俗所云 : 唐癖, 唐學,
唐漢, 唐魁之目, 擧集於兄身, 此是公案, 兄亦自知矣."

38) 《楚亭全書》 上, p.58, 〈再次寄淸受屋六首〉(1).

은 자신이 지향하고 추구하고자 하는 일을 철저히 행하는 성격을 지
니게 되었던 것이다. 실은 형암도 북학을 지향하는 일원으로서 중국
의 선진 문화를 적극 수용할 것을 주창했었다. 비슷한 입지이면서도
형암이 생각하기에 초정의 소행이 과분함을 감지하고 신중하게 처신
할 것을 당부한 것이다. 연암도 중국에 다녀온 뒤 청인(淸人)과 교제
를 끊었고, 초정에게도 이역의 사람들과 개인적으로 서신을 주고받는
것은 근신하는 도가 아니라고 하여 그의 중원벽(中原癖)을 경계한 바
있다.[39]

물론 이 점은 그저 간단히 지나쳐 버릴 문제가 아니다. 이와 같은
사실은 초정이 실학자 문인들 가운데서도 가장 진보적으로 개혁을 주
장했던 문인임을[40] 반증하는 동시에, 초정 인격의 다른 한 측면인 벽
(癖), 곧 남다른 개성이나 안목을 말해주기 때문이다. 이러한 개성과
사유야말로 초정의 사상이나 주장, 그리고 이와 같은 기발하고 생취
(生趣)가 있는 시문(詩文)에 나타나는 고유한 특질을 이루어낸 바탕이
라고 생각한다. 말하자면 벽(癖)의 인격 자체가 직접 독특한 시문의
결과를 낳았다기보다는, 과감한 인격 및 정신과 열린 생각이 한데 합
쳐져 시문의 개혁을 가져왔던 것이다. 또한 이러한 '괴벽'한 성미가
'존명양이'(尊明讓夷), '북벌'(北伐) 등의 지배적 분위기를 무릅쓰고 초
정으로 하여금 과감히 문학을 포함한 청의 선진 문화를 널리 수용하
도록 촉구했을 것으로 본다. 즉 이 같은 성미는 초정이 지닌 열린 사
유의 인격적 바탕이 되었을 것이다.

다음은 굴원과의 비교를 통하여 초정의 인격을 한층 더 깊이 조명

---

39) 朴宗采 著, 金允朝 譯註,《過庭錄》下, 태학사, 1997, p.365. "先君自燕而還也, 不
　　復與彼中人有往復書牘焉. 嘗戒朴在先曰 : '君輩戒之異域之人, 和相間訊, 終非謹愼
　　之道也.'"
40) 윤기홍, 〈朴趾源과 後期四家의 文學思想 硏究〉, 연세대 박사논문, 1988, p.9 참조.

해 본다. 굴원과 비교함으로써 초정의 인격을 더욱 뚜렷하게 인지할 수 있을 것이다.

물론 굴원의 영향이라 하면 단지 초정에게만 국한되는 것은 아니다. 이규보(李奎報)·김시습(金時習)·정철(鄭澈)·윤선도(尹善道) 등 여러 문인정객(文人政客)들이 굴원의 인격을 사모하여 그의 시를 애송하였던 것은 널리 알려진 사실이다. 이들은 굴원의 고결한 인격, 일편단심, 충군연군(忠君戀君)의 마음가짐, 나아가 짙은 애국애족의 성향에 동감한 점에서, 그리고 무엇보다 충성을 다하고 남다른 재능을 소유했음에도 임금에게서 소외당하는 괴로움과 울분을 겪어야 했던 점에서 상통한 문인들이었다. 비록 서로 신분이나 경우는 같지 않더라도 불우하거나 역경에 처했을 때 모두 초사(楚辭)를 읊으면서 상한 마음을 스스로 위로했던 것도 공통된 점이었다.

초정의 경우도 예외가 아니다. 물론 신분에서 차이가 있기는 하지만, 오히려 신분의 한계가 초정이 굴원 및 초사와 인연을 맺게 된 주된 원인이 아닌가 싶다. 즉 초정 역시 상기한 공통점을 지니고 있으면서도 그만의 독특한 일면이 있을 것인바, 이를 밝히는 작업은 초정의 인격 깊은 곳에 자리한 고민과 울분을 이해하는 데 도움을 줄 것으로 기대된다.

굴원은 춘추전국 말기 초나라 사람으로서 일찌감치 재능을 인정받아 요직에 등용되었다. 그는 나라와 임금에게 충성을 다하였고, 임금도 그를 크게 믿고 중임을 맡겼을 뿐만 아니라 작은 과실을 범하더라도 관용을 베풀 정도로 총애했다. 하지만 이는 오래가지 못하고, 그의 재능을 시기하는 자들이 있어 그의 '오만'과 '독단'을 거짓으로 꾸며 고해바치니, 진실에 눈이 어두운 임금 또한 이를 사실로 받아들여 그에 대한 믿음이 소원(疏遠)으로 바뀌고 만 것이다. 그리고 우여곡절 끝에 굴원은 강남으로 추방당한다. 결국 아름다운 인품과 출중한 재능을 지닌 굴원은 여기저기 방랑을 하다가 끝내 한을 풀지 못한 채로 나라의 멸망과 함께 순국하고 만다.

한편 초사 작품은 거의 굴원의 것으로 되어 있다. 그의 사상과 인격, 고민과 비애의 정감이 고스란히 작품 속에 나타난다. 굴원은 초기작 〈橘頌〉에서, 귤나무의 드팀없는 곧은 성미와 아울러 백이숙제(伯夷叔齊)의 고고한 인격을 높이 찬양했다. 굴원은 대표작 〈이소(離騷)〉를 통하여 자신의 화려한 출신을 자랑했고 조국과 임금에 대한 안위를 걱정했다. 그는 상강(湘江)을 오르내리며 포악한 군주와 정치를 매도했고 이상적인 군주와 정치를 열망했다. 훌륭한 사상과 인격을 소유하고 몸과 마음으로 충성을 다했지만 오히려 참소(讒訴)당하고 소외당해야 하는 억울함과 외로움을 달래는 과정, 그리고 자신의 참뜻을 몰라주는 '고국'을 포기하려다 말고 팽함(彭咸, 殷의 賢臣)처럼 죽음을 택하여 순국하려는 결의 등의 내용이 묘사되고 있다.

그렇다면 굴원과 초사, 그리고 초정 사이에는 서로 어떤 관련이 있는가? 박제가가 초사를 좋아하여 자신의 호를 초정이라 한 것은 위에서 이미 언급하였다. 뿐만 아니라 초정은 〈離騷〉[41]를 항상 몸에 지니고 다니면서 애송하던 자신의 모습을 여러 시문에서 보여준다. "배에는 다른 것 없고 노로 뱃전을 치며 이소를 낭송하네"[42], "나는 이소

---

41) 초정이 늘 소지하고 다녔던 초사는 아마 〈離騷〉라는 이름으로 출간된 초사(楚辭)작품이 아닌가 한다. 왜냐하면 그가 〈離騷〉를 지니고 다닌다고 했지만 낭송하는 작품들 가운데는 다른 초사 작품도 있었기 때문이다. 그리고 〈離騷〉의 글을 인용한다고 하지만, 정작 그 인용된 시구를 보면 〈초혼(招魂)〉의 것인 경우도 있다. 예컨대 "及離騷, 湛湛江水上有楓, 目極千里傷春心, 倂押哀江南之南字韻."《楚亭全書》中, 〈書文衡山澗亭春水圖畵題後〉, p.389)에서 보면 〈離騷〉라는 편명으로 〈초혼〉의 시구를 인용하고 있다. 이로 보아 그의 안목에 〈離騷〉라 하면 초사 전체를 지칭하는 것이라 하겠다.

42)《楚亭全書》上, p.23, 〈九日同李炯菴放舟洗心亭下五首〉(1). "扁舟無一物, 鼓枻誦離騷."

를 가지고 당신은 혜금을 지녔네"[43] 등의 구절이 대표적이다. 초정의 친구로 짐작되는 착암(窄菴)도 "손에는 이소경을 들고 눈 내리는 밤 나의 집을 찾았네"[44]라고 하여 눈 내리는 밤에 〈離騷〉를 지니고 친구 집을 방문하던 초정의 모습을 시로 그려냈다.

그리고 이덕무의 시에서도 초정이 〈涉江〉을 읊조리는 모습이 그려지고 있다.

天上星的的,	하늘에는 별들이 반짝반짝 빛나고
水中魚種種.	물 속엔 가지가지 고기떼 노니네.
濯魄空明夕,	깨끗하고 해맑은 이 밤에
楚亭涉江誦.[45]	초정은 〈섭강〉을 읊조리누나.

이는 형암이 1768년 음력 9월 9일 내제(內弟) 박종산의 집에서 박제가와 함께 유숙하며 지은 시로서, 고결한 뜻을 지니고도 무함(誣陷) 당한 심회를 애절하게 읊조렸던 굴원의 작품을 낭송하는 박제가의 모습을 노래한 것이다.[46] 〈涉江〉은 굴원의 초사 작품 〈九章〉 가운데 한 편으로서, 훌륭한 품행을 좋아하고 바르고 곧은 마음 간직했지만 세상이 어지러워 인정받지 못하고 있는 현실에서 오는 갈등과 고민, 나아가 "조국에 대한 뜨거운 연민과 나름대로의 포부를 가졌으나 추방당한 심정의 처연함"이 강렬하게 묘사된 작품이다. "음절이 촉박하면서 격한 감정이 전체적으로 그려져 있는"[47] 이 작품이야말로 초정의

43) 《楚亭全書》上, p.26, 〈夜訪柳連玉六首幷小序〉. "我有離騷, 子挾嵇琴"
44) 《楚亭全書》上, p.27, 〈附窄菴詩四首〉(2). "客持離騷經, 訪我雪夜半"
45) 李德懋, 《青莊館全書》, 《雅亭遺稿》 1권, 〈九日麻浦, 同在先宿內第朴穉川宗山舍時, 張幼毅僴求九首〉(8).
46) 유재일, 앞의 책, p.136.
47) 유성준 역해, 《楚辭》, 혜원출판사, 1992, p.100.

성미 또는 인격에 꼭 들어맞는 글이 아닐 수 없다.

필자가 조사한 바에 따르면 초정의 시문 가운데 약 40여 편에서 초사와 관련된 용어가 언급되고 있다. 주로 '離騷'라는 말이 많이 쓰이고 있고 초사를 연상하게 하는 표현도 가끔 볼 수 있다. 예컨대,

고사전(高士傳)엔 소나무 계수나무 통솔하고
이소경(離騷經)은 마름과 연꽃을 옷 삼누나[48]

가을꽃을 꿰매어 옷을 만들고
묘어(妙語)로 아름다운 글 자랑하누나[49]

등은 각각 〈離騷〉의 '紉秋蘭以爲佩', '豈雜紉夫蕙茞' 등과 비슷한 표현이라고 볼 수 있다. 이는 초정이 인격뿐만 아니라 시문까지도 초사의 영향을 받았음을 짐작케 하는 부분이다.

굴원은 이른바 '축신문학'(逐臣文學)의 막을 연 문인이다. 축신문학의 공통된 특징은 애국사상, 비분심리(悲憤心理), 고적정회(孤寂情懷), 광오개성(狂傲個性)[50] 등으로 요약되는데, 그것이 굴원에 의해 형성된 뒤 허다한 동병상련의 문인들이 시대를 막론하고 이를 따랐다. 물론 초정을 이에 완전히 등치시키는 것은 무리인 듯싶지만, 그의 문학이 축신문학의 특징에 어느 정도 합치됨을 볼 수 있어 양자의 비교가 전혀 불가능한 것은 아니다.

이제 '축신문학'의 공통된 특징이 초정의 문학 작품에서 어느 정도

---

48) 《楚亭全書》上, p.530, 〈次白石〉. "高士傳中松桂宰, 離騷卷裏芰荷衣."
49) 《楚亭全書》上, p.456, 〈權處可來宿〉. "褧服紉秋花, 妙語揚文藻."
50) 陶濤, 〈論發端於屈原的逐臣文學〉, 《中國古代, 近代文學硏究》(1999. 9), pp.47~54 참조.

구현되고 있는가를 살펴볼 차례이다. 부국강병을 도모하고자 초정이 저술한 《북학의(北學議)》가 애국의 염원을 담고 있음은 널리 알려진 바다. 그리고 고적심회(孤寂心懷) 또한 초정의 심경에 너무나도 걸맞다고 하겠다. 초정은 〈小傳〉에서 자술한 대로 늘 고고하고 세속과 과합(寡合)하는 편이었다. 백안시하는 세속의 눈길을 무릅쓰고 북학을 고집한 탓에 당벽(唐癖), 당괴(唐魁)라는 비난을 한 몸에 받아야 하는 처지이기도 하였다. 시에서도 자신의 외로운 처지를 자연에 빗대어 "하루종일 홀로 읊으며 새와 서로 의지하여 기뻐할 때"[51]라고 표현하기도 하였다.

문제는 '비분심리'와 '광오개성'이다. 초정의 비감이 가을을 슬퍼하는 허다한 시에서 쉽게 발견되는 것과 달리, 울분의 표출은 절제되어 있다고 하겠다. 그 이유는 주로 초정의 처지나 문화가 굴원의 것과 상이하고 그의 상황이 굴원보다 심각하지 않은 데 있을 것이지만, 초정의 시가 감정을 일정하게 통제하고 직설을 극복하여 미외미(味外味)의 예술 취미를 지향한 것과도 관련이 있을 것으로 본다. 그렇다고 하더라도, 남다른 학식과 재능을 소유하고 우국충정(憂國衷情)의 소회를 지니고 있으면서도 어쩔 수 없이 견디어야 했던 인생의 고민과 울분을 굴원과 비교함으로써, 초정이 가졌던 광오개성을 어느 정도 감지할 수 있다. 다시 말해 비록 시문에서 이러한 울분을 분명히 토로하지 않고 다만 담담하게 그러한 비애를 드러냈을 뿐이지만, 우리는 굴원의 인격과 초정의 작품을 비교함으로써 간접적으로 초정의 심중을 읽을 수 있을 것이다. 그 예로 다음과 같은 시문들을 살펴볼 수 있다.

---

51) 《楚亭全書》上, p.39, 〈春集沈園六首〉(1). "孤吟吾盡日, 相命鳥欣時"

① 사람들은 모두 그가 글을 쓰는 것을 보면 세상을 말한다고 하지만 그 말이 〈이소〉의 뜻인 줄은 모른다.[52]

② 〈국풍〉은 비흥(比興)으로 쓰였고
  〈이소〉는 원모(怨慕)를 나타내었다.[53]

③ 나무마다 다 빈화(豳畵)의 뜻을 가졌고
  백충(百蟲)은 모두 〈이소〉의 소리를 내누나.[54]

④ 나는 정칙(正則)처럼 모자 먼지 털거니
  몸이 쓰러진 뒤 문지기를 웃지 말라.[55]

⑤ 〈갈대〉의 수심이 많은 곳에서
  〈이소〉를 본떠 〈속이소〉를 지으리.[56]

　②는 〈離騷〉가 원모(怨慕)의 작품이라는 것, 곧 원망과 사모에 관한 내용이라는 것을 보여주고 있다. 원망한다 함은 자신의 충정을 알아주지 않는 데 대한 불만을 드러낸 것이고, 사모한다 함은 그럼에도 임금의 부름을 기다린다는 뜻이니 곧 연군(戀君)의 의미가 되겠다. ①은 이덕무의 글이 ②와 같은 〈離騷〉의 뜻을 내포하고 있다는 말로서, 주로 원성(怨聲)의 의미로 볼 수 있을 것이다. ③에서는 백충(百蟲)의

---

52) 《楚亭全書》中, p.237, 〈李懋官像贊〉. "人皆見其落筆則爲世說, 不知滿腔之爲離騷"
53) 《楚亭全書》中, p.97, 〈學山堂印譜抄釋文序〉. "國風之比興也, 離騷之怨慕也"
54) 《楚亭全書》上, p.387, 〈與靑城集秘閣四首〉(3). "雜樹俱含豳畵意 百蟲皆作楚騷音"
55) 《楚亭全書》上, p.359, 〈靈壽寺湯泉十首〉(6). "我且彈冠如正則, 莫將身覆笑閽人"
56) 《楚亭全書》上, p.62, 〈還自溫陽二首〉(2). "蒹葭愁絶處, 擬賦續離騷"

울음소리가 흡사 〈離騷〉의 하소연과 같이 들린다고 하는가 하면, ④
에서 자신을 굴원에 견주더니, 마침내 ⑤에서 〈속이소(續離騷)〉를 쓰
겠다고 다짐하는 것이다. 이처럼 자신을 굴원에 견주고 〈離騷〉를 계
승하고자 하는 모습 속에서 초정에게 투영된 굴원의 인격을 어느 정
도 감지할 수 있을 것으로 본다.

또한 초정은 자신이 북방으로 유배 간 것을 강남으로 추방당한 굴
원의 경우에 직접 견주어 보기까지 한다. 이는 "자고로 방란(芳蘭)이
자라지 않는 곳에서 초인이 어찌 〈이소〉를 지으랴"⁵⁷⁾라는 구절에 잘
나타나 있다. 향기로운 난초가 생장할 수 있는 남방에서는 비록 추방
당한 신세라 하더라도 굴원처럼 〈離騷〉와 같은 작품을 지어 울분을
달랠 수 있을 터이지만, 이 차디찬 북방으로 추방된 자신은 가슴속에
가득한 비분을 하소연할 수도 없다며 개탄하고 있는 것이다. 〈離
騷〉에는 방란과 같은 향초가 많이 등장하여 작품의 형성에 일조한다.
하지만 '향초'가 없는 북방에서는 어찌 〈離騷〉와 같은 작품을 지을
수가 있을까? 말하자면 자신을 굴원의 신세에 견주면서도 굴원보다
자신의 처지가 더욱 참담함을 토로하는 데 그 비분의 함의가 들어
있는 것이다.

다음으로 '광오개성'은 두드러지지는 않더라도 뚜렷하게 나타나고
있음을 볼 수 있다. 이 점은 앞에서 이미 언급한 자료를 통해 설명할
수 있다. 코뿔소 같은 이마에 칼날 모양의 눈썹을 한 외모가 말해주
듯, 성정이 기발하고 논함이 모가 나서 날카로우며[廉利鋒鍔] 너무 예
리하고 고집이 센[太銳自用] 것 등의 성격은 초정이 지닌 광오(狂傲)
의 개성과 무관하지 않을 것이다. 당시 심환지(沈煥之)가 초정을 탄
핵한 내용도 이와 관련되어 있을 것이다. 그리고 〈小傳〉에서 고명(高

---

57) 《楚亭全書》上, p.571, 〈憶言二十二首〉(18). "終古芳蘭不生處, 楚人安得著離騷"

明)함을 좋아하고 백세(百世) 이전의 사람들과 응답하며 만리 밖 먼 땅에 가서 노닌다고 한 것도 이러한 인격을 말해주는 대목이라고 하겠다. 특히 백세 이전의 사람들이라 함은 어느 정도 광오의 인격을 가졌다고 할 수 있는 도연명이나 굴원 같은 현자들을 가리키는 것이고, 만리 밖은 중국을 가리키는 것으로서 이곳에서 노닌다 함은 곧 중국의 유명 학자들과 교유한다는 것을 뜻하는 것 같다. 대략 이 시기(1776년)에 어양 왕사정(漁洋 王士禎, 1634~1711)의 시를 희방(戲倣)하여 창작한 회인시(懷人詩)가 이 점을 입증한다. 기실 이들과만 노닌다는 자체가 초정에게 광(狂)과 오(傲)의 성격이 다분함을 설명하는 것이다.

이러한 공통점이 있었기에 초정은 더욱 열렬히 초사에 빠져들었을 것이다. 이상의 여러 여건을 전제로 한다면 초정의 그 어떤 숨겨진 내심 또한 짐작해 볼 수 있을 것으로 생각된다. 결론적으로 말하자면 초정의 담차고 웅대한 뜻을 엿볼 수 있다는 것이다. 널리 알려진 것처럼 굴원은 초왕(楚王)과 동성인 왕족 출신으로서 젊은 나이에 벼슬길에 올라 크게 기용되었고, 왕을 도와 초나라를 진흥시켜 천하통일의 대업을 이룩하고자 결심했던 인물이다.[58] 하지만 너무도 고고한 인격인데다 세속적인 것과는 추호의 타협도 없었던 그로서는 당시 부패한 조정에서 고립무원의 처지에 놓일 수밖에 없는 상황이었고, 끝내 정치적으로 패자의 위치에 서게 된 것이다. 이런 점을 두루 감안하면 초정 또한 이와 같은 포부를 품고 있었던 것이 아니었을까 하고 추측해 볼 수 있다.

초정이 왕어양(王漁洋)의 회인시를 익살스럽게 흉내내어〔戲倣〕지은 시의 첫머리에 있는 "종일 농짓거리하며 포복절도하는데 그 누가

---

58) 陶濤, 앞의 글, p.48 참조.

사자가 공을 굴리는 뜻을 알 수 있으랴"(終日詼諧頻絶倒, 誰知獅子弄毬
時)라는 표현과 "감히 경술 이루어 우리 임금께 올리련다"(敢將經術致
吾君)[59]라는 시구 등을 연관시켜 생각한다면 그 어떤 숨은 뜻을 찾을
수 있을지 모른다. 대학(大學)의 뜻을 취하여 이름을 제가(齊家)라 한
것과, 어려서는 문장가의 말을 배우고 장성해서는 경제의 술책을 좋
아했다는 자술, 그리고 뒷날 부국강병의 지침서인 《북학의》를 저술한
사실 등을 염두에 두면 초정의 속뜻을 어느 정도 감지할 수 있다고
하겠다.

이상 초정의 인격을 살펴보았다. 자신의 자서전과 타인의 평가를
살펴보고 굴원과 견주는 방법을 통해 고찰한 결과, 초정은 고고함과
남다른 개성, 그리고 커다란 뜻을 간직한 인격의 소유자임을 확인하
였다. 담박하고 고고한 면이 인격의 핵심을 이룬다면, 벽(癖)에 가까
운 집요함과 이에 따른 고집이나 '과격'한 일면은 남다른 개성을 형성
한다고 하겠다. 무릇 사람은 반드시 이 같은 개성이 있어야 함을 초
정 자신도 분명히 언급하고 있다.

傳이란 전해 주는 것이다. 그의 조예와 인품을 온전히 드러내지는 못
해도 완연히 그 사람이라서 천만의 사람과는 다르다는 것을 알게 한 다
음이라야 天涯의 타지에서나 오랜 세월 흐른 뒤에 만나는 사람마다 분명
히 그인 줄을 알 것이다.[60]

바로 이러한 재능과 고고함, 그리고 벽에 가까운 개성적 인격을 지

---

59) 《楚亭全書》上, p.598, 〈客有餉酒者〉.
60) 《楚亭全書》中, p.170, 〈小傳〉. "夫傳者, 傳也. 雖未可謂極其詣, 而盡其品乎, 而猶
宛然知爲一人, 而匪千萬人. 然後, 其必有天涯曠世而往, 人人而遇我者乎."

닌 초정이었으므로 그의 문학 또한 독특한 면모를 갖추게 되었으리라
본다. 한편 굴원과 견주어 봄으로써 초정의 마음속에 비분과 광오의
성격과 웅대한 뜻이 자리 잡고 있었으리라 추정해 볼 수 있다.

3. 사상적 측면—열린 생각

물론 한 사람의 인격과 사상은 서로 떼어놓고 논할 수 없다. 예컨
대 인격은 사상을 형성하는 바탕이 될 수도 있고, 이미 형성된 사상
은 다시 인격을 좌우할 수도 있는 것이다. 하지만 인격이 주로 성격
이나 성품과 같은 윤리적인 측면에 가깝다면, 사상은 일반적으로 세
계와 인생, 또는 일상의 삶에 대한 여러 가지 견해나 사고방식을 가
리키는 것으로, 양자는 서로 연관되면서도 분명 다른 개념이다. 한편
인격이 문학에 반영된다면 당연히 사상도 문학과 관련이 깊을 것으로
사료된다. 이를테면 초정의 일부 시에서 표출된 북학사상(北學思想)
등이 그러하다. 따라서 사상이 작자의 문학관에 영향을 끼쳐 상응하
게 되는 사고의 전개과정을 초정에게서도 찾아볼 수 있을 것이다. 이
절에서는 이와 같은 것들을 감안하여, 초정의 열린 생각과 이에 따른
개국통상론(開國通商論)을 중점적으로 고찰하고 아울러 이러한 사상
의 애국적 바탕도 살펴보기로 한다.

내용이 풍부하고 이색적인 자신의 북학사상만큼이나 초정의 사고
방식 또한 개방적이고 기발하며 논리적이기까지 하다. 모르는 것이
있으면 길을 가는 사람이라도 붙잡고 묻는 것이 옳고 또 노비라 하더
라도 자기보다 글자 하나라도 많이 알면 우선 그에게 배워야 하며,
자신이 남과 같지 못한 것을 부끄러워하여 자기보다 나은 사람에게
묻지 않는다면 이것은 종신토록 고루하고 무식한 경지에다가 자신을

가두어 두는 것이 된다.[61] 바로 연암이 〈北學議序〉에서 한 발언이다.
연암도 초정의 북학사상이 마음에 거리낌이 없는 열린 사고방식의 소
산임을 감지했던 것이다.

공자는 "세 사람이 걷노라면 그 가운데 반드시 나의 스승이 있을
것이다"(三人行, 必有我師焉)라고 했다. 즉 성인도 남에게 묻기를 좋아
하고 잘 배웠기 때문에 성인이 되었다는 말로서, 진실로 법이 좋고
제도가 아름다우려면 아무리 오랑캐라 할지라도 떳떳하게 스승으로
삼아야 한다는 논리이다.[62] 순임금이나 공자와 같은 성인도 아랫사람
에게 묻기를 수치로 여기지 않았다고 하는데, 성인을 숭상 또는 사숙
하는 우리가 아무리 오랑캐를 경멸하는 소중화(小中華) 의식이 강하
다고 해도 이와 같은 논리를 무시해서는 안 된다는 생각인 것이다.
초정 또한,

　진실로 백성에게 이로우면 그 법이 비록 夷狄에게서 나왔다 하더라
　도 성인은 장차 취할 것이다. 하물며 본래부터 중국의 법이야 말해 무
　엇하랴.[63]

라고 하여, 배워야 하는 이유를 백성의 이로움에서 찾고 있다. 말하자
면 명분이나 상대 신분의 높고 낮음과는 상관없이 백성의 생활에 도
움이 되는 것이면 무조건 배워야 한다는 것이다. 물론 여기에는 이른

61) 朴趾源, 〈北學議序〉《楚亭全書》下, p.413). "學問之道無他, 有不識, 執塗之人,
　而問之可也. 僮僕多識我一字, 姑學汝矣. 恥己之不若人, 而不問勝己, 則是終身自錮
　於固陋無術之地也."
62) 위와 같음. "故舜與孔子之爲聖, 不過好問於人, 而善學之者也. (……) 苟使法良而
　制美, 則固將進夷狄而師之."
63)《楚亭全書》下, p.402, 〈進疏本北學議·尊周論〉. "苟利於民, 雖其法之或出於夷,
　聖人將取之, 而況中國之故哉."

바 이적(夷狄)의 것도 포함되어 있다. 즉 우리가 지금 상대하고 있는 중국은 허울만 오랑캐일 뿐, 제도를 비롯한 대부분의 문화는 주(周), 한(漢), 당(唐), 송(宋), 명(明)의 것을 그대로 이어받은 것이므로, 이들의 좋은 점들을 받아들이는 것이 명분에 어긋나는 것은 아니라는 주장이었다. 백성에게 이로운 청나라의 법은 이적에게서 나온 것이 아니므로 더욱 잘 배워야 한다는 논리로서, 북학의 당위성은 의심할 여지도 없다는 말이다. 초정은 자신과 견해를 달리하는 이른바 소중화, 북벌론(北伐論)자들의 태도를 고려하면서 이들에게 해석과 설득을 시도한다.

옛날의 영웅들도 반드시 원수를 갚을 뜻이 있으면 호복 입는 것도 마다하지 않는다. 필부도 또한 원수를 갚으려면 원수가 차고 있는 예리한 칼을 빼앗으려 생각한다. 이제 당당한 천승의 나라로서 大意를 천하에 펴고자 하면서 중국 법을 한 가지도 배우지 않고 중국 선비를 한 사람도 사귀지 않으면서 백배나 되는 이로움을 버리고 실행하려 하지 않고 있다.[64]

이는 어디까지나 북벌보다도 북학을 설득하기 위한 발언이라고 보인다. 북벌을 주장하는 사람들은 말로는 늘 북벌을 떠들어대지만 이른바 '원수'의 내실조차도 전혀 모르고 있는데, 이는 병가(兵家)의 기본 상식인 "남을 알고 자기를 알면 백 번 싸워도 위태롭지 않다"(知彼知己 百戰不殆)는 이치마저 망각한 처사였던 것이다. 초정은 이러한 자세를 신랄하게 비평하면서 우선 '적'의 장점을 배울 것, 곧 힘껏 20년 이

---

64) 위와 같음. "古之英雄, 有必報之志, 則胡服而不恥. (……) 匹夫欲報其讐, 見其讐之佩利刃也, 則思所以奪之. 今也以堂堂千乘之國, 欲伸大義於天下, 而不學中國之一法, 不交中國之一士, 使吾民勞苦而無功, 窮餓而自廢, 棄百倍之利, 而莫之行."

상 중국을 배운 뒤에 다시 북벌을 논하여도 늦지 않음을 역설한다. 이는 무엇보다 북학을 유도하는 것이 목적이었다. 초정은 지금 자신들이 오랑캐를 물리치고자 하면 먼저 누가 오랑캐인가를 알아야 하고, 중국을 더욱 숭상하려면 중국인들이 남긴 법을 다 배워야 한다고 솔직하게 일침을 놓는다. 사실 청(淸)이 조선의 백성들에게 호복(胡服)을 입히려 하다가 그렇게 하면 자신들에게 불리함을 깨닫고 그대로 두어 '구속하지 않고 가두는' 계책을 써 온 것이 조선인들에게 다행이라면 다행이었는지 모른다. 그러나 이는 조선으로 하여금 자신들과 통하지 못하도록 한 것을 청이 이롭게 여긴 것에 불과한데도,[65] 그렇게 된 것을 조선인들 스스로 소중화라 자랑·자긍하니 초정은 개탄하지 않을 수 없었다. "우리나라 사람은 빈말은 잘해도 실효를 거두는 데는 모자라고 눈앞의 계산에는 빨라도 큰 것을 생각하는 데는 어둡다",[66] "아침에 저녁 일을 걱정하지 않는다", "임시방편으로 일을 처리한다"[67] 등과 같은 초정의 비판은 결코 지나친 말이 아니었을 것이다.

요컨대, 귀천을 막론하고 남이 자신보다 아는 것이 많으면 그에게 물어야 하고, 훌륭한 점이 있으면 상대방이 오랑캐라도 배워야 한다. 성인도 이렇게 하였거늘 하물며 청나라의 법은 옛날 중국의 법이 그대로 계승된 것이니 당연히 배워야 한다는 것이 초정의 주장이다. 가령 북벌을 하더라도 우선 상대방의 수준을 넘어선 다음에 행하라는

---

65) 《楚亭全書》下, p.403, 〈進疏本北學議·尊周論〉. "世傳丁丑之盟, 淸汗欲令東人胡服, 九王諫曰 : '朝鮮之於遼瀋肺腑也, 今若混其衣服, 通其出入, 天下未平, 事未可知也. 不如仍舊, 是不拘而囚之也.' 汗曰 : '善', 遂止. 自我論之, 幸則幸矣, 而由彼之計, 不利我之不通中國也.", "故今之人欲攘夷也, 莫如先知夷之爲誰, 欲尊中國也, 莫如盡行其法之爲逾尊也.", "若夫爲前明復讐雪恥之事, 力學中國二十年後, 共議之未晚也."
66) 《楚亭全書》下, p.552, 〈北學議·兵論〉. "我國之人, 莫不長於空言, 而短於實效, 勞於近計, 而昧於大體."
67) 《楚亭全書》下, p.446, 〈北學議·甓〉. "我國之人, 曾無朝夕之慮, 百藝荒蕪, 日事紛紛, 民以之而無定志, 國以之而無恒法, 其原皆出於姑息.."

것으로, 현재의 급선무는 배우는 데 있다는 것이다. 이와 같이 대담하고 열린 생각과 적절하고도 명지(明智)한 사고방식은 그에게 폭넓고 깊은 안목을 갖추게 하였던바, 이것이 바로 그의 기발한 사상이 나올 수 있었던 바탕이었다고 생각한다.

박제가의 사상은 주로 제1차 연행을 다녀온 뒤에 집필한《북학의》에서 구체적으로 진술되고 있다. 그의 사상을 요약하면, 기본적으로 실사구시의 학문과 '國富'를 위한 공리적 가치를 추구한다는 두 가지 목적 아래 자연의 법칙을 합리적으로 이해하여 농업 생산을 증대시키고 이를 위해 농업 기술 및 영농법을 개량하며 나아가 '士農工商'이라는 분업 체계에서 '商'이 갖는 상대적 독자성을 긍정하고 이를 기조로 하는 해외무역을 중시하는 것이라고 할 수 있다.[68] 이와 같은 업적으로 초정은 조선 사상사에서 특이한 위치를 차지하고 있는 사상가이며,[69] 그의 존재 자체가 우리 사상사의 기적[70]이라는 평가까지 받고 있다.

한편 초정의 부국강병사상은 주로 북학, 곧 중국의 선진 기술과 문화를 수용하는 과정에서 드러난다. 그의 북학이 아우르는 영역은 매우 광범위하다. 백공기예(百工技藝), 수레와 배 등 운수도구며, 농업, 상공업, 군사, 심지어는 복식, 장례 등 여러 제도의 문제까지 거론하고 있다. 특히 지금 언급하고자 하는 개국통상론(開國通商論)은 의식의 갱신을 거듭 촉구하는 열린 생각의 산물이라 할 수 있다. 지금까지의 쇄국(鎖國)을 비판하고 개국(開國)으로 나아가는 것은 문호를 개방한다는 의미를 담고 있는데, 이는 봉건에 대한 한 차례의 혁명으로 간주된다. 정치, 경제, 문화를 포함한 거의 모든 의식의 전환이 여기

---

68) 박충석, 〈楚亭의 思想史적 位置〉, 《진단학보》 52, 진단학회, 1981, p.187.
69) 위의 글, p.188.
70) 김용덕, 〈朴齊家의 經濟思想〉, 《진단학보》 52, 진단학회, 1981, p.153.

에서 시작되기 때문이다.

초정은 중국의 선진 기술과 선진 문명을 힘써 배워야만 부강해질
수 있다며 의식의 갱신을 강조했다. 하지만 이런 것들이 어떤 경로를
거쳐 들어오고 이루어지는가 하는 문제 또한 간과할 수 없음을 절감
했다. 일찍이 통일신라 때부터 있었던 해외 유학이나 사신 왕래, 또는
밀수 같은 것을 통하여 선진기술이 들어오기도 했다. 보통 역관이나
변방의 사람들이 견문이 넓고 부유한 이유도 여기에 있다. 이런 점을
감안하여 초정은 재능 있는 사람을 해마다 10명씩 뽑아서 사신 일행
에 포함시키자는 주장도 했었다.[71] 하지만 사신 행차가 길에 닿아도
한 가지도 배워 오지 못하면서 도리어 '왜놈', '되놈' 하며 비웃는 사람
들을 보며 초정은 사람들의 선입견을 문제로 삼았다. 깊이 생각한 끝
에 초정은 의식의 갱신이 단순히 협소한 '테두리'에 국한된 몇몇 사람
의 힘으로 이루어지는 것이 아님을 감지한 것 같다. 오로지 백성의
이로움을 전제로 외국과 통상을 하는 사이에서만 의식은 스스로 점차
갱신되리라는 데 생각이 미친 듯하다.

이를 바탕으로 초정은 나라와 백성이 잘살 수 있게 하고 그 가운데
서 의식의 전환을 자연스럽게 이루어 낼 수 있는 중요한 방법의 하나
로 문호를 개방하여 해외 통상을 할 것을 제시한다. 즉 중국을 중심
으로 세계 여러 나라와 통상을 단계적으로 행할 것을 건의하는 것이
다. 이는 오늘날 우리가 말하는 국제화의 시대를 열자는 것과 다르지
않다. 역사에서 일본을 비롯하여 비교적 자유로이 해외 통상을 이루
었던 나라가 신속히 부유해졌고 빨리 개화되었던 것은 널리 알려진
사실이다.

초정은 400년이 지나도록 조선에 다른 나라의 배가 한 척도 통상하

---

71) 《楚亭全書》 下, p.395, 〈進疏本北學議·財富論〉. "今急選經綸才技之士, 歲十人,
    裸於使行稗譯之中, 以一人領之."

러 오지 못하였다고 개탄하였다. 그는 전라도의 가난을 구제하기 위
하여 해외 통상을 주장한 바 있었던 토정 이지함(土亭 李之菡,
1517~1578)의 놀라운 식견을 높이 찬양하면서,[72] 현재 나라의 큰 병
폐인 가난을 구제할 길은 오로지 중국과 통상하는 길뿐이라고 간절히
주장한다. 각자 가진 것을 바탕으로 없는 것을 서로 교역하는 것은
세상 어디서나 통하는 정당한 방법이어서 일본, 유구(琉球), 안남(安
南), 서양 등 여러 나라가 모두 민중(閩中), 절강(浙江), 광주(廣州) 등
의 지역에서 교역을 하니, 조선도 물길을 터 다른 나라처럼 통상하기
를 원한다고 하면 중국이 반드시 허락할 것이라 초정은 확신하고 있
었다.[73]

초정은 일본에 대하여 경계심을 갖고 있으면서도 그들이 여러 나
라와 무역을 벌여 조선보다 앞선 경제 성장을 이루었다는 것을 시인
한다. 과거에 일본이 중국과 무역하기 전에는 조선이 중계무역을 담
당하여 많은 이익을 보았는데, 이 과정이 자신들에게 이롭지 못함을
알아차린 일본은 직접 중국과 통상을 하게 되었고 그 밖에도 30여 나
라와 통상을 하면서 점점 부강해지고 있다는 것이다. 자신의 나라를
부강하게 하고 싶지 않은 사람은 없는데 조선 사람들은 그 술법을 왜
양보하는지 초정은 의문을 갖는다.[74] 인간의 성정이 본래 부를 원하

---

72) 《楚亭全書》下, pp.549~552, 〈北學議外篇·通江南浙江商舶議〉. "國朝幾四百年不
　　通異國之一船 (……) 土亭, 嘗欲通異國商船數隻, 以救全羅之貧, 其見, 卓乎眞不可
　　及矣."

73) 《楚亭全書》中, pp.157~158, 〈丙午所懷〉. "當今國之大弊曰：貧. 何以捄貧, 曰：
　　通中國而已矣.", "貿遷有無, 天下之通義也. 日本, 琉球, 安南, 西洋之屬, 皆得交市於
　　閩, 浙, 交, 廣之間, 願得以水路通商賈, 比諸外國焉, 彼必朝請而夕許之矣."

74) 《楚亭全書》下, pp.549~550, 〈北學議外篇·通江南浙江商舶議〉. "向者, 倭之未通
　　中國也, 欵我而貿絲於燕, 我人得以媒其利. 倭知其不甚利也, 直通中國而後已, 異國
　　之交市者, 至三十餘國. 其人, 往往善漢語, 能說天臺鴈唐之奇. (……) 人莫不欲其國
　　之富且强也, 而所以富强之術, 又何其讓於人也."

고 좋은 환경을 선호하는데도 그런 것에 너무나도 신경이 무딤을 절
감하면서, 그는 안타까운 마음을 금하지 못한다.

따라서 초정은 국가의 힘이 좀더 강해지고 백성의 생업이 안정되
면 중국뿐만 아니라 차례로 해외의 모든 나라와 통항(通航)해야 한다
고 주장한다.[75] 초정의 탁월함이 드러나는 생각이라 하겠다. 그는 나
라의 부국강병을 염두에 두고 이러한 발상을 제기하였지만, 이를 넘
어 의식 또는 무의식적으로 세계적인 흐름을 통찰하고 당시에는 멀고
먼 미래에 해당했을 오늘날 국제 무역의 현실을 예견한 셈이다. 한편,
초정은 통상으로 얻는 혜택이 경제적 부만이 아님을 의식한다. 자신
의 선견지명으로 통상이 가져다주는 엄청난 갖가지 효과들을 미리 판
단하였던 초정은 이러한 효과들이 특히 의식을 갱신하는 데 더할 나
위 없이 커다란 도움이 될 것임을 거듭 강조한다.

이에 우리는 그 기술을 배우고 그 나라 풍속을 탐방하여 백성들의 견
문을 넓혀 주고 천하가 큰 줄을 알게 하여 우물 안 개구리가 부끄러운 줄
을 깨닫게 하면 세상의 이치를 위함이 어찌 통상하는 이익에서 그칠 뿐
인가?[76]

또 배, 수레, 건축, 기계의 편리한 기술을 배울 수 있을 것이며 천하의
책도 들여오게 될 것이니 陋俗에 양반 유생들의 편벽되고 막히고 고루하
고 정체되고 틀에 짜인 소견은 공격하지 않아도 저절로 타파될 것이다.[77]

---

75) 《楚亭全書》下, p.552. "只通中國船, 不通海外諸國, 亦一時權宜之策, 非定論. 至
國力稍强, 民業已定, 當次第通之"
76) 《楚亭全書》下, pp.551~552. "我乃學其技藝, 訪其風俗, 使國人廣其耳目, 知天下
之爲大, 井蛙之可恥, 則其爲世道地, 又豈特交易之利而已哉."
77) 《楚亭全書》中, p.157, 〈丙午所懷〉. "舟執, 車輿, 宮室, 器什之利, 可學矣. 天下之
圖書可致, 而拘儒俗士, 偏塞固滯纖瑣之見, 可不攻而自破矣."

초정의 사유가 미치지 않은 곳은 없다. 통상으로써 백성의 견문을 넓혀 주고 우물 안의 개구리로 하여금 천하가 큰 줄을 알게끔 한다는 것이다. 중국에도 귤이 있고 옻이 있으며 인삼이 있음을 알게 하고, 만주 사람들이 말하는 소리가 개 짖는 소리가 아니라 사람의 소리임을 알게 하며, 그들에게는 뱀을 시루에 쪄서 먹는 습속이 있음을 알도록 한다는 것이다.[78] 그리하여 중국을 '되놈'의 나라로 치부하고 이적시(夷狄視)하는 연암의 시종 장복(張福)[79]과 같은 우직한 자들을 깨우칠 수 있다는 것이다. 초정은 또 어린아이가 낯선 사람을 보면 수줍어하고 울기도 하며 서먹서먹해 하는 것은 다만 처음 보기 때문이라고 하면서, 조선 사람이 의아심이 많고 두려움을 잘 타며 기질이 트릿하고 견식이 미개한 까닭은 바로 외래인과 접촉이 없는 탓이라고 지적하고 있다.[80] 통상의 영향이 어린아이에게도, 아울러 인간의 성정에까지 미칠 것임을 감안하고 있는 것이다.

통상은 사족(士族) 유생들에게도 큰 충격을 줄 것이다. 천하의 다양한 서적이 들어와 이들의 사유와 시야를 넓혀줄 것이기 때문이다. 그러면 서양인이 인물을 그릴 때 사람의 검은 눈동자를 즙으로 내지 않더라도 눈이 마치 살아 있는 듯이 표현한다는 사실을 알 것이고, 이른바 백성의 삶에 보탬이 되지 않는 고동서화(古董書畵)를 예술적 취미로 좋아하게 될 것이며, 중국에도 퇴계 이황(退溪 李滉)이나 최립(崔岦) 같은 학자와 석봉 한호(石峯 韓濩) 같은 뛰어난 명필(名筆)[81]이

---

78) 《楚亭全書》中, p.380, 〈漫筆〉. "試言於人曰 : '滿洲之人, 其語聲如犬吠也, 其飲食臭不可近也, 蒸蛇於甑而啖之也, 皇帝之妹淫奔驛卒, 往往有賈南風之事也.' 必大喜傳說之不暇."

79) 《燕巖集》, p.146, 〈熱河日記〉, 〈渡江錄〉, 6월 27일.

80) 《楚亭全書》下, p.399, 〈通江南浙江商舶議〉. "夫小兒見客, 則羞澁啼哭, 非性也, 特見少而多怪耳. 故我國易恐而多嫌, 風氣之貿貿, 才識之不開, 職由於此"

81) 《楚亭全書》中, p.379, 〈漫筆〉. "今人只是一副膠漆俗膜子, 透開不得. (……) 西洋

있음을 알 수 있을 것이다. 이처럼 통상이 이루어지면 이에 따르는 실효가 경제적 차원만이 아니라 정신적인 여러 영역에 파급될 것이므로, 어린아이부터 사대부에 이르기까지 편벽되고 고루한 습속이 스스로 타파되고 개진될 것이라 초정은 믿었다.

특히 이와 비슷한 맥락에서 거론된 서양인 초빙 문제에 주목할 필요가 있다. 초정의 안목에는 이들이야말로 기하학(幾何學)에 밝고 이용후생(利用厚生)의 방법에 정통한 사람들이다. 그러므로 초정은 국가에서 관상감(觀象監)에 쓰는 비용만큼만 들여 이들을 예우하고 초빙하여 조선의 자제들이 이들에게서 천문, 의학, 방어용 화포(火砲)의 설치 등 다양한 방면의 지식을 전수받을 수 있도록 할 것을 건의한다. 하지만 이들은 천주교라는 이교(異敎)를 신봉하는 사람들이었는데, 당시의 조선 사회는 이른바 '오랑캐'(胡)보다도 이들을 더욱 경멸하는 상황이었다. 이에 초정은 이들도 천당과 지옥을 독실하게 믿는 불교신도들과 다름없는 교도들로 보고 별 문제가 아닌 것으로 판단한다. 오히려 후생(厚生)하는 기구를 잘 아는 처지라는 점에서 불교신도들보다는 더 낫다고 인식한다. 따라서 이들에게서 열 가지 기예를 배우고 포교라는 한 가지만 금하면 득이 된다고 타산한다. 그런데 정작 초정에게 문제는 그들이 포교할까 두려운 것보다는 이쪽에서 적당하게 대우하지 않으면 초빙하여도 오지 않을까 염려되는 점이었다.[82]

여기서 보면 그 실행 가능성 여부는 일단 차치하더라도 초정의 개방 의식이 상당히 강함을 느낄 수 있다. 그는 외국인 초빙 문제를 언급하기에 앞서 "큰일을 하는 데에 작은 혐의스러움은 피하지 않는다. 여우처럼 의심하여 두리번거리기만 한다면 무슨 일을 이룰 수 있겠는

人畫人物, 以人瞳黑汁點睛, 故眄睞如生之說也", "試言於人曰: '中國之學問, 有如退溪者, 文章有如簡易者, 名筆有勝於韓濩者' 必怫然變色直曰: '豈有是理'"
82) 《楚亭全書》 中, pp.159~160, 〈丙午所懷〉.

가"[83]라고 하여 큰일을 위해서는 작은 것을 희생할 줄 알아야 하고, 멀리 내다보기를 위해서는 눈앞의 이익을 버릴 수 있어야 함을 강조한다. 바로 이러한 원칙 아래 하나를 잃고 열을 얻는 외국인의 초빙 문제를 천명한 것이다. 그야말로 대가다운 풍도(風度)가 아닐 수 없다. 그는 나라와 백성의 이익에 유리하고 부국강병에 도움이 되는 것이라면 모든 방법을 죄다 동원하고자 하였다.

덧붙이자면 초정의 주장이 얼핏 보기에는 수단을 가리지 않고 실행 가능성 여부와 상관없이 건의하는 내용들로 채워진 것 같지만, 기실 일본이나 중국 등 나라에서 부분적으로 실행되어 오던 것들이므로 무리하고 허무맹랑한 제안은 아니라고 생각한다. 다만 당시 조선의 온갖 현실들이 너무도 폐쇄적이고 경직되어 있었기 때문에 이런 사상을 내보이는 것 자체가 비극으로 끝날 수밖에 없었던 것 같다. 이른 봄에 너무 일찍 돋은 새싹이 서리를 맞은 것과도 같았던 이 일은 당시 조선의 상황에서는 얼마든지 예고될 수 있었던 비극적 결과였다.

하지만 쇄국 정책이 4백 년이나 지속되어 온 가운데 박제가가 개국과 해외 통상을 주창한 것은 그 현실성 여부는 일단 불문하더라도 참으로 획기적이고 선구적인 것이었다고 생각한다.[84] 그의 사상이 훗날 오경석(吳慶錫, 1831~1879) 등의 개화사상으로 계승 및 발전되어온 만큼,[85] 초정이 후세에 준 영향 또한 간과할 수 없다.

한편 획기적인 것으로 평가되는 초정의 이러한 열린 생각과 사상은 그 밑바탕에 애국애족의 강한 열정이 없었다면 나타날 수 없었을

---

83) 《楚亭全書》中, p.159, 〈丙午所懷〉. "臣聞之, 成大事, 不避小嫌. 狐疑顧瞻, 何事可辦."
84) 북한의 정성철은 그의 《조선철학사》2(과학백과사전출판사, 1987, p.350)에서 "박제가는 실학사상가들 가운데서 해외 통상, 대외무역의 첫 주장자"라고 평가하고 있다.
85) 신용하, 〈朴齊家의 商工業開發論과 開國通商論〉, 《경제논집》, 제36권, 3, 4호, 1997, p.319.

것이다.

초정은 일찍부터 연암 등과 함께 나라를 구할 해결책을 모색했던 것 같다. 연암은 〈北學議序〉에서 "진실로 일찍부터 비 오는 지붕, 눈 뿌리는 처마 밑에서 연구하고, 또 술을 데우고 등잔 불똥을 따면서 손바닥을 치며 이야기했던" 때를 상기하면서, 초정의 글이 자신의 《열하일기》와 "조금도 어긋난 것이 없어 이는 마치 한 솜씨에서 나온 것 같다"[86]고 하여 서로의 사상과 견해가 그토록 일치하였다는 사실을 털어놓은 바 있다. 초정이 연암보다 두 해 앞서 연행했고 《북학의》 또한 《열하일기》보다 먼저 집필되었다는 사실은 이미 널리 알려져 있다. 굳이 함께 도모한 적이 없어도, 합치된다[不謀而合]는 말을 쓰지 않더라도, 한 사람의 솜씨에서 나온 것 같다는 연암의 말 한마디가 자신과 초정의 견해가 상당히 일치함을, 아울러 두 사람 모두 평소에 국사(國事)에 대한 관심이 지극했음을 말해준다.

또한 "나라 생각하는 근심만은 천하 백성들의 마음보다 앞서고 있는" 초정이었다. 백성들의 가난과 고통을 보고 마음이 슬퍼져서 "베틀에서 길쌈을 하는 과부가 씨가 모자람을 걱정하지 않고, 나라가 망할 것을 걱정하는 것과 같은 탄식이 쏟아져 나오고, 오늘날의 이러한 풍속을 변화시키지 않으면 하루아침도 살 수 없을 것"이니, 조국이 부강해지고 백성이 잘 살 수만 있다면 "臣은 아침에 이와 같은 것을 보고 저녁에 죽더라도 유감이 없을 것이다"[87]라고 열변을 토로할 정

---

86) 朴趾源, 〈北學議序〉. "試一開卷 與余日錄 無所齟齬 如出一手 此固所以樂以示余 而余之所欣然讀之 三日而不厭者也 噫 此豈徒吾二人者 得之於目擊而後然哉 固嘗 研究於雨屋雪簷之下 抵掌於酒爛燈炧之際 而乃一驗之於目爾"

87) 《楚亭全書》 下, p.347, 〈進北學議疏〉. "臣 濫叨見職 居然三載 治不效於百里 憂或 先於天下 每見峽民 燒蓄斫薪 十指皆禿 而其衣則十年之敗絮也 (……) 於是乎感然 心動 有慨不恤緯之歎 以爲由今之道 不變今之俗 不可一朝居也 (……) 但願縣民安 居樂業 溝洫合軌 屋廬齊整 (……) 臣朝而見此 夕死無憾矣 (……) 謹昧死以聞"

도였다. 또한 북학과 개혁을 주장한 〈丙午所懷〉도 "죽을 죄를 무릅쓰고 삼가 아뢴다"[88]고 하였으니 그 애국애족의 충절과 간절함은 진실로 하늘을 감동시킬 만도 하였다. 결국 이러한 나라와 겨레의 운명에 대한 사랑과 사려가 그의 북학사상이 이루어질 수 있었던 바탕이 되었을 것이다.

한편 애국애족의 열정은 주체의식과 긴밀한 관계를 이루고 있다. 초정의 북학사상에 대해서는 이미 당시부터 당벽(唐癖), 당괴(唐魁) 등의 각종 품평이 따랐고, 오늘까지도 일부에서 논란[89]이 있는 상황이다. 물론 서출인 초정이 국내에서는 별로 출로가 없고 적서 차별을 크게 따지지 않는 중국의 법에 끌려 중국을 선망의 대상으로 삼고 북학을 주장하였을 것이라는 점을 전혀 배제할 수는 없다. 하지만 다음과 같은 면도 간과할 수 없다.

박제가를 비롯한 사가(四家)는 자신들의 시집 《韓客巾衍集》이 중국에서 간행된 것을 계기로, 한학(漢學)의 발상지인 중국에서 학문적으로 그곳 학자들의 인정을 받고자 하는 의도와 더불어, 그 이면에 자신들도 중국의 학자들에 못지않다는 자존과 자긍심, 나아가 그들과 겨루어 보려는 담찬 심사도 가지지 않았는가 한다. 특히 초정은 가끔 "나는 구이(九夷)에서 태어나 몇 글자 알건만", "중국의 박식한 사람도 가끔 나를 부러워하네"[90]라고 했다. 말하자면 중국의 석학들마저 고작 몇 글자밖에 익히지 못한 자신을 부러워한다는 것이다. 물론 이는 초정이 십 년 사이에 세 번이나 연행을 할 수 있었던 행운을 가리

---

88) 《楚亭全書》中, p.167, 〈丙午所懷〉. "言涉瀆冒 是恐是懼 臣死罪謹言"
89) 오구라(小倉雅紀)는 〈朴齊家의 北學思想과 性理學〉(《한국문화》18, 1996. 12, pp.240~241 참조)이란 글에서 초정의 북학사상을 "조선을 전체적으로 중국화시키고자 하는 시도"요, "주체의 심한 흔들림"이라 비판했다.
90) 《楚亭全書》上, p.363, 〈北鎭廟寄日下諸子〉. "我生九夷中, 識字誠區區", "中華博覽人, 有時還慕余"

키는 것이겠지만, 그 이면에는 자긍 의식이 내재되어 있음을 볼 수
있다. 우리는 굴원과 비교함으로써 초정의 포부가 만만치 않음을 엿
보았다. 그리고 이처럼 고고한 인격에다가 재능과 커다란 뜻을 가진
사람에게는, 가끔 스스로가 옳다는 자신감과 남보다 출중하다는 자긍
심이 가득 차게 되는 것도 사실이다. 그가 〈小傳〉에서 자신의 외모에
대해 비범하게 묘사한 것이라든지, 고명함을 숭상하고 백세(百世) 이
전의 사람들과 응답한다고 한 것, 시에서 "스스로 큰 뜻 품고 만 리를
가볍게 보고 세 번이나 역말 타고 연산(북경)을 달려갔네"[91]라고 표
현한 것 등을 보면 이를 어느 정도 감지할 수 있다고 하겠다.

초정의 우국충정은 누구보다 고조되어 있었고 주체의식 또한 분명
했다. 사실, 당시로서는 낙후된 나라의 모습을 개변시키는 것이 급선
무였지 헛되이 주체의식만을 강조할 때가 아니었던 것이다. 오히려
소중화요 북벌이요 하는 이른바 쇄국적 주체의식, 곧 실속이 없는, 민
생과 나라의 발전을 조금도 염두에 두지 않는 그러한 '주체의식'이 더
문제였다고 생각된다. 이런 상황에서는 문을 열고 거리낌 없이 외국
의 선진기술과 문화를 배워 부국강병을 도모하는 것이야말로 진정한
실속 있는 애국이요, 주체의식이라 할 수 있을 것이다.

이 시점에서 북학을 주창하는 초정의 사상에서 주체의식을 따진다
는 것은 어찌 보면 부질없어 보인다. 위에서도 언급했지만 사실 넓은
안목에서 볼 때 북학 자체가 애국애족을 바탕으로 하는 주체의식이
없이는 불가능하다. 낙후된 나라를 부강하게 건설하는 것이 애국적이
라 하는 데는 누구도 이의가 없을 것이고, 그 결과 더욱 강한 주체적
나라가 훗날 세워질 것이라는 점도 의심할 여지가 없다. 초정의 생각

---

91)《楚亭全書》上, p.431, 〈今上發言成章, 向補詩人申光河, 沁州通判也, 呼寫責旨四
　　言十二句, 天然合韻, 命諸臣賡進, 抄啓文臣六人, 因隘班歷余, 聯成古詩, 卽次其
　　韻〉. "自笑雄心輕萬里, 三渡燕山馳馹騎"

에 조선은 중국과 같은 수준에 이른 다음에야 속국의 멍에를 벗어날
수 있을 것이었다.

좁은 의미의 주체의식 또한 굳이 따지고자 한다면, 초정이 대조영
(大祚榮)의 뜻을 기리면서 고려는 삼한을 통합하였으나 그 뒤 감히 압
록강을 한 발자국도 넘어서지 못하였음을 한탄한 것,[92] 문예에서 왕희
지(王羲之)나 두보의 권위에 기대어 이들만을 배우는 자는 그 수준이
가장 못하다고 한 점, "자기의 정신을 버리고 진흙상만 모방함"을 비
판한 사례,[93] 시론의 중심을 이루는 부분의 하나로 '심법'(心法)을 내
세운 것, 그리고 "시는 마음속에 있다"[94], "문장의 도는 심지를 열고
이목을 넓히는 데 있다"[95]고 하여, 모방을 반대하고 '자가음'(自家音)
으로 개성 있는 진시(眞詩)를 쓸 것[96]을 주장한 것 등을 말할 수 있다.

게다가 초정이 제시하는 북학은 무차별적이고 맹목적인 것도 아니
었다. 예컨대 '弓'에 대한 기술을 보면, 중국 활은 거칠고 큼직한 것이
우스꽝스럽고 사정거리도 60~70보에 지나지 않음에도 활이 나무로
만들어져 있어 건조할 때나 습할 때나 차이가 없는 데 반해, 조선의
활은 멀리 2백 보까지도 가지만 비올 때에는 쓸 수 없음을 지적한
다.[97] 즉 멀리 쏠 수 있으면서도 기후의 변화에 빨리 적응할 수 있는

---

92) 《楚亭全書》中, p.119, 〈渤海考序〉. "故渤海大氏, 以區區散亡之餘, 劃山外而棄之,
   猶足以雄視一方, 抗衡天下. 高麗王氏, 統合三韓, 終其世不敢出鴨綠一步, 則山川割
   據得失之迹, 槪可以見矣."

93) 《楚亭全書》中, p.356, 〈祭李士敬文〉. "東人鹵莽, 有手莫措, 委厥神情, 倣彼泥塑"

94) 《楚亭全書》中, p.355, 〈祭李士敬文〉. "詩存乎心, 是心之靈"

95) 《楚亭全書》中, p.23, 〈詩學論〉. "文章之道, 在於開其心智, 廣其耳目"

96) 《楚亭全書》上, p.67, 〈夜訪徐稼雲, 貰屋讀書, 時李懋官, 柳惠風續至〉(1). "至友
   元同斯世降, 眞詩各出自家音"

97) 《楚亭全書》下, p.504, 〈北學議外篇·弓〉. "中國之弓甚粗大, 可笑, 射的, 亦不過
   六七十步, 然而其弓皆木, 無燥濕之殊. 我人雖善射之二百步, 而其弓小失炕煖則病,
   雨中尤不可用. 賊之來也, 豈必卜晴日也."

훌륭한 활을 만들어야 한다는 뜻이다.

이와 같이 초정의 북학사상은 결코 맹목적이지 않았음을 알 수 있다. 애국애족의 정신이 깃든 초정의 주체의식은 주어진 기회를 잘 포착하고 미래를 충분히 대비하도록 촉구함으로써 나라의 현재뿐만 아니라 앞날까지도 깊이 우려한 점에서도 드러난다. 초정은 당시 주변의 동서남북에 걸친 넓은 지역에서 2백 년이 지나도록 전쟁이 일어나지 않아 절호의 기회를 맞이했는데, 이때에 스스로 자신을 수련하지 않다가 만약에 사변이라도 일어나면 정사(政事)를 맡은 신하가 태평성세를 꾸밀 겨를이 없을까봐 근심한다고 했다.[98] 그는 또 한(漢)나라 신공(申公)의 말을 빌려 "정치를 하는 것은 말을 많이 하는 데 있지 않고 힘껏 실행하는지의 여부에 달렸다"고 함으로써, 임금이 큰일을 하고자 하나 10년이라는 오랜 세월이 흐르도록 시작하지 않았음을 지적하고, 장차 그릇된 습속을 그대로 따라 다스리지 말 것과 임시방편으로 깁고 때워서 소강상태인 것을 스스로 편하게 여겨서는 안 될 것을 강조하고 있다.[99] 이처럼 초정의 우국충정은 추상적인 것이 아니라, 구체적이고 사실적이며 과학적인 것이었다. 초정의 건의대로 조선이 이때부터 정신을 차리고 부국강병에 힘썼더라면 그 뒤 수난의 역사를 모면했을지도 모를 일이다. 지나간 일이지만 안타까울 뿐이다.

이상과 같은 초정의 열린 생각과 사상은 자신의 문학에도 많은 영향을 끼쳤으리라 생각한다. 문체 문제로 파문을 일으켰던 사실은 이

---

98) 《楚亭全書》中, p.157, 〈丙午所懷〉. "夫難逢者聖主, 可惜者良時. 今天下, 東自日本, 西極藏 地, 南起瓜哇, 北際察爾喀, 兵塵不動, 幾二百年, 此往牒之所無也. 不以此時, 僇力而自修, 它邦有警, 與有憂焉, 臣恐執事之臣, 不遑於崇飾太平也."

99) 《楚亭全書》中, p.167, 〈丙午所懷〉. "乃反中朝發歎, 治不倪志, 恣且畏約, 欲發未發十年之久乎. 將因俗爲治, 彌縫牽補, 自安於小康耶. 漢申公之言曰 : 爲治者, 不在多言, 顧力行何如耳."

미 널리 알려져 있거니와, 초정이 김성탄(金聖歎)의 글을 좋아한 것을 두고 이덕무가 "그것이 바로 초정이 振作을 못하는 病根"이라고 비평했던 사실[100]은 초정이 대담하고도 열린 생각의 소유자임을 간접적으로 말해준다. 초정은 거리낌 없이 이국의 여러 학자 문인들과 교유하였고, 그들을 회인시에 담아 칭송했다. 문예와 관련하여 한정된 유명 문사 한두 명만이 아니라 고금의 문인들을 널리 배울 것을 주창한 것, 제론(際論)과 성자일치론(聲字一致論) 등을 바탕으로 문학은 시대의 추이에 따라 변화·발전한다는 논지를 편 것, 시선(詩選)과 관련하여 문인의 다양한 개성에 따른 시의 백미(百味)를 두루 갖출 것을 강조하면서 회인시, 제화시(題畵詩) 등 시체(詩體)의 다양화도 시도했던 것 등은 초정의 열린 생각의 소산이라 할 수 있을 것이다. 그리고 그의 독특한 미의식은 이러한 사유와 긴밀한 관계를 이루고 있어 더욱 주목된다.

---

100) 李德懋, 《靑莊館全書》, 〈雅亭遺稿〉 7권, 〈與朴在先齊家書〉. "足下知病之祟乎, 金人瑞災人也, 西廂記災書也, 足下臥病, 不恬心靜氣, 澹泊蕭閒, 爲弭憂銷疾之地, 而筆之所淋, 眸之所爛, 心之所役, 無之而非金人瑞, 而然猶欲延醫議藥, 足下何不曉之深也. 願足下筆誅人瑞, 手火其書."

제3장
심미의식과 詩論

초정 박제가는 시·서·화 등 다방면에 예술적 재능을 지녔던 인물이다. 이는 그의 타고난 재질이나 후천적인 노력과 관련된 것이겠지만, 열린 생각에 따른 독특한 미의식과도 무관하지 않을 것이다. 미의식은 나라와 백성의 부를 위한 상·공업의 발전 및 개국통상의 사상과 밀접한 관련이 있을 뿐 아니라, 이 장에서 고찰하고자 하는 시미론(詩味論), 제론(際論), 성자일치론(聲字一致論), 시화일치론(詩畵一致論) 등 시론의 다양한 측면과도 긴밀한 관계를 이루고 있다.

1. 심미의식

원시인이 가죽옷을 비교적 정교하게 만들려 했고 나름대로 '멋지게' 입으려 했던 것을 보면[1], 인간은 선천적으로 또는 본능적으로 이른바 '미의식'을 지니고 있다고 볼 수 있다. 초정 박제가는 이러한 인간의 본능을 더 높은 차원에서 감지하고 있었던 것 같다. 그는 폐쇄적인 당시의 문화적 분위기 안에서 사람들의 의식이 매우 침체되고 굳어져 있음을 절감하였다. 그는 이러한 국면을 타개하고자 외국의 선진 문화와 기술을 도입하여 부국강병을 도모할 것을 주장하였고, 이를 위해서는 의식의 갱신이 중요함을 인식하고 있었다. 특히 그 과정에서 나타나는 미의식에 대한 초정의 관심, 그리고 그가 미의식을 드러내는 방식은 퍽 특색이 있어, 이 과정을 고찰하는 것은 초정의 미적 감각을 한층 깊이 인식하고 그의 시론이나 창작 실천을 더욱 본질적으로 이해하는 데 의의가 크다고 하겠다.

아름다운 것을 추구하는 것은 인간의 본능이자 속성이다. 사람들은 가끔 아름다운 경치에 매료되어 자신도 모르게 발길이 닿거나 그 안에 빠져드는 상황이 발생하는데, 이런 행위는 본능적 행위 또는 무의식적 행위로서, 미학에서 말하는 미적 관조나 미적 향수의 내포에 해당될 것이다. 한편 인간은 본능적이고 무의식적인 자연발생의 미적 쾌감을 즐기면서도, 이에 그치지 않고 자각적으로, 또는 의식적으로 나름의 미적인 경지를 한 걸음 나아가 개척하고자 한다. 이와 같이 자각적이고 의식적인 사유와 분석에 따른 심미 활동을 미적 판단이라 할 수 있을 것이고, 시문을 포함한 모든 예술 작품이 이에 해당될 것이다. 초정에게서 드러난 심미의식 속에는 바로 위에서 말한 여러 측면들이 두루 나타면서도 후자가 상대적으로 강하게 표출되고 있음을 감지할 수 있다.

예를 들어 복식의 기능에는 추위를 막기 위한 보온, 곧 실용의 작용, 노출을 막는 윤리의 작용, 그리고 새것을 추구하는 심미의 작용 등 세 가지 측면이 있다. 일반적으로 어린아이가 4, 5세쯤 되면 나름

---

1) 諸葛志, 《中國原創性美學》(上海 : 上海古籍出版社, 2000), pp.2~3 참조.

대로 무언가 느끼는 것이 있어 새 옷을 입으면 본능적으로 좋아한다.
이것이 복식의 세 번째 기능인 심미작용이다. 실용과 윤리를 떠난 일
종의 순수 감성적인 성격으로서 작용하는 기능이자[2] 본능적이고 무
의식적인 미감일 것이다. 고운 옷을 입은 여자아이는 기분이 좋을 뿐
이다. 누구에게 잘 보이거나 하는 그 어떤 목적과 의도는 전혀 없을
것이다. 말하자면 천연, 천진, 순수가 동반된 일종의 본능적인 추구인
셈이다. 이와 관련하여 〈詠嬰兒〉는 초정의 이러한 심미의식을 간접적
으로 보여주는 시라고 하겠다.

照鏡頻疑我,　　거울 보곤 늘 저를 의아해 하고
聞禽忽學渠.　　새 소리를 듣고서는 금방 흉내 내지.
最憐匍匐處,　　무엇보다 귀여운 건, 기어갈 적에
頭似醉蜘蛛.[3]　　술 취한 거미 같은 머리짓일세.

　시는 자식에 대한 부정(父情)이 듬뿍 담긴 내용으로서 연속된 그림
과 같은 구성으로 되어 있다. 그림이라 생각하고 이 시를 살펴보면,
먼저 첫 번째 그림은 어린것이 거울을 마주하고 있는 장면이다. 아직
자아의식이 없는 때인지라 머리를 갸우뚱하면서 저와 함께 움직이는
거울의 또 다른 '나'를 의아해 하고 신기해한다. 두 번째 그림은 새 소
리를 듣고 그대로 흉내 내는 장면이다. 역시 모방성이 강한 어린것의
총명함을 보여주는 대목이다. 세 번째 그림은 바로 기어가는 모습이
다. 술에 취한 거미의 동작이 어떠한지는 정확히 알 수 없지만, 아마
도 어린것이 큰 머리를 이리저리 흔들면서 기어가는 모습과 가깝지
않을까 한다. 초정은 위의 세 가지 동작 가운데 술 취한 거미처럼 머

---

2) 앞의 책, p.3 참조.
3) 《楚亭全書》上, p.313, 〈詠嬰兒〉.

리를 흔들며 기어가는 모습이 가장 귀엽다고 한다. 물론 애지중지하
는 어린것의 거의 모든 동작이 죄다 사랑스러울 것은 부인할 수 없겠
으나 특히 기어 다니는 모습이 귀여운 이유는 무엇이겠는가? 바로 어
린것의 심성에 맞는 천진과 순수 때문일 것이다. 그 어떤 가식도, 도
덕적 판단도, 목적도 필요치 않는 천연하고 유치한 자연 형태의 모습
에서 시인은 귀여움, 곧 아름다움을 발견한 것이다. 반대로 마구 뛰어
다니는 어린이가 그와 같은 모습을 하고 있었다면 아마도 귀여움보다
는 혐오감이 앞설 것이다. 일반적으로 영아의 성장이라는 견지에서
본다면 위의 처음 두 동작에서 나타난 어린아이의 새로 접한 사물에
대한 호기심과 모방성이 강한 총명함을 더욱 귀여워해야 할 것이다.
하지만 그것은 어디까지나 어린아이의 천진과 유치함에서 조금씩 벗
어나는 행위에 속한 것이므로 초정의 안목에는 상대적으로 덜 귀엽게
보였을 것이다. 이는 인간의 원초적 본능에 대한 초정의 심미의식을
간접적으로 설명해 주는 일례라 하겠다. 물론 사람에 따라서 오히려
앞의 두 행위를 더 귀엽다고 할 이유도 충분하다. 왜냐하면 심미는
어디까지나 능동적인 인간의 의식 활동이기 때문이다. 다음의 시에서
도 이와 비슷한 미의식을 엿볼 수 있다.

倩誰搔背癢,	누굴 시켜 가려운 등허리 긁을까
自愛小童淸.	어린아이의 맑음 스스로 사랑스럽네.
仁在鷄雛嫩,	어짊은 병아리의 유약함에 있고
嬌憐燕視盻.	곱고도 귀여운 건 뱅뱅 도는 제비시선.
細心窺筆勢,	아이는 조심스레 붓의 기운 살피고
暗地學書聲.	슬그머니 글 읽는 소리 배우네.
不患才難進,	재주가 늘기 어려움을 걱정하지 말고
惟應戒速成.[4]	오로지 너무 빨리 이룰까를 경계하라.

시인은 티 없이 맑은 어린아이의 마음에서 사랑스러움을 보고, 병아리와 같은 여림에서 어짊을 감지하며, 뱅뱅 도는 제비를 떠올리게 하는 모습에서 곱고 귀여움을 발견한다. 인위가 가미되지 않은 '순자연'(順自然)[5]에서 아름다움을 의식한 것이다. 그것의 연장으로, 아무리 영특한 아이라도 재주의 속성(速成)을 삼가라는 구절에는 "너무 조급해하면 성사하지 못한다"(欲速則不達)는 뜻도 담겨 있겠으나 또한 어린것의 적성에 따르라는 의미가 함축되어 있다고도 볼 수 있다. 즉 배움에 서둘지 말고 자연에 맡기자는 의미가 함축되어 있는 셈이다. 역시 비슷한 뜻으로 초정은 천진 또는 '順自然'과 유사한 천기(天機)를 언급하며, 이는 질박함에서 생겨나서 자연의 오묘한 이치에 스스로 통하는 것이라고 했다.[6] 이는 미적인 것이 질박함에서 생겨나고 아울러 이러한 질박은 인생에 슬기를 부여한다는 인식과 관련된 것으로, 심미 행위는 인간의 사물 인식에도 일조한다는 의미가 확장된 것으로 볼 수 있다. 초정은 또 〈養虛堂記〉에서 다음과 같이 언급하고 있다.

저 산과 물을 보지 못하였는가. 물은 스스로 흐르고 산은 스스로 높아 사람과 아무런 상관도 없는 듯하다. 그러나 산에 저녁 이내가 끼고 깊은 호수에 봄 물결이 일어나면 바라보는 사람마다 즐거워하고 부러워하지 않는 자가 없다. 이러한 마음이야말로 俗氣를 다스릴 수 있고 욕망을 줄일 수 있으니 養虛의 뜻이 여기에 있다. 당시에 그 마음이 비지 않으면 몰라도 비어 있다면 선생은 반드시 받아들일 수 있을 것이다. 天性이 이러하거늘 양허를 하지 않을 수 없다. 양허를 한다는 것은 천성을 온전하

---

4) 《楚亭全書》上, p.625, 〈失題〉.
5) 이동환은 '順自然'을 우리나라 미학 사유의 근본을 이루는 범주의 하나로 파악하고 있다. 이동환, 〈朝鮮後期 '天機論'의 槪念 및 美學理論과 그 文藝·思想史적 聯關〉, 《한국한문학연구》 28, 태학사, 2001, p.129 참조.
6) 《楚亭全書》上, p.77, 〈舟行襍詠八首〉(7). "天機生質朴, 妙處自能通"

게 하는 것이다. (……) 아! 지금의 사람들에게 선생이 그 虛를 기른 까닭
을 알게 한 연후에야 산수의 즐거움이 천성에서 나옴을 알게 될 것이다.[7]

이 글은 비록 양허(養虛)의 뜻에서 쓰여진 것이지만, 초정 자신의
심미의식이 일부 드러나고 있는 중요한 자료라 하겠다. 여기서는 아
름다움을 좋아하는 것이 인간의 본능임에도, 그것을 받아들이고자 한
다면 우선 마음을 비우는 것이 필요함을 강조하고 있다. 즉 미적 향
수는 어디까지나 그것을 받아들일 수 있는 마음의 자세가 되어야 누
릴 수 있다는 말이 되겠다. 그러므로 양허를 하는 자신이 바로 미적
향수를 위한 전제가 되는 것이다.

초정은 이 글에서 양허의 뜻이 구체적으로 속기(俗氣)를 다스리고
욕망을 줄이며 천성을 온전히 하는 것이라고 했다. 이 또한 실(實)만
을 힘써야 하는 군자가 허(虛)를 숭상하는 이유이기도 하다. 그는 장
자(莊子)의 글을 인용하여 사람에게 공허한 마음이 없으면 여섯 구멍
이 서로 다툰다고 했다. 이 말은 "방에 빈 공간이 없으면 고부간에 서
로 다투게 되고, 마음이 천연스럽게 작용하지 않으면 이목구비가 서
로 다툰다"[8]고 한 장자의 말에서 그 '마음의 天然性'을 가져온 것이
다. 즉 허를 기른다는 것은 서로를 자극하고 위협하는 인간의 허다한
욕망이 제거된 인간 본연의 천성을 온전하게 한다는 말이다. 그러므

---

7) 《楚亭全書》中, p.143, 〈養虛堂記〉. "夫虛者, 實之反也. 惟君子實學是務, 何虛之
   足尙. 雖然, 而莊生云 : '人無空虛, 六鑿相攘'. 獨不見夫山水乎! 彼流者自流, 而峙者
   自峙, 宜若無干於人矣. 方其夕嵐出而春波深, 則望之莫不森然而喜, 油然而羨之者,
   惟此心也. 可以醫俗, 可以寡欲, 養虛之義, 於是乎在矣. 方斯時也, 其心不虛則已, 虛
   則先生必有所受之矣. 天也若是乎, 不可不養其虛, 養其虛者, 全其天也. (……) 嗚
   呼! 使今之人, 知先生之所以養其虛, 然後, 知山水之樂, 出乎天."

8) 《莊子》(안동림 역주, 현암사, 1993) 제26편, p.665, 〈外物〉. "室無空虛, 則婦姑勃
   谿. 心無天遊, 則六鑿相攘."

로 마음이 비어 있다면 반드시 어떤 객관적인 외물(外物)을 받아들일
수 있을 것이고, 그런 다음에야 미학에서 말하는 미적 관조나 미적
향수라는 것을 성립시킬 수 있다고 하겠다. 가령 머리에 세속의 번뇌
가 가득 찬 사람을 천성이 온전하다고 볼 수 없을 것이고, 천성이 온
전하지 못하면 산수의 즐거움을 얻을 수 없음이 당연할 것이다. 이는
미적인 것을 향수할 때 우리의 의식은 사물에 대한 이해관계 또는 도
덕적 판단과 무관하게 극히 자유로운 상태에서 어떤 합목적성을 실현
한다는 미의식의 함의와 비슷한 것이다. 초정은 이 글에서 분명 양허
가 이루어지면 출렁이는 봄 물결을 바라볼 때마다 즐거워하게 된다는
등 산수의 즐거움은 천성에서 나오게 된다고 했던바, 이는 사물에 대
한 이해관계나 도덕적 판단이라는 세속적인 번뇌에서 벗어난 경우에
만 즐거움이 가능함을 강조한 것으로서, 전형적인 미적 향수의 논리
가 아닐 수 없다. 아울러 이러한 미적 향수를 통해 인간은 한층 더 욕
망을 줄이고 속기를 제거하여 더욱 마음을 도야할 수 있다는 것이 초
정의 논리이다.

초정이 〈古董書畵〉 편에서 언급한 '푸른 산 흰 구름'의 경우, 반드
시 먹고 입는 것에 속하지 않음에도 사람들이 이것을 사랑한다고 한
것은 사실 실용과 윤리를 떠난 순수한 미적 관조를 드러낸 것으로 볼
수 있다. 만약 이와 같은 것들이 백성들의 생업에 아무런 도움이 없
다 해서 좋아할 줄 모르고 외면한다면 과연 그 사람은 어떤 사람이겠
는가. 바로 양허에 이르지 못하고 속기를 떨쳐버리지 못한 사람이라
할 것이다. 다른 측면에서 보자면, 이 또한 의식의 갱신이 필수적이라
는 뜻으로 이해된다. 묵은 의식을 제거하는 양허를 통해서만 새로운
의식을 받아들일 수 있다는 것이다. 이 점에서 '虛'와 '實'은 변증법적
관계이다. 즉 '虛'는 새로운 '實'을 위하여 필요하고 그 '實'이 묵은 것
이 되면 다시 또 새로운 '實'을 위하여 마음을 비워야 하는 것이다. 인

류의 의식은 바로 이런 지양을 거듭하면서 오늘에 이르지 않았던가.

이와 관련하여 초정은 당시 조선사회의 전반적인 문화적 풍토가 매우 경직되어 쉽게 제거될 수 없는 질긴 꺼풀로 자리하고 있다고 보았던 것 같다. 학문에는 학문의 꺼풀이 있고, 문장에는 문장의 꺼풀이 있으며,[9] 청을 대하는 의식에는 미개한 오랑캐라는 질긴 꺼풀이 있다. "고동서화는 부하기는 하지만 백성의 생업에 아무런 보탬이 없는 것이므로 불태워 버려도 무슨 손해가 있겠는가"[10]라는 어떤 사람의 말이 이를 극명히 보여준다. 기호가 달라서 그런 것도 아니고 단지 실용적인 용도가 없다는 것이 버려도 괜찮다는 이유이다. 이는 다른 말로 무릇 실용적이지 못한 것, 곧 형이상학적인 미의식과는 스스로 관계를 끊겠다는 의미로 이해할 수 있을 것이다. 이러한 행위를 두고 초정은 '명완'(冥頑), 곧 사리에 어둡고 완고하다는 표현을 쓰고 있다. 전반적으로 의식의 갱신이 필요함을 절감했던 것이다. 다음의 글은 환경과 의식의 관계를 통하여 환경이 의식에 주는 영향과 의식 갱신의 필요성을 매우 적절하게 설명하고 있다.

벌레도 꽃에서 사는 것은 날개와 수염에서 향기가 나지만 더러운 데서 생긴 것은 꿈틀거리는 것이 추하고 징그럽기만 하다. 미물도 이와 같으니 사람도 또한 그러함이 당연하다. 아름답고 화려한 환경에서 자란 사람은 더러운 먼지 속에서 골몰한 자와는 반드시 다름이 있을 것이다. 나는 우리나라 사람이 꽃 속에서 사는 벌레의 수염과 날개처럼 향기롭지 못할까 두렵다.[11]

---

9) 《楚亭全書》中, p.379, 〈漫筆〉. "今人只是一副膠漆俗膜子, 透開不得. 學問有學問之膜子, 文章有文章之膜子."
10) 《楚亭全書》下, p.507, 〈古董書畵〉. "或云: '富則富矣, 而無益於生民, 盡焚之, 有何虧闕'. 其言似確而實未然. 夫靑山白雲, 未必皆喫著, 而人愛之也, 若以其無關於生民, 而冥頑不知好之, 則其人果何如哉."

이 글의 뜻은 거주 환경이 아름다워야 할 것, 아름다운 환경에서 살면 심성이 도야된다는 것, 조선 사람들의 심성이 도야되지 못할까 우려된다는 것 등 세 가지로 요약될 수 있다. 미의식은 인간의 본능적이고 무의식적인 측면과 관련되어 있지만, 이 밖에도 경제적 부와 정신적 안정과도 무관하지 않은 사항이다. 벌레도 꽃에 의지해야 편히 살아갈 수 있는 것처럼 일반 백성들 역시 생활의 소강상태를 필요로 한다고 해야 할 것이다. 그러므로 아름다운 환경이 이루어질 수 있도록 경제적 여건과 정신적 여유가 아울러 백성들에게 주어져야 함은 당연하다고 하겠다. 이 점을 간과하지 않았던 초정은 백성들의 풍요를 위해서는 상공업을 발전시키고 문호를 개방하여 외국과 통상해야 한다고 적극 주장했던 것이다.

초정은 추한 환경에서 사는 사람보다 아름다운 환경에서 자란 사람이 반드시 그 심성이 더 향기로울 것이고, 아울러 고동서화(古董書畵) 같은 미적인 사물을 좋아할 것이라고 믿고 있었던 것 같다. 하지만 초정은 경제적 사정이 허락한다 해서 모든 사람이 스스로 그렇게 되는 것은 아님을 곧 깨닫는다. 바로 이 점이 그가 우려한 바다. 이 글이 노리는 의식 갱신의 대상은 주로 경제적 부를 누리고 정신적으로도 여유가 있는, 이 나라를 문명도아(文明都雅)의 사회로 이끌어 가야 할 사대부들임이 분명하다. "학문은 과거를 넘지 못하고 안목은 나라 밖으로 미치지 못하는", "스스로 文明都雅를 거부"하는 이들이 곧 사대부들이었던 것이다. 이는 중국의 고동서화가 조선에 들어와서는 절반 가격에 불과하다는 사실이 모두 옛것을 좋아하지 않는 사대부들 때문이라는 언급에서도 알 수 있다.[12] 그러므로 초정은 풍요롭

11) 《楚亭全書》 下, p.507, 〈古董書畵〉. "蟲之生於花者, 翅鬚猶香, 生於穢者, 蠢息多醜. 物固如此, 人亦宜然. 生長于韶華錦繡之中者, 必有異於汩沒於塵埃薄陋之地者. 吾恐我國之人之鬚翅不香也."

고 아름다운 환경이 주어지더라도 모든 사람이 저절로 고동서화 같은 미적인 것을 좋아하게 되는 것은 아님을 의식하고 있었다. 정작 이러한 조건을 갖춘 사대부들의 경우 사리에 어둡고 완고한 나머지, 그것을 좋아할 줄 모르기 때문이다. 초정은 그 원인을 다음과 같이 덧붙여 설명하고 있다.

　당초에 공예가 거칠기 때문에 그것이 아주 버릇이 되어서 백성들도 따라서 거칠어졌고, 당초에 그릇이 거칠기 때문에 마음조차 거칠어져 풍습이 아주 그렇게 되어 버렸다. 자기 한 개의 품질이 나쁜 데서 나라의 온갖 일이 모두 그것을 닮게 됨을 볼 때 그것이 하나의 기술이라 하여 가볍게 여길 것이 아님이 이와 같다.[13]

이치대로 인간에게는 본능적으로 미적인 것을 지향하고 여러모로 자신을 늘 향상시키려는 생각이 저변에 깔려 있다. 따라서 당연히 꽃처럼 아름답고 향기가 풍기는 좋은 환경을 선호하게 되고, 그러한 환경을 얻게 된 뒤에도 더 훌륭한 환경을 상상하고 추구하게 되는 것이다. 사실 처음부터 공예가 그토록 거친 느낌을 주었던 것은 아닐 것이다. 폐쇄적인 사회였던 만큼 더욱 정교한 것을 보기 전까지는 적어도 거칠다는 느낌을 덜 받았을 것이므로 거친 그릇이라도 괜찮다고 여겼을 것이다. 당시 사람들은 사옹원(司饔院)에 있는 지짐질하는 데 쓰이는 그릇을 극히 정교한 것이라고 했지만, 초정은 그것이 너무 투

---

12) 《楚亭全書》 下, p.506, 〈古董書畫〉. "我國之人, 學不出科擧, 目不踰疆域. 藏經之紙以爲澆也, 栗色之爐以爲汚也, 駸駸然自絶于文明都雅之域 (……) 於筆墨, 香茶, 書冊至屬價, 常半減於中國, 皆士大夫不好古之故也."

13) 《楚亭全書》 下, p.459, 〈瓷〉. "始也工粗, 習焉而民粗, 始也器粗, 熟焉而心粗, 轉輾成俗. 一瓷之不善, 而國之萬事皆肯, 其器物之不可以小而忽之也如此."

박하고 무겁다고 했다.[14] 그보다 훌륭한 공예품을 듣지도 보지도 못했으므로 거친 것을 좋다고 했을 것이다. 더욱 한심한 것은 사람들이 이처럼 투박하게 만들지 않으면 반드시 상한다고 하면서 도리어 정교하게 만들어진 중국의 그릇을 흠잡는다는 점이다. 뿐만 아니라 이러한 거친 환경에서 오랫동안 살다 보니 성정(性情)까지 거칠어져, 거친 물건이므로 '깨어져도 아깝지 않다'는 의식이 굳게 자리 잡기까지 한 것이다. 그러므로 "가령 아낄 만한 그릇이 있다 해도 또한 온전하게 취급될 수 없을 것이니",[15] 외부의 선진 기술을 포함한 선진 문화가 쉽게 수용될 수 없음은 자명한 일이다. 이처럼 관습과 고질로 굳어진 거친 성정이 확산되어 나라의 온갖 일이 거의 마찬가지로 거칠어져 가고 있음을 초정은 의식하고 있었다.

이에 초정은 일본의 예를 들어 누군가 일단 백공기예(百工技藝)로 천하제일이라는 명성을 떨치기만 하면 비록 그 사람의 재주가 자기의 기술을 능가할 수 없음을 분명히 알면서도 그에게 찾아가서 배운다고 하면서, 이것이야말로 기예를 권장하고 민속을 한 길로 나아가게 하는 방법이라고 주장했다.[16] 이러한 자세가 열린 생각과 개방 의식의 소산임을 일본의 예를 통해 시사한 것이다.

여기서 초정은 공예품을 말하고 있지만 실은 이를 통해 견식을 넓히고 심미 능력을 길러야 한다는 이치를 일깨워 주고 있다. 즉 자기(瓷器)를 거칠게 만들면 마음도 거칠어지지만, 반대로 자기를 아름답게 만들면 마음도 아름다워진다는 이치[17]를 가르쳐 주는 셈이다. 하

---

14) 《楚亭全書》 下, p.458, "今司饔院燔器, 號稱極精者, 猶太肥重, 以爲不如是, 必傷也, 反咎中國之器焉."

15) 《楚亭全書》 下, p.458, "碎之而不足惜, 碎不足惜之心生, 而可惜之器, 亦不得完."

16) 《楚亭全書》 下, p.459, "日本之俗, 凡百工技藝, 一得天下一之號, 則雖明知其術之未必勝於己, 而必往師之. 視其一言之褒貶, 以爲輕重. 此其所以勸技藝, 專民俗之道歟."

지만 현실적으로 그렇게 되지 못하고 있음을 초정 역시 모르지 않았
다. 아무리 오랑캐의 것이라 하더라도 그 법이나 기예가 뛰어나면 마
음을 열어 이를 배워야 한다는 의식의 각성과 자각이 필요한 것처럼,
궁극적으로는 미의식을 개발하는 데도 우선 양허를 통하여 과감히 선
입관을 버리고 배우는 것이 빠른 방도임을 초정은 깨우치고 있다. 이
점에서 초정은 본보기를 보여주었다고 할 수 있다.

초정은 의식주가 해결된 다음에야 미적인 추구가 가능하다는 《묵
자(墨子)》의 〈일문(佚文)〉편[18]의 이치를 누구보다도 잘 알고 있었다.
백성과 나라를 부유하게 하려는 방법들로 채워져 있는 그의 실학사상
이야 이미 널리 알려졌고 몇몇 학자들이 그의 미의식을 '실학+미의
식'[19]이라는 관점에서 이해하여 미와 생활의 상보적인 관계[20]로 파악
하는 것에서 알 수 있듯이, '문명도아', 곧 물질적인 문명 위에 아름다
운[都雅] 사회를 건설하는 것이 초정의 궁극적인 목표였다. 그러하였
기에 초정은 자신에게 '문명도아'의 사회를 접할 수 있는 기회가 주어
지자 조금의 주저도 없이 포착하여 적극적으로 행할 수 있었던 것이
다. 연행(燕行) 뒤의 《북학의(北學議)》나 〈연경잡절(燕京雜絶)〉에 실
린 일부 시는 그것의 결실이라고 하겠다. 즉 미적 판단의 산물이라
해도 무방할 것이다.

초정은 연행 길에서 무엇이든 무심히 지나치지 않았다. 미적인 것
에 대한 그의 관찰과 판단에는 자신만의 특유하고 풍부한 작가적 감
수성이 크게 작용한 듯하다. 다른 사람들의 안목에는 요염하고 사치

---

17) 송재소, 〈實學派 文學觀 一考察〉,《한국한문학연구》제26집, 태학사, 2000, p.330
　　참조.
18) 《墨子》,〈佚文〉《中國美學史資料選編》上, 臺北 : 輔新書局, 1984, p.23). "食必常
　・飽, 然後求美, 衣必常暖, 然後求麗, 居心常安, 然後求樂."
19) 오수경, 〈楚亭 朴齊家 詩研究〉, 성균관대 석사논문, 1982. p.26 참조.
20) 송재소, 앞의 글, p.333 참조.

스럽게만 인식되었던 것들이 초정의 눈에는 아름답게만 보였다. 그만큼 선입견을 버리고 마음을 비웠기 때문일 것이다. 그는 다음과 같은 모습들을 인상 깊게 바라보았다. 중국에서는 변두리에 사는 여자라도 분을 바르고 머리에 꽃을 꽂으며 비단신을 신고 다닌다.[21] 보통 사대부들의 눈과 마음에는 실용의 가치가 없으므로 버려도 괜찮을 것으로 여겨지는 유리창의 고동서화는, 초정의 눈에는 언뜻 보아도 찬란하게 번쩍거리고 그 기이하고 교묘함이 무어라고 형용될 수 없다.[22] 또한 이곳에서는 소를 항상 미역 감기고 곱게 솔질해 주는가 하면,[23] 말도 늘 빗질해 주고 씻겨서 깨끗하고 냄새가 없게 하는 등,[24] 가축을 대하더라도 정결과 미관을 강조한다. 집집마다 담장 밑에 화초를 가꾸고, 곳곳의 어여쁜 유리 어항에선 금붕어를 키운다. 비록 다 쓰러져가는 집에서 살더라도 모두 황금빛과 푸른빛으로 채색하고, 그림을 그린 항아리, 술잔, 물동이, 주발 등을 가지고 있다.[25]

이런 안목은 상대가 오랑캐라는 선입관을 버리고 마음을 비웠기에 가능한 것이다. 결국 초정은 이와 같이 미의식을 포함한 다른 나라의 선진 문명을 배운 뒤에라야 사람마다 비단을 입고 집집마다 아름다운 빛깔로 꾸미며 장차 많은 사람들과 함께 즐길 수 있다고 주장하는 한

---

21) 《楚亭全書》下, p.389, 〈農蠶總論〉. "中國邊裔之女, 無不傳粉揷花, 長衣繡鞋, 盛夏之月, 未嘗見其有跣足焉."
   《楚亭全書》上, p.458, 〈燕京雜絶, 贈別任恩曳姊兄, 追憶信筆, 凡得一百四十首〉. "入柵雖荒絶, 家家女揷花. 鳳城三十里, 已是極繁華."
22) 《楚亭全書》下, p.506, 〈古董書畵〉. "琉璃廠左右十餘里及龍鳳寺開市等處, 驟看之, 璀璨輝映, 不可名狀者, 皆彝鼎, 古玉, 書畵, 奇巧之俗."
23) 《楚亭全書》下, p.473, 〈牛〉. "牛常浴刷."
24) 《楚亭全書》下, p.475, 〈馬〉. "毛常刷浴, 潔而無臭."
25) 《楚亭全書》下, p.457, 〈瓷〉. "中國瓷器, 無不精者, 雖荒村破屋之中, 皆有金碧彩畵之壺, 鍾, 罐, 碗之屬, 非其人之必好奢也."
   《楚亭全書》上, p.467, 〈燕京雜絶, 贈別任恩曳姊兄, 追憶信筆, 凡得一百四十首〉. "家家照牆根, 花草叢相暎. 處處琉璃盆, 朱魚呷藻荇."

편, 백성들의 이러한 '사치'를 걱정하기보다 오히려 권장해도 무방하다고 여기는 듯하다.[26] 여기서 '사치'는 바로 미의식을 뜻한다고 하겠다. 하지만 그것은 나라가 망할까 경계하고 멀리해야 하는 사치가 아니라, 인간의 보편적인 추구의 대상이 되었을 때 미의식으로 전환될 수 있는 소중한 사치인 것이다.

요컨대 초정의 심미의식에는 자연발생적인 '본능'의 측면과 자각적으로 추구하는 '능동'의 측면이 두루 내재하고 있다. '본능'의 측면은 미적 향수에 해당하는 것으로서 양허를 통해 속기가 제거되는 결과로 나타나고, '능동'의 측면에서는 실용과 미가 동시에 중요시되는 결과로 나타난다.

더욱 중요한 것은 의식의 갱신이다. 특히 그 주요 대상은 나라의 주도세력인 사대부들이다. 이들은 미적 대상을 곁에 두고도 실용의 가치가 없다고 하여 관조할 줄 모르고 향수할 줄 모른다. 바로 이와 관련하여 초정은 거친 성정, 편견, 선입관 등의 속기를 양허를 통해 제거하는 것이야말로 인간의 순수한 천성을 온전히 하는 의식 갱신의 전제조건임을 깨우치고 있다.

한편 초정의 미의식에서는 미적 판단의 산물인 《북학의》와 일부 시를 통하여 물질적 풍요와 미(美)가 동시에 중요시되고 있음을 확인할 수 있고, 특히 어떤 경우에도 미관이 강조되고 있다는 점이 주목된다. 다음에 언급할 초정 시론의 몇 가지 측면도 미적 판단의 산물로서, 역시 심미의식의 연장선상에서 파악되어야 할 것이다.

---

26)《楚亭全書》下, p.548,〈財富論〉. "夫然後, 雖人服錦繡, 戶設金碧, 將與衆樂之而不暇, 亦何患乎民之奢侈也."

2. 詩論의 몇 가지 측면

박제가의 열린 사유방식은 미적 판단의 산물인 그의 시론에서도
그대로 구현되고 있다. 두보(杜甫)만 배우는 자는 그 수준이 가장 낮
다고 하는 등 고정관념이나 인습적인 것을 부정한 것, 당(唐), 송(宋),
원(元), 명(明)은 과거의 장부라고 한 것 등은 이 점을 여실히 말해 준
다. 한편 이러한 인습을 부정하는 바탕에는 설득력 있고 타당한 방법
론이 내재하고 있다. 무릇 아름다운 시는 있는 그대로 사람들에게 미
적 향수를 주기 마련인데, 이러한 시적인 정취[詩味]가 이루어지는 데
는 시인의 미적 판단에 따라 산출된 나름의 시론이 전제되어 있는 것
이다. 초정에게 이러한 기준이 되었던 방법론들이 바로 본 장에서 다
루고자 하는 시미론, 제론, 성자일치론, 시화일치론이다. 아래에서 이
와 같은 시론들의 몇 가지 측면을 고찰하고자 한다.

(1) 詩味論

푸른 산이나 흰 구름은 실용적인 것이 아니어서 사람들과 아무런
상관이 없는 듯하다. 하지만 그것을 좋아하여 바라보는 사람은 즐거
워하고 속기가 사라지며 욕망이 줄어들게 된다. 즉 천성이 온전해지
는 것이다. 그렇다면 푸른 산과 흰 구름을 포함한 천지간에 가득 찬
만물이 시로 표현될 경우에도 감상자는 마음이 슬기로워질 것이고 천
기(天機)가 활발하게 될 것이다.[27] 하지만 여기에는 무시할 수 없는
전제조건이 있다. 그것은 바로 시미(詩味), 곧 시적인 정취이다. 시는

---

27) 《楚亭全書》下, p.506. 〈古董書畵〉. "故鳥獸蟲魚之名物, 尊罍彝爵之形制, 山川四
時書畵之意, 易以之而取象, 詩以之而托興, 豈其無所然而然哉. 蓋不如是, 不足以資
其心智, 動盪天機也."

반드시 미(味), 곧 맛이 있어야만 그것을 읽었을 때 천성이 온전해지고 천기가 활발해질 수 있는 것이다. 바꾸어 말하면 심미의식의 연장선상에서 초정의 시미론이 거론되어야 한다. 시는 무엇보다 아름다움을 추구하는 예술이기 때문이다. 여기서는 먼저 맛(味)의 의미를 살펴보고,[28] 초정에게서 발현된 시미론의 양상을 고찰하기로 한다.

누구나 알다시피 '맛'은 인간의 다섯 가지 감각 가운데 입과 혀의 도움을 받아 음식물의 맛을 감지하는 자연적이면서도 의식적인 감각 활동과 관련된다. 지금은 더욱 그러하겠지만 고대 중국의 음식 문화는 상당히 발달했던바, 시미론의 형성은 그것의 발전 및 성행과 밀접히 관련된다. 물질이 풍요로워지면서 사람들은 단순히 포식하고 사는 데 그치지 않고 좋은 음식을 맛있게 먹기를 바란다. 일반적으로 음식에 대한 욕구는 맛(味)을 비롯하여 색(色), 향(香), 형(形)이 강조되어 왔고 현재는 영양분 섭취에 많은 관심이 쏠리고 있지만, 그래도 그 가운데 가장 선호되는 것은 '맛'일 것이다. 따라서 음식물의 맛에 대한 추구가 자연스럽게 이루어지게 되었고, 이 또한 인간의 본능적인 생리적 욕구가 되었던 것이다.

중국 선진(先秦)시기에 사람들은 이미 오미조화(五味調和)의 이론을 정치와 철학 분야에 적용하였다. 《國語·鄭語》의 기록에 따르면, 정환공(鄭桓公)이 사백(史伯)과 주(周)나라의 쇠망여부를 논할 때 사백은 주왕조(周王朝)가 다섯 가지 맛을 조화시켜 입맛을 조절하지 않았기 때문에 필연적으로 쇠할 것이라고 했다.[29] 즉 여러 가지 다른

---

28) 시미의 함의에 관한 논의는 천잉루안(陳應鸞)의 《詩味論》(成都 : 巴蜀書社, 1996)을 참조하였다.

29) 《國語》, 〈鄭語〉 《中國美學史資料選編》上, p.7). "(問於史伯) 日 : '周其弊乎?' 對日 : '殆於必弊者也. 〈泰誓〉日 : 民之所欲, 天必從之.' 今王棄高明昭顯, 而好讒慝暗昧 ; 惡角犀豐盈, 而近頑童窮固. 去和而取同. 夫和實生物, 同則不繼. 以他平他謂之和, 故能豐長而物歸之 ; 若以同裨同, 盡乃棄矣. 故先王以土與金木水火雜, 以成百物.

의견들을 받아들여 조화·통일시키지 않고 같은 의견만을 취하였기 때문이라는 것이다. 음식의 맛을 단순하게 오로지 한 가지 맛, 예컨대 신 것으로만 만들어 낸다면 많은 사람들의 입맛을 만족시킬 수 없다. 반드시 시고, 달고, 쓰고, 맵고, 짠 것을 적당히 섞어야만 맛있는 음식을 만들 수 있을 뿐 아니라, 그것들을 조절하여 여러 사람들의 입맛에 맞는 음식도 만들 수 있다. 마찬가지로 정치도 다양한 의견을 청취하여 그것을 조화롭게 하지 않고 단지 한 가지 의견만을 택한다면 아름다운 정치를 이룩할 수 없는 것이다.

이와 같은 조미론(調味論)이 정치나 철학에 적용될 수 있다면 미학에도 마찬가지로 적용될 수 있을 것이다. 물론 문학에서는 말하는 맛이란 다른 맛들의 조화를 강조하는 이른바 조미(調味)보다는 음식을 먹으며 느끼는 자연적이고 본능적인 맛에 더 가까운 경우가 많다. 시미론은 중국에서 일찍이 제(齊), 량(梁) 시기에 종영(鍾嶸)이 정식으로 문예미학의 개념으로 적용한 바 있다.[30] 종영은 《詩品》에서 시의 최고의 경지가 '자미'(滋味)를 갖춘 것이라 하여 처음으로 이론의 형태를 갖춘 시미론을 제기하였다. 비록 맛[味]에 대한 규명이 분명하지는 못하지만, 종영은 '자미'가 있는 시가 가장 훌륭한 시이고 세인의 감상 요구에도 적합한 시라고 하였다. 좀더 구체적으로 '자미'를 갖춘 시란 이른바 '무극'(無極)한 시인데, 무한히 풍부하고 심원한 내용을 갖고 있는 시는 감상자의 반복되는 상상과 연상을 자극함으로써, 감상자의 정감을 불러일으키고 정신을 분발시킨다는 것이다. 종영은 또

是以和五味以調口, 剛四支以衛體, 和六律以聰耳, 正七體以役心, 平八索以成人, 建九紀以立純德, 合十數以訓百體."

30) 鍾嶸, 《詩品·序》(徐達 譯註, 貴陽：貴州人民出版社, 1995, p.9). "五言居文詞之要, 是衆作之有滋味者也, 故云會於流俗. (……) 使味之者無極, 聞之者動心, 是詩之至也."

진대(晉代)의 현언시(玄言詩)에 대해 "哲理가 지나치고 담담하여 맛이 적다"[31]고 했는데, 여기서 '맛이 적다'란 현언시가 노장의 심오한 이치를 담고 있음에도 미감을 결여하고 있다는 말이 되겠다.

당(唐) 말기의 사공도(司空圖)는 처음으로 시의 미(味)와 미(美)를 밀접히 연관시켰다. "가령 全美를 공교히 한다면, 곧 이는 味 밖의 뜻을 아는 것이다."[32] 여기서 전미(全美)는 시가 도달해야 하는 가장 완전무결한 경지를 가리킨다. '지'(旨)는 훌륭한 맛을 말하고, '미외지지'(味外之旨)는 시의 언표(言表)에 내재한, 일반적인 맛을 초월한 가장 순수하게 아름다운 맛을 뜻한다.

초정을 비롯한 사가(四家)에게 많은 영향을 주었던 왕사정(王士禎)의 '신운설'(神韻說)도 "시고 짠 것 밖에는 무엇인가, 맛 밖의 맛이다. 맛 밖의 맛은 곧 神韻이다"[33]라고 말한 오진염(吳陳琰)에 따르면 맛과 관련된 것이다. 왕사정 스스로도 좋은 시는 "모두 흥을 얻어 표현한 말로서 味外味는 반드시 自得한 것임을 알겠다"[34]고 언급한 바 있다.

요컨대 시미론에서 '味' 개념의 가장 기본적이고 핵심적인 이론적 내포는 서구적 의미의 '미'(美), '미감'(美感), 또는 '심미'(審美)에 해당되는데, 중요한 것은 이들 모두가 미학 개념이라는 사실이다. 즉 시미론은 시의 미학과 밀접하게 관련되어 있음이 틀림없다는 얘기가 되겠다.

이상을 참고하여 보면 초정의 글에서 언급된 시미도 주로 '美' 또는 '미학', '심미'와 유사한 개념임을 알 수 있다.

---

31) 위의 책, p.7. "永嘉時, 貴黃, 老, 稍尙虛談, 於時篇什, 理過其辭, 淡乎寡味."
32) 司空圖, 《司空表聖文集》, 卷二, 〈與李生論詩書〉(郭紹虞 主編, 《中國歷代文論選》 2, 上海 : 上海古籍出版社, 1996, p.197). "倘復以全美爲工, 卽知味外之旨矣."
33) 吳陳琰, 〈蠶尾續集 · 序〉(王士禎, 《蠶尾續集》, 淸, 康熙 43, 성균관대 소장본). "酸醎之外者何? 味外味也. 味外味者何? 神韻也."
34) 王士禎, 《香祖筆記》 卷三(郭紹虞 主編, 《中國歷代文論選》 3, 上海 : 上海古籍出版社, 1996, p.37). "皆一時伩興之言, 知味外味者, 當自得之."

① 天然鬐鬣映風濤, 천연의 지느러미 바람에 물결치듯 빛나고
付與椒蘇百味熬.[35] 椒향과 차조기를 넣어 百味를 볶아 내누나.

② 孤山草訣石峯碑, 윤고산의 초결 한석봉의 비문에도
村婦狂奴少風味.[36] 시골 아낙 미친 종 풍류 결여하네.

③ 潛心究古樂, 古樂 연구에 골몰하더니
忘情薄滋味.[37] 정이 말라 맛이 덜하다네.

④ 蒲團悟得閒滋味, 蒲團에 앉자 한가한 맛 터득했던 것이
槐穴輸他試小眠.[38] 어느덧 잠이 들어 꿈길 속을 거니누나.

⑤ 生來吃飯五十冬, 태어나서 밥을 먹은 지도 오십 년
世味如沙煎不濃.[39] 세상 맛 모래 같아 끓여도 묽지 않네.

⑥ 天涯詞伯無人識, 하늘 끝의 시문 대가 알아볼 이 없지만
獨爇名香畵味長.[40] 홀로이 名香을 태우니 그림 맛 끝없네.

⑦ 題襟到處煩相憶, 옷깃에 題하며 가는 곳마다 번거롭게 생각하는데
舊句重吟味更新.[41] 옛 글귀를 다시 읊으니 그 맛이 더욱 새롭구나.

---

35) 《楚亭全書》 上, p.232, 〈驛館謝趙進士鎭大惠雙鯉五首〉(4).

36) 《楚亭全書》 上, p.206, 〈有旨書進屛風一事柳寮爲作長歌和其意時壬寅四月二十日也〉.

37) 《楚亭全書》 上, p.293, 〈京山園屋, 偕成秘書・宋教官・柳奉事, 聽琴作〉.

38) 《楚亭全書》 上, p.66, 〈免喪後往謁 李進士丈熽 苦勸余以詩云 不見子落筆久矣〉.

39) 《楚亭全書》 上, p.526, 〈次韻柳本藝來宿稔兒作 時在京第同白石〉.

40) 《楚亭全書》 上, p.140, 〈戲倣王漁洋歲暮懷人六十首〉, 〈李雨邨調元〉.

　대략 20수 가량의 시에서 초정이 '味'라는 술어를 사용하고 있음을 볼 수 있는데, 위에서 든 것 외에도 자미(滋味), 화미(畵味), 풍미(風味), 미미(美味), 백미(百味), 농담미(濃淡味), 전미(專味), 천미(泉味), 신미(新味), 세미(世味) 등의 다양한 시어를 구사하였고, 같은 말이라 해도 다른 의미로 사용하기도 했다. 물론 이런 말들이 모두 시미를 뜻하는 것은 아니지만, 그만큼 초정이 '味'라는 개념에 주목했음을 말해준다고 하겠다.

　①에서 '味'는 비록 음식의 맛을 지칭하지만 이때 초정이 '백미'라는 술어를 사용하고 있어 주목된다. 잉어의 지느러미는 바람에 물결치듯 아름다운 모습을 하고 있는데, 그것에 산초나무의 향료와 차조기를 넣으면 백 가지 맛이 만들어진다고 한다. 뒤에서 말하겠지만 백미는 초정의 시론에서 문인의 독자적인 개성과 관련되어 쓰이는 중요한 개념이다. 그는 시를 고를 때 백미를 염두에 두어야 한다고 강조했던 것이다.

　②는 인간의 풍류를 맛에 비유한 것이다. 글을 아는 사람도 모두 다 풍치가 있고 멋스럽게 논다고 할 수 없는데, 하물며 글 모르는 이른바 천민이야 말할 것도 없을 것이다. 하지만 초정은 미의식이 사대부들에게뿐만 아니라 일반 백성들에게도 없어서는 안 되는 것으로 여겼던 것 같다. 또 초정은 또 같은 '자미'를 사용하면서도, ③에서는 고대음악의 연구에 전념한 나머지 인정이 메말라 그 맛이 덜하다 하여 "박자미"(薄滋味)라 묘사했다면, ④에서는 한가로움의 맛을 "한자미"(閒滋味)로 표현하고 있다.

　⑤는 인정세태를 '세미'(世味)라는 맛으로 형용하고 있다. 이 세상에 태어나서 50년 동안 수없이 많은 음식을 먹어 보았으나 세상의 맛

---

41)《楚亭全書》上, p.366, 〈玉田〉.

이란 아무리 삶아도 묽어지지 않는다는 것이다. 말하자면 세상살이가 뜻대로 되지 않아 도저히 재미를 느끼지 못했다는 의미일 것이다. ⑥과 ⑦을 보면, 전자는 통감미(通感味)를 말하고 있다. 청(淸)의 이조원 (李調元)이 보낸 초상화 앞에서 향을 태우니 향기와 함께 그림의 정취[畵味]가 느껴져 온다고 한다. 후각과 시각이 동시에 발동한 것이다. 후자는 시문의 맛을 가리킨다. 연행 중 가는 곳마다 그곳과 관련된 글귀가 생각이 나서 다시 음미하니 그 시의 맛이 더욱 가슴에 와 닿고 새삼스러움을 절실히 느낀다는 것이다. 이 밖에도 훌륭한 맛[美味]⁴²⁾을 직접 구사함으로써 맛[味]을 미감(美感)과 관련시키고 있다.

초정의 시미론은 〈詩選序〉에서 본격적으로 드러난다. 이 글을 중심으로 초정의 시미관(詩味觀)을 자세히 살펴보도록 하자.

시를 고르는[詩選] 방법은 반드시 百味가 俱存해야 하지, 일색에 그치지 말아야 한다. 고른다는 것은 택하여 서로 혼동을 일으키지 않는다는 말이다. 완연 일색이라면 골랐어도 다시 혼동되는 것이므로 처음에 고른 것은 필요가 없게 된다. 맛[味]이란 무엇인가? 저 구름과 노을 錦繡가 보이지 않는가. 경각 사이에 心目이 죄다 그곳으로 옮겨가고 지척의 땅에서 기이한 자태를 펼쳐 보인다. 대강 보면 그 情을 족히 얻을 수 없지만 자세히 음미하면 그 맛이 끝이 없다. 무릇 사물 변화의 本末이 사람의 마음을 움직이고 眼目을 즐겁게 하는 것은 모두 맛이다. 어찌 다만 口舌로만 맛이라고 하겠는가. 시를 고를 때 어찌하여 맛을 취한다고 하는가. 대저 짜고 시고 달고 쓰고 매운 다섯 가지 맛은 口舌로 얻고 얼굴로 나타내는 바, 속일 수 없음이 이와 같다. 이렇게 되지 않으면 맛이 아니다. 맛이 없는 음식은 오히려 먹지 않는데 詩選하는 방법 또한 이와 다를 것인가.

---

42) 《楚亭全書》上, p.222, 〈謝梁進士德貞惠茶〉. "頭綱美味嗜還偏"
　　《楚亭全書》上, p.233, 〈驛館謝趙進士鎭大惠雙鯉五首〉(5). "由來美味厭松江"

百味를 갖춘다는 것은 무슨 의미인가? 한 가지 맛을 고르지 않고 각각 하나씩을 택한다는 말이다. 신 것을 알고 단 것을 모르는 자는 맛을 모르는 사람이다. 달고 신 것만을 헤아리고 짜고 매운 것을 등한시한다면 진실로 그것을 충실히 한다 해도 고를 줄 모르는 자다. 신 것을 고를 때 지극히 신 것을 택하고, 단 것을 고를 때 지극히 단 것을 택한 다음에야 맛을 말할 수 있다. 공자(孔子)는 말하기를 "사람들은 음식을 먹지 않는 자가 없지만 맛을 아는 자는 적다"고 했다. 이로 볼 때 성인은 마음이 섬세하여 말로 형용할 수 없는 妙味를 입으로 얻을 수 있지만 俗人은 一色에 매여 날마다 그것을 이용하고 있으면서도 그 맛을 모른다. 혹자는 "물은 무슨 맛이 있는가"라고 묻는다. 나는 이렇게 대답한다. "물은 맛이 없지만 목이 마를 때 마시면 천하에 이보다 더 좋은 맛은 없을 것이다. 지금 당신이 갈증을 느끼지 못하니 어찌 물의 맛을 알 수 있겠는가."[43]

초정의 완미(完美)한 시미론이다. 이 글은 맛[味]의 내용부터 심미(審味)의 과정, 맛의 선택, 맛의 터득, 창작에 이르기까지 조선조 미학의 묘미를 보여주는 가작(佳作)이라 해도 지나친 말이 아닐 것이다. 이를 몇 개 부분으로 나누어 자세히 살펴보기로 한다.

---

43) 《楚亭全書》中, p.117, 〈詩選序〉. "選之法, 要當百味俱存, 不可泯然一色. 夫選者何, 擇之使不相混也, 泯然一色, 則是選而再選也, 初何選之有哉. 味者何, 不見夫雲霞與錦繡歟, 頃刻之間, 心目俱遷, 咫尺之地, 舒慘異態. 泛觀之, 不足以得其情, 細玩則味無窮也. 凡物之變化端倪, 有足以動心悅目者, 皆味也, 非獨在口謂之也. 選奚取乎味, 夫醎酸甘苦辛五者, 得之於舌, 達乎面目, 其不可欺也如此, 不如是, 則非味也. 非味之食, 猶不食, 然則選之法, 何異哉. 百味俱存者何, 選非一焉, 而又各擧其一也. 夫知酸而不知甘者, 不知味者, 秤量甘酸, 開架醎辛, 而苟充之者, 不知選者也. 方其酸時, 極酸之味而擇焉, 其甘也, 極甘之味而擇焉, 然後可以語於味矣. 子曰 : '人莫不飮食也, 鮮能知味也.' 由此觀之, 聖人心細, 故能得不言之妙於其口. 俗人泯然一色, 日用而不知耳. 或曰 : '水何味焉?' 曰 : 水儘無味, 然渴飮之, 則天下之味, 莫過焉. 今子不渴矣, 奚足以知水之味哉."

우선 '맛'[味]이라는 개념의 내포를 이해할 필요가 있다. 초정은 맛
의 내포를 설명하기 위해 티 없이 맑고 푸른 하늘에 뭉게뭉게 피어오
르는 흰 구름, 아름다운 채색으로 물든 노을 등의 기이한 자태, 그리
고 비단에 수를 놓은 듯한 경치 좋은 산천에 매혹되어 몸과 마음이
죄다 그곳에 기울고 있는 시적인 경지를 예로 들면서, 이와 같이 사
물이 변화하는 모습에서 마음이 움직이고 안목이 즐거워질 때, 이를
'맛'이라고 정의한다. 매우 전형적인 미적 관조이자 미적 향수에 해당
하는 발언이라 하겠다. 뿐만 아니라 "자세히 음미하면 그 맛이 끝이
없다", "말은 다하여도 뜻은 무궁하다"(言有盡而意無窮), '미외미'(味外
味) 등으로 표현되는 '신운'의 경지에까지 초정의 언급이 미치고 있음
을 알 수 있다. 따라서 '맛' 개념이 음식에 대한 미각에서 비롯되었음
을 인식하면서도 그것을 다만 자연발생적인 생리적 쾌감에서 그치는
미감으로서만 받아들이는 것이 아니라, 인간의 안목을 기쁘게 하는
시감미(視感味), 사람의 마음을 들먹이는 의감미(意感味)로서 나타나
는 의미의 전환으로 이해하고 있었던 것이다. 진응난(陳應鸞)은 조미
이론(調味理論)이 정치와 철학 분야에 적용될 수 있다면 미학 분야에
서도 가능함을 지적하면서 음식에는 미감미학(味感美學), 음악에는 청
감미학(聽感美學), 회화에는 시감미학(視感美學), 문학에는 의감미학
(意感美學)이 있다고 하였다.[44] 그렇다면 초정은 이보다 훨씬 전에 벌
써 이와 비슷한 의미를 감지하고 있었던 셈이다. '동심열목'(動心悅目)
이란 말에서 '動心'은 마음을 움직인다 함이니 문학의 의감미학에 해
당하고, '悅目'은 눈을 기쁘게 한다 함이니 회화의 시감미학에 해당한
다고 할 수 있을 것이기 때문이다.

초정은 비교적 추상적이고 표현하기 어려운 맛[味] 개념을 생동하

---

44) 陳應鸞, 《詩味論》(成都 : 巴蜀書社, 1996), pp.124~125 참조.

고 구체적인 형태로 설명하고 있다. 그는 짜고 시고 달고 쓰고 매운 것 등의 '五味'는 입과 혀로 얻을 수 있는 맛일 뿐만 아니라 누구도 속일 수 없이 얼굴에 드러나는 것이라고 했다. 원래 맛이라는 것은 아무리 설명을 잘한다 해도 그것을 받아들이는 측면에서는 그 실제의 참다운 맛을 감지하기는 어렵다. 오로지 직접 자신의 입과 혀로 맛을 보아야만 가장 정확하게 실감할 수 있기 때문이다. 그래서 사람들은 평상시에 어떤 음식의 맛을 경험할 때 간접적인 청감(聽感)보다는 미감(味感)으로 감지하기를 권장한다. 물론 통감(通感)으로서는 전혀 느낄 수 없는 것도 아니다. 조조가 병사들의 갈증을 '매실'이라는 말을 통하여 해소시킬 수 있었다는 《삼국연의(三國演義)》의 일화가 이를 단적으로 설명한다.

설명에 한계가 있겠지만, 초정은 사람들이 맛을 보고는 본능적으로 얼굴에 어떤 표정을 짓는다는 점을 간과하지 않았다. 예컨대 몹시 쓰거나 신 것을 맛본 사람은 대체로 그 느낌이 얼굴에 그대로 드러난다. 갈증을 느낄 때 냉수를 마시고는 시원하다는 말을 한다. 초정은 가령 맛을 보고 얼굴에 표정이 없으면 진정한 '맛'이 아니라고 단언한다. 맛을 보고 얼굴에 표정이 없다는 것은 그 음식이 맛이 없다는 의미라는 것이다. 시도 마찬가지이다. 미감(美感)이 결여된 시라면 읽어보고도 반응이 없을 것은 당연하다. 따라서 그가 말하는 시의 맛[詩味]는 분명 독특하고 훌륭한 맛[味外味]을 뜻함이 틀림없다고 하겠다. 사람들이 맛이 없는 음식을 외면하듯이 시를 고를 때에도 시의 맛에 특히 유의해야 함을 강조한 것이다.

다음으로 초정은 '百味'에 대하여 언급하고 있다. 그는 시를 선택할 때에는 반드시 백미가 다 갖추어진 것[俱存]을 골라야 한다고 했다. 그렇다면 백미를 구비해야 한다는 것은 무엇을 뜻하는 것일까? 물론 말 그대로 시를 고를 때 다양한 맛을 내는 여러 유형의 시를 선택해야 한다는 것만은 틀림없다. 초정은 신 것만 알고 단 것을 모르면 맛을 모르는 사람이라고 한다. 또 몇 가지만 선택하고 다른 맛은 외면한다면 아무리 선택된 그 몇 가지가 좋은 것이라 하더라도 역시 선택할 줄 모르는 것이라고 한다. 오로지 맛, 곧 시의 유형이 다양하면 다양할수록 좋다는 말이 되겠다. 이는 초정의 열린 사유뿐만 아니라 천지에 가득 찬 것이 모두 시라는 그의 문학관과도 매우 밀접한 관련이 있다. 특히 "신 것만 알고 단 것은 모르는 자는 '味'를 아는 자가 아니다"라고 한 말은 두보만 알고 다른 시인은 모르는 자는 훌륭한 시인이 아니라는 말과 같은 맥락으로 이해된다. 따라서 초정이 백미를 선호한 것도 두보만이 아니라 두보 이외의 당조(唐朝)의 시인들 그리고 송(宋), 원(元), 명(明), 청(淸)의 시인들을 널리 배워야만 좋은 시를 쓸 수 있다는 자신의 주장과 거의 상통하는 것이다. 다양한 미감에 대한 존중, 이것이야말로 시를 고를 때 필요한 백미의 원칙일 것이다. 이 점 또한 다른 글에서 분명히 언급하고 있다.

대개 허물이 두 가지가 있다. 학문에 도달하지 못한 것은 실로 나의 잘못이지만 성품이 같지 않은 것은 나의 잘못이 아니다. 음식에 비유컨대, 놓는 위치로 말하면 기장을 앞에 두고 고기를 뒤에 놓는다. 맛을 가지고 말하면 소금에서 짠맛을 취하고 매실에서 신맛을 취하며 겨자의 매운 맛과 차의 쓴맛을 취하는 것이다. 지금 짜지 않고 시지 않고 맵지 않고 쓰지 않은 것을 가지고 소금과 매실과 겨자와 차를 탓한다면 괜찮은 것이다. 하지만 만약 소금이 된 것, 매실이 된 것, 겨자와 차가 된 것을 탓하면서 "너는 어째서 기장과 같은 종류가 되지 못했느냐?" 하고, 고깃덩어리에게 "너는 왜 앞에 놓이지 못했는가?"라고 질책한다면 그 덮어쓴 것은 실질을 잃게 되어 천하의 맛이 없어질 것이다.[45]

사람의 개성적 성품을 존중해야 한다는 이치를 음식의 고유한 맛을 통하여 설명한 부분이다. 위에서 거론된 네 가지 맛이 제구실을 못할 때에는 질책 받아 마땅하나, 그것들이 다른 종류의 사물과 같아지기를 강요당한다면, 그야말로 천하의 백미가 '일미'(一味)에 그쳐버리게 될 것이라고 하였다. 이는 곧 하늘이 한 가지 맛만 내린다면 즐김이 치우쳐 서로 통하지 않을 것이라는 뜻[46]과 같은 맥락이라 할 것이다. 하늘이 내려 준 천하의 맛이 '백미'라는 다양성을 지니고 있듯이 인간의 개성적 성품 또한 한결같지 않음은 하늘이 정해 준 것인데, 만약 이를 거부한다면 하늘의 순리를 어긴다는 말이 될 것이다. 이를 문학작품을 접하는 문제와 연결시킨다면, '味外味' 등으로 대변되는 작품의 무궁하고 다채로운 함축미를 인정하면서도, 사물 개개의 독자적 미감을 더 존중해야 한다는[47] 뜻으로 이해된다. 아울러 문인의 독자적 미감이 존중된다면 당연히 작품의 백미가 억지에 의해서가 아니라 스스로 이루어질 것이다.

하지만 초정은 '백미'만을 강조하지 않았다. 그는 문학작품의 '다양한 맛'도 중요하겠지만 작품의 '지극한 맛'도 보장되어야 한다고 덧붙인다. 즉 신 것을 선택할 때에는 지극히 신 것을, 단 것을 선택할 때에는 지극히 단 것을 택한 다음에야 맛을 말할 수 있다는 것이다. 지극히 시거나 단 것이란 아마 내용과 예술성이 고도로 통일된 이른바

---

45)《楚亭全書》中, pp.231~232,〈比屋希音頌幷引〉. "夫過有二焉, 學之未至, 固臣之過也. 性之不同, 非臣之過也. 譬之飮食, 以位而言, 則黍稷居先, 羹藏居後. 以味而言, 則資鹹於鹽, 取酸於梅, 進芥之辣, 擢茗之苦. 今以不鹹不酸不辣不苦, 罪其鹽梅芥茗, 則固矣. 必若責其爲鹽爲梅爲芥與茗者, 曰: '爾曷不類黍稷', 而謂羹藏者, 曰: '爾曷不居前'云爾, 則所冒者失實, 而天下之味廢矣."

46)《楚亭全書》上, p.288,〈服蜜漬地盆子偶效坡體〉. "天若貯專味, 偏嗜不相通"

47) 정우봉,〈朴齊家의 文學思想〉,《박제가의 학문과 사상》, 한국사상사연구회 학술대회발표집, 1997, p.60 참조.

신운, 생취(生趣)의 작품을 가리키는 것이 아닐까 한다. 이처럼 초정
은 시를 고를 때는 반드시 백미, 곧 다양한 맛을 고려하면서도 그 맛
[味]이 지극한 시를 선택해야 함을 강조했다.

그 다음 초정은 〈詩選序〉에서 '맛'에 대한 문인과 보통 사람 사이
의 서로 다른 느낌을 언급하고 있다. 글에서는 성인(聖人)과 속인(俗
人)의 대비로 나오지만 실은 문인과 일반 사람의 대비로 보아도 무방
할 것이다. 속인은 날마다 먹으면서도 그 맛을 아는 자가 적다고 한
공자(孔子)의 말을 인용하면서, 초정은 성인이 섬세한 마음을 지니고
있어 입으로 그 묘미를 얻을 수 있다고 한다. 공자가 제나라에 갔을
때 순임금의 음악을 듣고 익히는 석 달 동안 고기 맛을 몰랐다는 《논
어(論語)》의 일화가 이를 단적으로 설명한다.[48] 이 점에서 공자는 중
국 역사상 가장 위대한 예술정신의 발견자라고도 말할 수 있다.[49] 즉
모든 문예인의 독특한 감각을 대변한다고 해도 과언이 아닐 것이다.
하지만 대부분의 속인들은 일색에 얽매인 나머지 매일 먹고 듣고 보
고서도 그것을 느끼지 못할뿐더러 이를 표현하는 것은 더더욱 어렵다
며 초정은 성인과 속인의 차이점을 지적하고 있다. 그가 다른 글[50]에
서 우주의 모든 것이 다 시이지만 어리석은 자는 이를 살피지 못하고
지혜로운 자는 그것에 따른다고 한 것도 같은 맥락이라고 하겠다. 한
편 초정은 〈小傳〉에서,

　　만리를 날아예면서 구름과 안개의 기이한 형태를 살펴보고 온갖 새들
　의 소리를 들으면서 산천, 日月星辰의 원대함과 초목, 蟲魚, 霜露의 미세

---

48) 《論語》, 〈述而〉《中國美學史資料選編》上, p.15). "子在齊聞韶, 三月不知肉味,
　　曰 : '不圖爲樂之至於斯也'"
49) 徐復觀, 권덕주 외 옮김, 《中國藝術精神》, 동문선, 2000, p.33 참조.
50) 《楚亭全書》中, p.105, 〈炯菴先生詩集序〉. "盈天地之間者, 皆詩也", "愚者不察, 智
　　者由之"

함과 더불어 날로 변하는 까닭을 모르던 것이 가슴속에 죽 계합되어서
언어로는 그 정을 다할 수 없고 입으로는 그 맛을 족히 비유할 수 없으
니 스스로 많은 사람들이 모르고 있는 즐거움을 얻었다고 여기었다.[51]

라고 하여 말로는 그 정을 다 토로할 수 없고 입으로는 그 맛을 비유
할 수 없는, 만인이 터득하지 못한 자신만의 즐거운 묘미를 얻었음을
고백하고 있다.

한편 이 글(《小傳》)에서는 전형적인 직감감오식(直覺感悟式) 사고방
식이 구현되고 있음을 볼 수 있다. 이른바 직감감오식 사고방식이란
외적 사물을 파악하는 과정에서 때때로 자신의 주관적인 몽롱한 감각
을 통하여 마음속으로는 명료하지만 입으로는 분명하게 말할 수 없는
자아의 깨달음을 얻는 것을 가리킨다.[52] 시미론 역시 주관에 기대는
이러한 독특한 사유방식의 결과라 하겠다. 왜냐하면 이는 서구의 이
론에서처럼 고도의 추상적인 개념을 사용한 논리적인 추리를 통하여
얻을 수 있는 것이 아니라, 그 어떤 말로도 표현하기 어려운 미묘한
느낌으로써 감지할 수밖에 없는 것이기 때문이다. 이와 관련하여 초
정은 날마다 변화하는 천지만물의 기이한 형태에 대하여 처음에는 의
혹에 찬 눈길로 관찰하였으나, 마침내 그 미묘함을 깨달은 뒤에는 그
정을 말로 형용할 수 없고 그 맛을 입으로도 비유할 수 없다고 하여
만인이 느끼지 못했던 즐거움을 얻었다고 자부한다. 초정 자신도 터
득한 것이 무엇인지 분명히 설명은 하지 않고 오로지 만인이 느끼지
못한 감각이라고만 표현할 뿐이다. 이는 성인이 말로 형용할 수 없는

---

51)《楚亭全書》中, p.169,〈小傳〉. "越萬里而翺翔, 覩雲烟之異態, 聆百鳥之新音, 與
　　夫山川日月星辰之遠, 草木蟲魚霜露之微, 所以日變化而莫知然者, 森然契于胸中, 言
　　語不能悉其情, 口舌不足喩其味, 自以爲獨得百人莫知其樂也."
52) 陳應鸞, 앞의 책, p.125 참조.

묘미를 입으로 얻었다고 바로 앞에서 말한 것과 다르지 않은 말로서, 성인과 속인의 차이를 설명하고 있는 것이다.

초정은 또 예술가가 창작에 임할 때의 경지를 매우 생동하고 실감나게 설명한다. 그는 우선 다음과 같이 묻는다. "물은 무슨 맛이 있는가?" 이에 대한 초정의 대답은 대단히 깊고 오묘하며 뛰어난 미적 감각을 드러낸다. 사실 물이 무색이자 무미(無味)한 것은 누구나 아는 바다. 그래서 사람들은 흔히 여러 가지 음료수를 만듦으로써 물을 맛있게 마시려 하는 것이다. 어쨌든 물이 무미한 것은 사실이다. 하지만 초정은 "목이 마를 때 이 물을 마시면 천하에 이보다 더 맛있는 것은 없다"고 말한다. 배가 부를 때 먹는 한 말의 쌀보다 굶주릴 때 먹는 한 그릇의 밥이 더 소중하고 맛있다는 이치일 것이다. 이는 물론 속인과 구별되는 성인의 남다른 감각을 설명하는 것으로 볼 수 있지만, 목이 마를 때의 물맛을 예술가가 창작의 충동을 느꼈을 때의 경지에 견준 것으로 보아도 무리는 아닐 것이다. 따라서 삶에 대한 애착, 자연을 포함한 주변의 모든 것에 대한 관심과 사랑, 그에 따른 작가의 예리한 관찰력 등 이 모든 것들이 창작의 순간마다 목마른 사람의 물맛처럼 감미롭고 시원한 예술품의 탄생을 재촉하지 않겠는가. 바로 이처럼 남다른 예술가의 풍부한 감수성을 지닌 사람만이 하늘과 땅 사이에 가득 찬 것이 모두 시라는 위대한 외침을 준비할 수 있었을 것이다.

초정은 〈小傳〉에서 심미('審味' 또는 '審美')가 형성되는 과정에는 객관보다도 주관이 더욱 중요한 구실을 맡고 있음을 매우 설득력 있게 들려준다. 유성(兪成)이 "장인 지붕 위의 까마귀, 집 좋으니 까마귀도 좋다네"(丈人屋上烏, 屋好烏亦好)와 "군이여, 담 위 복숭아꽃을 보시라, 바로 행인 눈 속의 붉은 피라네"(君看墻頭桃樹花, 正是行人眼中血)란 시를 논하면서 말하기를, "무릇 까마귀는 혐오스러운 새지만 오히려 그

것을 좋아하고, 복숭아꽃은 본래 사람들이 즐겨하는 꽃이지만 오히려
혐오하는 것은 무슨 까닭인가? 대체로 사람의 情이 이입되어 그렇게
된 것이다"[53]라고 했다. 오교(吳喬)도 "시는 情을 주인으로 하고 景을
손님으로 한다. 景物은 스스로 생기지 않고, 오로지 情에 감화되어서
이다. 情이 슬프면 景도 슬프고 情이 즐거우면 景도 즐거운 것이다'[54]
라고 하였다. 말하자면 인간이 지닌 주관적 정감의 정도와 수요에 따
라 객관적인 대상물의 맛〔味〕이 좌우된다는 것이다. 왕초의 무리들(거
지들)이 식당의 오물 독에서 물고기의 머리를 주워서 입에 넣고 죽
빨면 세상에 그 맛보다 더 좋은 '一味'는 없다고 한다. 이들에게만 있
을 수 있는 느낌이고 미감이 아닐 수 없다. '갈증을 느낀 사람의 물맛'
이란 바로 이런 경우를 가리키는 것이 아니겠는가.

초정은 이 밖에도 다른 여러 글들에서 '맛'을 언급하고 있다.

대개 글자가 소리를 떠난 것은 고기가 물을 떠나고 아이가 어미를 떠
난 것과 같다. 나는 그 生趣가 날로 시들어가고 천지의 이치가 막혀 버릴
까 두렵다. (……) 생각해 보면 옛날에는 말이 나오는 대로 글자가 이루
어졌기 때문에 그 助語와 虛辭도 모두 곡진하여 맛〔味〕을 지니고 있었다.
(……) 나의 벗 유혜풍의 시 짓는 솜씨는 (聲과 字의) 겸함이 지극하고
아름다움(美)을 갖추었다고 할 만하다.[55]

---

53) 宋, 兪成, 《螢雪叢說》 卷二(陳應鸞, 앞의 책, pp.143~144에서 재인용) "夫烏鳥本
是可惡之物, 而反喜之 ; 桃花本是可喜之物, 而反惡之, 是何也? 盖由人情所感而然
耳."

54) 淸, 吳喬, 《圍爐詩話》 上, 卷一, (臺北 : 廣文書局, 1973. p.26). "夫詩以情爲主, 景
爲賓. 景物無自生, 性情所化, 情哀則景哀, 情樂則景樂."

55) 《楚亭全書》 中, p.109, 〈柳惠風詩集序〉. "夫字之離聲, 猶魚之離水, 而子之離母也.
吾恐其生趣日枯, 而天地之理息矣. 夫古詩三百篇, 亦猶有其字, 而不得其聲者矣. 竊
意古者, 言出而字成, 故其助語虛辭, 皆能委曲有味. (……) 吾友柳惠風之爲詩也, 可
謂兼至而備美者矣."

이 글에서는 '맛'에 대한 또 다른 측면을 엿볼 수 있다. 소리와 글자
의 통일에서 이루어지는 생생하고 생동한 맛을 '生趣'라고 함으로써
맛을 생취와 관련시키고 있는 것이다. 이상에서 알 수 있듯이 초정의
시미(詩味), 곧 '시의 맛' 개념은 표현미(表現美)와 아울러 거론되고 있
으며, 나아가 시의 모든 미감과 이어져 논의되고 있다고 하겠다. 즉
초정의 시론에서 '味'의 의미는 여러 측면을 내포하고 있지만, 사실상
'美'의 개념과 비슷하게 사용되고 있음을 확인할 수 있다. 위에서 인
용된 시에서 이미 언급된 것처럼, 산문에서도 일례로 담박한 맛[56]이
있다면 그 밖에도 진한 맛이 있을 터이니, 대상의 '美'란 감상자의 취
미에 따라 생겨날 것이다.

지금까지의 논의를 간추리자면, 맛[味]은 음식의 맛을 가리키는 것
이었다가 문학에 적용되면서 문학작품을 품평하는 중요한 개념으로
이용되었던바, 그 실제 내용은 사실상 '美', 심미 등에 해당한다는 것
으로 정리할 수 있겠다.

이때 초정은 사물이 아름답게 변화함으로써 마음을 움직이고 안목
을 즐겁게 하는 것을 맛이라고 하였다. 그리고 시미, 곧 시의 맛 개념
은 아름다움의 본질을 밝히려는 문예미학의 산물이다.

특히 문인의 독특한 개성을 내세움으로써 작품의 지극한 맛을 보
장하는 백미관(百味觀)이 주목된다. 이는 다양한 맛을 존중해야 하는
시의 선택과 긴밀한 관계를 이루는 것이지만, 동시에 '味外味'가 보장
된 시 창작 등의 창작론과도 관련되어 있어 더욱 흥미롭다.

시의 맛은 또한 시론의 곳곳에서 초정의 문학비평의 중요한 기준
으로 언급되고 있음을 확인할 수 있다. 맛을 소리와 관련된 생취와

---

56) 《楚亭全書》下, p.105, 〈炯菴先生詩集序〉. "今子遺淡泊之味, 自然悅藻繪之新工, 背
前轍而不遵, 獨師心法之法."

더불어 언급한 것이 그 일례이다.

결국 초정의 시미론(詩味論)은 시가 미감을 결여하여서는 안 된다는 문예미의식을 강하게 표출한 이론이라고 하겠다.

(2) 際論

초정은 자신의 시론에서 '際'라는 개념을 제기했다. 널리 배우는 것도 중요하겠지만 근본적인 것을 깨달아야 한다는 것이 초정 시작(詩作)의 핵심이라 할 터인데, 그 근본이란 바로 '際'를 터득하는 것이다. 이는 시를 주로 어떻게 얻을 것인가 하는 문제이자, 시인과 시적 대상[자연] 사이의 관계를 어떤 방식으로 해결하는가 하는 문제이기도 하다.

'際'의 개념은 형암 이덕무(炯菴 李德懋)의 시 창작 경험에서 구현되었고, 연암(燕巖)에게서도 비슷한 언급이 보이며, 종래의 중화설(中和說), 의경설(意境說) 등과도 일정한 관련이 있다. 그러나 그것을 시 창작과 관련시켜 시론의 범주에 넣어 제기한 사람은 초정이다. 따라서 초정의 제론(際論)을 인식하는 것은 곧 그의 창작론의 핵심을 파악하는 것이므로, 그의 기타 시론 및 시를 이해하는 데 적지 않은 도움이 될 것이다. 여기에서는 '際'를 중심으로 '際'의 함의, '際論'의 전개 등을 순서대로 고찰하되, 논의의 편의를 위해 '際'와 관련된 연암이나 형암의 문학관에 대해서도 일부 언급하고자 한다.

ⅰ) 際의 함의

'際'의 사전적 의미는 대체로 첫째, 두 사물의 경계선이나 구분, 둘째, 두 물건 사이의 중간, 셋째, 선후가 교체되는 시기, 넷째, 서로 교제하고 접촉하는 것, 다섯째, 접근하고 가까이 하는 것[57] 등이라 할 수 있다. 사전적 의미에서 볼 때 '際'는 그 대상이 사물일 경우 한 사물과 다른 한 사물 사이의 경계, 중간 또는 엇갈리는 부분을 뜻하고, 대상이 사람일 경우에는 서로가 가까이 하고, 만나고, 교제하는 것을 의미한다고 생각할 수 있겠다. 물론 후자는 인간과 인간의 교제만이 아니라 인간과 자연 사이의 교감도 포함하고 있다. 따라서 초정의 시론에서 언급된 '際'의 개념도 주로 이러한 내용을 바탕으로 하고 있음은 의심할 바 없다. "하늘과 사람의 사이를 살펴본다",[58] "가을과 겨울 사이가 가장 어렵다"[59] 등의 구절을 보아도 '際' 안에는 사물과 사물, 인간과 자연 사이의 관계 설정이 내포되어 있음을 알 수 있다.

여기서 거론된 '際'의 개념은 크게 두 가지 의미를 담고 있다. 하나는 자연과 인간 사이, 곧 하늘[天]과 사람의 관계이고, 다른 하나는 사물과 사물 사이의 관계이다. 하지만 양자는 늘 통합의 형태를 갖는다. 즉 하늘의 조화로 이루어진 사물의 오묘함은 적어도 자연의 한 현상과 다른 현상 사이의 관계에서 발생하게 되는데, 인간은 이러한 자연의 이치를 나름대로 잘 터득해야 한다. 문제는 문인이 자연과의 관계 속에서, 어떤 위치에서 어떻게 이러한 이치를 터득하는가 하는 것이다. '際'에 대한 앞선 연구에서 이미 거론된 바이지만, 시인은 자연 앞에서 순간적인 직감으로 '際'를 터득하거나,[60] 자연과 자신을 갈라놓는 경계선에서, 또는 자연과 가장 가까운 지점에서 자연의 비밀을 포착할 수도 있을 것이다.[61]

이상의 방법을 통해서도 자연의 이치를 어느 정도 느낄 수 있겠지

---

57) 羅竹風 主編, 《漢語大詞典》11(上海 : 漢語大詞典出版社, 1994) p.1097 참조.
58) 《楚亭全書》上, p.261, 〈次寄柳惠風〉. "究觀天人際"
59) 《楚亭全書》上, p.58, 〈再次寄淸受屋六首〉(1). "最難爲意秋冬際"
60) 윤기홍, 〈朴趾源과 後期四家의 文學思想 硏究〉, 연세대 박사논문, 1988, p.171 참조 ; 김경미, 〈朴齊家 詩의 硏究〉, 연세대 박사논문, 1991, p.56 참조.
61) 송재소, 앞의 글, p.350 참조.

만, 무엇보다 시인이 시적 대상에 깊숙이 몰입할수록 자연의 미묘한 기미를 더욱 잘 포착하고 터득할 수 있을 것으로 본다. 시인은 자연과 관계를 맺을 때 자연에 몰입하는 상황이 종종 발생한다. 아름다운 경치에 경도되어 자신도 모르게 끌려가거나 깊숙이 빠져드는 경우가 그러하다. 또한 어떤 사물에 대한 고찰에 골몰하다 보면 이따금 미친 사람이라는 소리를 듣기도 한다. 〈百花譜序〉에서 언급되는 김군(金君)의 경우가 그러하다. 그는 백화보(百花譜)를 그리기 위해 곁에 사람이 온 줄도 모를 정도로 하루 종일 꽃을 관찰하는 데 빠져 있다.[62] 또한 연암 박지원(朴趾源)이 연암협(燕巖峽)에 있을 때 "어떤 경우는 종일토록 방에서 나오지 아니하기도 하고(이는 이미 접촉했던 사물에 깊이 빠진 상태의 연장 또는 그 어떤 계기로 말미암은 사색과 창작을 위한 구상으로 볼 수도 있을 것이다—필자) 어떤 사물을 접해서는 눈을 똑바로 뜨고 주목하여 아무런 말도 하지 않고 침묵으로 시간을 보내기도 한 것"이나, "천천히 거닐다가 문득 우두커니 잊어버린 듯한 모습을 보인 것"[63] 등은 사물을 관찰할 때 고도로 집중하는 자태일 것이고 이른바 물아일체(物我一體)의 경지에 다다른 상태일 것이다.[64] 그러므로 '際'의 터득은 시적 대상에 깊숙이 몰입하는 경우에 가능하고, 이로써 시인은 자연의 미묘한 기미를 더욱 잘 느낄 수 있을 것으로 본다. 즉 자연과 가장 가까운 지점에 있거나 자연에 몰입하게 될 때, 자연의

---

62) 《楚亭全書》中, p.131, 〈百花譜序〉. "方金君之徑造花園也, 目注於花, 終日不瞬, 兀兀乎寢臥其下, 客主不交一語. 觀之者, 必以爲非狂則癡, 嘲點笑罵之不休矣. 然而笑之者, 笑聲未絶, 而生意已盡. 金君則心師萬物, 技足千古, 所畵百花譜, 足以冊勳瓶史, 配食香國, 癖之功, 信不誣矣."

63) 朴宗采, 金允朝 譯註, 《過庭錄》, 태학사, 1997, p.314. "其在燕峽也, 或終日不下堂, 或遇物注目, 瞪默不言者移時. 嘗言, '雖物之至微, 如草卉禽蟲, 皆有至境, 可見造物自然之妙.' 每臨溪坐石, 微吟緩步, 忽塔然若忘也. 時有妙契, 必援筆箚記, 細書片紙, 充溢溪箱."

64) 임형택, 〈박연암의 인식론과 미의식〉, 《한국한문학연구》 11, 1988, p.38 참조.

변화나 자연의 오묘한 이치를 더욱 자세히 관찰할 수 있고 생생하게 절감할 수 있다는 것이다. 그러므로 '際'를 터득한다는 것은 한마디로 자연을 포함한 시적 대상을 터득한다는 의미로 이해할 수 있다. 좀더 구체적으로 말하면 작가가 자연 또는 사회와의 관계(물론 이 관계는 밀접할수록, 깊을수록 좋을 것이다) 속에서 자연의 이치를 포함한 시적 대상을 깨달은 뒤에 그것을 거침없이 구사하여 자신의 시 안에 포착할 수 있는 능력을 뜻한다고 할 것이다. 즉 시적인 소재를 간접적으로 얻을 것이 아니라, 작자가 몸소 자연과 사회에 몰입하여 체험하고 경험하면서 이를 발견해야만, 실감과 감동을 줄 수 있는 작품을 산출할 수 있다는 것이다.

'際'의 터득이 창작론에 해당한다면 또한 시 창작의 주목적인 의경(意境)의 창출과도 불가분의 관계를 맺고 있다고 하겠다. '際'는 시인의 '意'가 시적 대상인 '象'과 관계를 맺는 것이므로 결과적으로 하나의 의경을 만드는 것과 연결되기 때문이다. 자신의 시 창작 경험에서 '際論'을 이끌어냈던 형암 이덕무도 사경(事景, 곧 의경을 말함)을 중요시했다.[65] 말하자면 자연과 본질적인 자아를 하나로 만드는 것이 삶의 근본적인 목표였던 형암이 의경의 표출에 가장 적합한 서정시에 주목했던 것이다.[66] 그는 '事'와 '景'을 따로 말해서는 안 되며, 어느 한쪽에 치우침 없이 양자를 적절하게 융합해야 한다고 했다.[67]

이러한 의경 또한 시의 '맛'[味]과 함수 관계를 맺고 있으므로, '際'

---

65) 李德懋,《國譯 靑莊館全書》(민족문화추진회, 1979), 〈嬰處雜稿〉 2권, 〈觀讀日記〉, 〈十月 乙酉〉. "凡詩, 事景俱適, 可稱文質彬彬. 有景中帶事者, 事中帶景者, 有各道景與事者, 又隨其卽地, 有專言景專言事者. 若每篇專言事, 則落於陳冗, 專言景則歸於浮輕. 君詩恐言景多矣."

66) 유재일,《李德懋의 詩文學 硏究》, 태학사, 1998, p.63 참조.

67) "事景論은 형암 문학비평의 바탕이 된다"면서 형암의 사경론에 주목한 연구가 이미 나와 있다. 윤기홍, 앞의 글, p.135 참조.

를 파악한다는 것은 시의 맛을 파악하는 셈이 된다. 시미론(詩味論)에
서는 의경을 하나의 중요한 미학적 범주로 간주하고 있다. 말하자면
시에 맛이 담기게 되고 시를 아무리 음미해도 그 맛이 무궁한 것은
항상 의경의 '美'에서 시가 이루어지기 때문이다. "시를 짓는 묘는 모
두 의경이 잘 어울리는 데 있는바, 그것을 소리 밖에서 음미할 수 있
음으로 해서 참다운 맛이 얻어진다"[68]고 한 옛사람들의 말이 있다.
왕국유(王國維)는 강기(姜夔)의 '詞'를 비평하다가 "가석하게도 의경에
힘쓰지 않았으므로 말 밖의 味가 없다"고 하면서,[69] 역시 의경의 중
요성을 역설하고 있다. 따라서 '際'를 의경과 관련시켜 이해를 도모하
는 것도 바람직하다고 생각한다.

그렇다면 '意境'이란 무엇인가. 여러 설이 분분하지만 그 공통점이
'意'를 중심으로 한 '情'과 '景'의 융합 또는 화합임은 틀림없다. 좀더
구체적으로 심미활동의 시각에서 볼 때, 이른바 의경은 구체적인 것,
유한한 물상(物象), 사건, 장면을 초월하여 무한한 시공간에 진입함으
로써 얻게 되는 인생·역사·우주에 대한 일종의 철리적(哲理的)인
감수와 깨달음이라 하겠다.[70] 말하자면 유한한 물상에서 받아들이는
무한의 철리적인 인생과 역사와 우주에 대한 느낌이 바로 의경이 지
니고 있는 내포인 것이다. 시적 대상에 대한 철리적인 감수와 깨달음
이라고 했으니 의경 역시 '際'의 터득으로 이해할 수 있다. 한편 이 말
은 시가 인생과 역사와 우주를 포괄한다는 의미로서, 천지 사이에 가

---

68) 明, 朱承爵, 《存餘堂詩話》(국립중앙도서관 소장, 편자, 연대 미상, p.6). "作詩
   之妙, 全在意境融徹, 出音聲之外, 乃得眞味. 如曰 : 孫康映雪寒窓下, 車胤收螢敗
   帙邊."
69) 王國維, 《人間詞話》 42(馬自毅 註譯, 臺北 : 三民書局, 1994) p.95. "古今詞人格調
   之高無如白石. 惜不於意境上用力, 故覺無言外之味, 絃外之響, 終不能與於第一流之
   作者也."
70) 葉朗, 〈再說意境〉, 《中國古代, 近代文學研究》(1999. 1), p.218 참조.

득 찬 것이 모두 시라는 초정의 말[71]과도 궤를 같이한다고 하겠다.
요컨대 초정이 자신의 시론에서 언급한 '際'의 개념도 이렇듯 시를 짓
는 주목적이라 할 수 있는 의경과 긴밀한 관계를 이루고 있는바, '際'
를 논하는 과정에서 의경에 관한 논의를 결코 간과할 수 없다.

ⅱ) 際論의 전개

초정이 논하는 '際' 개념은 〈炯菴先生詩集序〉에서 손님과 나누는
대화 형식으로 자세히 언급되고 있다. 내용을 전개하는 데 편의를 위
해 서문의 전체를 인용한다.

    나의 벗 형암 선생 이무관의 시 몇 수를 손수 베끼고 나서 향을 피우
고 목욕재계한 뒤 읽어보았다. 읽어보고서는 흐느끼며 탄식하지 않을 수
가 없었다. 客이 물었다. "시에서 무엇을 얻었는가?" 나는 이렇게 대답했
다. "저 산천을 보면 푸르고 아득하다. 고요한 물은 맑음을 머금었고 외
로운 구름은 맑게 펼쳐 있다. 기러기는 새끼를 거느리고 남으로 날고 매
미의 울음소리는 숨이 넘어갈 듯 처량하니 이 어찌 무관의 시가 아니겠
는가." 客이 말하기를 "이는 가을의 조짐이다. 시는 정녕 이런 것을 다
감당할 수 있겠는가?"[72] "안 될 것이 뭔가, 역시 그 際를 논했을 따름이
다. 무릇 그렇게 시키지 않아도 그렇게 되는 것이 하늘이고, 그런 것을
알고 그렇게 하는 것은 사람이다. 하늘과 사람 사이에는 반드시 구분이
있다. 그러나 際라는 것은 구분되면서도 內外가 합해지는 道이다. 그러므

---

71) 물론 초정의 이 발언은 주로 의경의 '소재'로서 자연의 삼라만상을 가리키는 것
    이기는 하지만, 더 넓은 의미에서는 인간사(人間事)를 포함시킨 것이라 보아도
    무방할 것이다.
72) 현재 이 구절에 대해서는 대체로 두 가지 해석이 있는데, '得'을 '터득'의 뜻을
    갖는 동사로 보는 견해(윤기홍, 김경미 등)와 결과나 정도를 설명하는 조사로 보
    는 견해(송재소, 안대회 등)가 그것이다. 여기서는 후자를 따르기로 한다.

로 그 際를 깨달으면 만물이 길러지고 귀신이 제자리를 찾게 되고, 그 際를 깨닫지 못하면 망망하여 자신과 牛馬를 분간하지 못하게 된다. 하물 며 시에 있어서랴"고 나는 대답했다.

客은 말했다. "시란 생명과 더불어 생겨나는 것이다. 어린애가 울 땐 등을 도닥거리고 흔들면서 응얼응얼 울음소리와 합치되도록 어르면 어느새 아이는 잠이 들 것이다. 이것이 바로 천하의 참된 시인 것이다. 내가 듣기에 시는 본성에서 발생하는 것으로 사악한 것이 있고 올바른 것이 있다. 좋아하고 싫어함을 볼진대 세속과 더불어 오르락내리락하는 것이다. 그러한 까닭에 곱게 꾸민 작품은 〈국풍〉에 수록되지 못했고, 급박하고 거친 음악은 淸廟에 오르지 못했다. 그런데 지금 선생은 담박한 맛의 자연스러움을 버리고 조탁함과 꾸밈의 새롭고 교묘함을 좋아하고, 이제까지의 법을 등진 채 준수하지 않고 홀로 마음의 법을 스승으로 모시고 있다." 그 말에 나는 이렇게 대답했다. "黃鐘의 기장은 지극히 가는 것이요, 새와 짐승의 발자국은 지극히 미세한 것이로되 律呂가 그것에서 일어났고 八卦가 그것에서 만들어졌다. 대저 시란 數에서는 易이요, 소리에서는 樂이다. 그러니 道를 알지 못하는 사람이 어떻게 이것에 대해 말할 수 있으리오?" 그러자 客은 이렇게 물었다. "그렇다면 시는 무엇을 본받는가?" 나는 대답했다. "하늘과 땅 사이에 가득 차 있는 것이 모두 시이다. 사계절의 변화와 온갖 만물의 웅성거리는 소리, 그 몸짓과 빛깔, 그리고 음절은 그들 나름대로 존재하고 있다. 그러한 것을 어리석은 자는 깨닫지 못하고 있지만 지혜로운 자는 거기에서 출발한다. 그러므로 다른 사람의 입술이나 우러러 보고 케케묵은 종이쪽지에서 쓰고 남은 찌꺼기나 줍는 저들은 근본에서 벗어남이 심하다고 할 것이다."

客이 이렇게 물었다. "그렇다면 이른바 漢唐宋明의 시는 모두 본받을 필요가 없단 말인가?" 나는 대답했다. "그렇게 해서 어찌 될 일인가? 내가 그렇게 하라고 말한 까닭은 말단만 쫓아다니다 분파만 많게 되는 것

보다는 근본을 거슬러 올라가 그 큰 줄거리를 추구하는 것이 낫다는 것
이다. 그렇게 한 다음이라야 하늘과 땅 사이의 참된 소리와 古人의 微妙
한 말과 서리종〔霜鐘〕이 저절로 울리고, 陰鶴이 서로 화답하는 것처럼 되
는 것이다. 그렇다면 무관의 시는 포희영륜(疱犧伶倫)의 마음을 터득한
것임이 틀림없다. 저 시법 율격의 연혁과 자구의 연원과 같은 것들은 고
사를 잘 아는 사람이 있으니 그에게 물어 보라."[73]

글 전체에 걸쳐 '際'의 문제를 둘러싸고 대화가 전개되고 있다. 비
록 '際'의 개념은 앞부분에서만 네 번 정도 직접적으로 언급되었을 뿐
이지만, 이후 대화 과정에서 논의된 '心法', '道', '本' 등도 '際'의 터득
과 관련된 것으로 보인다. 따라서 시 창작의 근본인 '際'의 터득에 대
해 논하고 있는 이 서문을 분석함으로써, 제론의 구체적 성격을 자세

---

73)《楚亭全書》中, p.105,〈炯菴先生詩集序〉.
　　"吾友炯菴先生李懋官詩凡若干首, 予手抄訖, 薰沐而後讀之, 讀之, 未嘗不歙歙而嘆
也. 客曰:'奚取乎詩也?'瞻彼山川, 莽乎無極, 靜水含淸, 孤雲舒潔. 鴈將子而南遷,
蟬冷冷而欲絶, 豈非懋官之詩乎!' 客曰:'此秋朕也, 詩固得而冒之乎?' '何傷乎, 亦論
其際而已矣. 夫莫之然而然者天也, 知其然而爲之者人也, 天人之間, 亦必有其分矣,
則際也者分也, 合內外之道也. 故得其際, 則萬物育, 鬼神格;而不得其際, 則芒芒乎
不辨自己之與馬牛矣, 而況於詩乎!'
　　客曰:'詩者, 與生具生者也. 小兒呱呱, 拍背而謠之, 嗚嗚然與啼聲相合, 已而兒眠
矣. 此天下之眞詩也夫. 吾聞之, 詩出於性, 有邪有正, 觀其好惡, 與世俗汗隆. 故綺麗
之作, 不錄於國風, 噍殺之音, 不登於淸廟. 今子遺淡泊之味自然, 悅藻繪之新工, 背
前轍而不遵, 獨師心法之法.' 曰:'黃鐘之黍至細也, 鳥獸之文至微也. 律呂於是乎起,
八卦由是以作. 夫詩在數爲易, 在聲爲樂, 非知道者, 其孰能語斯哉!' 客曰:'然則詩
何師?' 曰:'盈天地之間者, 皆詩也. 四時之變化, 萬籟之鳴呼, 其態色與音節自在也.
愚者不察, 智者由之. 故彼仰脣吻於他人, 拾影響於陳編, 其於離本也亦遠矣.'
　　客曰:'然則凡所謂漢唐宋明之詩, 皆不足法歟?' 曰:'奚爲而然也, 吾所謂然者, 與
其逐末而多岐, 曷若遡本而求要. 夫然後天地之眞聲, 古人之微言, 應若霜鐘之自鳴,
而陰鶴之相和也. 然則懋官之詩, 得疱犧伶倫之心矣. 若夫法律之沿革, 字句之淵源,
有掌故者在.'"

히 살펴볼 수 있을 것이다.

초정은 우선 가을을 형상화한 형암 시의 내용을 예로 들어 '際'는 자연 현상과 관련이 있음을 시사했다. 푸른빛을 머금은 맑고 고요한 물, 외롭게 흘러가는 구름, 겨울나기를 위해 남쪽으로 날아가는 기러기, 끊어질 듯 처량한 매미의 울음소리 등은 경우에 따라 맑고 깨끗한 이미지라 생각될 수도 있겠지만, 대체로 쓸쓸하고 슬픈 기분을 던져 주는 가을의 의경임에는 틀림없다. 즉 여름이 가고 가을로 접어드는 과도기의 여러 모습들이다. 바로 가을이 닥쳐올 조짐이자 여름이 끝나가는 조짐이기도 한 여름과 가을의 '際'인 것이다.

이는 초정이 향을 피우고 목욕재계한 뒤 정중히 읽었던 형암 시의 내용이다. 시를 읽고 난 뒤 초정은 "흐느끼며 탄식했다"는 강한 느낌의 표현을 쓰고 있는데, 여기서 진심과 진정을 강조하는 형암 시의 감동적 힘을 볼 수 있다. 초정 역시 감수성이 남달리 풍부한 시인이었고 형암과 비슷한 신분적 처지에 있었음을 감안하면, 이 같은 동병상련의 감개를 이해할 수 있을 터이다. 또한 "이 어찌 무관의 시가 아니겠는가!"라고 아주 당연하게, 그리고 확신을 가지고 '가을을 슬퍼하는'(悲秋) 등과 같은 표현이 형암 시의 한 특징임을 제시한 것은 그의 남다른 감식안을 드러내 주는 동시에, 자연을 특히 좋아하는 형암의 시가 '際'와 관련이 밀접함을 증명하는 대목이라 하겠다.

한편, 초(楚)나라 송옥(宋玉)의 '悲秋'를 비롯한 많은 작품들 속에서 가을은 주로 소슬한 계절로 표현되어 왔고, 불우한 문인이 자신의 고민과 비감을 달래는 시적 대상으로 종종 사용해 왔던 것도 사실이다.[74] 이 점은 초정의 시에서도 가끔 볼 수 있다.

---

74) 초사(楚辭) 작가 송옥의 〈九辨〉은 〈離騷〉의 모의작(模擬作)으로 평가받고 있지만 가을 묘사가 뛰어나다. 이로 하여 이 작품은 이른바 '悲秋문학'의 효시로 일컬어지기도 한다. 초정 또한 〈與靑城集秘閣〉《楚亭全書》上, p.388)이란 시에서 '悲

(······)

擧頭見秋色,	머리 들어 가을 풍경 보기만 하면
心動忽自憯.	마음은 감동받아 절로 슬퍼져,
忠臣義士傳,	충신과 의사들의 평생 전기를
嗜讀如昌歜.	창포 김치 좋아하듯 빠져 읽으며,
嗚咽不能已,	목이 메어 울먹임 금할 길 없는데
況復日慘慘.	하물며 가을날은 쓸쓸도 하네요.
蕭蕭葉下皐,	우수수 나뭇잎은 늪가에 떨어지고
切切蟲入坎.	애처로이 우는 벌레 구멍에 드네.
白雨連鴻背,	흰 빗발 기러기 등 이어 내리고
寒風鎖應頷.	찬바람은 매미 입을 봉해 버렸소.
溪磴破菊蕾,	냇가 돌길 국화송인 망가졌는데
池閣敗菡萏.	못가 집 앞 연꽃들도 시들었구려.

(······)[75]

　여기서 보면, 늪가에 지는 낙엽, 구멍에 드는 벌레, 빗속의 기러기, 찬바람에 울음 끊은 매미, 망가진 국화꽃, 시든 연꽃 등 어느 '象'이나 가을 이미지들이 아닌 것이 없다. 이러한 이미지들은 역시 여름이 가고 가을이 도래하는 사이, 곧 여름과 가을의 '際'에 대한 느낌을 표현하고 있다. 이런 시는 시인이 자신과 자연의 관련 속에서 '文'을 위하여 '情'을 만들었다(爲文造情)기보다는, 반대로 '情'을 위하여 '文'을 만든 것(爲情造文)이라 할 수 있다. 즉 '意'에 적합한 '象'을 통하여 의경을 표출한 것으로서 결코 무병신음(無病呻吟)이 아닌 것이다. 이는 어디까지나 작자의 신분, 처지, 기분 등과 무관하지 않은 것으로, 시

秋'(平生壹鬱悲秋語)를 차용하여 자신의 처지를 슬퍼했던 것이다.

75) 《楚亭全書》上, p.35, 〈寄炯菴〉.

인의 가슴속 깊은 곳에서 우러나온 절절한 느낌이 아닐 수 없다. 초정이 읽었던 형암의 시가 바로 이런 시가 아니었을까 한다.

"시는 정녕 이런 것(가을의 여러 조짐)을 다 감당할 수 있겠는가"라는 손님의 물음에 "역시 그 際를 논했을 따름이다"라고 초정이 대답한 것을 주목하기 바란다. 풀이하자면 시는 수많은 시적 대상을 요령있게 감지하고 표출해야 함을 시사한 것으로 볼 수 있다.

위에서 '際'는 자연과의 관계 설정임을 지적했다. 가을의 조짐을 얻게 된 것은 시인이 날마다 변화하는 자연 현상을 자세하게 관찰한 결과이다. 이러한 관찰을 하려면 무엇보다 자연과 교감하는 것이 필수적이고, 그 교감이 깊을수록 더욱 정밀한 관찰이 가능할 것이다. 이 점은 남달리 자연 친화의 성향을 지니고 있는 형암에게서 특히 잘 반영되고 있다. "빗소리를 사랑하여 옷깃 속에 품고, 가을빛 거두어 붓으로 쓰는"[76]가하면, 제비와 서로 얼굴을 마주보고 가지런히 누워 잘 정도로[77] 자연과 친숙하고 자연과 혼연일체(渾然一體)가 되는 형암이었으니 말이다. 이러한 자연에 대한 지향은 자연을 관찰하고 자연의 오묘함을 터득하기 위한 전제조건이라 하겠다. 형암은 나귀가 다리를 건너갈 때에는 오로지 귀가 어떻게 되는가를 보아야 한다고 했는가하면, 집비둘기, 매미, 붕어 등을 예로 들며 이것들의 지극한 묘리가 깃들어 있는 부분을 실제 현장에서 잘 관찰해야 한다고 강조하였다.[78] 이런 발언은 형암의 문학이 자연과의 관계에서 자연의 묘리를

---

76) 李德懋 外, 《四家詩選》(국역본), 여강출판사, 2000. 〈馳筆次袁小修集中韻〉(2). "故持雨色襟中貯, 盡拾秋精筆底歸." 앞으로 본문 안에서는 [《四家詩選》, 면수] 식으로 표기한다.

77) 위와 같음, 〈遊徐氏常修東庄〉. "重遊政逐新來燕, 幷宿還同對待棲."

78) 李德懋, 《靑莊館全書》 49권, 〈耳目口心書〉 2. "觀萬物, 可別具眼孔. 驢度橋, 但看耳之如何, 鴿步庭, 但看肩之如何, 蟬之鳴也, 但看脇之如何, 鯽之飮也, 但看顋之如何. 此皆精神發露, 而至妙之所寄處也."

터득한 결과물임을 시사한다. 형암의 시집에 서문을 쓴 초정 또한 자신의 느낌으로 이 점을 깊이 감지한 듯하다. 하늘과 땅 사이에 가득 찬 것이 시라는 그의 발언도 사실은 삼라만상의 자연에 남달리 애착을 갖고 그것을 터득한 사람만이 할 수 있는 것이다.

자연에 대한 이러한 태도를 초정은 위에서 인용했던 〈小傳〉에서도 보여준다. 말과 글로는 다 표현할 수 없는 많은 사람들이 느끼지 못한 즐거움, 곧 자연의 미묘하고도 신기한 조화를 처음에는 알지 못하다가 일정한 집중의 과정을 거친 다음에야 터득하였음을 초정은 토로한 것이다. 자연에 대한 몰입을 바탕으로 하는 자세한 관찰, 다시 말해서 벽(癖)에 가까운 끈질김과 그 어떤 영(靈)적인 도움이 없다면 이는 불가능할 것이다. 위에서도 언급한 바 있지만 〈百花譜序〉에서 백화보를 그리기 위해 화원의 꽃을 주시한 채 하루 종일 눈 한번 꿈쩍하지 않고 손님이 와도 말 한마디 건네지 않는 김군의 '癖'에 가까운 행위에 대해, 많은 사람들은 '미친놈' 아니면 '멍청이'라고 비웃었지만 초정만은 이를 극찬하고 있다. "김군은 만물을 스승으로 삼고 있다. 김군의 기예는 千古의 누구와 비교해도 훌륭하다"[79]며 이런 것들은 문예인이 자연과의 '際'에 임해서 그 미묘함을 터득한 결과라는 것이다.

시적 대상에 대한 터득과 관련하여 형암의 다음 언명은 의미가 있을 것으로 본다.

　　문장은 깨달은 바탕 위에서 출발해야 한다. (……) 마음을 가다듬고
　　조용히 명상하면 반드시 영롱한 구멍을 뚫을 수 있을 것이다. 그 다음 한
　　번 주위에 눈을 돌려보면 만물이 나의 문장이 된다.[80]

---

79) 《楚亭全書》 中, p.131, 〈百花譜序〉. "金君則心師萬物, 技足千古"
80) 李德懋, 《靑莊館全書》 16권, 〈雅亭遺稿〉 8, 〈與內弟朴稚川宗山書〉. "文章有悟處,
　　然後立脚. 勿以中郞爲末季怪品侮之, 齋心靜會, 必透得玲瓏竅. 一轉眼, 則萬物皆吾

스스로 오묘하게 풀어내어 투철하게 깨우치는 법이 있으니 그것은 시
인들 각자가 어떻게 잘 터득하느냐에 달렸을 뿐이다.[81]

여기서 "문장은 깨달은 바탕 위에서 출발해야 한다"고 발언한 점이
주목된다. 이는 모방이나 답습을 반대한다고 주장한 것이기도 하겠지
만, 시문에서 관건은 '得'이나 오성(悟性)임을 역설한 것으로 볼 수 있
다. 아울러 그 오묘하게 풀어내고 투철하게 깨우치는 방도는 마음을
가다듬고 조용히 명상하는 것이다. 일단 깨달은 뒤에는 주변의 모든
것이 자신의 문장이 된다. 즉 모조품이 아닌 개성 있는 자신의 글이
된다는 말이다. 이런 의미에서 형암은 "문장은 하나의 조화인데 어찌
얽매어 흉내내고 본뜰 수 있겠는가"[82]라는 발언을 했을 것이다. 초정
은 분명 이러한 형암의 시에서 '際'의 개념을 발견하여 시론의 범주에
넣었을 것으로 본다. 그는 서문의 말미에서 형암의 시는 이른바 팔괘
(八卦)를 만든 복희(伏羲)와 12율을 만든 영륜(伶倫)의 마음을 터득한
것이라는 결론을 내리고 있다. 말하자면 이들 모두 미세한 자연에서
우주의 미묘한 원리를 터득하여 팔괘와 음악을 만들어냈음을 지적한
것이다. 이와 관련하여 연암은 "복희씨가 세상을 떠난 이후 문장이
흩어진지 오래다"[83]라고 탄식한 바 있다. 그 말은 최초의 삼라만상에
서 받은 그 감동적인 상상력이 지금에 와서는 온통 시들해지고 닳아
빠졌다는 뜻[84]으로 이해된다. 하지만 형암의 시는 복희씨가 그러했던

文章也."

81) 李德懋, 《青莊館全書》 48권, 〈耳目口心書〉 1. "自有妙解透悟法, 在人人各自善得
之如可耳."
82) 위와 같음, "文章一造化也, 造化豈可拘縛而齊之於摹擬乎."
83) 朴趾源, 《燕巖集》 7권, p.103, 〈鍾北小選自序〉. "嗟乎! 庖犧氏沒, 其文章散久矣
(……)"
84) 임형택, 앞의 글, p.30 참조.

것처럼 자연에서 얻은 최초의 신선한 감명을 그대로 드러내고 있으며, 이것이야말로 바로 '際'를 터득한 결과라고 초정은 주장한다. 이로써 초정은 문인이 시적 소재를 요령 있게 감지하고 표출하기 위해서는 자연과의 관계인 '際'에 임하여 자연을 포함한 모든 시적 대상에 내재된 오묘함을 터득해야 함을 시사한 것이다.

초정은 또 '際'는 구분되면서도 합쳐지는 '道'라고 하였다. 이를 설명하고자 '天'과 '人'의 구별을 말했다. '天'은 그런 줄 모르고 운행하는 모든 자연 현상을 말하고, '人'은 능동적인 사유의 기능을 가진 지적인 인간을 가리킨다. 이 점에서 양자는 분명 구분된다. 하지만 '際'는 또한 서로 다른 '天'과 '人'의 합일(合一)이 된다. 합내외지도(合內外之道)가 바로 그것이다. 그렇다면 내외지도(內外之道)란 구체적으로 무엇을 뜻하는가? 이에 대한 옛사람들의 해석을 보기로 하자.

> 시는 內外意가 있다. 內意는 그 理의 다함을 가리키는데, 찬양하고 풍자하고 경계하고 가르치는 것을 말한다. 外意는 그 象의 다함을 뜻하는데, 象은 物象의 象을 말하는바 日月, 山河, 蟲魚, 草木 따위가 그것이다.[85]

> 內外意는 시가 가장 가까이 해야 하는 부분이다. 만약 그것의 轍을 잃는다면 사람이 발이 없고 수레가 바퀴가 없는 것과 같으니 어떻게 운행할 수 있겠는가.[86]

시는 內外意가 있는바, 內意는 그 理를 다하는 것이고 外意는 그 象을

---

85) 唐, 白居易 撰, 《金針詩格》(陳良運, 《中國詩學體系論》, 北京 : 中國社會科學出版社, 1998. p.273 에서 재인용), "詩有內外意, 內意欲盡其理, 理謂義理之理, 美刺箴誨是也. 外意欲盡其象, 象謂物象之象, 日月山河蟲魚草木之類也."

86) 唐, 徐寅,《雅道機要》(위의 책, p.273, 재인용). "內外之意, 詩之最密也, 苟失其轍, 則如人之去足, 如車之去輪, 其何以行之哉!"

다하는 것이다. 內外意는 함축되어야 비로소 묘하게 된다.[87]

위의 인용문에서 보면 한결같이 내의(內意)는 '理'를 말하고 외의 (外意)는 '象'을 말하고 있다. 즉 내의는 '美', '刺', '箴', '誨' 등 '意'를 가리키고 외의는 천지(天地), 자연 등 '象'을 가리킨다. '意'와 '象'을 수레의 두 바퀴, 인간의 두 다리에 비교함으로써, 어느 하나라도 없어서는 스스로 운행할 수 없음을 지적하고 있다. 즉 이 둘이 서로를 가장 가깝게 하고 함축해야 비로소 내외의(內外意)가 묘하게 된다고 함으로써, 내외의를 얻기 위해서는 반드시 내재적인 통합을 이루어야 함을 시사하는 것이다.

시를 지을 때 '象' 없이 '意'만으로도 훌륭한 시를 이룰 수 없는 것은 아니지만,[88] 일반적으로 '象'을 통해 '意'를 전달하는 경우가 많고 자연 경물(景物)을 읊은 시의 경우엔 더욱 그러하다. 초정이 언급한 '際'는 결국 '意'와 '象'의 접합을 통해 그 어떤 의경을 만들어 내는 것이다. 그리고 '意'와 '象'의 관계도 어느 한쪽에 치우침이 없이 적절히 처리되어야만 훌륭하다고 할 것이다. 이러한 해석을 따르면 초정의 '내외지도'에서 내외는 바로 '내외의'에 해당할 터이다. '내외지도'는 의경을 구성하는 '소재'로서의 '意'와 '象'의 관계를 운운한 것인바, 내의는 인간인 시적 자아를 말하고 외의는 자연인 시적 대상을 가리킨

---

87) 元, 楊載, 《詩法家數》(위의 책, p.274, 재인용). "詩有內外意, 內意欲盡其理, 外意欲盡其象, 內外意含蓄, 方妙."

88) 敏澤, 〈錢鍾書先生談意象〉, 《文學遺産》(2000. 2), p.2 참조. 이 글은 미인저(敏澤)가 1983년에 작성한 논문 〈中國古典意象論〉 가운데서 치이안중수(錢鍾書)가 비평한 부분만을 소개한 것이다. 미인저가 자신의 글에 대한 의견을 청구해와 비평을 맡게 되었던 치이안중수는 이 글에서 '前不見古人, 後不見來者' 등의 시구를 예로 들어, 시는 좋지만 '象'이 없는 듯하고 '意'는 무궁하다고 보았다. 이를 바탕으로 그는 시문에는 반드시 '象'이 있어야 하는 것은 아니지만 적어도 '意'는 있어야 한다고 하였다.

다고 하겠다. '합내외지도'란, 바로 이들이 하나의 정체(整體)로 조화롭게 통일되었을 때를 의미한다. 요컨대 '際'의 터득은 '意'와 '象'의 융합, 또는 내의와 외의의 통합과 관련되어 있고, 이 둘은 안팎〔表裏〕이 되어 서로 통하고 서로 어울림으로써 시의 의경을 만들어 내는 것이다.

초정은 또 '際'를 터득하면 만물이 길러지고 귀신이 이르게 된다고 했다. 결론부터 말하자면 '際'의 본질에는 중화(中和), 혼연일체의 뜻이 내포되어 있다는 것이다. "喜怒哀樂이 나타나지 않는 상태를 中이라 하고 나타나 모두 절도에 맞는 것을 和라고 한다. 中은 천하의 대본이고 和는 천하의 達道(合內外之道의 道와 관련 있을 것이다—필자)이다. 중과 화에 이르게 하면 천지가 자리 잡히며 만물이 길러진다."[89] 일반적으로 귀신(鬼神)의 개념에서 '鬼'는 '陰'이면서 '地'에 속하고 '神'은 '陽'이면서 '天'에 속한다고 하는 점을 감안하면, 초정의 '귀신격'(鬼神格)은 곧 '천지위'(天地位)와 같은 말로 이해된다. 말하자면 '中和'의 뜻을 내포한 '際'를 터득하면 하늘과 땅이 제자리를 차지하고 귀신이 도와주게 되어 만물이 길러진다는 것이다.

전통적인 '中和' 예술 개념에서 '中'은 이상적인 평형상태를 유지하는 것을 말하는바, 여러 가지 요소와 힘의 상호충돌 속에서 조화를 획득하게 되는 것, 그리고 심리의 측면에서 볼 때 한쪽으로 기울어져 번뇌를 느끼면서 정서가 극단으로 나가거나 마음이 산란해지지 않는 것 등을 뜻한다.[90] 이를 바탕으로 '際'를 해석한다면, '中'은 시인과 자연의 사이인 경계선을 가리킬 것이다. 경계선은 바로 자연과 멀리 떨

---

89) 《中庸》 2장, 〈中和〉 《中國美學史資料選編》 上, p.94). "喜怒哀樂之未發, 謂之中, 發而皆中節, 謂之和. 中也者, 天下之大本也 ; 和也者, 天下之達道也. 致中和, 天地位焉, 萬物育焉."

90) 殷國明, 〈寂靜出詩人〉, 《中國古代, 近代文學硏究》(2000. 4), pp.169~170 참조.

어지지 않고, 자연 속으로 깊숙이 들어가지도 않은 평형상태인 중간 지대이기 때문이다.

따라서 이러한 '中'은 필연적으로 '和'를 추구하게 된다. 왜냐하면 '中'은 다만 하나의 선택에 불과할 뿐, 오로지 '和'만이 최종적으로 이러한 선택의 매력을 구현할 수 있기 때문이다. 즉 '和'를 통해서만 인간과 자연의 조화를 이룰 수 있을 것이고, 인간과 자연이 일체가 될 것이며, 진정한 천인합일(天人合一)이 가능하여 귀신의 도움을 받을 수 있을 것이다. 《國語》에서도 "무릇 화가 가득하면 만물이 살고 同하면 살 수 없다"[91]고 하여 '和'의 중요성을 강조했다. 또한 《樂記》에도 "大樂은 천지와 함께 화하게 하고 大禮는 천지와 함께 절도가 있게 한다. 그러므로 화하면 만물을 잃지 않는다"[92]라는 언급이 있어 예악을 중화와 관련시키고 있다. 이와 같이 중화는 인간과 자연, 인간과 예술의 내재적인 조화와 통일을 추구하게 함으로써, 우주의 만물이 병존하고 서로 어울리며 여러 가지 정경(情景)과 요소가 각각 제자리를 찾을 수 있도록 하는 것이다.

그런데 '際'에서 조화라 하면 인간과 자연의 조화를 말하는 것으로, 이른바 혼연정체(渾然整體)를 가리킬 것이다. 인도의 철학자 오소(osho, 1931~1990)는 이 개념을 아래와 같이 설명했다.

이런 無爲의 경지에서, 이런 조화의 경지에서 우주와 個體는 가까워졌다. 양자는 틈이 없이 친밀한 사이로 되었고, 각자는 자기의 경계선을 상실하여 서로 중첩, 융합되었다. 이때 우주의 일부분이 당신에게로 침투되

---

91) 《國語》卷十六, 〈鄭語〉《中國美學史資料選編》上, p.7). "夫和實生物, 同則不繼. 以他平他謂之和, 故能豐長而物歸之 ; 若以同裨同, 盡乃棄矣. 故先王以土與金木水火雜, 以成百物. 是以和五味以調口."

92) 《樂記》《中國美學史資料集》上, p.62). "大樂與天地同和, 大禮與天地同節 ; 和, 故百物不失."

었고, 당신의 일부분도 우주에로 진입하였다. 양자의 경계선은 柔軟하여 쉽게 변화하는 흐름의 상태를 이루었다. 때로는 이곳에 이미 경계선이 없는 것으로 인식되었고, 意識의 존재도 없고, 모든 것이 다 限定이 없고 시작도 없고 끝도 없이 되었다. 때로는 이런 경계선은 일종의 투명한 상태로 당신의 주변에 나타난다.

이런 상황은 갑자기 숨어 있다가는 홀연 나타난다. 모든 경계선은 있는 듯 없는 듯, 때로는 있고 때로는 없는 가운데 있다. 하지만 모든 것은 더욱더 느슨해지고 경계선도 점점 모호해진다. 그런 다음에야 진실로 예기치 못했던 시각이 닥쳐온다. 이 시각의 도래는 연고도 없고 근거도 없고 이유도 없다. 최종으로 당신은 소유의 制約과 限定을 잃고 말 뿐만 아니라 그것들의 제약을 더는 받지 않는다. 여기서 일종의 인류가 그 어떤 경계선도 없는 존재가 시작되었는바, 사상은 疆界가 없어지고 의식은 제약이 없어졌다. 이것이 바로 渾然整體이다.[93]

도가(道家)의 청정무위(淸淨無爲)의 색채가 농후하지만, 인간과 우주, 자연의 혼연일체를 가장 적절하게 표현하였다고 하겠다. 인간이 이러한 상태에 처해 있을 때 비록 눈, 귀 등 감각기관은 제구실을 못

93) 奧修(osho), 《冥冥虛靜—生命極致的藝術》(Meditation : The art of Ecstasy), (殷國明, 앞의 글, p.169에서 재인용).
　"在這中無爲的境界, 在這中入定境界, 宇宙和個體靠近了, 它們變得親密無間, 各自都失去了自己的界定, 互相重疊融合到了一起, 這時候, 宇宙的一部分滲透於你, 而你的一部分進入了宇宙；兩者的界限變得柔軟易變, 成了流動狀. 有時候, 你會覺得這裏已沒有界限, 也沒有意識的存在——一切都沒有限定, 無始無終. 有時候, 這種界限以一種透明狀態呈現在你的周圍.
　這中情況會忽隱忽現. 一切界限在似有非有, 時有時無之中. 不過, 一切都會變得愈來愈輕松, 界限也會越來越趨於消失, 然後眞正的不可豫期的時刻到來了；這個時候的到來是無緣無故和無根無由的, 最終你失去了所有的限制和限定, 而且不可能再受制於它們, 這裏開始了一種人類沒有任何界限的存在, 思想沒有疆界, 意識毫無限制. 這就是渾然整體."

하여 보고 듣고 움직이지 못 할 듯하지만, 하늘은 높고 땅은 넓으며 일월은 운행하고 만물은 성하게 될 것이므로, 정신은 여전히 모든 것을 소유하고 생기가 충만할 것이다. 이것이 초정이 말하는 '際'의 함의이자 바로 예술의 경지에 임한 상태일 것이다. 초정이 〈小傳〉에서 토로한 자연의 조화를 터득하는 순간이나, 〈百花譜序〉에서 언급한 김군의 경우가 바로 이러할 것이다. 또한 형암이 그림을 감상할 때 그림 속에 너무 깊이 몰입한 나머지 자신이 어느덧 파도치는 바다 한가운데의 빈 배에 몸을 실은 듯한 느낌을 받다가 화폭을 거두어서야 자신으로 돌아왔다는 이야기라든지,[94] 연암이 연암협에 있을 때 사물과 마주 앉아 이를 응시하다가 "미세한 풀이나 새, 벌레도 다 지극한 경계가 있으니 조물(造物)이 자연스레 이루어진 미묘함을 볼 수 있구나"라고 하면서, 모든 것을 다 잊은 듯 서 있다가 떠오른 미묘한 정서를 기록해 둔 것 등은 모두 허정(虛靜)의 마음으로 자연과 교감한 결과일 것이다. 실제로 연암도 '際'의 개념을 언급한 바 있다.

　내가 홍군 명복에게 말했다. "자네는 道를 아는가?" 홍군이 팔짱을 끼고 공손히 말하기를 "예에, 그게 무슨 말씀인지요?" 내가 말했다. "道는 알기 어려운 것이 아닐세. 바로 저 강 언덕에 있네." 홍이 "이른바 먼저 저 언덕에 오른다는 건가요?"라고 하자 "그걸 말하는 것이 아닐세. 이 강은 彼我의 境界處로서, 언덕이 아니면 곧 물이네. 무릇 세상 사람들의 윤리와 만물의 법칙은 마치 물이 언덕에 접한 것과 같다네. 道는 다른 데서 구할 것이 아니라, 곧 이 접한 際에 있다네"라고 내가 말했다. 홍이 "외람되이 다시 여쭈옵니다. 무얼 말씀하시는 건지요?"라고 하자, 내가 말하기를 "인심은 오직 위태해지고 도심은 오직 미미해질 뿐이지. 저 서

94) 李德懋,《靑莊館全書》63권,〈蟬橘堂濃笑〉. "展盡海潮小幅, 注目久之, 翻瀾處, 如萬鱗掀動, 激沫處, 如千手拏攫, 悠翁之間, 身俯仰作虛舟出沒狀, 急捲之乃止."

양 사람들은 기하학에서 획을 분별할 때에도 선이라고 말하는 것으로는 그 정미함을 드러내지 못한다고 여겨 '빛이 있고 빛이 없는 사이'라고 한다네. 그리고 불가에서는 '붙지도 않고 떨어지지도 않는다'고 하였네. 그러므로 그 際에 잘 거처함은 오직 道를 아는 자라야 가능하니, 옛날 鄭나라 子産 같은 이가 그럴 수 있겠지."[95]

세상 사람들의 윤리와 만물의 법칙이 도에 해당하고 그것이 마치 물이 언덕에 접한 것과 같다는 말은 이른바 '道'가 이곳과 저곳의 경계인 '際'에 있다는 뜻이 된다. 즉 '際'는 자아와 세계가 혼용되는 지점이자 '道'와 '器'(物)가 붙지도 않고 떨어지지도 않는 지점이라 할 수 있는데,[96] 이때 '道'는 사물에 내재되어 있다는 뜻으로 이해된다. 그러므로 연암이 말하는 '際'는 역시 피아(彼我)의 혼연일체를 뜻함이 틀림없는 것이다. 이와 관련하여 연암은 명심(冥心)이란 술어를 사용한 바 있다.[97] 이 말은 객관사물과 자아의 구분이 사라지고 둘이 통일된 마음 상태, 곧 감각적 인식을 넘어선 주객합일(主客合一)의 심경(心境)을 뜻하고 있다.[98] 이는 비록 사물 인식의 차원에서 거론된 것이기는

---

95) 朴趾源, 《燕巖集》 11권, p.143, 〈熱河日記〉, 〈渡江錄〉.
　　"余謂洪君命福曰 : '君知道乎?' 洪拱曰 : '惡! 是何言也?' 余曰 : '道不難知, 惟在彼岸.' 洪曰 : '所謂誕先登岸耶?' 余曰 : '非此之謂也. 此江乃彼我交界處也, 非岸則水. 凡天下民彝物則, 如水之際岸, 道不他求, 卽在其際.' 洪曰 : '敢問何謂也?' 余曰 : '人心惟危, 道心惟微. 泰西人辨幾何一畫, 以一線論之, 不足以盡其微, 則曰有光無光之際. 乃佛氏臨之, 曰不卽不離. 故善處其際, 惟知道者能之, 鄭之子産.'"
96) 박희병, 〈燕巖思想에 있어서 言語와 冥心〉, 《한국의 경학과 한문학》, 태학사, 1996, p.666 참조.
97) 《燕巖集》 12권, p.205. 〈熱河日記〉, 〈漠北行程錄〉. "其冥心如丹家內觀, 其警醒如禪林頓悟."
　　《燕巖集》 14권, p.268. 〈熱河日記〉, 〈一夜九渡河記〉. "吾乃今知夫道矣. 冥心者, 耳目不爲之累. 信耳目者, 視聽彌審而彌爲之病焉."
98) 박희병, 앞의 글. p.662 참조.

하지만 예술의 경지에 임한 심경과도 통하는바, 연암협에서 느꼈던 물아일체의 경지와 마찬가지로 혼연일체라는 '際'의 터득과 같은 맥락에 있음을 엿볼 수 있다. 다만 연암의 경우 '際'에 대한 접근이 철학적인 데 반해 초정은 예술철학의 성향을 다분히 띠고 있다고 하겠다.

그렇다면, 그 '際'를 터득하지 못하면 자신과 우마(牛馬)를 분간하지 못한다는 말은 무엇을 뜻하는가? 앞에서 말했듯이 '際'는 '中和'와 관련된다고 했고, 중화에 이르면 귀신이 돕고 만물이 길러진다고 했다. 한편 초정의 말을 따를 경우, '際'를 터득하면 모든 것이 분명해져 자신과 우마를 구분할 수 있다는 논리가 성립된다. 겉으로 보기에는 우주와 자신이 혼연일체가 되고 물아상망(物我相忘)이 되어 완전한 천인합일의 경지에 이르렀으니, 자신과 우마[自然]를 분간하기 어려운 상태에 들어선 것 같은 느낌을 준다. 마치 장주가 꿈에 나비로 된 것인지 나비가 꿈에 장주로 된 것인지 몽롱하여 서로를 분간할 수 없는 듯이 말이다. 하지만 장자의 이 글에서도 장주와 나비는 반드시 구분이 있다고 하였고, 이런 것을 물화(物化)라고 하였다.[99] 즉 혼연일체는 상대적이고 구분은 절대적이다. 상식적으로 보아도 꿈은 깨기 마련이고 자연으로의 몰입은 언제나 잠시일 뿐 영원할 수는 없는 것이다. 바로 이런 의미에서 왕국유는 "시인은 우주와 인생 속으로 반드시 들어갈 줄도 알고 나올 줄도 알아야 한다"[100]고 했을 것이다.

한편 혼연일체의 적막에서(사물에 몰입함으로써) 모든 창조가 시작된다. 즉 적막은 창조를 잉태한다. 그 적막은 땅 밑 깊은 곳에 내린

---

99) 《莊子 · 內篇》, 〈齊物論〉. "昔者莊周夢爲胡蝶, 栩栩然胡蝶也, 自喻適志與, 不知周也. 俄然覺, 則蘧蘧然周也. 不知周之夢爲胡蝶, 胡蝶之夢爲周與? 周與胡蝶, 則必有分矣. 此之謂物化"

100) 王國維, 《人間詞話》(60), p.136. "詩人對宇宙人生, 須入乎其內, 又須出乎其外. 入乎其內, 故能寫之. 出乎其外, 故能觀之."

뿌리로서, 여기에서는 잠재하고 있던 모든 생명이 움터 나올 것이다. 인간이 이런 경지에 이르면 몸과 정신은 청정무위할 것이고, 모든 것을 소유하여 여전히 생기가 충만할 것이다. 그리고 인간 자신의 몸은 총명해지고 만물은 성하게 될 것이다.[101] 말하자면 인간의 모든 번뇌를 자연과의 중화, 곧 혼연일체로 사라지게 하고 마음을 정화시킨 다음, 다시 중(中)에 돌아와 최대의 평형 또는 평온을 확보하면, 마음 씀씀이가 수고롭지 않으면서도 사물에 응함이 분명해져 만물이 모두 자신의 문장, 자신의 시가 되는 경지에 이를 수 있는 것이다. 그러므로 중화와 적막과 청정(淸淨)과 혼연일체를 내포한 '際'를 터득하면 귀신이 이르고 만물이 길러지며 자신과 우마를 분간할 수 있게 되는 것이다. 인간과 자연의 혼연일체가 이토록 사물을 감화시키거늘, 하물며 정감의 산물인 시는 말할 것도 없을 것이다. 즉 "천지를 움직이고 귀신을 감동시킴에 시보다 더한 것은 없다"[102]고 한 종영의 깊은 뜻을 절감하게 된다. 비록 '객'의 처지에서 한 말이지만, 천지의 자연과도 같은 아직 지각없는 영아마저 자장가의 율동 소리에 울음을 그치고 잠이 든다고 했던바, 귀신을 감동시킨다는 진시(眞詩)의 면모란 바로 이런 경우를 가리킬 것이다.

결국 '際'를 터득하지 못하면 자연에 가까이 할 수는 있으되 그 오묘함을 얻을 수 없고 물론 감동을 줄 수도 없으며 자신과 '牛馬'는 더더욱 분간할 수 없다는 말일 것이다.

초정은 하늘과 땅 사이에 가득 찬 것이 모두 시라고 언명하여 시적인 대상을 찾는 것이 비교적 용이함을 시사했지만, 그것을 터득하여 표현하기는 그리 쉬운 일이 아님을 의식하고 있었던 것 같다. 때문에 시의 소재로 삼을 수 있는 사계절의 변화와 삼라만상의 자태 및 고운

---

101) 殷國明, 앞의 글, pp.168~169 참조.
102) 鐘嶸, 앞의 책, p.1. "動天地, 感鬼神, 莫近於詩."

소리가 주변에 널리 산재해 있어 누구나 쉽게 포착할 수 있을 것 같아도, 오로지 슬기로운 자만이 그 '際'를 터득할 수 있다고 했다. 그가 슬기로운 자만이 자연에서 출발한다고 한 것이나, 〈小專〉에서 많은 사람들이 모르고 있는 즐거움을 얻었다고 자긍(自矜)한 점도 같은 맥락이라 볼 수 있다.

연암도 위의 글에서 '道'는 물이 언덕에 접한 '際'에 있다고 하여 '道'라는 존재가 지닌 누구나 알기 쉬운 보편성을 시인하면서도, 오직 '道를 아는 자'만이 그 '際'에 잘 거처할 수 있음을 지적하여, '道'란 오직 슬기로운 사람에게만 가능함을 시사하고 있다. 형암 또한 깨달음을 바탕으로 만물이 자신의 문장이 된다고 하면서도 문장은 본뜰 수 없음을 지적함으로써 작시(作詩 ; 터득)의 어려움을 의식하고 있다. 형암의 이러한 생각은, 율려(律呂)와 팔괘 및 자연 현상을 터득하여 만들어진 것과 시의 소재가 되는 만물은 그 터득이 서로 다르기 때문에 각각 주역(周易) 또는 음악으로 될 수 있다면서 '道'를 알지 못하는 사람은 이에 대해 거론할 수 없다고 했던 초정의 말과 맥락을 같이한다. 요컨대 만물은 모두 인식의 대상이 될 수 있지만 오로지 지혜로운 자만이 그 이치를 터득할 수 있다는 뜻이다.

시를 공부하는 과정에서는 근본을 찾아 그 요를 터득하는 것이 바람직한 자세라고 초정은 주장한다. 그는 서문에서 어리석은 자는 단지 남의 말이나 우러르고 묵은 책 속에서 그림자나 주울 뿐, 이른바 '근본'을 멀리한다고 했다. 여기서 말하는 근본 또한 '彼我'의 '際'를 통해 천지만물의 조화를 터득하는 것으로 볼 수 있다. 이때 손님이 말한 '마음의 법을 스승으로 모시다'에서 '心法'도 결국 '際'를 터득하는 것, 곧 근본으로 인식할 수 있다.

앞선 글에서 '객'은 초정의 제론이 과거의 모든 것을 부정하고 터득지상주의(攄得至上主義)로 나아갈 소지가 있음을 감안하고 역대의 시

는 본받을 바가 못 되는지 묻는다. 초정은 이에 그렇지 않다고 대답
한다. 왜냐하면 그가 다른 글에서 두보만이 아니라 그 밖의 당(唐)의
시인들을 포함한 역대의 시인들에 대해 널리 배울수록 좋다고 하였기
때문이다. 하지만 결과적으로 문장의 '道'는 마음의 지혜[心智]를 열고
이목을 넓히는 데 있다[103]고 하는 것도 사실이다. 여기서 마음의 지혜
를 연다 함은 영적인 것을 동반한 터득을 말할 것이고, 이목을 넓힌
다 함은 널리 보고 듣고 배우는 것을 가리킬 것이다. 이 점에서 터득
과 널리 배움은 상보적이라 할 수 있다. 초정의 생각에 분파만 많게
되는 말단보다는 근본인 큰 줄거리를 추구함이 더 낫다는 것이다. 여
기서 근본 역시 '際'의 터득을 뜻하는데, 이러한 전제가 이루어진 뒤
에야 천지의 참된 소리[眞聲]와 고인의 뜻 깊은 말[微言]이 마치 서리
종[霜鐘]이 저절로 울리듯, 보이지 않는 학이 서로 화답하듯 자연스럽
게 표출된다는 것이다.

　여기서 '天地의 참된 소리'는 그 터득해야 할 대상인 자연을 가리
킬 것이고, '古人의 뜻 깊은 말'은 성인의 말을 뜻한다고도 볼 수 있
으나 역대 문인들의 훌륭한 시문, 또는 명구(名句)로 보아도 무방할
것이므로, 이러한 고인의 미언(微言) 역시 터득의 범주에 속한다고 볼
수 있다. 그리고 서리종이 저절로 울린다는 표현은 변화하는 자연의
다양한 모습과 소리, 더불어 옛사람들의 훌륭한 말을 터득하여 자신
의 정감, 자신의 목소리로 만들어 자연스럽게 표출하는 것에 대한 비
유이다.

---

103)《楚亭全書》中, p.23,〈詩學論〉. "吾邦之詩, 學宋, 金, 元, 明者爲上, 學唐者次之,
　　學杜者最下. 所學彌高, 其才彌下者何也? 學杜者, 知有杜而已, 其他則不觀而先侮
　　之, 故術益拙也. 學唐之弊同然, 而小勝焉者, 以其杜之外, 猶有王, 孟, 韋, 柳輩十
　　家之姓字, 存乎胸中, 故不期勝而自勝也. 若夫學宋, 金, 元, 明者, 其識又進乎此矣,
　　又況博極群書, 發之以性情之眞者哉. 由是觀之, 文章之道, 在於開其心智, 廣其耳
　　目, 不繫於所學之時代也."

더욱 중요한 것은 보이지 않는 학[陰鶴]이 서로 화답한다고 한 대목이다. 이는 "우는 학이 그늘에 있으니 그 새끼가 화답한다"(鳴鶴在陰, 其子和之)고 한 《주역(周易)》의 〈中孚卦〉(九二爻)의 말을 인용한 것이다. 정자(程子)는 이를 "학이 깊고 은폐된 곳에서 울어 그 소리가 들리지 않아도 새끼는 그 소리에 응답하니 그 마음속의 바람이 서로 통했기 때문이다"(鶴鳴於幽陰之處, 不聞也, 而其子相應, 中心之願, 相通也)라고 해설했다. 즉 새끼 학이 어미 학의 부름 소리를 듣지는 못해도 이에 능히 응할 수 있듯이, 천지의 참된 소리나 고인의 '微言'에서 그 오묘함이나 그 안에 깃든 정신을 깨닫는 것이 바람직하다는 의미일 것이다. 즉 신통(神通)의 경지를 일컫는 것으로, 역시 터득의 중요성을 강조한 셈이다. 따라서 이른바 '영양의 뿌리가 나무에 걸리니 흔적을 찾을 수 없다'(羚羊掛角, 無跡可求), '공중의 소리'(空中之音), '물 속의 달'(水中之月), '한 글자도 쓰지 않고 풍류를 죄다 얻다'(不著一字盡得風流), '고기를 얻고 통발을 잊다'(得魚忘筌), '뜻을 얻고 象을 잊다'(得意忘象) 등과 같은 '신운'(神韻)의 경지로도 볼 수 있을 것이다. 학의 울음소리가 들리지 않아 그 흔적을 찾을 수는 없지만 새끼는 그 뜻을 이미 얻었고, 뜻을 이미 얻었으니 울음소리는 들리지 않아도 무방한 것이다. 이처럼 '象' 밖에서 의경이 이루어지는 시는 우수한 시인이 유한한 '象'을 이용하여 무한한 의경을 표현하는 것이므로[104] 대단한 기교를 필요로 한다. 사실 초정은 시를 짓는 기교에 능란한 고수임이 틀림없다고 하겠다. 이 점은 앞선 글에서 '객'이 자신의 시각에서 초정에 대해 조탁함과 꾸밈의 새롭고 교묘함을 좋아하는 사람이라고 평가한 데서도 설명된다. 하지만 이러한 기교는 스스로 깨달음을 바탕으로 해야만 뼛속까지 스며드는 시를 자연스럽게 생산해낼 수

---

104) 陳良運, 앞의 책. p.274 참조.

있을 것으로 본다.

지금까지 초정 박제가 시론의 한 측면인 '際'를 살펴보았다. '際' 개념은 사물과 사물, 인간과 자연의 관계에 주목한 것인데, 이에 따르면 문인은 자연과의 경계선, 또는 문인이 자연과 하나가 되는 몰입의 경지에서 자연의 변화와 소리를 잘 관찰할 수 있고, 잘 느낄 수 있다. 이것이 바로 '際'의 터득이다. 자연의 조화(造化)는 곳곳에 산재하고 있지만 그것을 터득하는 것은 지혜로운 자만이 가능하다.

'際'는 중화, 적막, 혼연일체의 의미를 내포하고 있어, 모든 것의 창조는 여기에서 시작된다고 할 수 있다. 터득한 '際'를 표현하려면 '의경'을 간과할 수 없다. 의경은 단순한 '意'와 '象'의 조합이 아니라 양자의 내재적인 통합이다. 즉 '際'는 구분되면서 안과 밖이 합해지는 '道'라는 말이 바로 이 점을 시사한다.

'際'는 다른 말로 심법(心法), '本', '道' 등으로 언급되기도 하는바, 널리 배움을 바탕으로 '際'라는 근본을 터득하는 것이 시 짓는 관건이 된다. 즉 시를 배우는 목적은 마음의 지혜를 열고 이목을 넓히는 것이다. 마음의 지혜를 여는 것이란 '際'를 터득하는 것이요, 이목을 넓히는 것이란 고금(古今)을 널리 배우는 것이다. 초정에게 널리 배우는 것과 터득하는 것은 표리(表裏)와 상보(相補)를 이룬다.

(3) 聲字一致論

초정은 한어(漢語)를 바탕으로 하는 언문일치를 주장하여 논란을 불러일으킨 바 있다. 이러한 제안을 내놓은 초정의 동기와 목적은 주로 북학을 통해 나라의 빈궁을 빨리 극복하려는 데 있었을 것으로 보인다. 그러나 그 이면에 자리한 다른 하나의 동기는 문학 창작과도 관련이 있다고 판단되므로, 이른바 '성자일치론'(聲字—致論)을 그의 어문관과 연관시켜 살펴보고자 한다.

언어와 문자가 한 민족의 민족성을 가장 잘 대변하는 요소임에는 틀림없다. 그런데 이처럼 중요한 언어와 문자가 우리 민족사에서 그토록 오랫동안 분리되어 있었다는 사실은 한마디로 우리의 선조들이 매우 어려운 언어·문자생활을 했을 것이라는 짐작을 가능하게 한다. 물론 그 사이에 훈민정음이 창제되었으나 그것은 다만 백성을 위한 글자로만 국한되어 있었고, 그 시대 사회의 주도계층인 사대부 남성들이 쓰는 글자는 아니었다. 조선 후기에도 한자는 여전히 보편적인 문자로 사용되고 있었던 것이다.[105]

언어와 문자의 괴리에 따른 불편에 대해 적지 않은 뜻있는 선비들이 그 해결책을 모색해 보았으리라 생각한다. 그 가운데 고민을 가장 많이 했던 이의 한 사람으로 바로 초정 박제가를 들 수 있지 않을까 싶다. 오죽했으면 그토록 당벽(唐癖), 당괴(唐魁)라는 말을 들으면서까지, 본국의 말을 전부 버리고 한어를 쓰자고 주장했겠는가. 말하자면 혜안을 지닌 선각자만이 느끼는 외로운 고뇌가 아니었을까 싶다.

물론 초정이 언급한 조종조(祖宗朝)에 나라에서 한어를 교습시켰던 일, 조회할 적에 본국 말을 금하는 패(牌)를 설치하고 백성들에게도 한어로 소송하도록 하려 했던 사실, 한어를 쓰면 운(韻)과 입성(入聲) 문제가 걸림돌이 된다고 한 사례,[106] 그리고 〈세종실록〉에서 집현전 부제학(集賢殿副提學) 최만리(崔萬里) 등이 상소하여 언문을 별도로

---

105) 임형택, 〈한민족의 문자생활과 20세기 국한문체〉《창작과 비평》2000년 봄) 참조.

106)《楚亭全書》下, p.495, 〈北學議內篇·漢語〉. "或曰 : '中國語同於文, 故語變而字音亦變. 或國語自語, 書自書, 故能傳其初學之音焉. 中國之侵韻, 混於眞韻, 我國入聲之有終聲, 其得失取捨, 孰得而定之.' (……) 祖宗朝, 教習漢語, 朝會設禁鄕話牌, 令民以漢語入訟, 豈但爲交聘通話之用而已哉, 蓋將大有爲而未盡變也."

만들면 중국을 버리고 스스로 이적(夷狄)과 같게 된다고 주장하였다
는 기록[107] 등을 감안하면, 초정의 제안이 무조건 부정될 성질의 것은
아니었을 것으로 보이나, 여하튼 현 시점에서도 논란[108]을 불러올 수
있을 만한 대담한 발상이었던 것만은 사실이다.

초정의 발언 가운데는 한어의 보급과 관련된 내용 그 자체보다도
"다만 글과 말이 일치하면 족하다"[109]라는 대목이 주목된다. 실학자이
면서 문인인 초정에게 이 대목 또한 문학과 관련된 의미가 있을 것으
로 본다. 이런 견지에서 본 절에서는 그가 제안한 언문일치 어문관(語
文觀)과 관련하여 성자일치론에 대해 고찰한다.

ⅰ) 언문일치의 語文觀

박제가의 어문관에서 가장 기본적인 것은 한어를 바탕으로 하는 언
문일치의 논리이다. 그것이 언급된 글 전체를 인용하면 다음과 같다.

한어는 문자의 근본이다. 예컨대 하늘은 바로 '티엔'〔天〕이라 말하며
한번 '언해'를 거쳐야 하는 간격이 없으므로 사물의 명칭은 더욱 구별하
기 쉽다. 비록 글을 모르는 부녀자나 어린아이라도 보통 쓰는 말이 모두
文句로 되며 經, 史, 子, 集의 여러 종류도 입에서 지껄이는 대로 나온다.
대개 중국은 말로 말미암아 글자가 나왔고 글자를 찾아서 말을 풀이하지
않는다. 그러므로 다른 나라에서 비록 문학을 숭상하고 글 읽기를 좋아
하는 것이 중국과 비슷하다 할지라도 마침내 간격이 없을 수 없음은 이

---

107) 《朝鮮王朝實錄》 4집, 〈世宗實錄〉 3, p.543, 26年 2月 庚子條. "今別作諺文, 捨中
　　國, 而自同於夷狄."
108) 김상홍은 초정의 이러한 주장들을 "반국가적 반주체적 발언"이라고 비판한 바
　　있다. 김상홍, 《韓國漢詩論과 實學派文學》(계명문화사, 1989), p.260 참조.
109) 《楚亭全書》 下, p.495, 〈北學議內篇·漢語〉. "不與中國同, 則音雖古而無用. 但令
　　文與話, 爲一足矣."

언어라는 커다란 벽을 허물 수가 없기 때문이다. 우리나라는 지역적으로 중국과 가깝고 성음이 대략 같으므로 온 나라 사람이 본국 말을 버린다고 해도 불가할 것이 없다. 그러한 뒤에야 오랑캐라는 말을 면할 것이며 동쪽 수천 리 땅이 스스로 하나의 周, 漢, 唐, 宋의 풍속으로 될 것이니 어찌 크게 쾌한 일이 아닌가?[110]

초정의 주장들을 세분하여 요약하면 다음과 같다. ① 한어는 문자의 근본이다. ② 한어는 언해(諺解)를 거쳐야 하는 간격이 없다. ③ 한어를 사용하면 사물의 명칭을 더욱 구별하기 쉽다. ④ 한어는 보통 쓰는 말이 문구(文句)로 된다. ⑤ 다른 나라의 한문은 중국과 간격이 있다. ⑥ 조선의 성음(聲音)은 대략 중국과 같다. ⑦ 본국 말을 폐기해도 괜찮다. ⑧ 오랑캐라는 말을 면하고 중국과 같이 된다. 이 가운데 ①, ②, ③, ④는 한어의 장점이고, ⑤는 한자를 쓰고 있으나 언문이 분리된 나라의 사람들이 겪는 불편이며, ⑥과 ⑦은 실제로 한어가 통용될 수 있는 가능성이고, ⑧은 그에 따른 가능한 실효라 하겠다. 말하자면 편리하고 효과적인 한어를 따라 언문일치 체계를 받아들이면 이 땅에 우수한 문명의 건설이 가능하다는 것이다. 물론 그 방법의 타당성 여부를 두고 논란이 벌어질 수 있겠지만, 당시 이른바 선진문명을 자랑하던 중국과 같은 반열에 설 수 있기를 희구한 초정의 뜻 자체에 이의를 제기하기란 쉽지 않을 것이다.

초정이 보기에 당시 중국은 세계의 중심이고 한자는 보편성을 띤

---

110) 《楚亭全書》下, p.495, 〈北學議內篇 · 漢語〉. "漢語, 爲文字之根本, 如天直呼天, 更無一重諺解之隔. 故名物尤易辨, 雖婦人小兒不知書者, 尋常行話, 盡成文句. 經史子集, 信口而出. 蓋中國, 因話而生字, 不求字而釋話也. 故外國, 雖崇文學, 喜讀書, 幾於中國, 而終不能無間然者, 以言語之一大膜子, 莫得而脫也. 我國地近中華, 音聲略同, 擧國人而盡棄本話, 無不可之理. 夫然後, 夷之一字可免. 而環東土數千里, 自開一周漢唐宋之風氣矣, 豈非大快."

문자 형식이며 한어는 문자의 근본이었다. 한자가 아닌 다른 여러 글
자들을 가리켜 언문 또는 언자(諺字)라 불러왔고, 서양인도 스스로 자
기네 글자를 언자라고 일컬었던 것[111]을 감안하면, 한어는 확실히 문
자의 근본이었음이 틀림없다. "그물의 벼리를 집어 올리면 그물의 작
은 구멍은 자연히 열린다"(綱擧目張)라는 말이 있다. 사물의 핵심을
파악하고 나면 그 밖의 것은 저절로 해결된다는 의미이다. 박제가의
생각은, 보편적이고 근본적인 한자를 계속 사용할 바엔 차라리 많은
이득을 볼 수 있도록 아예 한어까지 들여와 언문일치 체계를 세우자
는 것이었다. 문자의 근본인 한어를 우리 언어생활의 보편적인 수단
으로 삼으면 적지 않은 문제들이 스스로 풀리는 등 금세 실효가 나타
날 것으로 초정은 생각했던 것 같다.

　초정이 내세운 여러 실효 가운데서도 평소에 쓰는 말이 문구가 된
다고 하는 등 언어라는 벽이 허물어지므로 문자생활에서 중국과 간격
을 줄일 수 있다고 생각한 점이 특히 주목된다. 고려 말 최해(崔瀣)는
"동인[고려인]은 언어가 달라서 타고난 자질이 참으로 총명해도 천백
배의 노력을 들이지 않으면 그 배움에 무엇을 성취할 수 있겠느냐"[112]
고 하여 그 어려움을 실토한 적이 있었고, 다산 정약용(茶山 丁若鏞)도
"중국 시의 구구한 格과 律을 먼 곳의 사람이 어이 안단 말인가"[113]
하고 반감을 토로했듯이, 그 안타까운 마음은 초정도 예외가 아니었
을 것이다. 가령 시를 쓰더라도 많은 모방과 답습이 따르는 상황이었
기 때문에, 중국을 따라잡거나 초월한다는 것은 그야말로 하늘의 별

---

111) 임형택, 앞의 글, p.291 참조.
112) 崔瀣,《拙藁千百》,〈東人之文序〉, 아세아문화사, 1972. "(……) 若吾東人, 言語
　　 旣有華夷之別, 天資苟非明銃而致力千百, 其於學也, 胡得有成乎."
113)《與猶堂全書》1(경인문화사, 1987, 증보판), p.115,〈老人一快事六首 效香山
　　 體〉(5). "區區格與律, 遠人何得知."

따기였다. 이 점에서는 최치원(崔致遠)의 경우가 가장 설득력이 있어 보인다. 그가 시로써 당시 중국을 놀라게 하고 두순학(杜荀鶴)과 같은 중국 당대 최고의 문인들과 시를 주고받을 수 있었던 것은, 언어를 빨리 받아들일 나이인 12살에 당(唐)나라로 건너가서 자신도 고백하였 듯이 '人百己千'의 노력으로 한문과 한어 공부에 주력하여 결국 언문 일치의 경지에 이를 수 있었던 여건과 무관하지 않을 것이다. 급제한 뒤 율수현위(溧水縣尉)가 된 것도 그의 훌륭한 한어 수준 덕분일 터이 다. 물론 그만의 천재적인 재능도 간과할 수는 없지만, 이러한 언어 장벽이 여러모로 영향을 끼친 것도 사실이다. 나라의 운명을 염두에 둔 사람만이 품고 있었을 꿈과 갈등이 아닐 수 없다. 바로 이러한 고 민이 초정의 시론에서 부분적으로 드러나고 있음을 확인할 수 있다.

ii) 聲과 詩論

언문일치와 관련된 박제가의 시론은 주로 〈柳惠風詩集序〉에서 자 세히 언급되고 있다. 여기서는 주로 이 글에 대한 분석을 통하여 그 의 어문관과 성자일치론의 접목을 시도하되, 네 부분으로 나누어 고 찰한다.

⊙ 시는 情·聲·字의 삼위일체가 되어야 한다

정은 소리가 아니면 도달하지 못하고, 소리는 글자가 아니면 행해지지 않는다. 이 세 가지가 하나로 합해져야 시가 된다. 그러나 글자는 각기 그 뜻을 가지고 있으나 소리가 반드시 말이 되는 것은 아니다. 이에 시의 도 는 오로지 글자에 속하게 되고 소리와는 날로 멀어지게 되었다. 대개 글자 가 소리를 떠난 것은 고기가 물을 떠나고 아이가 어미를 떠난 것과 같다. 나는 그 生趣가 날로 시들어가고 천지의 이치가 막혀버릴까 두렵다.[114]

여기서 '情'은 시인의 정서나 정감을 가리키고, '聲'은 '樂'[115]이나 '音'을, '字'는 문자를 각각 말한다. 이 삼자가 불가분의 관계에 놓여 있지만, 그 가운데서도 초정이 특히 강조하려는 것은 '聲'이다. 공자는 말로 뜻을 나타내더라도 그것을 글로 기록하지 않을 경우 멀리 행해 지지 않는다고 하여[116] 문자의 중요성을 강조한 바 있다. 초정 역시 소리는 글자가 아니면 행해지지 않는다고 하여 이 점을 간과하지는 않지만, 초정의 경우 그보다 '聲'의 측면을 더 중요시하고 있다. 말하 자면 '聲'과 글자의 분리를 고기가 물을 떠나고 갓난아이가 어미를 떠 난 것에 비유함으로써 '聲'을 그토록 소중한 생명에 관련시키고 있다. 상식적인 이야기겠지만, 공자는 언문이 일치한 중국에서 '聲'과 '字'의 분리를 염두에 둘 필요가 없었다. 다시 말하면 고금과 지역의 차이라 는 상대적인 분리는 있어도 절대적인 분리는 있을 수 없기 때문이다. 오로지 조선과 같은 언문불일치의 상황에서만 이 문제가 심각하였다.

초정은 '聲'이 '字'를 떠나면 시의 생취(生趣)가 고갈되고 천지자연 의 이치가 막히게 되어 시가 생명력을 잃는다고 하였다. 여기서 '聲' 과 생취, '聲'과 천지의 이치 사이의 관계가 주목된다. 그가 말하는 생 취란 살아 있는 생생한 맛,[117] 곧 생동하는 기운으로 볼 수 있다. 천 지의 이치란 말 그대로 천지만물의 자연발생적인 활발한 움직임이라 할 수 있는데, 사실 생취와 맥을 같이한다고 하겠다. 말하자면 양자는

---

114) 《楚亭全書》 中, p.109, 〈柳惠風詩集序〉. "情非聲不達, 聲非字不行, 三者合於一而 爲詩. 雖然, 字各有其義, 而聲未必成言. 於是乎, 詩之道專屬之字, 而聲日離矣. 夫 字之離聲, 猶魚之離水, 而子之離母也. 吾恐其生趣日枯, 而天地之理息矣."

115) 《楚亭全書》 中, p.105, 〈炯菴先生詩集序〉. "夫詩, 在數爲易, 在聲爲樂"

116) 《春秋左氏傳》, 襄公二十五年條 《中國美學史資料選編》 上, p.3). "仲尼曰 : '志有 之, 言以足志, 文以足言, 不言, 誰知其志. 言之無文, 行而不遠.'"

117) 최신호, 〈朴齊家의 文學觀에 있어서의 生趣問題〉, 《聖心語文論集》 13(1990. 12), p.2.

모두 '聲'과 관련하여 "살아 움직이는 삶의 소리와 자연의 웅얼거리는 모습을 뜻"[118]하는 것이다. 그러므로 그가 시와 관련하여 '聲'을 말할 때는 그 파생적 의미를 더하여 자연스럽고 생동하는 모습까지 포함시키고 있음을 알 수 있다. "시는 활기가 있을수록 좋으니 수은이 쟁반 위를 구르듯 해야 한다"[119]라는 언급도 사실 시에서 '聲'이 지니는 효과를 풀이한 것으로 볼 수 있다.

    ⓛ 같은 字의 聲이라도 古今이 다르다
초정은 이 점을 《시경(詩經)》을 통해 설명한다.

    대개 옛 시 삼백 편은 오히려 그 글자는 남아 있으나 그 소리를 얻어 알 수가 없다. 가만히 생각해 보면 옛날에는 말이 나오면 그것이 그대로 글자가 되었던 까닭에 그 助語, 虛辭도 모두 曲盡하여 맛이 있었는데 지금은 그 禮, 樂, 刑, 政의 器와 鳥, 獸, 草, 木의 이름들이 다 이미 흩어져 없어져서 다시 상고할 수 없게 되었다. 비록 지금 사람을 시켜 저 삼대 시대의 선비와 갑자기 서로 만나게 한다고 하더라도 나라의 풍속이 다르고 지방의 소리가 특수한 까닭에 오랑캐가 중국에 들어간 것 정도에 지나지 않는다. 오히려 때때로 옛 시를 절절히 외우고 자찬하며 영탄하기를 '이것이 정말 관저이다', '이것이 정말 雅頌이다' 하지만 나는 이것은 지금 사람의 字音이라고 여기지, 옛날의 원래 소리는 아니라고 본다. (……) 아아, 천년의 세월이 흐르고 만국이 교체되어 시가 변한 것이 얼마나 되는지 알 수 없다. 시가 변함에 따라 그때마다 소리가 새로 생기는 것은 자연의 이치가 아닌가.[120]

---

118) 위와 같음.
119) 《楚亭全書》 中, p.355, 〈祭李士敬文〉. "詩不厭活, 如貢走盤"
120) 《楚亭全書》 中, p.109, 〈柳惠風詩集序〉. "夫古詩三百篇, 亦猶有其字, 而不得其聲

널리 알려져 있다시피 《시경》에 수록된 시들은 본래 곡이 붙여져 있는 노래였으나, 그것이 전해 내려오는 과정에서 곡은 없어지고 가사의 형태로만 남게 되었다. 여기서 말하는 '聲'도 '樂'과 '音'이 포함된 소리임에 틀림없다. 중국 남방의 말을 북방 사람들이 외국말을 대하듯 전혀 알아들을 수 없는 것에서 볼 수 있듯이, 서로 다른 지역에서는 물론이고 같은 지역 안에서도 그 시차와 '聲'의 변화는 함수 관계를 갖는다. 말하자면 줄곧 언문일치였던 중국에서도 '聲'의 불가피한 고금의 변화가 이처럼 큰 것이다. '秦'과 '漢'의 산문을 본받아야 한다는 복고파들이 실패한 이유도 고금의 언어가 달랐던 데 있었다. 그런데 오히려 "우리나라는 말은 말대로 글은 글대로 그 처음 배웠던 음만을 전한"[121) 까닭에 언어 변화의 영향을 덜 받아 옛 음에 더 가깝다고 한다. 서긍(徐兢)의 《고려도경(高麗圖經)》이 바로 이와 관련하여 중국 언어학자들의 주목을 받은 바가 있다. 하지만 본질적으로 말과 글이 분리됨에 따라 일어나는 절대적인 불편은 중국에 견줄 바가 아니다. 이는 곧 우리만의 치명적인 약점이 아닐 수 없다.

그런데 이때 "옛날에는 말이 나오면 그것이 그대로 글자가 되었던 까닭에 그 助語, 虛辭도 모두 曲盡하여 맛이 있었다"라는 서술이 주목된다. 이는 앞서 살펴본 〈漢語〉에서 초정 자신이 "글을 모르는 부녀자나 어린아이라도 보통 쓰는 말이 모두 문구로 된다"고 언급한 것과 같은 맥락이다. 사실 이렇게 나온 말들은 옛 글을 통칭하는 고문

者矣. 竊意古者, 言出而字成, 故其助語虛辭, 皆能委曲有味. 今其禮樂刑政之器, 鳥獸草木之名, 皆已破壞渙散, 不可復考. 雖使今之人, 與三代之士, 卒然而相遇, 則其國俗之別, 方音之殊, 不啻若蠻夷之入於中國矣. 而猶且切切然誦其言, 而咨嗟詠歎之曰: "此眞關雎也, 眞雅頌也', 吾以爲此特今人之字音, 非古之原聲也 (……) 嗚呼, 千世之遠, 萬國之衆, 詩之變, 蓋不知其幾也. 隨其變而爲聲, 亦各有自然之節焉."

121)《楚亭全書》下, p.495, 〈北學議內篇·漢語〉. "或國語自語, 書自書, 故能傳其初學之音焉."

(古文)과 멀어지는 감이 없지 않지만(보통 쓰는 말을 글로 옮기면 백화문이 되기 때문이다), 대체로 중국에서는 언문이 일치하였다는 사실을 초정이 굳이 강조하고자 그렇게 언급한 것으로 이해된다. 따라서 초정이 말하는 '옛날'은 《시경》의 시대만을 일컫는 것이 아닌, 모든 글이 이루어지는 때를 가리키는 것으로 이해해도 무방하다. 즉 "대개 중국은 말로 말미암아 글자가 나왔고 글자를 찾아서 말을 풀이하지 않는다"고 한 것 또한 조선의 경우를 언급한 것이라 할 수 있는데, 사실 중국의 경우 말이 글자가 되는 것은 옛날이나 지금이나 마찬가지기 때문이다. 다만 지금 사람이 옛 글을 접한다면 풍속이 다른 외국인이 중국에 들어간 것처럼 그 소리가 생소할 것이라 하여 고금의 차이를 강조할 뿐이다. 그리고 중국을 포함하여 옛날의 글을 소리 내어 읽더라도 그것은 지금의 자음(字音)으로 발음할 뿐 옛날의 원래 소리는 아니라는 것이다. 줄곧 언문일치였던 중국조차 고금에 걸친 '聲'의 차이가 이 정도인데 하물며 본래부터 언문불일치였던 조선은 두말할 나위도 없다는 얘기가 되겠다.

여기서 초정은 중요한 메시지를 전하고 있다. 언문일치의 전제('聲'이 '字'와 합쳐질 때) 아래에서는 시도(詩道)가 아무리 변하더라도 그때마다 소리가 생기는 것이 자연의 이치이지만, 언문이 분리된 상황('聲'이 '字'를 떠난 경우)에서는 천지의 이치가 막혀 버릴 수 있다는 것, 곧 시의 생취나 활기 같은 것이 결여될 수 있다는 것이다. 한편 문학은 시대의 발전에 따라 변화한다는 새로운 의미가 파생되기도 한다. 문학과 관련하여 "唐, 宋, 元, 明은 과거의 장부"[122]라고 한 것도 과거 문학에 대한 부정이 아니라 이러한 맥락, 곧 변화에 대한 긍정으로 이해할 수 있다.

---

122) 《楚亭全書》中, p.355, 〈祭李士敬文〉. "唐宋元明, 過去之簿, 山川草木, 不字之句."

© 市井과 閭巷의 말이 거의 古詩에 끼친 뜻이 남아 있다

대개 지금의 이른바 무당의 노랫가락이나 배우들의 우스갯소리와 市
井과 閭巷의 속담은 또한 感發하고 懲創하기에 족한바 거의 옛 시에 끼
친 뜻이 남아 있다. 하지만 붓을 잡고 옮겨보면 말은 같지 않을 수 없으
나 망연히 그 정을 얻을 수 없는 것은 소리와 글자가 길을 달리하기 때
문이다. 소리와 글자가 길을 달리하니 고금의 문장이 서로 짝할 수 없음
을 대개 알 수 있다.[123]

초정이 언급한 무당의 노랫가락, 배우들의 우스갯소리, 시정과 여
항의 일상적인 속담은 우리말의 언문을 가리키는바, 여기서도 '聲'에
대한 중시를 엿볼 수 있다. 초정에 따르면, 일단 '字'를 제쳐놓더라도
소리만 들어도 귓맛을 돋우고 감동을 받을 수 있다고 한다. 이러한
효과가 비록 한어를 바탕으로 하는 언문일치인 것은 아니지만, 어쨌
든 언문일치의 결과 또는 매력인 것만은 틀림없다. '情'·'聲'·'字'가
합쳐진, 우리의 언어문자로 이루어진 소리이기 때문이다. 그러나 이
를 한자로 옮기어 한어식 또는 우리식의 발음으로 소리를 낸다면 말
은 비슷할 지라도 그 정서가 결여될 것이므로, 듣는 이가 과연 감발
(感發)하고 징창(懲創)하기에 족할 것인지 의심스럽다. 심지어 '侏離'
와 '鴃舌'의 말이 아닌가 하고 외면할지도 모를 일이다. 그것은 소리
와 글자가 하나로 되지 못하고 분리되어 있기 때문이다. 즉 우리의
민족적인 정서나 맛이 한문으로 옮겨질 경우 소리와 글자가 길을 달

---

123)《楚亭全書》中, p.109,〈柳惠風詩集序〉. "夫今之所謂巫覡之歌詞, 倡優之笑罵, 與
夫市井閭巷之邇言, 亦足以感發焉, 懲創焉已矣, 庶幾猶有古詩之遺意歟. 然而執筆
而譯之, 言無不似也, 索然而不得其情者, 聲與字殊途也. 而古今文章之不相侔, 槩
可以見矣."

리하게 되므로 그 느낌이 덜 풍기게 된다는 뜻이 되겠다. 이러한 논리는 인간의 희로애락은 그 '聲'이 가감 없이 고스란히 '字'로서 표현될 때만이 사람을 감화시킬 수 있음을 의미하는 것이다. 반대로 우리의 속담이나 글을(시를 포함하여) 중국어로 옮기면 감발하고 징창하기에 부족하다는 논리가 성립된다. 따라서 초정이 고금의 문장의 차이, 곧 훌륭한 글과 그렇지 못한 글의 차이를 '情'과 '聲'과 '字'의 이합(離合) 여부에 두고 있음을 알 수 있다.

　　㉣ 聲과 字는 하나이나 잘해야만 합쳐진다

　　나의 벗 유혜풍이 시 짓는 것은 '聲'과 '字'의 겸함이 지극하고 아름다움을 갖추었다고 할 만하다. 능히 옛것에서 글자를 인연하여 지금의 소리에 통하게 하고 가운데에서 이루어진 것을 밖으로 움직이게 하니 나무에 꽃이 피고 새가 저절로 우는 것 같아 스스로 그렇게 되는 까닭을 모른다. 즉 소리와 글자가 제각각이면 말할 것도 못 되는 것이지만 소리와 글자는 하나인데 잘하면 합쳐지고 잘못하면 떨어져 버리니 무엇 때문인가? 글은 글자에서 나오고 소리는 글자 너머에서 이루어지는 까닭이어서 글자는 下學이요, 소리는 上達이라고 한 것이다.[124]

글자는 옛것에서 인연하고 소리는 오늘의 것에 통한다는 말은, 글은 글자에서 나오고 소리는 글자 너머에서 이루어진다는 하학(下學)과 상달(上達)의 관계를 알기 쉽게 설명한 것으로 볼 수 있다. 글자는

---

124)《楚亭全書》中, p.109, 〈柳惠風詩集序〉. "吾友柳惠風之爲詩也, 可謂兼至而備美者矣. 乃能因字於古而通聲於今, 其形於中而動於外者, 若樹出花, 而鳥自鳴也, 不自知其所以然. 則聲與字之殊, 又不足 論矣. 雖然聲與字一也, 而善則合之, 不善則離之, 何也? 文出於字, 而聲成於字外. 故曰："字者下學, 而聲者上達.'"

상대적으로 단순하고 배우기 쉬우나 그것에 깃든 오묘하고 깊은 이치나 정서를 터득하고 감지하기란 쉬운 일이 아니다. 예컨대 옛 시를 낭송·강독(講讀)하는 사람이 그 뜻을 깊이 터득한 다음에야 비로소 낭독 또는 해설로써 청중을 감동시킬 수 있는 것과 같다. 이때 나타내는 '聲'은 물론 본래의 것과 완전히 같을 수는 없어도 절실한 '나'의 소리로 되어야 할 것이다. 가령 내용이 불투명하고 아직 이해를 못한 상황에서 낭송하고 강독한다면 그 효과가 부실할 것은 자명한 일이다. 여기서 단순히 시를 외우는 것과 그것을 터득하여 내는 '나'의 소리의 관계가 바로 하학과 상달의 관계일 것이다.

사실 옛 시를 터득하기란 쉬운 일이 아니다. 그러므로 초정은 잘하면 합쳐지고 못하면 떨어져 버린다고 하였다. 유혜풍(柳惠風 ; 유득공)의 시가 오늘의 소리에 통한다고 한 것도 옛 시나 남의 것을 모방하지 않고 마음속에서 우러나오는 자연스럽고 개성 있는 자신만의 시를 생동감 있게 썼기 때문이다. 나무가 스스로 꽃이 피고 새가 저절로 우는 것과 같은 이런 시가 아름다운 시라고 한 까닭도 여기에 있다. 즉 자신의 정서와 소리와 글자가 자연스럽게 하나로 어우러져야 훌륭한 시가 된다는 논리이다. 가령 나의 정서를 적당한 시어와 소리로 표출해 내지 못하였다면, 이는 '情'·'聲'·'字'가 분리된 것으로 볼 수 있다. 한편 '지금의 소리에 통한다' 하고 훌륭한 시를 썼다는 이유만으로 해서 유득공(柳得恭)이 중국말을 반드시 알고 있었다는 얘기는 아닐 것이다. 그러나 이들이 북학을 지향했던 만큼 중국어를 배우지 않았다고 볼 수는 없거니와, 정녕 알고 있었다면 어감의 이해에 조금이라도 도움이 되었을 것이므로 시를 짓는 데 매우 유리했을 것으로 보인다. 하물며 유득공 자신이 회회(回回)의 기초어문, 버마(緬甸) 문자도 직접 배웠던 것을 감안하면, 그가 이미 몽골(蒙古)·만주(滿洲)·한어문(漢語文)은 잘 이해하고 있었을 것이 분명하다.[125]

다음의 글도 '聲'과 '字'의 조화를 구체적으로 강조하고 있다.

객이 이르기를, '시란 삶과 함께 생기는 것이다. 어린애가 앵앵거리고 울 때 등을 다독거려 주고 노래를 불러주면 그 소리와 울음소리가 서로 들어맞아 곧장 어린애는 잠이 든다. 이것이 천하의 眞詩인 것이다. 내가 듣자니 시는 性에서 나와 邪가 있고 正이 있으니 그 좋고 나쁜 것을 보면 세상 풍속의 오르내림을 알 수 있다. 그러므로 아름답게 꾸며서 지은 것은 국풍에 올라가지 않고, 噍殺한 소리는 淸廟의 음악으로 올릴 수 없다고 한다.'[126]

비록 '客'이라는 처지에서 하는 말이지만 '聲'을 중시하고 있다는 점에서 초정 자신의 태도를 대변한 것으로 볼 수 있다. 초정은 '객'의 입을 빌려 "대개 시라는 것은 소리에서는 樂이 된다고 한다"(《炯菴先生詩集序》)고 하여, 가장 순연한 상태에서 적성에 맞는 노래를 진시(眞詩)로 규정짓고 있다. 따라서 시는 '性'에서 나와 '正'과 '邪'가 있으므로 초살(噍殺)한 소리는 청묘(淸廟)의 악장이 될 수 없다는 것이다. 말하자면 소리라 해도 내용[字]에 어울리는 훌륭한 소리여야 한다는 논리이다. 이로써 굳이 한어를 바탕으로 하는 언문일치를 전제로 하지 않더라도 그 소리와 '字'가 절묘하게 결합하면 좋은 시가 된다는 주장이 가능한 것이다.

"천지 사이에 가득 찬 것이 다 시이다. 사계절의 변화와 삼라만상

---

125) 송준호, 〈柳得恭의 詩文學 硏究〉, 동국대 박사논문, 1983, p.206 참조.
126) 《楚亭全書》中, p.105, 〈炯菴先生詩集序〉. "客曰 : '詩者, 與生俱生者也. 小兒呱呱, 拍背而謠之, 嗚嗚然與啼聲相合, 已而兒眠矣, 此天下之眞詩也夫. 吾聞之, 詩出於性, 有邪有正, 觀其好惡, 與世俗汙隆. 故綺麗之作不錄於國風, 噍殺之音不登於淸廟' (……)"

의 소리, 그 모습과 音節이 스스로 내재해 있다",127) "천지의 眞聲과 古人의 微言이 마치 서리 내리는 밤에 종이 절로 울리듯, 보이지 않는 학이 서로 화답하는 듯하다",128) "시는 새로울수록 좋으니 염색할 때 초를 만난 듯 할 것이다"129) 등은 초정이 '聲' 또는 시어들과 관련하여 언급한 말들이다. 삼라만상의 소리, 천지의 진성(眞聲), 시어의 활기와 청신(淸新) 등에는 비록 '천백 배의 노력' 끝에 접근해 갈 수 있겠지만, 언문일치가 이루어진다면 '情'·'聲'·'字'가 훌륭히 합쳐진 '眞詩'를 얻을 수 있는 확률이 더욱 높다는 것이 되겠다.

iii) 聲과 詩語

위에서 초정의 어문관과 시론의 상관성을 살펴보았다. 한어를 바탕으로 하는 언문일치의 어문관과 시론의 성자일치론 사이에서 연관성이 성립된다고 본다면, 이러한 연관성이 구체적인 시작(作詩)에도 어떤 영향을 미치지 않았을까 하는 생각을 하지 않을 수 없다. 물론 어문관과 무관하게 성자일치에 따른 시의 생취론(生趣論)은 그 자체로 충분히 성립될 수 있다. 위에서도 언급했지만, 초정은 살아 있는 생생한 맛이 느껴지고 수은이 쟁반 위를 구르는 듯한 시를 생취적 시라고 하였다. 이는 시의 내용과 형식의 유기적인 통일 속에서 가능하다. 그런데 언문일치와 연관되면서 생취론은 상대적으로 언어 감각, 곧 시어 구사의 문제와 직결되므로, 이러한 상관성을 염두에 둘 때 시 창작에 나타나는 결과에 대해 더욱 구체적으로 고찰할 수 있을 것으로 본다.

---

127) 《楚亭全書》中, p.105, 〈炯菴先生詩集序〉. "客曰 : '然則詩何師?' 曰 : '盈天地之間者, 皆詩也, 四時之變化, 萬籟之鳴呼, 其態色與音節, 自在也.'"

128) 《楚亭全書》中, p.105, 〈炯菴先生詩集序〉. "夫然後, 天地之眞聲, 古人之微言, 應若霜鍾之自鳴, 而陰鶴之相和也."

129) 《楚亭全書》中, p.356, 〈祭李士敬文〉. "詩不厭活, 如汞走盤, 詩不厭新, 如染遇酸."

그리고 이와 더불어 초정은 실학자들 가운데서도 당벽(唐癖)이라할 만큼 북학을 지향하고, 또한 한어를 바탕으로 언문일치를 주장한문인이었던 만큼, 그가 한어를 알고 있었으리라고 추측하는 것도 무리는 아닐 것이다. 〈北學議內篇·譯〉에 다음과 같은 기록이 있다.

대개 말을 배우기는 쉬워도 남의 말을 알아듣기는 어려운 일이다. 말을 알아듣게 되어야 즐거움이 지극할 것이다. 일찍이 祝芷唐, 潘蘭垞들의말을 들으니 간혹 詩, 賦, 百家의 말을 섞어 쓰고 가끔은 괴벽한 글도 따내어서 말하는데 딴 사람도 또한 알아듣는 것이었다.[130]

그리고 시에서도 중국에 가서 한어를 배워 외국어에 제법 능통하다는 언급[131]이 발견되는데, 평소에 '중원을 흠모'했다는 사실과 네 차례의 연행(燕行) 경험 등을 감안하여 이런 기록이나 표현을 살펴보면, 초정은 중국말을 어느 정도 알고 있었던 것으로 보인다. 그렇다면 시를 짓는 데 한어(漢語)를 모르는 문인보다는 그 언어 감각이 뛰어났을 것이다. 이런 갖가지 여건들을 전제로 할 때, 그의 시에 의성어와의태어가 빈번하게 등장하는 것도 이러한 사정과 일정한 관련이 있을것으로 생각된다. 물론 중국말을 아는 것과 의성어와 의태어의 사용빈도를 직접적인 함수관계로 볼 수는 없다. 하지만 언문일치를 주장하고 이와 관련된 '聲'을 중시하는 그의 시론을 떠올려 본다면 그리견강부회는 아니리라 여겨진다.

---

130) 《楚亭全書》下, p.493, 〈北學議內篇·譯〉. "蓋學話不難, 而聽人之話爲難解, 聽然後至樂生焉. 嘗見祝芷唐·潘蘭垞輩, 語間雜用詩賦百家語, 往往拈出僻書爲話, 他亦曉得."
131) 《楚亭全書》上, p.594, 〈七夕篇〉. "遂因孤露厭科擧, 暫入中華學漢語"
　　　《楚亭全書》上, p.349, 〈沙流河述懷〉. "頗通外國語, 屢逢天下士"

또한 의성어와 의태어의 사용은 초정이 언급한 '聲'의 개념과 어느 정도 연관된다고 하겠다. 위에서도 말했지만 '聲'에는 '樂'이 포함되는데, '樂'이라 하면 보통 음악, 곧 가시(歌詩)의 음악성을 가리킨다. 이 점을 감안할 때, 당시 노래로 불리어진 《시경》에 수록된 작품들에는 리듬을 부여하는, 첩자(疊字), 첩운(疊韻), 쌍성(雙聲)[132]으로 이루어진 시어가 많이 사용되고 있음을 확인할 수 있다. 바로 이와 같이 시의 원류 또는 시의 정수로 일컬어지는 《시경》의 표현 정신이 초정의 시에서 '聲'으로 구현되고 있는 것이다. 음악적인 율동을 살리는 첩자, 첩운, 쌍성 등의 형태를 지닌 의성어와 의태어의 사용 빈도는 그 누구보다도 초정의 시에서 높게 나타나고 있다. 이는 비교를 통해 확인된다.

필자가 박제가와 권근(權近, 1352~1409), 이덕무, 정약용(丁若鏞, 1762~1836), 김정희(金正喜, 1786~1856)의 시를 각각 백 편씩 조사한 결과,[133] 첩자는 박제가가 79번, 권근이 60번, 이덕무가 50번, 정약용이 45번, 김정희가 46번 사용한 것으로 나타났고, 첩운과 쌍성을 합친 것은 위의 순서대로 각각 25번, 20번, 18번, 21번, 13번씩 나타났으며, 표연(飄然)과 같이 '然'자를 어미로 하는 의성의태어 역시 같은 순서

---

132) 疊字 : 關關, 紛紛 등, 같은 자를 거듭 쓴 경우를 말한다.

　　疊韻 : 嬋娟(chan juan), 窈窕(yao tiao) 등처럼 보통 두 자로 이루어진 숙어의 각 글자가 같은 운모(韻母)로 된 것을 말한다.

　　雙聲 : 慷慨(kang kai), 惆愴(chou chuang) 등처럼 숙어로 이루어진 두 자의 성모(聲母)가 같은 것을 가리킨다.

133) 허경진 옮김, 《양촌 권근 시선》, 평민사, 1999.

　　허경진 옮김, 《다산 정약용 시선》, 평민사, 1998.

　　김정희 지음, 신호열 역주 《완당시선》, 솔출판사, 1997.

　　이덕무의 시는 《한객건연집》(유재일 《이덕무의 시문학 연구》 부록, 태학사, 1998)에 수록된 백 편을 대상으로 했다. 아울러 위의 세 《시선》 역시 수록된 순서대로 백 편까지 조사했음을 밝혀 둔다. 그리고 박제가의 시는 《楚亭全書》上의 제1집에 수록된 차례대로 백 편만을 대상으로 삼았다.

로 각각 16번, 6번, 7번, 5번, 7번씩 조사되었다. 모든 항목에서 단연 박제가가 으뜸이었다.[134]

구체적인 예는 이후 작품들을 개별적으로 분석하는 자리에서 다룰 것이므로 여기서는 생략한다. 다만 성자일치에 따른 생취적 시는 단순히 음악적인 리듬을 살려주는 것만이 아님을 밝히고 싶다. 즉 첩자와 같은 시어를 사용하는 것은 단지 생취적 시미(詩味)의 한 부분에 속할 뿐, 생취적 시의 전부가 아니라는 것이다.

모든 성공한 사람의 이면에 눈물겨운 어려움과 각고의 노력이 깃들어 있듯이, 초정에게도 자신이 생각하는 이른바 '세계 일류 문인들'과의 간격을 줄이려는 과정에서 몹시 고민했던 문제가 있었을 것이다. 이는 아마 언문이 분리된 상황에 대한 해결책 모색이 아니었을까 한다. '다만 글과 말이 일치하면 족하다'고 생각했건만, 어느 쪽으로 일치시키는가 하는 문제를 심각하게 받아들였을 것이다. 초정에게는 당시로서 통할 수 없었던 하나의 길만이 있었을 뿐이었다. 바로 한어—세계어에 따르는 언문일치이다. 이렇게 함으로써 초정은 일거수득(一擧數得)의 효과, 곧 하나의 근본에 도달함으로써 돌아오는 많은 실효를 얻고자 하였던 것이다. 미개한 오랑캐라는 이름을 떨쳐버리고 이른바 '문명 대국'인 중국과 동등해지는 것이 그가 목적한 바였다.

한편 초정의 이런 고민이 시론에서는 성자일치론으로 나타난다. 말하자면 '聲'을 중심으로 하는 그의 성자일치론이 한어를 바탕으로 하는 언문일치의 주장과 일정한 관련이 있다는 것이다. 그것은 '情'·'聲'·

---

134) 여기서 첩자는 중복되는 두 자를 다 포함시켰고, 첩운과 쌍성은 두 자가 결합되어 하나의 완전한 의미를 나타내는 숙어만을 대상으로 했다. 그리고 상술한 시어들을 조사할 때 하나의 시에서 같은 첩자를 여러 번 사용했을 경우 한 번 사용한 것으로 셈했다.

'字'가 하나로 잘 합쳐져야만 훌륭한 시가 이루어진다는 주장에서 드러 난다. 초정이 말하는 '聲'은 음악으로서의 '樂'이나 '音', 천지만물의 자 연발생적인 삶의 소리, 사물에 내재한 오묘한 이치와 정서를 터득하고 잘 포착하여 발하는 소리, 내용의 표현에 적합한 '字'의 소리 등 복합적 인 차원에서 이해할 수 있다. 이런 소리를 잘 담아내는 문자들로 이루 어진 시가 바로 초정이 바라는 좋은 시일 것이다.

실제로 박제가는 이러한 성자일치의 시론을 자신의 창작 과정에서 몸소 보여주었는데, 이 점은 부분적으로 다른 문인들과 견주어 봄으 로써 확인할 수 있다. 즉 일정한 음악적 율동을 주는 '樂'으로서 '聲'을 첩자 등과 같은 의성어 및 의태어로 표현하는 빈도가 여느 문인들보 다 높다는 것이다.

그렇다면 박제가의 이러한 한어 중심의 언문일치 주장이 사대주의 는 아닌가. 물론 그 혐의를 물리칠 수는 없다. 하지만 남달리 진취적 이고 출중한 재능에 벽(癖)을 겸하고 있는 '전문적인 기예'의 소유자 라면 당시에는 그러한 방향으로 나아갈 소지가 충분했다는 사실, 그 리고 그러한 생각이 나오게 된 역사적 현실을 이해해야 할 것이다. 그것은 문명도아(文明都雅)의 나라를 건설하려는 미래지향적인 구상 의 한 방도였을 뿐, 단순히 개인의 그 어떤 욕구를 만족시키기 위한 수단이 아니었음은 분명하다.

(4) 詩畵一致論

시에서 '味'(美)가 중요한 것처럼 그림에서도 '美'(味)의 표출을 간 과할 수 없다. 그래서 회화예술을 미술이라고 했을 것이다. 시와 그림 은 둘 다 미감(美感)의 표현과 의경의 창출을 주목적으로 한다는 공 통점이 있다. 때문에 시와 그림은 물상(物象)을 매개물로 삼지만 외적인 것의 구속이 없이 작자 개인의 주관과 선택에 따른 예술 형식을 통하여 이상화한 경지를 만들어 낸다. 따라서 단순한 사실의 표현보다는 작가의 내적인 '情'과 외적인 '景'의 융합을 더욱 중히 여기고 전신(傳神)에 힘쓰는 것이다. 그래서 시화일치(詩畵一致)란 말이 나온 듯하다.

고대 중국의 산수화(山水畵)가 산수시(山水詩)와 더불어 발생・발전했던 사실[135]이 둘 사이의 긴밀한 관계를 단적으로 입증한다고 하겠다. 이 같은 시와 회화의 상호 관련성에 대해 화가이자 회화 이론가인 북송(北宋)의 곽희(郭熙, 1001~1090)는 옛사람의 말을 빌려 "시는 무형의 그림이고 그림은 유형의 시이다"[136]라 했고, 소식(蘇軾)은 왕유(王維)의 시에 대해 "시 가운데 그림이 있고 그림 가운데 시가 있다"[137]라 했으며, 남송(南宋)의 혜홍(慧洪)은 "시는 소리가 나는 그림이고 그림은 소리가 없는 시이다"(詩是有聲畵, 畵是無聲詩)[138]라 하여, 각각 시와 그림은 본래 하나라는 인식을 보여주었다.

또한 남종(南宗) 문인화파의 시조로 불리며 시도 짓고 그림도 그렸던 왕유처럼 시인과 화가를 겸하는 문인 또한 적지 않다. 문인의 시가 회화성(繪畵性)이 짙다고 하는 경우는 우선 그 문인 스스로가 시인 겸 화가일 때 더욱 그러하다. 초정의 경우 시의 수준은 물론이고 회화의 수준 또한 그의 이름이 한국 회화사에서 거론될 정도로 뛰어나다. 실제로 그가 남긴 그림 여러 점이 전해지고 있기도 하다.[139]

---

135) 김지영, 〈韓中 山水畵 발전과정에 대한 연구〉, 인천대 석사논문, 1998. p.5.

136) 宋, 郭熙, 許英桓 譯註, 〈畵意〉, 《林泉高致》(열화당, 1989, p.62). "詩是無形畵, 畵是有形詩"

137) 《東坡題跋》 下卷, 〈書摩詰藍田烟雨圖〉 《中國美學史資料選編》 上, 臺北 : 輔新書局, 1984, p.368). "味摩詰之詩, 詩中有畵 ; 觀摩詰之畵, 畵中有詩."

138) 慧洪, 〈題宋迪作瀟湘八景圖詩序〉(최숙인, 〈朝鮮後期 文學에 나타난 繪畵性 硏究─연암 계열의 시를 중심으로〉, 이화여대 박사논문, 1989, 서론 참조).

사실 '시화일치'로 요약되는 문학과 회화의 상관관계는 동양문학의 바탕으로 이해할 수 있는 전통적인 종합 개념이라고 할 수 있다.[140] 이러한 논리를 전제로 하여 시를 단순히 일방적인 시적 감각에서만 접하기보다는 그와 비슷한 맥락에서 인식되어 왔던 화론(畫論)의 시점에서 이해를 도모한다면 시 작품의 감상 또는 분석에 더욱 도움이 되리라 생각한다. 연암도 바로 이런 견지에서 "그림을 알지 못하면 문(文)을 알지 못한다"[141]고 말했을 것이다.

본 절은 이런 취지에서 초정의 시화론(詩畫論)을 살펴보고, 시와 회화의 상관성을 고찰하고자 한다. 물론 이에 대한 앞선 연구가 없는 것은 아니다.[142] 본 연구 또한 관련된 선행 연구들의 성과에 상당 부분 힘입고 있지만, 이들은 시의 표현 수법이라는 형식적인 측면에서 시의 회화성에 주목했다는 한계가 있다. 여기서는 초정의 일부 화론을 그의 시론이 지닌 유기적인 구성과 접목시키는 방법으로 이른바 시화일치론(詩畫一致論)에 대해 주로 고찰하고자 한다. 먼저 회화에 대한 초정의 태도 등을 짧게 살펴보고, 그의 시화론에 내재된 시와 그림의 접합점을 몇 개 부분으로 나누어 천명하기로 한다.

ⅰ) 회화에 대한 자세

유학자들의 회화관은, 이들의 전반적인 세계관이 그러하듯이 역시 유교적 학문관의 틀을 벗어날 수 없다는 한계가 있다. 이른바 문인화가들은 그림을 자그마한 재주로 보았기 때문에 회화의 전문성에는 무관심한 채 회화의 가치를 소극적으로 인정할 뿐이었다. 그러나 조선

---

139) 김순애, 〈楚亭 朴齊家의 繪畫觀〉(전남대 석사논문, 1997)을 참조.
140) 최숙인, 앞의 글, 서론 참조.
141) 《燕巖集》 1권, p.411, 〈鐘北小選自序〉. "故不讀易, 則不知畫, 不知畫, 則不知文矣."
142) 최숙인, 앞의 글 ; 김경미, 앞의 글 참조.

후기에 이르면 한정된 시야 속에서 회화를 감상하던 태도에서 벗어나 점차 회화의 가치를 적극적으로 인식하는 방향으로 나아가는 변화가 나타나기 시작한다.[143] 이덕무는 그림에 전념하다가 거기에 빠져 헤어나오지 못한다면 큰 잘못[144]이라고 하면서도, "그림과 글은 모두 善을 전하고 惡을 경계하는 뜻이 실려 있으므로"[145] 그림을 "조그만 기예라 해서 멸시해서는 안 된다"고 함으로써 그림에 대해 종전보다 긍정적인 인식을 조심스럽게 보여 주었고, 유득공도 "그림을 어찌 하찮은 재주라고 하겠는가"[146]라고 하여 역시 그림을 천시해서는 안 됨을 시사했다.

> 그림 그리는 재주를 부리는 것이 참으로 하찮은 것이나, 유자들이 그림 그리는 것을 버려 버리고 말하지 않는 것 또한 그른 것이다.[147]

바로 초정의 발언이다. 초정을 비롯한 당시 유학자들 대부분이 한결같이 그림에 대해 긍정적인 견해를 가지면서도 신중을 기했던 것으로 보인다. 그렇지만 이들 가운데 회화에 대한 관심이 가장 많았던 사람은 초정이 아니었던가 싶다. 그는 어린 시절 측간 옆 모래 위에 그림을 그리던 일을 회고하면서 자신을 화벽(畵癖)이라 표현할 만큼 그림 그리기를 좋아하였다. 청(淸)의 팽온찬(彭蘊燦)은 자신이 편찬한 《歷

143) 김순애, 앞의 글, 초록 참조.
144) 李德懋, 《靑莊館全書》 27~29권, 〈士小節〉 第五, 〈事物〉. "若專心於此, 溺而不返, 則亦大誤耳.", "不可以小技蔑之."
145) 李德懋, 《靑莊館全書》 20권, 〈雅亭遺稿〉 十二, 〈飮中八仙圖序〉. "書畵皆寓勸戒."
146) 柳得恭, 《泠齋集》 권4, 〈飮中八仙圖序〉(송준호, 《유득공의 시문학 연구》 합본, 태학사, 1985, p.438). "畵豈小藝云乎."
147) 《楚亭全書》 中, p.155, 〈題文衡山畵帖後跋〉. "書畵之爲技固小矣, 儒者之棄而不道亦非矣."

代畵史彙傳》에서 조선 사신 박제가는 서화(書畵)에 능하다고 높이 평가한 바 있다.[148] 이처럼 초정의 서화 명성은 이국에까지 전해졌다. 제화시(題畵詩)의 경우, 연암 계열 가운데 박지원이 8수, 이덕무가 16수, 유득공이 21수, 이서구가 19수를 각각 남긴 데 반해, 박제가는 가장 많은 60여 수[149]를 남겼다는 사실에서도 역시 그림을 중시하는 그의 태도가 남다름을 알 수 있다. 뿐만 아니라 그림도 이들 가운데 상대적으로 가장 많은바, 〈延子髫齡依母圖〉, 〈牧牛圖〉, 〈魚樂圖〉, 〈埜雉圖〉, 〈依岩觀水圖〉 등 5폭의 그림이 지금까지 전해지고 있다.[150]

이와 같이 그림을 즐겼던 초정은 많은 제화시를 지었고, 실제로 그림도 잘 그렸다. 이는 초정 자신이 그림은 마음의 슬기를 돕고 천기(天機)를 활발히 한다고 하면서,[151] 덕성을 도야하고 심성을 양성하는 수단으로 그림을 인식하고 있었던 것과 관련된다고 하겠다. 초정은 또 "詩畵가 인간 세상에 가득할 날 언제 올까"[152]라고 하여 시화(詩畵)의 필요성을 절감하기도 했다. 보는 바와 같이 초정은 기존의 숭문천기(崇文賤技)적 회화관에서 완전히 벗어나지 못한 듯하면서도, 유학자도 그림을 반드시 알고 있어야 함을 강조함으로써 회화의 가치를 긍정하고 좀더 발전적인 시각에서 그림의 독자적인 존재 의의를 인식하고 있었다. 이는 그의 관점이 기존의 폐쇄적인 회화관에서 적극적

---

148) 淸, 彭蘊燦 編, 《歷代畵史彙傳》上,下(臺北 : 遠東圖書公司印行, 1956), p.899. "朴齊家, 字修其, 自號貞蕤居士, 朝鮮使臣也. 善畵工書, 屢奉使來京師, 與中朝士大夫多酬倡之作. 其詩文有〈貞蕤稿略〉."

149) 최숙인, 앞의 글, p.26 참조. 최숙인은 논문에서 초정의 제화시(題畵詩)가 39수로 조사되었음을 밝히고 있다. 그러나 필자가 《楚亭全書》를 통해 조사한 것에 따르면, 시집 부분에 30여 수, 문집에 30여 수 등 약 60여 수의 제화시가 발견된다.

150) 김순애, 앞의 글, pp.163~166 참조.

151) 《楚亭全書》下, p.506, 〈古董書畵〉. "山川四時書畵之意, 易以之而取象, 詩以之而托興, (……) 蓋不如是, 不足以資其心智, 動盪天機也."

152) 《楚亭全書》上, p.336, 〈寄贈宋芝山葆淳〉. "曷來詩畵滿人間."

이고 개방적인 회화관으로 변모하였음을 의미한다.[153] 이 또한 그의 열린 사고방식과 무관하지 않을 것이다.

이와 같은 회화에 대한 태도와 관련하여 초정은 그림과 시의 상관관계에 특히 주목한 것 같다. 그는 그림에 대한 제화시를 많이 창작했을 뿐만 아니라 적지 않은 시에서도 그림과 시를 같은 자리에 올려놓고 언급하였다. 이어 논할 시화일치론은 이 점을 한층 자세히 설명해 준다고 하겠다.

ⅱ) 詩畵一致論의 구체적 측면

㉠ 天機를 활발히 한다

천기(天機)는 초정의 시에서 자주 언급되는 용어이다. 그는 가을의 삼라만상이 내는 소리를 천기라 했고,[154] 조수충어(鳥獸蟲魚)의 모습과 소리[155]를 닮은 거문고의 울림을 천기라 했으며,[156] 어린아이의 글씨[157]나 솔직한 성정에서 발하는 해학을 또한 천기[158]라 했다. 요컨대 초정의 천기는 두 가지로 이해할 수 있는데, 하나는 자연의 조화와 이에 따른 자연의 모습과 소리, 그리고 그것의 연장인 자연의 순수를 표현한 문예(文藝)를 가리키고, 다른 하나는 어린아이의 거짓 없는 순

---

153) 최숙인, 앞의 글, p.47 참조.

154) 《楚亭全書》上, p.16, 〈澗屋新秋〉. "天機誰使然, 百年無靜時"

155) 《楚亭全書》上, p.74, 〈信宿李處士光錫心溪草堂九首〉(7). "蟻蝼知雨爲行陣, 啄木求虫有咒文. 盡拾天機歸眼底, 飄然方外踽飛雲"

156) 《楚亭全書》上, p.85, 〈和嘐嘐齋金公用謙褉詠八首〉(8). "冷冷起潛鱗, 格格驚栖羽. 微物盡天機, 希音自太古."

157) 《楚亭全書》上, p.206, 〈有旨書進屛風一事柳寮爲作長歌和其意時壬寅四月二十日也〉. "君不見, 小兒之書天機在, 點畵漸熟神漸改"

158) 《楚亭全書》上, p.293, 〈京山園屋, 偕成秘書·宋敎官·柳奉事, 聽琴作〉. "諧謔發天機. 坦率無忌諱, 主人有高性, 與衆自殊彙."

박함을 말한다. 즉 천기는 인위적인 조작이 없는 자연의 순수성, 인간의 천진함과 솔직함을 뜻한다고 할 수 있을 것이다. 따라서 천기를 활발히 하는 것이란 곧 인간의 본원적인 천성을 살리는 것이라고 이해할 수 있다. 초정의 다음 글은 문예가 인간의 슬기와 천기에 영향을 주고 있음을 그대로 설명한다.

> 그러므로 鳥獸, 蟲魚 등속의 명칭과 술항아리, 술잔의 형상과 제도, 山川의 사계절을 書畫로 나타낸 뜻을 《주역》은 그것으로 卦의 형상을 취했고, 또 《시경》은 興으로 기탁하였으니 어찌 까닭 없이 그렇게 하였으랴. 그렇게 함으로써 마음의 슬기로움을 도우며 천기를 활발하게 하는 것이다.[159]

천지의 만물을 '書畫'로 나타낸 뜻, 그것이 바로 자연의 오묘한 이치일 것이다. 마찬가지로 《주역》 또한 이러한 자연의 오묘한 이치를 괘(卦)라는 특이한 형상으로 나타내었고, 《시경》은 '興'이라는 형식으로 표출하였다는 것이다. 여기에는 두 가지 의미가 내포되어 있다. 하나는 그림과 시문이 천지의 만물을 소재로 삼는다는 점에서 서로 비슷하다는 것이고, 다른 하나는 《주역》이 자연을 '卦'로 형상한 것과 《시경》이 이를 '興'으로 표현한 것에는 까닭이 있다는 것이다. 전자의 의미를 구체적으로 살펴보면, 송(宋)의 등춘(鄧椿)은 천지를 가득 채우고 있는 만물의 모습을 모두 붓으로 곡진하게 표현한다고 하여 회화의 소재가 천지의 만물임을 시사하였고,[160] 초정 또한 위의 글 외에 자신

---

159) 《楚亭全書》 下, p.506, 〈古董書畫〉. "故鳥獸蟲魚之名物, 尊罍彝爵之形制, 山川四時書畫之意, 易以之而取象, 詩以之而托興, 豈其無所然而然哉. 蓋不如是, 不足以資其心智, 動盪天機也."
160) 徐復觀, 앞의 책, p.191 참조. "畫之爲用大矣. 盈天地之間者萬物, 悉皆含毫運思,

의 시론에서 천지 사이에 가득 찬 것이 모두 시임을 강조했던바, 회화와 시는 비슷한 소재를 갖는다는 것이다. 한편 후자의 의미는 《주역》과 '書畵'가 인간의 슬기를 돕고 천기를 활발히 할 수 있다는 공통점을 지니고 있음을 발견하여 둘을 서로 연관시킨 것에서 찾을 수 있다. 이는 일차적으로 이른바 실용의 가치가 없으므로 버려도 괜찮다는 고동서화(古董書畵)의 존재가치를 새로이 인정하고자 하는 의도로도 볼 수 있지만, 유가에서 조그마한 재주로 치부하는 '書畵'를 신성한 경서와 대등한 위치로 올리려 하는 깊은 뜻을 함축하고 있다고 하겠다. 따라서 '書畵'도 《시경》과 《주역》처럼 인간의 심지(心智)와 천기를 돕는 기능을 지니고 있다는 것이다. 이에 관하여 조선 후기 문인 화가인 이하곤(李夏坤, 1677~1724)도 "무릇 그림은 古人을 모방하면 필세가 제한받아 천기가 살지 못한다"고 하여,[161] 자신의 성정과 개성으로 창작된 그림은 능히 천기를 활발히 할 수 있음을 지적하였다.

위에서 언급했지만 초정은 〈炯菴先生詩集序〉에서도, 복희씨가 조수지문(鳥獸之文)에서 터득하여 8괘를 만들었고, 영륜은 기장에서 음악을 얻었으며, 이덕무는 이들과 같은 방법으로 터득하여 시를 얻게 되었다고 강조했다. 일반적으로 터득하여 얻은 것은 영적인 슬기로움의 산물이라 할 것이다. 또한 초정은 《주역》은 말할 것도 없고, 대악(大樂)은 천지와 함께 화(和)하게 하며, 대례(大禮)는 천지와 함께 절도가 있게 한다고 했다.[162] 즉 예악(禮樂)은 순수한 자연에서 산출되어 다시 인간을 자연처럼 순수하게 만든다는 것이다. 결국 초정은 자연을 터득한 산물인 시화를 포함한 문예 작품이 인간의 성정을 도야

曲盡其態."(鄧椿 〈畵繼〉)

161) 李夏坤, 《頭陀草》13冊, 여강출판사, 1992, p.315, 〈與畵師書〉. "凡畵, 倣古人, 則 筆勢局促, 而天機不活."

162) 《樂記》《中國美學史資料選編》上, p.62). "大樂與天地同和, 大禮與天地同節."

하고 천기를 활발히 한다는 이치를 역설한 셈이다.

꽃에서 사는 벌레는 날개와 수염에서 향기가 난다고 했다. 서화를 접하는 사람도 같은 이치다. 서화는 사회적 부를 창조하는 데 직접적인 구실을 맡지는 않지만 인간의 성정을 돕고 천기를 활발하게 하여 창작자나 감상자 모두로 하여금 지혜로운 삶을 영위할 수 있도록 정서를 풍부하게 만들어 준다. 이는 공리성보다는 정신적 위안, 곧 심미성을 우선시하는 발언이다.[163] 이 점 또한 장자(莊子)의 심미성과 관련 있는 듯하다. 장자가 "산림이여, 들판이여, 나로 하여금 기쁘고 즐겁게 하는구나"[164]라고 한 것은 이러한 심미성의 발현으로서, 시화의 대상인 아름다운 자연이 인간의 슬기를 돕고 천기를 활발히 한다는 말과 궤를 같이한다고 하겠다.

이 같은 심미성과 관련하여 초정은 '와유'(臥遊)라는 개념을 제시하고 있다. '와유'는 중국 남조(南朝)의 송(宋)나라 사람 종병(宗炳, 375~443)이 처음 거론한 개념이다. 종병은 산수(山水)를 좋아하고 멀리 돌아다니기를 즐겨, 서쪽으로는 형산(荊山)과 무산(巫山)에 오르고, 남쪽으로는 형산(衡山)에 올랐다. 병이 들어 고향인 강릉으로 돌아온 그는 늙음과 질병이 함께 이르러 명산을 두루 보기 어려우니, 오직 마음을 맑게 하여 도(道)를 관조하면서 누운 채로 그곳에서 노닐 것이라고 탄식하였다. 그리고 그동안 돌아다녔던 곳을 모두 방 안에 그려 놓고자 하였다.[165] 말하자면, 건강 문제 등 온갖 여건이 허락하지 않는 상황에서 많은 산수화를 그려 놓고 그 그림 속에서 산수를 마음대로 돌아다니겠다는 것이다. 초정은 '臥遊'의 개념을 자신의 시문에서 자주 언급하고 있다.

---

163) 김순애, 앞의 글, p.62.
164) 《莊子》, 〈知北遊〉. "山林與, 皐壤與, 使我欣欣然而樂與."
165) 徐復觀, 앞의 책, pp.265~266 참조.

紺殿天寒怖鴿投,　　추운 날, 겁 질린 비둘기 검푸른 절간에 깃들었고
是處堪移宗炳臥.[166]　　이곳에 종병이 옮겨와 와유를 즐김이 어떠한가.

卷中師友眉相語,　　책 속의 스승과 이마 맞대고 가까이 속삭이고
畵裏山川臥自遊.[167]　　그림 속의 산과 강을 누워서 홀로 유력하누나.

그리고 〈記書幅後〉에서는 와유에 대해, 진정한 유력(遊歷)이 실제로 어려운 만큼 옛사람의 말을 빌려 '臥遊'의 개념을 상상으로 '유력'하면서 바로 자신이 몸소 그렇게 하고 있음을 생각하는 것이라고 하였다.[168] 이런 와유는 그림 속에서 진행되기 때문에 상상력이 고도로 발휘되고 자유자재로 어디든지 가볼 수 있게 되는 것이어서, 누구도 구속할 수 없는 것이다. 본래 산수의 경우는 형질(形質)을 갖추고 있어 사람들로 하여금 정신의 세계로 나아가게 하므로, 옛날의 성인들은 명산대천에서 노닐면서 산수를 일러 인자(仁者)와 지자(智者)가 즐기는 바라고 하였다. 게다가 산천은 아직 오염을 받지 않았고 그 형상은 심원하고 빼어난 모습을 하고 있어 인간의 상상력을 이끌어 내고 사람들을 그곳에 안주시키기 쉽다.[169] 따라서 그러한 산천을 그림으로 옮겨놓음으로써 '臥遊'를 통해 모든 인간들의 지혜를 슬기롭게 하고 천기를 활발하게 하는 것도 당연하다고 할 것이다.

이와 같이 초정은 그림을 이용한 '臥遊'로써 그 어떤 기발한 생각이나 의지를 실현할 수 있을 것으로 보았다. 즉, "회화가 개인이 자유의

---

166) 《楚亭全書》上, p.408, 〈金剛一萬二千峯再試應令〉.
167) 《楚亭全書》上, p.55, 〈懋官暮至, 適有風雨, 留之共宿三首〉(1).
168) 《楚亭全書》中, p.383, 〈記書幅後〉. "昔人有言. (……) 又曰 : 臥遊. 臥遊者, 必擬爲遊行, 念之曰我也."
169) 徐復觀, 앞의 책, pp.266~267 참조.

지를 표현하고자 하는 심미성을 지녔고 이로 인해 개체가 정신적으로 무한한 자유를 누릴 수 있음을 적극적으로 인정하고 있는 것이다."[170] 이 점 역시 인간의 성정을 포함한 천지의 만물을 구속하지 않고 자유 자재로 표현해 낼 수 있는 시문의 정신, 그리고 그러한 작품 속에서 무한한 감상의 자유를 만끽할 수 있는 능력과 일맥상통한다고 하겠다. 그가 시에서 "깊은 밤 촛불 앞에 앉아 시를 끝내고, 하룻밤 산을 이야기하니 병이 낫는 듯하네"[171]라고 한 것도 회화의 '臥遊' 정신과 비슷한 의미를 표현한 것이라 하겠다.

   ㉡ 形似와 寫意

형사(形似)란 소재에 대한 정확한 외형 묘사를 의미한다. 즉 작가의 주관 정신보다는 냉철한 객관 정신에 바탕을 두고 대상의 외형을 그대로 재현하는 사실적 표현 기법이라고 할 수 있다. 사의(寫意)는 소재에 내재한 상리(常理)를 파악하여 작가의 의경을 표출하는 것을 의미한다. 즉 추상적이고 관념적이며 초월적인 의경을 지향한다. 사의적 표현에서는 시각적 이미지를 제시하면서도 외형의 사실적 형체감을 그대로 띠도록 하지는 않는데, 중요한 것은 형사에 얽매이거나 머무르지 않아야 한다는 것이다.[172]

대체로 연암 계열의 문인들이 그러하듯이,[173] 초정의 조형관(造型

---

170) 김순애, 앞의 글, p.65.
171) 《楚亭全書》上, p.408, 〈金剛一萬二千峯再試應令〉. "三更剪燭詩仍就, 一夕談山病已瘳."
172) 최숙인, 앞의 글, pp.34~40 참조.
173) 최숙인은 형사 중심의 조형관과 사의 중심의 조형관이 연암 계열에서는 함께 나타난다고 하였다. 최숙인에 따르면, 이것이 당대 형사를 강조했던 성호(星湖) 계열의 실용주의적 회화관 및 형사를 구하지 않고 사의 일변도에 치우친 19세기 추사(秋史) 계열의 선가적(禪家的) 회화관과 분명히 구별되고 있다는 것이다. 최숙인, 앞의 글, p.51. 연암 계열의 조형관이 형사와 사의를 함께 추구하는

觀)과 작품 세계는 기본적으로 대상의 외형을 그대로 핍진(逼眞)하게 재현하는 형사적 표현 기법에 충실하면서도 문인화(文人畵)의 문기(文氣) 어린 사의적 의경을 추구한다. 김용행(金龍行)이 그림을 그리는 장면을 보고 초정이 "어여쁘다 참된 물체의 모양이여, 예전의 아름다움, 추함을 답습하지 않았네"[174]라고 하면서, 예전의 그림에 대한 상투적인 모방과 답습을 드러내지 않고 자연의 참모습을 그대로 잘 표현한 점을 높이 산 것을 보면, 그가 형사를 중시하고 있음을 알 수 있다. 하지만 양봉 나빙(兩峰 羅聘, 1733~1799 ; 兩峯은 字)의 그림을 "그대가 竹을 완성하는 것을 보니 그림의 妙는 형사에 있지 않음을 알겠네"[175]라고 평가한 것이라든가, 금강산을 다룬 시에서 금강산의 아름다운 풍경을 남종화의 비조(鼻祖)로 일컬어지는 왕유의 그림과 같다 하여 그림 속에 시가 있음을 암시한 것, 그리고 남종화를 발전시킨 심사정(沈師正, 1707~1769)을 높이 평가한 것[176] 등을 감안하면, 초정이 오히려 사의 일변도인 듯한 느낌도 준다. 말하자면 사의적인 그림을 좋아하지 않은 것도 아니고 형사의 그림을 폄하한 것도 아니었던바, 그는 남북종론(南北宗論)의 회화 개념과 태도로써 그림을 평가하지 않았던 것이다.

초정의 제화시 가운데 대부분은 형사와 사의를 절충시킨 흔적을 보여주고 있다. 그리고 그림이 어느 쪽에 속하든 상관하지 않고 이를 객관적으로 평가하였다. 그 동기는 다만 수명이 5백 년에 불과한 그림을 자손만대 길이 전하고자 하는 데 있었다.[177] 그러므로 초정의 회

개성적 회화관을 보여준다는 최숙인의 견해에 필자도 동의한다.

174) 《楚亭全書》上, p.44, 〈洗劍亭水上余結趺石坡草畵處〉. "可憐眞物態, 不襲古姸媸"
175) 《楚亭全書》上, p.320, 〈題兩峰畵竹蘭草〉. "道人畵竹時, 還以色相起. 君看竹成後, 妙不在形似. 莫說無人采, 非關爾不香. 聊將一孤蕚, 含笑答春光"
176) 《楚亭全書》上, p.408, 〈金剛一萬二千峯再試應令〉. "依然摩詰圖中也, 得似山陰道上不. 楊老書同漣水米, 玄齋筆比十洲仇"

화관을 형사냐, 사의냐 하고 가르는 자체가 조금 무리인 것 같다. 그
는 어디까지나 좋은 그림이면 형사든 사의든 불문하고 제화시를 지었
던 것으로 보인다.

초정은 〈李懋官鐵脚圖歌次薑山〉이란 시에서 이덕무의 그림을 두고
"우리나라의 혜안 청장관이 새를 그리는데 능히 새의 그림에도 기예
를 다하누나. 종 아이가 잡으려 하고 부인들은 의아해 하며 밝은 창
문에 오려붙이고는 빙그레 웃네"[178]라고 하여 형사가 잘 갖추어진 그
림이라고 평가했다. 이 점에 이덕무 자신도 이 그림을 그릴 때 적지
않은 시간을 바쳤음을 실토하면서, 새의 "머리는 마늘 같고 눈은 쪼
갠 산초 같은데, 종이에서 짹짹 찍찍 소리 나는 듯하네"[179]라고 하여
자신의 그림이 형사의 핍진성에 가까움을 말했다. 하지만 유득공의
안목에는 다르게 비쳤는지 그는 "잘 그리지 않은 것은 아니지만 새를
그렸는데 새 모습도 같고 벌레와도 흡사하게 그렸으니 본시 조금이
라도 독서기(讀書氣)가 없다면 바라보고 알기를 오얏같이 여기겠
다"[180]며 이 그림은 형사보다 우의성(寓意性)을 살린 문인화임을 설
파했다. 그 숨은 뜻을 간파한 유득공의 이러한 평에 이덕무도 "書生
의 筆意는 보통 사람과 달라 약간의 寓意가 있음을 그대는 벌써 알아
차렸네"[181]라고 하며 반색을 표했다. 사실 초정도 이러한 우의를 보
지 못한 것은 아니었다. "사회적으로 천시받으면서 소박하게 물러나

177) 《楚亭全書》上, p.300, 〈張平山神將龍馬圖歌〉. "畵壽元知五百年, 作歌付與兒孫
傳."
178) 《楚亭全書》上, p.115, "東方慧眼靑莊氏, 畵鳥偏能畵鳥技. 奚兒欲捕婦人疑, 鉗紙
明窓一菀爾."
179) 《楚亭全書》上, p.118, 〈附炯菴次韻〉. "頭如顆蒜眼劈椒, 唶唶嘖嘖活紙裏. 伊今鑑
賞舍君誰, 果然透得畵外旨."
180) 《楚亭全書》上, p.119, 〈附冷菴次韻〉. "大抵其畵非不工, 鳥與鳥同蟲卽似. 元無半
點讀書氣, 望而知之如苦李."
181) 《楚亭全書》上, p.118, 〈附炯菴次韻〉. "書生筆氣常人殊, 略寓微情君能揣."

앉을 수밖에 없는 서얼의 상징물로 형상화된"[182) 이 새를 "쪼지 않아도 울지 않아도 누가 알아주랴"라고 하면서, "강남의 雲木처럼 서식할 곳이 없어 깃털과 날개가 다 빠지고 꺾여 갈 길이 막힌"[183) 것으로 묘사하여, 이덕무 자신을 이 같은 참새의 신세에 투사시키고 있음을 초정 역시 모르지 않았던 것이다. 요컨대 이덕무의 그림은 형사와 사의가 완벽하게 결합된 형태로 볼 수 있는바, 이를 간파하고 적절하게 평가한 초정의 회화관도 같은 맥락에서 이해할 수 있을 것으로 생각한다.

이 점은 〈夏太常墨竹歌〉에서도 나타난다. 그림이 너무도 핍진하여 그림 속의 대나무로 하여금 바람이 스스로 불고 있음을 느끼게 하고, 소용돌이치며 일렁이는 물결로 정적을 깨뜨리며, 문득 서늘한 기운을 느껴 옷깃을 여미게 한다는 묘사는, 기교를 중시하는 형사의 화법이 아니고서는 도저히 도달할 수 없는 경지인 것이다. 하지만 이 그림의 작자는 명(明)의 문인화가인데, 그 문필의 기세가 구양수(歐陽修)처럼 당당하다고 한다. 따라서 "대나무를 그리는 것은 원래 讀書氣에서 나오는 것, 공은 더욱이 고아하여 속세의 티끌이 없다"[184)고 하였다. 이처럼 글을 많이 읽고, 여러 학자와 가까이 사귈 경우 필력에 도움이 될 수 있음을 토로함으로써, 결과적으로 초정은 다시 형사와 사의의 유기적인 결합을 말하고 있는 셈이다.

초정의 안목에 형사와 사의의 화법(畵法)이 절충되어 있듯이, 그의 시 또한 유한한 물상(物象)에 대한 구체적이고도 핍진한 묘사를 통하

---

182) 김순애, 앞의 글, p.76 참조.

183) 《楚亭全書》上, p.115, 〈李懋官鐵脚圖歌次薑山〉. "不啄不鳴誰知者, 今世人無師曠耳. 江南雲木恨未棲, 羽毛摧頹阻千里."

184) 《楚亭全書》上, p.302, 〈夏太常墨竹歌〉. "不見圖中竹, 焉知風之自. 湍水激其左, 泠泠非靜意. 便覺微凉動衣襟, (……) 盛名不落湖州後, 震川文筆如歐陽. (……) 畵竹元從讀書來, 公尤爾雅無塵埃."

여 무한한 '의'(意)를 표현하는 경우가 대부분이다. 물론 이 화법을 그대로 시에 적용하는 것은 무리겠지만, 시가 주로 구체적인 '상'(象)으로 추상적인 '意'를 표출한다는 의미에서 볼 때, 또한 이덕무의 말처럼 '사'(事) 또는 '意'와 '경'(景)이 어느 한쪽에 치우치지도 않되 양자가 적절하게 융합되어야 한다는 '사경론'(事景論)[185]의 시각에서 볼 때, 시와 회화가 지니고 있는 비슷한 일면을 어느 정도 찾아볼 수 있는 것이다. 특히 회화적인 시는 대상의 시각화로 의경을 표출한다는 점에서 그림과 비슷한 모습을 더욱 잘 보여준다고 하겠다.

ⓒ 意匠

의장(意匠)이란 용어는 〈盧洲雪雁圖歌〉에서 언급되고 있다.

(……)

捕雁畵雁眞癡人,　　기러기 잡아 그리는 사람 진정 어리석다
何必迫視知其然.　　꼭 닥쳐 보아야 그 모습 알 수 있을까.
縱橫百出態各殊,　　종횡으로 갖가지 모습 백태를 이루는데
不知意匠窮何邊.[186]　의장 알지 못하고 어찌 다함 이룰 손가.

(……)

여기서 의장의 사전적 의미는 구상·창안·고안 등이라고 하겠으나, 사물이 때로 온갖 모습으로 변하는 도리를 알아야만 그림에 신들린 듯 그 다함을 이룰 수 있다고 한 것을 보았을 때, 초정은 의장에 터득의 뜻을 덧붙이고 있다고 하겠다. 본래 터득이란 대상을 일정 기간 자세히 관찰하다가 문득 얻게 되는 사물의 오묘한 이치에 대한 깨

---

185) 윤기홍, 앞의 글, p.135 참조.
186) 《楚亭全書》上, p.304, 〈盧洲雪雁圖歌〉.

달음을 말한다. 기러기를 잡아 눈앞에 놓고 아무리 많이 그려보아도 (물론 이와 같은 형사적 연습 과정이 필요치 않은 것은 아니겠지만) 하늘에서 찬란한 햇빛의 조화 속에서 여러 자태로, 여러 빛깔로 나타나는 기러기의 모습은 결코 그려낼 수 없을 것이다. 바로 연암이 비슷한 관점에서 까마귀의 색상이 수시로 변하고 있음을 간파한 것과 같은 맥락이다. 오로지 실제 자연 상태에서 다각도로 자세하게 관찰하고 터득할 수 있어야만, 곧 의장의 도움을 받을 수 있어야만 이 모든 것이 가능한 것이다.

이 점에 관해 유득공도 "참새를 그리려면 그것의 습성을 알아야 한다"고 하면서, "봄의 참새는 꼬리를 쳐들고 높이 날지만 겨울의 참새는 몸을 웅크린다"고 하여,[187] 달라진 환경에서 사물이 보여주는 갖가지 모습을 터득하는 것이 그림을 그리거나 시를 쓰기 위한 선행 조건임을 제시하고 있다. 즉 의장이 구비된 뒤 곧바로 붓을 대어야 화폭 위에 형태가 이루어진다는 것이다. 이는 "대나무를 그리려면 반드시 가슴속에 먼저 대나무를 이루어 얻은 다음 붓을 들어 화면을 숙시(熟視)하다가 그 그리고자 하는 바를 발견했을 때 급히 일어나 이를 쫓아 붓을 휘둘러 곧바로 이루어 내야 한다"[188]는 소식의 회화 작법과 매우 비슷하다고 할 수 있다. 물론 이런 수준에까지 이르는 데는 거듭되는 실천의 과정, 곧 경험의 누적이 필수적임은 자명하다.

한편 초정은 의장의 개념을 회화 비평의 기준으로 삼기도 한다. 그는 〈題崔景俌竹樓圖卷〉[189]에서 지산 송보순(芝山 宋保醇)과 양봉 나빙

---

187) 《楚亭全書》 上, p.119, 〈附冷菴次韻〉. "畵雀先須講雀理, 春雀翹翹冬雀團."

188) 《蘇東坡集》 前集, 卷三十二, 〈文與可畵簹谷偃竹記〉 《中國美學史資料選編》 上, p.370). "故畵竹必先得成竹於胸中, 執筆熟視, 乃見其所欲畵者, 急起從之, 振筆直遂, 以追其所見, 如兎起鶻落, 少縱則逝矣."

189) 《楚亭全書》 上, p.353, 〈題崔景俌竹樓圖卷〉. "崔君擬竹樓, 畵圖供把玩. 芝山及兩峯, 意匠悉爛熳."

의 그림은 의장이 모두 무르익었다고 평하고 있다. 초정에게 의장론이
란 그 사물의 형태가 지닌 생명감과 그것이 여러 여건 아래 가능한 변
모 양상을 예상하고 터득한 상태를 뜻한다. 이런 견지에서 의장은 그
림의 형사와 관련된다고 할 수 있고, 따라서 그림을 그리는 이는 의장
을 확보한 뒤에야 소재를 마주하여 일필휘지로 자신의 의경을 마음껏
그려내고 훌륭한 그림을 이루어 낼 수 있다. 이로써 여기서도 형사와
사의의 통일이라는 초정의 조형관을 엿볼 수 있다. 다음은 의장에 대
한 초정의 부연설명이라 할 수 있다.

　세상의 그림이라는 것은 왕왕 模寫하여 眞品을 어지럽힌다. 또 그것이
관습이 되어 속되고 진부해져 가소롭기만 하다. 심지어는 서로 비슷한
것을 꺼려서 인물의 위치를 바꾸어 변화시키기도 한다. 하지만 여덟 사
람의 모양은 비록 다르나 정신은 一人과 같다.

　나무에 모여 앉은 새들은 서로 비슷한 모습을 하고 있지만, 천천히 자
세히 관찰하면 갖가지 모양이 백태를 이루고 있는데, 이는 자연에서 얻
어진 것임을 알 수 있다. 그것을 평범한 자는 여러 색으로 다르게 그리려
하고 온갖 모양으로 특이하게 표현하려 하니 열 마리의 새를 다 그리기
도 전에 재주가 바닥을 보일 것이다.

　이 그림을 보는 사람들이 내가 한 말을 염두에 두고 진짜와 가짜, 雅
와 俗, 古와 今을 감별한다면 반드시 마음으로 시원하게 깨우쳐서 한바
탕 호쾌하게 웃어버리는 일이 있을 것이다.

　이로부터 출발한다면 무릇 神鬼, 鳥獸, 蟲魚, 花卉와 山水, 雲煙, 陰晴,
朝暮, 사계절의 변화에 이르기까지 그 시종을 유추해서 부연할 수 있으
니, 筆力은 최고의 경지에 도달하게 되어 文章과 그림은 이로써 족할 것
이다.[190]

비슷한 것을 꺼려서 그 위치를 바꾸어 놓지만 정신은 여전히 한 사람과 같다고 한다. 부단한 변화 속에서 활동하는 인간의 각양각색의 모습을 얻지 못했기 때문이다. 새의 모습도 마찬가지이다. 일반적인 사람은 형형색색, 곧 모양과 색깔로만 다르게 그릴 수밖에 없으니 그 많은 새들 가운데 열 마리 정도만을 그리는 데 그치게 되고, 이른바 기예는 이를 끝으로 궁해지고 만다고 하였다. 반대로 슬기로운 자는 새의 온갖 모습이 천연으로 이루어졌음을 터득하는 등 하나를 배우면 열을 아는 지혜로[觸類而伸之] 시문이나 그림을 마주하게 될 터이니, 그 결과 그의 재주는 남김없이 발휘되고 작품은 뛰어나게 될 것이다.

초정의 이 글은 아예 시문과 그림을 통틀어 이야기함으로써 의장이 시화(詩畵) 모두에 통용됨을 한층 깊이 있게 설명하고 있다. 초정은 〈雅亭集序〉에서 형암의 시를 "意匠이 峭屈하다"[191]고 평가하는 등, 의장이라는 개념을 직접 시평에 사용하기도 한다.

　　㉣ 生趣와 氣韻生動

일반적으로 생동하고 살아 있는 시, 참신하고 산뜻한 시를 생취가 넘치는 시라고 할 수 있다. 위에서도 언급했지만, 초정은 시를 '情'·'聲'·'字'의 유기적 결합 관계로 파악하면서도 '聲'이 '字'를 떠나면 시의 생취가 고갈된다고 하여 '聲'의 중요성을 특히 강조했다.

---

190)《楚亭全書》中, pp.124~125,〈飮中八仙圖序〉. "世之畫者, 往往以臨摹亂眞, 習與成俗, 陳腐可笑. 甚或嫌其相類, 易實而更變之. 八人之面目雖殊, 神情則一人而止耳. 夫鳥集于木, 至相類也. 徐而察之, 態萬不同者, 得乎天也. 乃庸師者, 欲以色色而分之, 形形而異之, 不出十鳥, 而巧窮矣. 讀此畫者, 持吾說而求之, 其於眞贗·雅俗·古今之鑒別, 必有脫然而神悟, 冷然而解頤者矣. 自茲以往, 凡神鬼·鳥獸·蟲魚·花卉與夫山水·雲烟·陰晴·朝暮·四時變化之端倪, 可以觸類而伸之, 則筆墨之能事畢, 而文章繪素之觀止矣. 請書此, 以語世之深於畫者質焉."

191)《楚亭全書》中, p.129,〈雅亭集序〉. "懋官最不喜爲詩, 所選不滿一卷. 然其意匠峭屈, 格律精嚴, 毋雷同, 毋武斷, 以不襲不剽爲歸趣."

'聲'과 '字'의 관계에서, '字'가 시의 형체라면 '聲'은 형체를 살아 움직이게 하는 생명력이라고 할 수 있다. 즉 '聲'이 있어야 생취가 있게 되고 생취를 담아야 '聲'이 살아나는 것이다. 여기서 생취는 '살아 있는 맛', '생생한 맛' 등으로 풀어 볼 수 있다.[192] 말하자면 살아 움직이는 삶의 소리나 자연의 소리를 뜻한다고 하겠다. 이는 초정이 〈祭李士敬文〉에서 "시는 活을 싫어하지 않으니 마치 쟁반에 수은이 구르듯 해야 하고, 시는 新을 싫어하지 않으니 마치 염료가 초를 만나듯 해야 한다"[193]고 언급한 것과 같은 맥락일 것이다. 이때 '活'은 활기 있고 생동하는 상태를 의미하고, '新'은 참신하고 산뜻한 느낌을 뜻하는 것으로 보인다.

같은 이치로 사람들은 활기 있고 생동하는 산뜻한 그림을 선호할 것이다. 초정의 〈飮中八仙圖序〉는 간접적으로 이와 같은 생취론(生趣論)을 펴고 있다.

이 그림을 보면 인물의 크기가 겨우 손가락만 하다. 하지만 술이 거나하여 눈을 게슴츠레 뜬 모습, 만취하여 거꾸러진 모습, 소리쳐 술을 찾아 잔을 잡고 있는 모습 등 자유자재 각양각색으로 연출되고 있다. 누각·계곡·초목·의상·관·신·평상·안궤·필묵·祭器도 온통 취기에 젖어 있다.

그래서 법도나 지키는 세상 저편에 살면서 불로 익힌 음식을 먹지 않는 선계의 천연스런 분위기가 절로 살아 있다. 역력한 그 모습에서 손으로 더듬으면 이름을 주울 수 있고 냄새를 맡으면 그 성정을 얻을 수 있을 것 같다. 단지 눈썹과 눈, 수염과 머리털뿐 아니라 늙음과 젊음, 검은 얼굴과 흰 얼굴, 큰 키와 작은 키, 살찐 사람과 마른 사람, 앉은 사람과

---

192) 최신호, 앞의 글, p.2 참조.
193) 《楚亭全書》中, p.355, 〈祭李士敬文〉. "詩不厭活, 如汞走盤. 詩不厭新, 如染遇酸."

누운 사람, 움직이는 사람과 서 있는 사람, 그리고 말하고 침묵하고, 졸거나 깨어 있는 모습도 같지 않다.[194)]

〈飮中八仙圖〉는 두보의 시 〈飮中八仙歌〉에 나오는 하지장(賀知章), 여양왕 이진(汝陽王 李璡), 이적지(李適之), 최종지(崔宗之), 소진(蘇晉), 이백(李白), 장욱(張旭), 초수(焦遂)[195)] 등 8인을 소재로 어떤 호사가가 그린 그림이다. 위의 글은 왕의 명을 받고 쓴 이 그림의 서(序)의 일부로서, 인물들이 살아 움직이는 듯한 생생한 모습을 글로 표현한 대목이다.

이 시점에서 '육법'(六法)[196)]의 기운생동(氣韻生動)을 언급하지 않을 수 없다. 육법은 남제(南齊)의 사혁(謝赫)이 처음 거론한 것이지만, 고개지(顧愷之)의 화론 가운데 육법의 원형이 갖추어져 있었던 것을 볼 때 당시에 이미 존재했던 화론(畫論)이었다고 할 수 있다. 하지만 이해하기 어려운 관념적인 내용을 간단명료한 체계로 정리해 내어 중국 화론의 기초를 정립한 것은 사혁의 공헌이 아닐 수 없다. 육법 가운데 으뜸으로 중요시되고 있는 기운생동은 바로 고개지의 전신(傳神)을 좀더 구체적으로 심화한 것이다. 즉 '氣'와 '韻'은 모두가 '神'에 대한 분석적인 설명으로, '神'의 일면을 나타낸다. 그러므로 '氣'는 항상 '신기'(神氣)라 일컬어지고, '韻' 또한 '신운'(神韻)이라 일컬어진다.

---

194) 《楚亭全書》中, p.123, 〈飮中八仙圖序〉. "今觀此圖, 人物之大, 僅如一指. 而睡睺酣酊, 顚倒淋漓, 呼觴把杯之狀, 縱橫百出. 以至樓臺·澗溪·草木·衣裳·冠履·壯几·筆墨·彝鼎之屬, 黯然皆有酒氣. 蹊逕之外, 又自有一種天然不食烟火之意歷歷焉. 捫之而拾其姓名, 嗅之而得其性情. 不獨其眉眼·鬚髮, 老少·黯晳·長短·肥瘦·坐臥·行立·語默·眠寤之不同而已也."

195) 淸, 陽湖 楊倫 編輯, 《杜詩鏡銓》(臺北 : 華正書局, 1993), p.16, 〈飮中八仙歌〉 참조.

196) 南齊, 謝赫, 《古畫品錄》《中國美術史資料選編》上, p.195). "六法者何? 一氣韻生動是也, 二骨法用筆是也, 三應物象形是也, 四隨類傳彩是也, 五經營位置是也, 六傳移模寫是也."

그림에는 두 가지 고명한 방법이 있는데, 그 가운데 하나가 생동을 뜻하는 '活'이다.[197] 따라서 생동은 생기(生氣)의 약동으로 해석할 수 있다. 이런 견지에서 위의 글을 살펴보면, 직접 그림을 보지 않더라도 문자를 통한 묘사만으로 짙은 신선의 정취를 맡을 수 있을 듯하다. 누각이며 계곡에까지 술 냄새가 퍼져 있다고 한 것은 위에서 말한 기운(氣韻)이 표출된 것을 나타내는 말로 생각된다. 그리고 손으로 만지면 이름을 주울 수 있고 코로 냄새를 맡으면 성정(性情)을 얻을 수 있다고 한 것은 그림 안의 인물들 각자의 개성이 뚜렷하게 그려져 있음을 뜻하는 것으로서 역시 생동을 기한 것이라고 볼 수 있다. 여기서 초정은 비록 '기운생동'이란 용어를 쓰지는 않았지만 그림이 이에 해당하리라 내심 여겼을 것이 틀림없다. 또한 그는 화가의 예리한 안목으로 그림에 보이지 않는 '神'의 부분까지 읽어냈던 것이다. 요컨대 초정의 시론에서 언급된 생취도 결국 기운생동과 거의 같은 차원에서 거론된 것이라고 생각한다.

이상의 고찰을 통해 초정의 시론과 화론이 갖는 비슷한 면모를 어느 정도 감지할 수 있을 것이다. 나아가 초정은 시를 통해 이러한 시화일치의 성향을 직접 드러내기도 한다.

① 窪隆起伏不可際,　　어디가 움푹한지 오목한지 끝을 모르겠고
　　此意畵師誰相契.[198]　이 뜻 화공 중에 누구와 서로 통할까.

② 蟲魚辨字部,　　蟲魚로 글자를 변별하거니
　　山水披畵帙.[199]　산과 강엔 화첩을 입혔네.

---

197) 徐復觀, 앞의 책, p.220 참조.
198) 《楚亭全書》上, p.30, 〈白蓮峯早朝賞雪〉.
199) 《楚亭全書》上, p.113, 〈夜宿薑山十首〉(8).

③ 事皆存畵意,   사물은 모두 화의를 지니고
　語輒帶書香.[200]   말은 가끔 글 향기 풍기누나.

④ 孤烟淡著天邊樹,   한줄기 연기 하늘가 나무 위로 오르고
　微月平分畵裏山.[201] 희미한 달빛은 그림 속의 산을 갈라놨네.

⑤ 裸樹俱含豳畵意,   나무는 모두 빈풍의 畵意를 머금고
　百蟲皆作楚騷音.[202] 百蟲은 죄다 초사의 노래를 부르네.

⑥ 寧知有聲畵堪傳,   차라리 소리 있는 그림으로 전함은 괜찮아도
　並與無絃琴不置.[203] 줄이 없는 거문고와는 함께 놓을 수 없네.

⑦ 那堪夷樹堂前夕,   어찌 이수당 앞의 이 저녁을 견뎌내리오
　畵意詩情摠斷魂.[204] 화의와 시정에 온통 넋이 빠질 듯하네.

　①은 눈이 하얗게 내려 아름다운 세계가 새로 창조된 듯한 모습을
화공과 함께 그리고자 하는 심사를 표출함으로써 시와 그림은 다 같
이 미적인 것을 숭상함을 보여준 것이고, ②, ④, ⑤는 벌레와 고기 따
위로 글자를 변별하는 방법으로 상형자(象形字)의 의미를 되새기는
동시에, 산수초목(山水草木) 그 자체가 바로 그림임을 밝혀 시와 회화
의 소재가 같다는 이치를 시화(詩化)한 것이다. ③의 '사물은 모두 그

200) 《楚亭全書》上, p.325, 〈寄王萍溪秀才, 萍溪爲余未面, 而刻寄姓名, 表德二小印,
　　求余書扇, 後定交於兩峰畵所三首〉(2).
201) 《楚亭全書》上, p.342, 〈次李參奉箕元子範途中〉.
202) 《楚亭全書》上, p.387, 〈與靑城集秘閣四首〉(3).
203) 《楚亭全書》上, p.489, 〈次去年虜進韻示冷齋二首〉(2).
204) 《楚亭全書》上, p.107, 〈夷樹堂夕思二首〉(1).

림의 뜻을 갖고 있다'라는 구절은 하늘과 땅 사이에 가득 찬 것이 모
두 시라는 말과 궤를 같이하는 뜻으로 이해할 수 있다. ⑥의 소리 있
는 그림이란 바로 시를 가리키는바, 그것이 오늘날의 영상과도 같은
그림임을 시사하여 시와 그림의 결합이 훌륭한 방도임을 말해 준다.
⑦은 시의 정감과 그림의 뜻이 시인의 넋을 사로잡고 있음을 토로함
으로써, 시와 그림 모두가 그토록 매력적이고 인간의 성정에 영향을
주는 것임을 보여준다.

　요컨대 '시화일치'는 동양문학의 바탕이라고 이해할 수 있다. 초정
은 이를 시화일치론으로 확장시키고자 했던바, 시와 그림의 접합을
시도한 흔적을 곳곳에 남기고 있다. 물론 이 점은 그림을 모르면 '文'
을 모른다고 한 연암 계열의 공통된 문예관이기는 하지만, 초정은 더
욱 구체적으로 시화일치론을 펴고 있다. 이는 그가 그림에 조예가 깊
고 현재까지 전해지는 제화시나 그림이 이들 가운데서도 가장 많다는
사실과 관련이 있을 것이다. 그리고 겉으로는 그림을 하찮은 것으로
여기는 듯하면서도 동료들보다 더욱 그림에 주목한 사실에서 그의 남
다른 열린 사유와 독특한 심미적 안목을 엿볼 수 있다.

　시와 그림은 그 소재가 같을뿐더러, 인간의 본원적인 천성인 천기
(天機)를 활발히 한다는 점에서도 크게 다르지 않다. 여기서 천기를
활발히 한다는 것은 역시 마음을 도야하고 슬기를 돕는다는 의미로
이해할 수 있는 것으로, 곧 미적 관조나 미적 향수에도 해당한다고
하겠다.

　형사와 사의의 통일은 초정의 회화관의 핵심으로서, 바로 시화일치
를 겨냥한 이론이다. 물론 형사와 사의의 통일과 시화일치가 직접 대
등한 관계를 이룬다고 파악하기에는 무리인 듯싶지만, 그림에서 '形'과
'意'의 결합을 주목하듯이 시에서도 '意'와 '象'의 융합에 유의한다는 의

미에서 양자의 긴밀한 관계를 이해해야 할 것이다. 말하자면 그림에서의 형사와 사의의 통일은 곧 시에서의 구체적이고 사실적인 시각적 표상을 통한 '意' 또는 의경(意境)의 표현과 궤를 같이한다고 하겠다.

의장(意匠)은 본래 형식과 내용에 대한 구상, 고안 등을 말하는 것이었으나, 초정은 이를 대상에 대한 다각적인 관찰과 터득으로 이해하는 것 같다. 즉 수시로 변화하는 사물의 온갖 모습을 잘 포착해야만 대상을 잘 그려낼 수 있다는 논리이다. 초정은 이러한 작법을 시를 짓는 데 직접 적용함으로써, 창작방법론에서도 시와 그림이 역시 근사(近似)하다는 것을 시사한다.

그리고 생동하고 살아 있는 시, 참신하고 산뜻한 시를 생취가 넘치는 시라고 할 때, 손으로 더듬으면 이름을 주울 듯하고 냄새를 맡으면 그 성정을 느낄 듯한 그림 또한 생취가 넘치는 그림이라 할 수 있을 것이다. 이는 결국 그림의 '기운생동'과 다를 바 없는 것이다.

제 4 장

詩作의 분석—詩論의 실제

지금까지 초정의 심미의식과 시론의 여러 측면을 살펴보았다. 심미의식에서는 미적 향수와 판단을 거론하였는데, 이때 후자의 결과로서 나타나는 것이 바로 시론과 시작품이라 할 것이다. 초정의 미적 판단에 따르면, 고동서화(古董書畵)와 푸른 산과 흰 구름 및 이를 시로 표현한 좋은 작품은 모두 아름다운 것으로, 인간은 이런 성공적인 문학과 예술품으로 성정을 순화하고 천기(天機)를 활발히 하며 슬기를 돕는다는 것이다. 이런 문예는 또 일정한 이론을 바탕으로 하여 산출되는바, 초정은 자신의 미의식의 기준에 따라 시미론(詩味論), 제론(際論), 성자일치론(聲字一致論), 시화일치론(詩畵一致論) 등 시 창작의 여러 원리와 방법론을 제시하였다.

시미론에서는 시가 '味'(美)를 갖추어야 하되 문인의 독특한 개성을 전제로 하여 지극한 맛을 보장해야 한다는 백미관(百味觀)을 천명하였고, 제론에서는 문인이 자연과 경계에서 마주할 때, 특히 자연과 혼연일체가 되는 경지에 이를 때 비로소 자연의 삼라만상을 잘 관찰하고 터득할 수 있다는 창작 원리를 제시했다. 한편 성자일치론에서는 정감·리듬·생동·활기 등 여러 요소를 내포하고 있는 '聲'이 '字'와 잘 합쳐져야만 생취(生趣)가 넘치는 훌륭한 시가 창작될 수 있다고 하였다. 시화일치론에서는 창작 소재, 창작 과정, 의경(意境)의 표출 및 작용 등 시와 그림이 지닌 공통성을 논하였던바, 주로 시청각적인 표현 효과를 노린다는 점에서 시와 그림이 서로 통한다는 사실이 주목된다.

시 작품을 분석하기 위한 전 단계로 초정이 펼쳐온 시론의 여러 측면들을 간단히 되새겨 보았으므로, 이제는 초정의 시 작품들을 본격적으로 살펴볼 차례이다. 먼저 시미론의 관점에서 미외미(味外味), 곧 신운풍(神韻風)의 시를 분석하고자 한다. 그리고 제론의 시각에서는 초예풍(超詣風)의 시, 성자일치론과 시화일치론의 견지에서는 생취적 '味'의 시와 회화적(繪畫的) '味'의 시를 각각 다루고자 한다. 시를 이처럼 나누어 분석하는 것은 그 시가 각각 상응하는 시론에만 속하기 때문이 아니다. 한 편의 시작(詩作) 과정과 작품에는 시론의 여러 측면들이 상당 부분 포함될 수도 있고, 일부만 포함될 수도 있다. 다만 그 가운데 어느 한 측면이 차지하는 비중이 상대적으로 더 클 수 있을 뿐이다. 아울러 서술과 이해의 편의를 위하여 시론의 여러 측면들을 근거로 작품들을 분류하고 분석할 따름이다. 그러므로 해당 관점에 따른 분석에 주로 치중하되, 경우에 따라 다양한 시각을 적용하는 것도 배제하지 않음을 밝혀둔다.

1. 神韻的 風

전종서(錢鍾書)는 《管錐編》에서 '神韻'을 다음과 같이 해석했다. 먼저 회화에서 경물(景物)을 그릴 때 자세함과 공교함을 숭상하지 않고,

시가 성정(性情)을 표출할 때 상세하게 다 드러내는 것을 중히 여기지 않으며, 그대로 여지를 남겨 두어 자세히 음미할 수 있도록 해야 한다고 했다. 따라서 묘사된 경물에서 묘사되지 않은 경물을 연상할 수 있도록, 그리고 이미 드러난 사실에서 드러나지 않은 사실을 감지할 수 있도록 해야 하는 것이다. 이처럼 '象'의 밖에서 취하고 언어라는 표층에서 터득함을 '韻'이라고 했다. 그리고 이른바 '象 밖에서 취한다'(取之象外), '함축'(含蓄), '景 밖의 景'(景外之景), '여운의 기이한 맛'(餘音異味) 등은 그 지칭은 달라도 결국 같은 것들이라 한 뒤, '神韻'이란 정감이 언어의 구속을 받지 않고 '景物'이 흔적을 드러내지 않는 것으로서, 표층에 숨어 있는 심층의 의미를 마음으로 헤아리는 것과 다르지 않다고 하였다.[1]

이를 바탕으로 신운(神韻)의 특징을 '영양의 뿔이 나무에 걸려 흔적을 찾을 수 없다'(羚羊掛角, 無跡可求), '공중의 소리'(空中之音), '물 속의 달'(水中之月), '거울 속의 모양'(鏡中之象), '말은 끝나도 뜻은 무궁하다'(言有盡而意無窮)[2] 등의 의미로 이해할 수 있다. 이 밖에도 신운은 '청원'(淸遠), '돈오'(頓悟), '묘오'(妙悟), '미외미'(味外味), '자연스러워야지 억지로 둘러맞추지 않는다'(天然不可湊泊), '글자 하나 이용하지 않고 풍류를 얻는다'(不著一字, 盡得風流), '시 속에 그림이 있다'(詩中有畫) 등으로 표현되고 있는데,[3] 이들 표현 역시 위에서 말한 전

---

1) 錢鍾書, 《管錐編》(第四冊, 北京 : 中華書局, 1994.) pp.1358~1359. "嚴羽〈滄浪詩話〉稱 '詩之有神韻者' : '如水中之月, 鏡中之象, 言有盡而意無窮.' 東坡云 : '言有盡而意無窮, 天下之至言也.' 綜會諸說, 刊華落實, 則是 : 畫之寫景物, 不尙工細 ; 詩之道情性, 不貴詳盡, 皆須留有余地, 耐人玩味, 俾由其所寫之景物而冥觀未寫之景物, 據其所道之情事而默識未道之情事. 取之象外, 得於言表, '韻'之謂也. 曰'取之象外', 曰'略於形色', 曰'隱', 曰'含蓄', 曰'景外之景', 曰'餘音異味', 說豎說橫, 百慮一致 (……) 宋人言'詩禪', 明人言'畫禪', 課虛叩寂, 張皇幽眇. 苟去其緣飾, 則'神韻'不外乎情事有不落言詮者, 景物有不着痕跡者, 祗隱約於紙上, 俾揣摩於心中."
2) 諸葛志, 《中國原創性美學》(上海 : 上海古籍出版社, 2000), p.271.

종서의 발언의 취지에서 크게 벗어나지 않는다고 하겠다. 이러한 관점에서도 볼 때 초정이 시미론에서 "대강 보면 그 정을 족히 얻을 수 없지만 자세히 음미하면 그 '味'가 끝이 없다"고 한 말은 '味外味', 곧 신운에 해당할 것이다. "보이지 않는 학이 서로 화답할 듯한" 시 역시 '공중의 소리', '물 속의 달', '영양의 뿌리가 나무에 걸려 흔적을 찾을 수 없다' 등의 참뜻을 지닌 것이라 생각된다.

앞서 살펴본 것처럼, 왕사정(王士禎)은 "味外味란 곧 自得한 것임을 안다"는 것이라고 했다. 이는 '味外味', 곧 '神韻'이 스스로 터득하는 것임을 말하는 셈이다. 또한 제론(際論)에서 '際'의 핵심이 '터득'이라는 것과도 관련 있을 것으로 본다. '味外味'를 아는 자가 바로 '묘오' (妙悟)에 능한 사람이며, 시를 짓는 데 신들린 듯한 달인임은 틀림없을 것이다. 이제 신운적 풍으로 평가될 수 있는 초정의 시를 살펴보도록 하자.

浮圖縹緲梵王宮,	불탑이 아득한 法天 왕궁엔
簷馬丁當積翠中.	풍경이 댕댕 푸른 기운 속에 울리네.
貝葉千篇散花雨,	천 편의 經文은 흩어진 꽃비라
茶聲一沸悟松風.	차 끓는 소리에 솔바람 깨달았네.
歸禽入遠無多點,	새들 자리에 들고자 점점이 사라지고
落日盈空摠是紅.	지는 해 저녁 하늘 붉게 물들이네.
坐久不知雲繞膝,	오래 앉아 무릎 위에 구름 낀 줄 모르는데
半根苔石數株楓[4]	이끼 긴 바위 곁에 단풍나무 몇 그루 서 있네.

---

3) 이경수, 〈漢詩四家의 王士禎 受容〉, 한국한시학회, 《한국한시문학》 1, 새문사, 1993. p.283 참조.

4) 《楚亭全書》 上, p.47, 〈法華庵〉.

위 작품은 청(淸)의 이조원(李調元)에게서 '청아탈속'(淸雅脫俗)이란
평을 받은 시다.[5] 그런 의미에서 탈속을 지향하는 초예풍(超詣風)의
시에도 해당된다고 할 수 있다. 시는 불교의 암자를 배경으로 그곳의
경관을 읊조리고 있다. 우선 암자에 대한 묘사로 시작한 시인은 불교
의 이른바 '신성한 경문'(經文)을 흩어진 꽃비에 견주고 있다. 여기서
패엽(貝葉)은 패다엽(貝多葉)을 가리킨다. 즉 인도의 다라수(多羅樹)
잎인데, 그 잎 위에 불경을 베껴 전했다는 사실에 착안하여 패엽이
불가의 경문을 뜻하도록 했고, 아울러 그것이 지닌 잎이라는 형태로
말미암아 꽃비와 같은 비유를 한 것 같다. 그리고 나서 이를 차 끓는
소리와 대구를 이루도록 함으로써 경문보다도 오히려 솔바람 소리를
깨우쳤다고 표현한다. 초정이 듣기에는 아마 차 끓는 소리와 솔바람
소리가 비슷했던 모양이다. 신운에서 돈오, 묘오로 나아가는 경지라
하겠다. 이어서 화자의 시선이 암자를 떠나 원경으로 옮겨간다. 보금
자리에 깃들고자 멀어져 가는 날짐승들은 점으로 변해 가고, 그 점
또한 점점 작아지며 사라지는 모습이 많은 여운을 남긴다. 이와는 대
조적으로 막 지는 해는 지평선과 가까울수록 더욱 커 보이고, 그 빛
은 더욱 짙어지며 온 하늘을 붉게 물들이고 있어 눈을 현혹한다. 회
화의 원근법도 적용된 셈이다. 이는 자연의 오묘한 이치에 대한 세부
적이고 사실적인 묘사로서, 섬세한 관찰의 결과라 하겠다.

특히 마지막 연은 탈속한 자연에 몰입된 경지에서 다시 자신으로
돌아온 상태를 재치 있게 표현했다. 단풍나무는 그 자체로 계절을 말
해주고 있다. 신운의 극치라 해도 과언이 아닌 작품이라 하겠다. 시인

---

5) 김무헌은 《箋註四家詩》(京城 : 翰南書林, 1917)에 실린 작품 가운데 이조원과 반
  정균(潘庭筠)에게서 호평을 받은 초정의 시들은 감정이 직서(直敍)되어 있지 않
  아 모두 신운풍의 시라고 하였다. 김무헌, 〈朴齊家詩解序〉, 《동방학지》 36, 37 합
  본호, 1983, p.76. 이하 두 사람의 평은 같은 글에서 인용한 것이다.

은 사찰보다도 그 주변의 자연의 오묘한 조화에 더욱 주목한 것이다.

醇醪合使薄夫寬,	진국술은 박정한 이도 너그럽게 하고
久客翻爲破涕歡.	오랜 나그네 울다가 되려 기뻐 웃겠네.
猶有書香留信宿,	오히려 책 향기 있어 이틀을 머무니
居然野色染衣冠.	어느덧 들 색이 의관에 물들었네.
多聲木葉流霜白,	버석버석 나뭇잎엔 하얀 서리 흐르고
未曙茅茨澹月寒.	으슴푸레 초가집 달빛이 차가웁다.
荳殼禾叢離別後,	콩깍지며 벼 포기를 작별하고 떠난 뒤에
不知何日夢中看.[6]	어느 날 꿈속에서 다시 볼지 모르겠네.

이조원이 '好句如仙'이라 평한 시다. 화자는 시골 사람들과 이별주
를 마시면서 이들만의 특유한 온정을 만끽한다. 물론 술도 좋겠으나
이들의 순박하고 선한 마음이 더욱 좋다. 아니 그보다도 사람이 좋아
술이 더욱 좋은 것이다. 그래서 그 술을 마시면 박정한 성정이 너그
러워지고 슬픔이 기쁨으로 바뀐다. 책 향기가 있다고 한 것은 글을
읽고 아는 사람들이 있음을 뜻하는바, 원래 독서를 좋아하는 화자가
이른바 책의 향내가 풍기는 유혹을 물리칠 수 없음은 당연하다고 하
겠다. 하지만 이는 선비로서 갖는 본능일 뿐, 자연에 심취하기를 즐기
는 화자의 참뜻은 나뭇잎, 흰 서리, 달빛 등 자연의 빛을 좋아해서 머
물고 싶었던 것에 있었을 것이다. 말하자면 책의 향기가 건네는 유혹
에 머물기는 했으나 그것을 맛보기도 전에 자연의 빛이 먼저 자신을
반기었다 함이니, 이로써 말 바깥의 뜻을 헤아려 볼 수 있을 것이다.
운치 있는 표현이다.

---

6) 《四家詩選》, p.215, 〈村人携酒來別〉.

낙엽이 지는 소리와 낙엽에 내려앉은 하얀 서리를 묘사하면서 소리와 회화적 감각을 통합시킨 점이 절묘하다. 아울러 서리란 내리기 전에는 육안으로 볼 수 없고 내린 다음에는 그 움직임을 볼 수 없지만, 생취를 살리고자 이를 '流'로 묘사한 점이 슬기롭다. 이 또한 추상적인 과정을 구체적인 장면으로 묘사하여 회화적 감각을 주는데, 사실 실제 그림으로도 표현하기 어려울 듯한 부분을 시로 나타낸 것이라 해도 지나치지 않다. 차갑고 담담한 달빛이 아담한 초가를 비춘다는 표현은 흡사 정든 고향을 떠나기 아쉬워하는 화자의 마음을 농축하여 말해주는 듯싶다. 시골의 후한 인정을 피부로 느끼며 어느덧 시골의 멋이 밴 시인은 꿈속에서나 다시 이곳에 올 수 있을까 하는 미련을 남기고 떠난다. 여운을 남겨주는 시라 하겠다.

遠樹團圓綠,	먼 나무들 둥그렇게 푸른데
游烟映帶遲.	실연기 고요히 띠처럼 감겼네.
孤吟吾盡日,	해 저물도록 외로이 시를 읊노니
相命鳥欣時.	새들 서로 부르며 때를 즐기누나.
照影水堪愛,	사랑스럽다 맑은 물 얼굴 비추고
聞香花最奇.	신기할사 꽃향기 맑게 풍겨오네.
平生此子意,	평생에 이 사람 소원하는 건
北壑置之宜.[7]	산골에서 뜻대로 살아감이라.

시는 우선 먼 곳의 푸른 나무와 안개가 감돌고 있는 선경(仙境) 같은 경지에서 종일토록 외로이 시를 읊고 있는 화자의 모습을 담고 있다. 이는 화자가 그러한 탈속의 경지에 깊이 매료되어 있음을 말해

---

7) 《楚亭全書》 上, p.39, 〈春集沈園六首〉(1).

준다. 먼 경치를 망라하고 있는 그는 약동하는 봄을 즐기며 지저귀는
새들, 거울처럼 환히 그림자를 비춰주는 맑은 물, 그리고 짙은 향기를
풍기며 만발한 꽃들이 한데 아우러진 선경에 몰입되어 있다. 이 또한
자연의 신기와 오묘함을 깨닫는 '際'의 과정이기도 하다. 화자에게 자
연의 천기(天機)는 그 자체로 사랑스럽고 기특한 것이다. 그래서 온종
일 경이롭고 기이한 자연 속에서 외로이 시를 읊으며, 평생 이 골짜
기에 뜻을 둠이 마땅하다고 고백한다. 그러나 사실 그의 외로움은 여
기에 있지 않았다. 그것은 사회적으로 소외된 계층에 속한 데서 오는
외로움이었고, 지기(知己)를 만날 수 없는 암울한 현실에 대한 고민이
었다. 그러므로 그는 늘 자연을 찾아 이러한 회포를 마치 친구를 대
하듯이 자연에 하소연했다. 그는 지금 자연과 함께 있기 때문에 이
시간만큼은 자연 속에서 외롭지 않다. 그래서 평생의 뜻을 이 골짜기
에 두어 '고음'(孤吟)을 고집하고자 한 것이다.

특히 이덕무(李德懋)가《청비록(淸脾錄)》에서 신운풍이 있다고 거
론한 3, 4구는 만물의 변화를 세밀하게 포착하여 천기를 드러내고 있
다는 점에서 주목할 만하다.[8] 형식은 물론 내용 면에서도 그러한데,
사회적인 존재이면서도 외로움을 느끼는 '나'의 처지와 순수한 자연의
한 족속인 새가 저들의 세상에서 마음껏 서로 노래를 부르며 즐기는
모습을 대조적으로 시화한 것이 '味外味'의 여운을 남긴다고 하겠다.

春山心所愛,	이 마음 봄 산을 사랑해
赴約不能遲.	약조한 시간 늦을 수 없네.
空翠人聲外,	사람들 소리 위로 푸른 기운 감돌고
生香花發時.	향기는 꽃 필 때 풍기는 법이라네.

---

8) 이경수, 앞의 글, p.291 참조. 참고로 이덕무가《청비록》4권 〈초정〉에서 거론한
   27연의 시를 이경수는 모두 신운풍의 시로 간주하고 있다(같은 글, p.288 참조).

陰晴如此適,　　　흐리고 맑은 것도 이처럼 알맞으니
品物自然奇.　　　만물은 자연히 奇妙하도다.
俯仰獨成趣,　　　고개를 숙이고 쳐들며 홀로 취미 되니
好風淸晝宜.[9)]　　佳景 구경은 맑은 날에 좋으리라.

　역시 《청비록》에서 거론된 시다. 시인이 마음속으로 사랑하는 봄의
경관은 어떠한 모습인가? 사람들의 담소가 여기저기 일고, 그 소리는
푸른 기운이 감도는 산과 들로 퍼진다. 산에는 갖가지 화초가 한창
필 때여서 짙은 향기를 물씬 풍긴다. 그리고 바로 꽃이 필 때 향기 또
한 짙게 풍김을 시인은 느낀다. 날씨가 이처럼 알맞게 흐리고 맑은
것도 자연 만물이 기이하게 생장할 수 있는 까닭임을 한층 깊이 터득
한 것이다. 이 시 역시 3, 4구가 여운을 남기는 신운의 경지라는 평가
를 받은 바 있는데, 돈오나 묘오에 해당할 것으로 본다.
　한편 초정의 이 시는 신운적이면서도 '奇'의 측면과 고독의 분위기
도 아울러 드러내고 있음을 감지할 수 있다. 이사경(李士敬)은 초정의
시가 '奇'를 추구한다고 비평한 바 있었고,[10)] 이덕무도 《청비록》에서
베낀 27연의 시를 "말은 기이하고 뜻은 장하다"(語奇思壯)라고 하여
'奇'의 측면을 강조한 바 있다(위의 시도 그 가운데 하나이다). 이 작품
역시 2연에 신운, 신기(新奇)의 측면이 함유되어 있음을 확인할 수 있
다. 그리고 날씨의 흐리고 맑음에 따라 이루어진 자연의 기이한 모습
에 끌려 굽어보고 우러러보며 홀로이 흥취를 이룬다고 한 것에서는
'奇'와 함께 '孤'의 요소가 나타난다고 하겠다. 따라서 이 시를 통해 시
인의 고고(孤高)와 과합(寡合)의 인격을 엿볼 수도 있을 것이다.

---

9) 《楚亭全書》上, p.40, 〈春集沈園六首〉(6).
10) 《楚亭全書》中, p.356, 〈祭李士敬文〉. "子謂余言, 無惑乎奇, 過奇不祥, 時運之衰"

地水俱纖竟是涯,　　　땅, 물 함께 가냘퍼져 마침내 끝이 나고
圓蒼所覆界如絲.　　　둥근 하늘 덮인 저 곳 경계선 실 날 같다.
浮生不翅微於粟,　　　이 뜬 인생 좁쌀만도 못한 존재 그뿐인데
坐念山枯石爛時.[11]　　앉아서 생각하느니 산 마르고 돌 썩을 때를.

　백운대의 절정에 오른 뒤 산 아래를 굽어보며 그 느낌을 적은 시라 하겠다. 초정은 같은 제목의 작품 첫 수에서 이미 절정에 오를 때의 아슬아슬한 광경을 읊은 바 있다. 즉 위에서 오르는 사람이 '나'의 머리를 밟은 듯하여 그의 발끝을 쳐다보며 올려다보니 위의 사람은 혹이 달린 듯하고, 고개를 돌려 아래를 굽어보니 눈이 아찔하다는 것이다.[12] 백운대의 높고 가파름을 말해주는 표현이라 할 수 있다. 한편 위의 시는 정상에 오른 시인이 조감도(鳥瞰圖)처럼 펼쳐진 풍경을 바라보며 느낀 바를 섬세하게 그려낸 작품이다. 땅과 물은 멀리 가늘어져 가다가 아득한 곳에서 끝이 난다. 그리고 푸른 하늘과 땅 사이의 '際'는 실오리처럼 거의 맞붙은 듯싶다. 사실 끝이 난 것도 아니고 맞붙은 것도 아니지만 우리의 육안으로는 그렇게 보인다. 이에 대해서는 같은 제목의 시의 첫 수에서도 "높은 곳에서는 먼 데가 잘 보여 큰 강도 머리카락같이 손가락 끝에 놓여 있다"(高處茫茫惟遠勢, 大江如髮指端橫)고 묘사하였다. 이는 물론 맑은 날을 전제로 해야 할 것으로, 신운 가운데 청원(淸遠)에 해당될 것이다.

　2연은 퍽 철리적(哲理的)인 맛을 풍긴다. 드넓은 땅이나 넓고 긴 강, 그리고 끝없이 공활한 푸른 하늘마저도 끝이 나고 실오리같이 보이는데, 그에 견주어 좁쌀만 하게 보이는 인간은 더욱 보잘 것 없는 존재인데도 산이 마르고 돌이 썩을 때를 생각한다고 했으니, 인간이 "관

---

11) 《楚亭全書》上, p.45, 〈登白雲臺絶頂三首〉(2).
12) 《楚亭全書》上, p.45, 〈登白雲臺絶頂三首〉(1). "人方履頂吾看趾, 仰似懸疣俯眩睛"

넘의 세계를 광활하게 보아 정신세계는 위대하다"[13])는 이치를 시사한
것으로 볼 수 있다. 역시 신운과 신기의 맛을 풍기는 시라 하겠다. 여
기서 신운은 유한한 물상(物象)으로 무한한 의경(意境) 또는 철리(哲
理)를 표출했다는 말이고, 신기는 그 '意'를 구사함이 새롭고 뜻밖이라
는 의미로 이해할 수 있다.

山麓皆明膩,   산기슭 온통 밝고 반짝이니

新晴倍日光.   새로 날 개어 햇살 한층 더하네.

遊絲尹水纈,   아지랑이는 물에 고루 무늬지고

紅雨合泥香.   꽃 빗물은 진흙에 어울려 향기 나네.

粒有蟲來議,   낟알엔 벌레들 몰려와 야단이고

巢看燕自量.   둥지에는 제비가 스스로 요량하네.

怡然觀物化,   즐거이 만물의 변화 관조하니

何用惜春忙.[14])   어찌 봄이 떠나감을 애석할까.

　위 시는 비가 그친 뒤 펼쳐진 맑은 봄날의 정경을 섬세한 필치로
그리고 있다. 방금 비에 씻긴 만물은 햇빛을 받아 더욱 반짝이고 싱싱
하다. 이를 지켜보고 있는 화자의 기분도 한결 상쾌했을 것이다. 7구
에서 즐겁게 만물의 변화를 관조한다고 한 것에서도 이러한 화자의
기분을 짐작할 수 있다. 《청비록》에서 거론했던 3, 4구는 만물의 변화
를 관조하고 그 오묘한 이치를 세밀하게 포착하여 표현한 신운 취향
의 구절이다.[15]) 특히 꽃을 씻어 땅을 적신 붉은 빗물이 진흙과 어우
러져 짙은 향기를 풍긴다고 표현한 부분은 그 시상이 독특하고 신기

---

13) 김무헌, 앞의 글, p.78 참조.

14) 《楚亭全書》上, p.49, 〈新晴次檆齋〉.

15) 이경수, 앞의 글, p.290 참조.

하여 신운에 신기까지 더해 준다고 하겠다.

이러한 자연의 조화(造化)는 참으로 미묘하다. 비가 그치자 벌레들도 먹을 것을 찾아 나와 낟알에 몰려드는데, 저들이 위기에 처한 줄도 모르고 먹을 것을 의논한다고 묘사한 것이 흥미롭다. 이런 것들을 두루 살피고 있던 제비는 어린 새끼의 먹을거리가 생겼음을 은근히 좋아하면서도 또 어떻게 사냥할 것인가 하고 헤아려 본다. 그야말로 "버마재비가 매미를 잡으니 참새가 뒤에서 노리고 있다"(螳螂捕蟬, 黃雀在後)라는 성구의 내용을 재치 있게 시로 표현한 것이다. 자연에 대한 섬세한 관찰 없이 이런 시가 이루어지기는 어려울 것이다.

馬踏空船霍霍鳴,	말발굽 소리 빈 배에 따각따각 들려오고
寒星江底漾還明.	찬 별 강바닥에 일렁이니 오히려 환하네.
冥濛不辨梢工立,	어둑어둑 뱃사공이 서 있는 것도 안 보이는데
犖确相隨賈客行.	수격수격 따라오는 건 등짐장수들인가.
郭外殘燈猶夜色,	성 밖 등불 보니 밤 빛깔이 더욱 짙고
路傍何樹作秋聲.	길 옆 웬 나무 가을 소리 내고 있나.
翻驚瞑裏丘陵轉,	어둠 속에 산이 도니 도리어 놀라고
日出飛霜滿客纓.[16]	해 돋으니 길손의 갓끈에 서리가 하얗구나.

이조원에게서 "기발한 상상이 생각 밖으로 드러났다"(奇想出人意表)고 평가받은 이 시는 신운, 신기, 생취, 회화성(繪畫性) 등 갖가지 요소들이 두루 내포되어 있는 경우라고 하겠다.

1구의 말발굽 소리는 율동적이면서 청각적인 느낌을 주는 첩자(疊字)인 '霍霍'이란 의성어를 사용하여 잘 살려내고 있다. 반면 2구는 1구

---

16) 《楚亭全書》上, p.60, 〈曉渡銅雀津〉.

다음과 같다.

千里思朋須命駕,　천리의 벗 생각에 수레에 멍에 메우고
萬人如海獨關扉.[19]　사람은 많은데 홀로 사립문 닫았구나.

節序平分如此晚,　계절이 평등하니 지루하게 여겨지고
路歧無數自前悲.[20]　갈림길 무수하니 앞길이 걱정되네.

柿葉秋田抄野史,　가을밭 감나무 잎새에 야사를 기록하고
松明土室誦朱文.[21]　흙집에서 관솔불 밝히고 주문공의 글 읽네.

鯉魚書信連江雨,　강 비 계속되니 잉어가 소식 전하겠고
蟋蟀繁音滿地寒.[22]　대지에 추위 깃드니 귀뚜라미 시끄럽게 우네.

豳風畵裡黃花老,　빈풍화 속에는 국화가 늙었고
農丈星邊白露寒.[23]　농장성 가엔 흰 이슬 차갑구나.

長波帶雁漂孤岸,　긴 물결 기러기 띠고 외딴 언덕 일렁이고
寒雨隨人到遠村.[24]　찬 비 사람 따라 먼 마을에 이르렀네.

이상 주로 전인(前人)들의 시각에 신운으로 평가되는 초정의 시들

19) 《楚亭全書》上, p.58, 〈再次寄淸受屋夜坐六首〉(1).
20) 《楚亭全書》上, p.40, 〈東郊〉.
21) 《楚亭全書》上, p.72, 〈信宿李處士光錫心溪草堂九首〉(4).
22) 《楚亭全書》上, p.79, 〈次杜示李宜菴六首〉(2).
23) 《楚亭全書》上, p.79, 〈次杜示李宜菴六首〉(3).
24) 《楚亭全書》上, p.107, 〈夷樹堂夕思二首〉(1).

을 부분적으로 분석해 보았다. 그런데 신운풍과 관련하여 사가(四家)와 왕사정 사이에서 드러나는 연관성을 다룬 연구가 진행되었던 것에서 알 수 있듯이,[25] 이들 사이의 영향 관계는 주목을 요한다.

1778년 중국으로 여행을 떠나기 이전까지 이들 사가가 청대(淸代) 시 가운데서도 주로 왕사정에 관심을 기울였던 사실은 기존의 연구에서 이미 밝혀진 바 있는데, 이 점에서는 초정도 예외가 아니다. 왕사정의 회인시(懷人詩)를 희방(戱倣)하여 지은 적지 않은 그의 회인시를 감안하면 이 점이 어느 정도 이해가 된다고 하겠다. 특히 초정의 지기이면서 절친한 벗인 이덕무가 왕사정의 시를 무척 좋아했을 뿐만 아니라 "왕사정의 신운설을 이론적으로 가장 충실히 수용하여 비평에 적용"한 것, 실제로 《청비록》에서 초정의 일부 시를 신운풍이 있다고 평가한 것, 그리고 이에 앞서 이조원, 반정균(潘庭筠)과 같은 중국 문인들이 초정 시에 나타난 신운풍을 지적한 것[26] 등을 염두에 둔다면 초정이 어느 정도 신운풍의 영향을 받았다고 볼 수 있을 것이다. 자신의 시론에 잘 나타나 있듯이, 초정이 고정관념이나 인습적인 것, 그리고 모방을 무척 반대하였다는 점을 떠올려 보면, 이러한 모습은 얼핏 자가당착이라는 느낌이 들지도 모른다.

그러나 초정의 일관된 주장과 사고방식은 자신보다 나은 사람은 물론, 자신보다 못한 사람이라 하더라도 그에게 자신보다 우수한 점이 한 가지라도 있다면 역시 배워야 한다는 것이다. 그의 북학사상도 이러한 사유방식에서 말미암은 것이다. 슬기로운 민족일수록 상대방

25) 이 방면의 연구 논문으로는 송영주, 〈王漁洋神韻說與李炯菴詩學比較硏究〉(國立臺灣師範大 博士論文, 1988) ; 〈王士禎과 李德懋의 詩論比較 試探〉(강원대 인문학연구, 28집, 1990) ; 이경수, 〈漢詩四家의 淸代 詩 受容硏究〉, 서울대 박사논문, 1993 ; 〈漢詩四家의 왕사정 수용〉(한국한시학회, 《한국한시문학》 1, 새문사, 1993) 등이 있다.
26) 이경수, 앞의 글, pp.288~297 참조.

의 우수한 문화를 적극 수용하여 자신의 것으로 삼고 자신의 문화를 창조하는 데 이용하는바, 초정이 신운설을 수용한 것도 같은 의미를 지닌다고 하겠다.

이 점은 다음의 사실에서도 확인된다. 이조원, 반정균의 사가 시에 대한 평 가운데 신운풍이라고 지적된 작품으로 이서구(李書九)의 시가 가장 많은 것을 보아, 이서구가 받은 영향 또한 만만치 않음을 짐작할 수 있다. 그리고 앞에서 서술했던 것처럼 이덕무는 왕사정과 비교연구의 대상이 될 정도로 신운설과 인연이 깊다. 하지만 초정의 경우는 상대적으로, 이들보다 신운설의 영향을 덜 받은 듯한 느낌을 줄 뿐만 아니라, 이조원과 반정균의 평 가운데 초정의 시에는 신운뿐만 아니라 신기의 측면이 또한 내재하고 있다는 지적이 있는 것을 볼 때, 그가 신운풍을 수용하여 완전히 자기화, 곧 자가음(自家音)을 이루었다고 할 수 있을 것이다. 그리고 초정의 백미관(百味觀)의 견지에서 보면, 그가 신운풍을 수용하여 신운, 신기 등을 작품 속에 담아내는 다양성을 기한 것은 결국 자신의 시론을 직접 실천하였음을 스스로 입증하는 셈이라고 생각할 수 있을 것이다.

2. 超詣的 風

제론(際論)에 따르면, 문인은 자신과 자연의 경계선에 자리한 상황에서, 또는 자연에 몰입한 상태에서 자연을 잘 관찰하고 터득할 수 있다고 하였다. 그렇다면 문인의 첫 번째 과제는 자연과 관계를 설정하는 것이라고 할 수 있을 것이다. 자신의 신분과 고고한 인격 때문에 세인과 겪어야 했던 과합(寡合), 집요한 북학 주장 등의 복합적인 이유로 말미암아 사회적으로 소외되었던 초정에게 지기로 삼을 만한 친

구가 적었다는 사실은 앞에서 이야기한 바 있다. 그리고 검서관 등의
벼슬을 지내면서도 자신의 웅대한 뜻을 실현할 수 있는 위치에 있지
못했고 힘은 더더욱 발휘할 수 없었던 데서 오는 고민과 답답함을 초
정은 하소연할 곳이 없었다. 그는 자신의 시에서 "우리들은 소인이 아
니거늘, 아득할 손 이 심사 누구에게 하소연하리"[27]라고 하여 이러한
심경을 직설적으로 드러내기도 하였다. 이런 갖가지 이유들로 하여
초정은 자연친화적, 탈속적 성향을 강하게 표출하고 있다. 예컨대 "흰
구름 속에 집을 옮기련다"(移家白雲里),[28] "세상에 숨으리니 이름은
무엇하나, 산속에서 마음 편히 옷을 덮고 잠이 드세"(身將幽矣名安用,
絶壑嶙峋擁褐眠),[29] "어찌 문장이 나라에 보탬이 되리오, 애오라지 남
은 세월 자연에 붙이려네"(豈有文章能報國, 聊將歲月托林邱)[30] 등의 구
절들이 그러하다. 말하자면 초정은 자연에 몰입하여 자연의 여러 모
습을 친구로, 또 지기로 삼아 '이들'과 조화되고 어울리며 하나가 되고
자 했던 것이다. 아울러 이러한 과정을 거쳐 현실의 울분과 고민을 조
금이나마 잊고 해소하여, 어지러워진 마음을 순화시키고 천기(天機)를
활발히 하고자 했을 것으로 본다. 이런 점들을 감안하여, 본 절은 초
정의 작품들 가운데 초예풍(超詣風)의 시를 분석하고자 한다.

초예(超詣)는 사공도(司空圖, 837~908)의 《二十四詩品》 가운데 21번
째에 속하는 시풍격의 명칭이다. 사공도는 12구로 이루어진 4언 시로
이를 논한 바 있는데,[31] 조보천(祖保泉)은 다음과 같이 풀이했다. 첫

---

27) 《楚亭全書》 上, p.107, 〈思友二首〉(2). "不信吾儕是小人, 茫茫心計向誰陳"
28) 《楚亭全書》 上, p.121, 〈再用前韻寄炯菴三首〉(2).
29) 《楚亭全書》 上, p.67, 〈免表後謁李丈燽苦勸余以詩韻, 不見子落筆久矣, 使其子十
    三件宿四首〉(4).
30) 《楚亭全書》 上, p.447, 〈小清森閣夏日四首〉(1).
31) 司空圖, 《二十四詩品·超詣》(祖保泉, 〈二十四詩品校正〉, 《司空圖詩文研究》, 合
    肥 : 安徽敎育出版社, 1998, pp.126~127) "匪神之靈, 非機之微. 如將白雲, 淸風與

째, 고사(高士)는 세속적인 기심(機心)을 버리고 흰 구름, 맑은 바람과 함께 노닌다는 것, 둘째, 초예의 묘는 붙지도 떨어지지도 아니하고 보일 듯 말 듯한 '際'를 표출하는 데 있다는 것, 셋째, 조용한 정적 속에서 자연 경물(景物)을 관찰하고 터득하되, 망아(忘我)의 경지에 진입한다는 것이다. 조보천은 자신의 견해를 첨부하여 두 가지 측면에서 초예에 대한 이해를 도모했다. 탈속의 경지에 이른 사람만이 초예의 시를 쓸 수 있다는 것, 그리고 시어의 화려함을 극복하고 일상 주변의 정경을 시적 소재로 삼되, 탈속, 자득의 마음 상태를 보일 듯 말 듯 나타내는 것이 바로 초예임을 지적한 것이다. 이에 덧붙여 도연명(陶淵明)이 전원으로 돌아간 뒤 남긴 대부분의 작품과 왕유(王維)의 〈輞川集〉에 실린 시를 이에 해당하는 시로 볼 수 있다고 하였다.[32]

물론 세속의 유혹을 단념한 상태에서 탈속의 경지에 이른 사람이 주로 초예의 시를 쓸 것이다. 그러나 세속의 번민을 해소하여 탈속의 경지에 도달하고자 하는 심경을 지니고 창작에 임한 경우에도 초예의 시를 쓸 수 있을 것이다. 마치 이백(李白)을 적선인(謫仙人)이라 일컫지만, 정작 그는 선인다운 모습을 보여주었을 뿐 실은 선인이 아닌 것처럼 말이다. 하물며 잠시나마 세속의 모든 것을 망각한 상태에서 자연의 시정화의(詩情畵意)에 빠져드는 상황도 종종 발생하는 만큼, 누군가 "세속적인 것에서 초탈한 깨끗한 경지에 도달한 데서 우러나는 美感"[33]을 시로 표출하였다면, 그 사람 역시 초예의 시를 썼다고 볼 수 있을 것이다.

그런데 초예에는 탈속 외에도, 고사(高士)가 흰 구름 등 자연을 마주

歸. 遠引若至, 臨之已非. 少有道氣, 終與俗違. 亂山喬木, 碧苔芳暉. 誦之思之, 其聲愈稀."

32) 祖保泉, 위의 책, pp.228~230 참조.

33) 차주환, 《中國詩論》, 서울대출판부, 1989, p.114.

하되 붙지도 않고 떨어지지도 않는〔不卽不離〕 가운데서, 또는 망아(忘我)의 경지(몰입)에서 자연을 관찰하고 그 오묘함을 터득해야 한다는 '際'의 이론이 내포되어 있는 점이 주목된다. 이로써 초예의 시는 대체로 문인이 산수전원(山水田園) 등 자연과 만나 '際'를 터득하는 장면을 그려냄으로써 이루어짐을 확인할 수 있다. 따라서 초예의 시에 대한 분석 또한 주로 자연경관을 읊은 시들을 중심으로 행해질 것이다.

靑天一何碧,	하늘은 그 얼마나 푸른가
了無雲彩動.	어디에나 구름 한 점 없구나.
蛛絲颺其間,	거미줄 그 사이에 하늘거리고
日色空中弄.	햇살은 공중에서 눈부시네.
裊娜心俱遠,	하늘하늘 마음은 함께 멀어져
茫茫欲成夢.[34]	아득히 꿈속으로 들어가려네.

이 시는 마당에 누워 하늘을 바라볼 때의 느낌을 적은 것이다. 비교적 전형적인 제론의 구현 과정이라 하겠다. 시적 화자는 마당에 누워 정신을 집중하고 관찰을 시작한다. 일색의 푸른 하늘이다. 이때의 화자는 마치 하늘이란 천체가 오직 자신만의 소유이자, 자신에게만 속해 있는 무엇인 듯한 느낌을 받을 것이다. 평소에는 자신이 즐기는 흰 구름이 눈을 자극하였으나, 오늘은 푸른 하늘과 거미줄과 햇살만 보일 뿐이다. 미물의 소산인 거미줄과 눈부신 햇살을 쏟아내는 위대한 태양, 이 둘은 엄청난 양적·질적 차이를 보이면서도 짝을 이루어 다 같이 푸른 하늘을 장식한다.

다음은 몰입의 과정이다. 어떤 사물에 대한 몰입은 의식적으로 진

---

34) 《楚亭全書》上, p.21, 〈庭臥〉.

행될 수도 있겠지만, 그럼에도 무의식적으로 발생하는 경우가 더 많을 것으로 생각된다. 즉 대상을 관찰하는 가운데 자신도 모르게 매료되고 빠져드는 것이다. 시에서 하늘과 함께 멀어져 가는 기분, 곧 마치 꿈속에 빠진 듯한 감각은 푸른 하늘과 하나가 되고 혼연일체가 되는 상태와 다르지 않을 터이다. 이는 곧 《莊子》에서 말하는 물화(物化)와 다를 바 없는 것으로서, 화자의 몸과 마음이 하늘처럼 푸르고 드넓어진 느낌일 것이다. 이렇듯 이 시는 담담한 시정(詩情)을 통해 초예의 시풍을 비교적 전형적으로 드러낸다고 하겠다.

卷簾寒多不防寒,	차가운 날씨 꺼리지 않고 주렴 걷고서
襟曠帶修當欄干.	옷깃 펴고 허리띠 추스리며 난간을 대했네.
梅花炯炯欲明滅,	매화는 환하게 피었다간 스러지는 듯해도
微陰猶在窓屛間.	옅은 꽃그늘은 아직 창틀 사이에 남아 있네.
前山一色無皴坼,	앞산은 온통 한 빛깔이어서 갈라진 곳 없고
遠雪微黃射日脚.	먼 데 쌓인 눈엔 노르스름하게 햇발이 쏘이네.
巖下如菌邨屋頭,	바위 밑에 난 버섯 같은 초가지붕 위엔
擧尾脩脩坐雙鵲.	꼬리 든 채 날갯짓하는 까치 한 쌍 앉아 있네.
黑烟竪空久不斜,	검은 연기 곧추 올라 오랫동안 흩어지지 않고
一半界天爲蒼霞.	하늘 한가운데서 검푸른 노을을 만들었네.
出門四顧只茫然,	문 나서 사방 둘러보니 멀고도 아득할 뿐
金絲纍積交眼花.	햇빛자락 눈앞에 아른거리니,
莫敎兒童踏狼藉,	아이들에게 밟고 다니지 말라고 이르시오.
政恐階庭汚人跡.	층계와 뜨락에 발자국 얼룩질까 두렵소.
我身徹底將化氷,	이내 몸 온전히 얼음으로 변해
山骨入地皆應白.	산속, 바위땅으로 들어가 다 하얗게 되리.
(……)[35]	

어느 경치나 즐겁고 상쾌하지 않은 것이 없다. 밝은 자태를 뽐내는
눈 속의 매화는 말할 것도 없고, 주름 한 점 없이 온통 일색으로 새하
얀 앞산 또한 티 없이 맑고 깨끗하다. 단순히 초가지붕이면 모르겠으
나, 희작(喜鵲)이라 불리는 한 쌍의 까치가 앉아 있는 지붕이다보니,
하늘 높이 곧추 오르는 검은 연기도 채색 노을로 변한다. 시적 화자
가 아이들이 이 맑고 깨끗하고 아름다운 풍경을 마구 짓밟을까 걱정
할 지경이다. 그뿐이 아니다. 그가 원하는 것은 자신이 새하얀 얼음이
되어 바위 속으로, 땅속으로 깊숙이 들어가, 겉만 아니라 속까지 맑고
깨끗하고 새하얀 세계를 만드는 것이었다. 요컨대 시적 화자는 맑고
깨끗하고 아름다운 자연과 혼연일체가 되고자 하는 바람, 곧 "순수한
자연의 세계에 철저히 동화되어 그 안에 머물고자 하는 욕구가 간절
하다"[36]고 하겠다. 시정화의에 완전히 매료된 화자는 자연친화의 성
향을 비교적 강하게 표출했다. 따라서 탈속은 물론이고 고결을 추구
하는 인격도 그대로 나타나 있다.

總爲春醉重,	손님과 주인이 느긋이 얘기하네.
蟻子穿衣處,	개미란 놈은 옷을 뚫고 들어오고
蜂聲過硏時.	벌은 붕붕 소리 내며 벼루 옆 지나네.
具形花絶妙,	모양 갖춘 것 중 꽃이 제일 절묘하고
設色柳何奇.	물감 칠한 것 중 버들 어찌 기묘한지.
欲試斜陽筆,	저녁 햇살 붓으로 시험하려 한다면
雄黃抹峀宜.[37]	노란색 산봉우리 칠하는 게 제일 좋겠네.

35) 《楚亭全書》上, p.30, 〈白蓮峯早朝賞雪〉.
36) 김경미, 〈朴齊家 詩의 硏究〉, 연세대 박사논문, 1991, p.72 참조.
37) 《楚亭全書》上, p.40, 〈春集沈園六首〉(5).

시인에게는 오염되지 않은 순수한 자연의 모든 것이 신비하고 아름답다. 이 점이 자연을 지향하고 자연과 하나가 되고자 하는 이유일 수도 있다. 개미와 벌과 함께 할 정도로 자연과 시적 화자는 허물없이 교감하고 있다. 그러므로 남들이 보기에는 별 것도 아닌 꽃을 보아도, 버들의 색을 보아도 절묘하고 기묘한 느낌을 가질 수 있는 것이다. 또한 마지막 연에서는 시인만의 놀라운 관찰력과 이를 바탕으로 하는 뛰어난 회화적 감각을 드러내기도 한다.

시는 시인과 자연의 일체감을 나타내면서도 자연을 그림으로서 파악하고자 한다. 그림에도 뛰어났던 초정의 안목이 그대로 느껴지는 작품이다.

樹葉不嫌大,	나뭇잎 클수록 싫지 않고
雨脚不嫌麤.	빗발 굵을수록 좋네.
長風一回旋,	거센 바람 한번 불어치면
萬籟肆迭趨.	온갖 소리 번갈아 내는구나.
正值黃昏色,	황혼이 깃들 때면
牕櫳水墨濡.	창문은 수묵을 칠한 듯.
泓渟此何境,	깊은 웅덩이마다 물이 고여
相對如江湖.	서로 마주한 강호와 흡사할 것이네.
兀兀將神去,	고스란히 내 마음 떠가서
遙遙入菰蒲.[38]	멀리 줄과 부들 속으로 들어가리.

이 시 역시 '際'의 시론이 전형적으로 구현되고 있어, 앞에서 거론된 〈庭臥〉와 비슷한 성격을 갖는다고 하겠다. 제목에서 밝힌 바와 같

---

38) 《楚亭全書》上, p.50, 〈李十三齋中聽雨〉.

182

이 화자는 이십삼(李十三)의 '齋'에서 빗소리를 듣는다. 〈庭臥〉가 단순히 시각적 느낌을 표현한 시라면, 이 시는 시청각적인 두 겹의 느낌을 나타낸 작품이라 할 수 있다.

　첫 연은 자연을 지극히 사랑하는 심성을 지닌 사람만이 구사할 수 있는 표현이 아닐 수 없다. 그리고 자연의 조화란 실로 미묘한 변화를 이루어 낸다. 바람 한번 불면 삼라만상이 별의별 소리를 다 내고, 밤낮의 교체로 낮에는 밝던 창문이 저녁이 되면 검다. 웅덩이의 물은 또 작은 강과 호수를 방불케 한다. 여기까지는 화자의 응집된 관찰과 청감(聽感), 고도의 상상력이 동원된 결과이다. 그 뒤에는 〈庭臥〉에서 전개된 표현과 같은 양상으로 화자가 몰입되는 과정, 곧 물아상망(物我相忘)의 과정이 연출된다. 화자는 자신도 모르게 어느덧 조화롭고 오묘하며 신기한 자연의 갖가지 모습에 '나'의 전부를 빼앗긴다. 화자의 몸과 마음이 초연히 자연과 하나가 되고 일체를 이루게 된 것이다.

風靜香烟淡自飛,	바람 고요하니 향 연기는 맑게 나르고
端居瞑目俗緣稀.	단정히 앉아 눈 감으니 세속의 인연 드물다.
秋聲太半詩中入,	가을 소리 태반은 시 속으로 들어오고
夜色無端酒里歸.	밤빛은 끝없이 술 속으로 돌아오네.
脈脈靑燈含小屋,	가물가물 푸른 등은 작은 방 감싸고
蹌蹌寒葉赴虛扉.	팔랑팔랑 지는 잎은 텅 빈 사립에 쌓인다.
有時一犬鳴如豹,	이때 개 한 마리 있어 표범처럼 짖으니
樹杪星光競滴衣.[39]	나무 끝 별빛은 다투어 옷깃 적신다.

　1연은 화자가 단정히 앉아 양허(養虛)를 하고 있는 모습으로 볼 수

---

39) 《楚亭全書》上, p.58, 〈靑受屋夜坐六首〉(6).

있다. 세속의 모든 인연은 어디론지 사라진다. 시정이 담담히 흐르고
초연한 마음이 그대로 드러난다. 마음을 비우고 나니 그 대신 자연의
가을 소리가 가슴속에 들어온다. 자연의 빛깔과 소리가 고스란히 화자
의 마음 한가운데 자리 잡는다. 자연과 교감하기 시작한 것이다. 3연
에서 구사된 짝이 되는 첩자는 자연과 화자의 교감에 분위기를 조성
해 준다고 하겠다.

한편 '虛'는 허정(虛靜)이라는 말에서 알 수 있듯이 정적을 의미하
므로, 허비(虛扉)는 다음 구에 등장하는 개 짖는 소리를 돌출시키기
위한 장치로도 볼 수 있을 것이다. 마지막 구절은 오직 시각으로만
느낄 수 있는 빛을 촉각으로 감지케 함으로써 통감적 효과를 노린 점
이 신기하다.

> 天光正綠瀾,　　하늘빛은 푸르고 넓은데
> 今日好逍遙.　　오늘은 소요하기 좋은 날이라.
> 白雲望可飽,　　흰 구름은 바라만 보아도 배부른데
> 行吟以爲謠.[40]　다니며 읊으니 노래가 되네.

구름 한 점 없는 〈庭臥〉의 푸른 하늘과는 달리, 이 시에 나타난 넓
고 푸른 하늘에는 몇 점의 흰 구름이 떠 있다. 퍽 대조적이다. 같은
제목의 제3수에 "집사람 봄철엔 병도 많아"(細君春多病)란 시구가 있
는 것으로 보아 때는 화창한 봄날임을 알 수 있다. 한가로이 거닐기
좋은 날이다. 〈庭臥〉 등에서 표현되었던 것과는 다르게, 흰 구름 가
로 갈 필요도 없이 바라보고 노래 부르니 즐겁기만 하다. 특히 흰 구
름은 시인에게 푸른 산과 함께 중요한 의미를 갖는다. 그것은 티 없

---

40) 《楚亭全書》上, p.64, 〈家居絶句三首〉(1).

이 맑고 고결한 인격의 상징이기 때문이다. 시인 또한 고고한 인격의
소유자로서 흰 구름과 영적으로 서로 통하는 바가 있을 것이니 그 유
혹을 물리칠 수 없을 것이다. 그래서 시인은 항상 푸른 산과 흰 구름
을 좋아하고 노래한다. 역시 세속에 초연한 심경이 드러나는 시라 하
겠다.

耕鑿居然外九烟,	밭 갈고 우물 파 편안히 자연 속에 거하며
此間吟弄獨千年.	이 속에서 시 읊으며 홀로 천년을 지내리.
生憎社燕多閒語,	얄밉구나 제비란 놈 무슨 말이 그리 많은지
惱殺桑鳩亦醉眠.	사람 놀리는 비둘기 또한 취해서 잠이 들었네.
人自彈琴黃蘗下,	사람들 황경나무 아래서 거문고 타니
吾將買酒白雲邊.	내 장차 술 사들고 백운가에 노닐고파.
凌風一著靈槎間,	매서운 바람 신령한 뗏목에 한번 불어오니
五岳眞形肘後懸.[41]	오악의 진면목이 내 팔 뒤에 달려 있네.

　시인과 자연의 혼연일체를 희구한다는 점에서 비교적 전형적인 시
라 할 것이다. 시인은 완전한 농군과도 같은 은자(隱者)의 삶을 영구
히 하고자 다짐한다. 초정의 말기 작품이라서 그런지 세속의 모든 것
이 체념된 상태이다. 그는 제비와 가까워졌고, 비둘기와 더불어 기거
한다. 다른 사람들이 나무 밑에서 거문고를 타며 즐길 때 시인만은
홀로 흰 구름에게 가서 놀고자 한다. 시인의 고고한 인격이 보인다.
결국 화자는 환상의 나래를 펼쳐 오악(五嶽)을 뒷전으로 하고 구름
가를 향해 하늘 높이 난다. 어느덧 시는 자연 세계와의 조화를 절정
으로 이끌고 있는 것이다.

---

41) 《楚亭全書》上, p.587, 〈再示稔兒用前韻八首〉(7).

　　이러한 시적 경지는 굴원의 〈이소(離騷)〉를 방불케 한다. 〈離騷〉의
주인공이 하늘과 땅을 자유로이 오르내리며 자신의 이상적 경지를 찾
아 헤매는 광경이 연상되기도 한다. 하지만 형식이 비슷할 뿐 내용은
전혀 다르다. 여기서는 정치적 색채가 조금도 개입되지 않은 채 다만
자연이 좋아서, 자연을 홀로 읊는 것이 좋아서 구름 가로, 하늘가로
향하는 마음만 있을 뿐이다. 역시 세속에 초연하면서도 줄곧 고독한
기분이 시 전반에 걸쳐 흐르고 있는 것이다.

> 忽忽身仍坐,　　홀연히 이 몸이 앉았더니
> 悠悠夜始歸.　　유유히 밤이 비로소 돌아왔네.
> 亂星寒自動,　　반짝이는 별은 추위에 떨고
> 驚葉走相依.　　놀란 잎은 날리며 서로 의지하네.
> 境遠爲虛白,　　먼 지경은 虛白함을 보이고
> 籟繁如是非.　　번잡한 자연의 소리 시비를 가르듯 하네.
> 秋風終有極,　　가을바람 종당엔 끝나겠지
> 鴻鴈幾時飛.[42]　　기러기는 언제나 날아갈 것인가.

　　만물이 고운 색깔로 장식되는 해질 무렵과는 달리, 자못 찬 기운이
감도는 싸늘한 가을밤이다. 하지만 자연은 여전히 여러 자태를 연출
하고 있다. 어지럽게 널려 있는 별은 그 반짝이는 모양이 마치 추위
에 떨고 있는 듯하고, 나뭇잎들도 쌀쌀한 가을바람에 지면서도 서로
의지하고자 한다. 먼 곳은 눈이 닿지 못하여 허하고 희끄무레하게만
보이고, 일시에 나는 자연의 온갖 소리들은 마치 시비를 가르는 듯
번잡스럽다. 자연의 조화는 이처럼 오묘하고 신비하다. 자연에 대한

---

42)《楚亭全書》上, p.17,〈忽忽〉.

186

'際'의 터득이 아니고서는 이러한 묘사는 불가능할 것이다. 이 시 역
시 여기까지는 초연한 심경에서 자연의 참된 소리와 진면목을 핍진하
게 묘사하여 초예의 시풍을 드러내었다고 할 수 있다. 하지만 마지막
연에는 화자가 개입한 흔적이 역력한데, 끝나가는 가을을 못내 아쉬
워하는 시인의 심사가 잘 드러나 있다. 기러기까지 날아가 버리면 이
아름다우면서도 소슬한 가을의 모습을 더 이상 볼 수 없기 때문이다.
아니, 그보다도 노래를 읊을 대상이 사라졌다는 아쉬움이 더하기 때
문일 것이다.

嶺上雲黃似有虹,　　고개 위 노란 구름 무지개 같은데
雨聲猶在荳花中.　　빗소리는 아직도 완두콩 꽃 속에 있구나.
戴簑老叟立堤外,　　도롱이 쓴 늙은이는 둑 저편에 섰고
溝水出來桑樹東.[43]　시냇물은 뽕나무 숲 이편으로 흐르네.

　한 점의 전원풍경화라고 할 만하다. 막 비가 그치자 위로는 채색의
구름이 아름다운 무지개를 방불케 하고 아래로는 완두콩 꽃 속에 함
초롬히 맺혀 있는 빗방울이 아직도 빗소리를 상기시킨다. 통감적 표
현이 절묘하다고 하겠다. '뽕나무 숲', '흐르는 시냇물', '도롱이를 쓴
노인' 등의 표현들 속에서 비 그친 뒤 전원의 모습이 그림처럼 묘사되
어 있고, 시정은 담담하다.

坡陀色深淺,　　비탈진 곳 색깔이 깊고 얕음은
綠草風以暈.　　푸른 풀 바람에 무리 생겨서이네.
獨有含櫻鳥,　　오로지 앵두 머금은 새가 있어

---

43)《楚亭全書》上, p.21,〈雨收〉.

時來刷紅吻.[44]　　　가끔 와서 붉은 부리 닦고 있네.

　역시 짧은 시이지만 신비한 자연의 조화와 오묘함을 그대로 드러
내고 있다. 비탈진 곳의 풀빛은 바람에 따라 때로는 짙게, 때로는 얕
게 보인다. 그 신비한 풀 속으로 가끔 풀에 부리를 닦으러 새가 날아
온다. 자연에 몰입할 때만 가능한 관찰과 묘사라 하겠다.

田間幽步獨尋君,　　　두렁길 조용히 혼자 그대를 찾아가니
殘照牛羊又一群.　　　석양에 소와 염소 떼 지어 돌아오네.
遐岫空青衣上落,　　　먼 산의 푸른 기운 옷 위에 떨어지고
長林金碧畫中分.　　　긴 숲의 고운 색은 그림처럼 분명하네.
蟻蠓知雨爲行陣,　　　딱정벌레 비 올 줄 알아 줄을 지어 가고
啄木求蟲有呪文.　　　딱따구리 벌레잡이 주문을 외는 듯.
盡拾天機歸眼底,　　　자연의 모든 신비 한눈으로 바라보며
飄然方外踏飛雲.[45]　　표연히 구름 타고 세속 밖에 날아가네.

　저녁 햇빛을 배경으로 가축들이 마을로 돌아오는 모습 역시 한 폭
의 풍속도와 같은 경지이다. 2연과 3연에서 묘사된 자연현상은 신비
롭기 그지없다. 황금색과 푸른색으로 되어 있는 긴 수풀은 채색한 그
림처럼 선명하고 아름답다. 어디론지 집을 옮기는 딱정벌레, 벌레 잡
느라 소리를 내는 딱따구리 등 자연의 온갖 자태는 화자의 시선을 강
하게 유혹한다. 드디어 그러한 자연에 끌린 화자는 마치 구름을 타고
세속을 떠나는 기분에 휩싸이게 된다.

---

44) 《楚亭全書》上, p.48, 〈月瀨雜絶四首〉(2).
45) 《楚亭全書》上, p.74, 〈信宿李處士光錫心溪草堂九首〉(6).

風衣從萬皺,	바람 불어 옷자락은 이리저리 주름지고
帶綬倏雙飛.	허리띠 두 가닥도 펄럭펄럭 휘날리네.
海口秋山細,	바다 어귀서 보이는 가을산 자그마하고
天邊畫月微.	하늘가에 걸린 대낮의 달은 희미하네.
禾深村屋小,	벼는 길게 자랐으니 시골집 작아 보이고
烟淡店人稀.	안개는 인적 드문 술집에 엷게 끼었네.
落日樵肩上,	나무꾼 어깨 위로 해 저무는데
蕭蕭一擔歸.[46]	쓸쓸히 나무 한 짐 지고 돌아가는구나.

　시는 시적 화자의 신변 묘사에서 시작된다. 옷자락의 주름, 날리는 허리띠와 같은 작은 것에도 섬세한 관찰과 묘사를 소홀히 하지 않는 시인이다. 다음은 시선이 신변을 떠나 산과 바다를 거쳐 달이나 하늘과 같은 자연의 갖가지 모습에 이르게 되기까지 점진적으로 원경 묘사가 이루어진다. 그 뒤 가옥, 벼 밭, 술집과 같은 화자의 주변으로 다시 옮겨온 시선은 나무꾼에 이르러서야 비로소 멈춘다. 감각적인 회선왕복(回旋往復)의 구조적 특징을 이루고 있고 시정은 완만하다. 한편 2, 3연의 대조적인 묘사에서 앞에서 살펴본 것과 같은 상대론적인 이치가 드러나 주목된다. 산이 아무리 크더라도 바다에 견주면 작게 보일 것이고, 달 또한 대낮의 광활한 하늘에 견주면 분명히 작고 희미하게 여겨질 것이며, 길게 자란 벼 때문에 시골집이 작게 보일 것은 당연하다고 하겠다. 석양 속에서 나무를 등에 지고 돌아오는 나무꾼의 모습은 '蕭蕭'란 시어를 굳이 구사하지 않더라도 분명 쓸쓸함이 짙게 묻어나는 한 폭의 그림을 방불케 한다. 세속적인 것을 떠난 초연함이 그대로 묻어난다.

---

46) 《楚亭全書》上, p.104, 〈通津途中二首〉(1).

夕陽閃閃紅粉鶩,　　저녁 햇살 빛나 오리는 붉게 단장하고

麂眼疏籬斜抱屋.　　얼기설기 格子 바자는 비스듬히 집을 둘렀네.

半灣淸湖浸蘆根,　　반쯤 굽은 맑은 호수엔 갈대 뿌리 잠겨 있고

一匹秋烟斷山足.　　길게 어린 가을 안개는 산기슭을 갈라놓았네.

村邊稻畦映人明,　　시골 가 논두렁엔 사람이 훤히 어우러지고

倒影魚梁飮黃犢.　　거꾸로 비친 통발 그림자 누렁 송아지 마시네.

崔氏碑前細路多,　　최씨 비석 앞에는 샛길도 여기저기

露下人歸寒草綠.[47]　　이슬 속에 사람들 돌아가니 찬 풀만 푸르네.

1연은 가옥 주변의 모습이다. 석양에 붉게 물든 집오리, 주변을 두른 격자 모양의 바자 등에서 시골의 맛이 감돌고 있다. 2연에서는 화자의 시선이 더 확대되어 산과 호수에 이르도록 두루 미친다. 정교한 짝을 이루는 이 시구는 호수 위의 갈대와 산기슭을 끊어 놓은 가을 안개가 그려진 한 점의 아름다운 산수화를 연상시킨다. 3연은 시선이 전원으로 옮겨진다. 논두렁을 걷는 사람의 모습은 저녁 햇살을 받아 더욱 분명히 다가오고, 송아지는 길게 드리운 통발 그림자를 마신다. 여기서도 신기(新奇)의 측면을 엿볼 수 있다. 가을을 묘사한 시치고는 비교적 명랑한 분위기라고 할 수 있겠다.

가을의 들판을 소재로 한 이 시는 주로 석양과 안개라는 '象'을 이용하여 그것에 따라 조화된 자연의 신비를 발견하고 표현한 것이다.

煙堆數疊遠山分,　　첩첩이 쌓인 안개 먼 산을 가르고

銀日橫穿水墨雲.　　먹장 같은 구름 햇살이 비껴 뚫네.

坐對江波披復合,　　치솟고 가라앉는 물결을 바라보니

---

47) 《楚亭全書》上, p.106, 〈秋野〉.

由靑入白自然文.[48]　　푸르고 희어짐이 자연스런 무늬로세.

　말 그대로 자연의 조화, 곧 오묘함과 신기함의 극치라 하겠다. 바탕이 없는 안개가 거대한 산을 갈라놓는다. 은빛 햇살이 먹장 같은 구름을 비껴 뚫는 광경은 마치 은빛 장검을 꽂는 듯 섬뜩한 느낌을 발한다. 위로 솟구칠 때는 하얗게 되었다가 가라앉으면 다시 푸르러지면서 출렁이는 강의 물결을 바라보노라니, 사람의 손이 개입되지 않은 자연스런 무늬임을 알 수 있다. 역시 자연에 대한 응집된 관찰이 아니고서는 이루어지기 어려운 묘사로 보인다.

　지금까지 초정의 작품 가운데 초예적 풍의 시들을 살펴보았다. 초예는 인간이 자연과 교감을 나누며 모든 번민을 떨쳐버리고 탈속의 경지에 도달함을 뜻한다. 초예에는 시인이 자연에 마주하되 붙지도 않고 떨어지지도 않는 가운데서, 또는 망아(忘我)의 경지에서 자연을 관찰하고 자연의 오묘함을 터득해야 한다는 '際'의 이론이 내포되어 있는 점을 감안하여, 초예적 풍의 시는 주로 자연 경관을 읊은 작품들에서 찾아 분석하였다.
　작자 또는 시대가 각기 다르기 때문에 초예의 시는 결코 똑같은 면모로 표출되지 않을 것이다. 같은 초예의 시라 하더라도 작자마다 나름대로 개성적인 특징을 표현하고 있다. 이는 신운적인 시를 분석할 때에도 이미 드러난 바다. 즉 신운적 풍의 시라고 하더라도 신기(新奇)의 측면을 함유할 수 있는 것이다.
　초정의 초예적 시는 말미에 이르러 때때로 허전함과 외로움을 드러내고 있는데, 그러한 이유는 그의 불우한 처지 또는 고고한 인격으

---

48)《四家詩選》, p.177,〈江上遭風〉.

로 말미암아 타인과 겪어야 했던 과합(寡合) 등에서 찾아볼 수 있을 것이다. 물론 이는 도연명처럼 입세(入世)를 완전히 체념한 상태가 아니었던 데서 비롯된 것으로 판단된다. 따라서 초정의 초예적 시는 대체로 탈속의 성향이 농후하고 시정도 담박하게 흐르는 성향을 보이면서도 가끔 화자의 감정이 직접 노출된다는 특징을 지니고 있다고 할 수 있다.

한편 초정의 시를 분석하면서, 물론 다른 부류의 시도 해당되겠지만 특히 초예적 시를 살펴보면서 하늘과 땅 사이에 가득한 것이 모두 시라는 그 자신의 발언을 깊이 실감하게 된다. 여기서 초정의 작가적인 취미와 안목을 인지할 수 있다. 초정은 틈나는 대로 자연으로, 산과 들로 달려가서 그것에 심취하고 그 안에서 함께 숨쉬었던 것으로 보인다. 이는 사회적인 원인을 묻지 않더라도 그의 인품이 "超悟하고 解脫"[49]한 데서 비롯된 것임을 알 수 있다. 이는 또한 '際'의 이론이 바로 작품으로 이어지는 과정이기도 하다. 그리고 초예적 시가 제론의 한 부분에 속할 뿐 전부는 아니라는 점도 부언해두어야 할 것이다.

다음으로 초예적 시와 신운의 관계를 논하자면, 사실 자연의 조화나 오묘한 이치에 대한 시화(詩化)는 신운적 풍과 관련이 있다고 본다. 일반적으로 신운풍의 시는 당(唐)의 왕유와 맹호연(孟浩然)의 산수전원시가 많이 거론된다. 마찬가지로 초예의 시도 왕유 등의 산수전원시의 일부와 함께 종종 언급되고는 한다. 초정의 초예적 시 역시 뒤에서 살펴볼 회화적 시와 함께 거의 모두 자연경관을 소재로 삼는다는 점에서 신운의 시와 긴밀한 관계를 이룬다 할 것이다(회화시도 주로 자연경관을 묘사한 시에서 찾아진다). 하지만 초예의 시가 신운으로 될 수는 있어도 신운의 시가 반드시 초예로 되는 것은 아니다. 그

---

49) 李德懋, 《靑莊館全書》, 〈淸脾錄〉 4권, 〈楚亭〉.

것은 초예의 시는 원칙적으로 탈속의 경지에 다다른 상태를 잠시라도 전제로 하기 때문이다. 신운의 시도 대체로 자연경관을 읊는 시에서 이루어지는 것이지만 이러한 제약은 없다. 물론 가끔 이들이 하나의 시에서 한데 구현될 수도 있지만, 초예가 초연한 심경과 담박(淡泊)한 시정을 주로 표현한다면 신운은 일반적으로 '味外味'와 같은 "신묘한 운치"[50]를 준다는 점에서, 둘 사이에는 일정한 차이가 존재함을 감안 하여야 할 것이다.

3. 生趣的 味

초정은 소리가 글자를 떠나면 생취(生趣)가 고갈되고 천지자연의 이치까지 막혀버려 끝내 시가 생명력을 잃는다고 하였다. 천지자연의 이치라 하면 삼라만상이 스스로의 법칙에 따라 발하는 참된 빛깔과 소리를 뜻할 것인바, 여기서 말하는 소리란 자연의 생동하는 모습을 포함한 살아 움직이는 삶의 소리를 가리킬 것이다. 이런 의미에서 시 의 소리는 정감과 리듬과 생동과 활기를 내포해야 한다고 하겠다. 따 라서 시는 내용과 그에 알맞은 소리가 상응할 때, 곧 성자(聲字)가 잘 합쳐질 때만이 정을 감지할 수 있고 리듬을 느낄 수 있으며 생동과 활기를 찾을 수 있다고 할 수 있다. 이러한 관점에서 보면 사실 생취 적 시의 테두리 안에는 신운적 시, 회화적 시 등 이른바 좋은 시가 다 포함되는 셈이 된다. 이런 점들을 감안하여 본 절에서는 첩자 등 의 성어와 의태어로 구사된 살아 움직이고 리듬이 강한 작품들을 중심으 로 생취적 시를 분석하고자 한다.

---

50) 차주환, 앞의 책, p.286.

風吹吹,   바람은 휙휙
棗搖搖.   대추나무 흔들흔들.
寒城帶喬木,   차가운 성엔 교목이 둘러 있고
野曠天寂寥.   들은 텅 비고 하늘도 적막하네.
回看山際雪嵯峨,   산 끝 돌아보니 눈 쌓여 우뚝한데
鳶尾背日輕雲飄[51]   해 등진 연 꼬리구름 따라 가볍게 나네.

시는 추운 겨울에 넓은 들에서 연을 띄우는 광경을 노래하고 있다. 앙상한 대추나무 가지가 거센 바람에 윙윙 소리를 내며 떨고 있다. '吹吹'와 '搖搖'는 음향 효과상 조응될 뿐 아니라 내용상으로도 인과 관계를 갖는 것이다. 성을 둘러싸고 있는 이러한 찬 기운은 넓은 들과 그 위의 푸른 하늘마저 적막 속에 잠기게 한다. 여기까지 시적인 표상이 독자들에게 안겨 주는 인상은 말 그대로 적막 속에 몸이 꽁꽁 얼어붙는 느낌이다. 그럼에도 첫 연이 주는 경쾌한 리듬이 암시하고 있듯이 마지막 연은 추위와 적막과는 달리 장엄함과 경쾌함을 아울러 안겨 준다. 즉 추위에 얼어들고 적막에 짓눌렸던 마음이 봄눈 녹듯 풀려 가벼워진 것이다. 전반적으로 성, 들, 하늘의 적막함과, 산과 연의 장엄함 및 경쾌함이 대조가 된다고 하겠다.

그리고 시는 성, 들, 산, 구름으로 확대되어 가는 시점과 점점 높이 나는 연의 고도를 점층적으로 표현하였다. 또한 시행도 각각 3언, 5언, 7언의 점진적인 형태로 구사하여 노래에 적합한 음악성을 살렸다. 아울러 의성어와 의태어를 적절히 배치함으로써 생취적 시의 맛[味]를 전형적으로 보여주고 있다고 하겠다.

---

51) 《楚亭全書》上, p.14, 〈紙鳶謠〉.

旣成春服試氛氳,	봄옷이 이루어지자 봄기운을 살펴보니
溪上逍遙見白雲.	시내 위엔 소요하는 흰 구름 보이네.
滾滾東風佳節返,	동풍은 세차게 불어 가절은 돌아오고
遲遲麗日素琴聞.	해 더딘 화창한 날 거문고 소리 들리네.
已啼山雀飛還寂,	울던 산새 날아가니 또다시 적막하고
未折林花動欲醺.	수풀의 꽃을 꺾기도 전에 향기에 취하네.
不必登臨行約伴,	정자에 오르다 절반쯤 이르렀는데
直來勝處便逢君.[52]	경치 좋은 곳에서 그대를 만났네.

　분온(氛氳)은 왕성한 봄기운을 말한다. 그리고 '氛氳'과 '逍遙'는 첩
운이다. 생동하는 봄기운과 이에 따른 유유자적한 흰 구름의 모습을
시로 표현한 것이다. 다음 연의 '滾滾'과 '遲遲'는 첩자로서 서로 짝이
되고 동풍의 세참과 더디게 움직이는 해 또한 입체적으로 대조를 이
루는데, 이러한 가운데 울리는 거문고 소리는 한층 운치를 돋운다. 3연
에서는 첩자나 첩운으로 이루어진 시어가 사용되지 않았음에도 역시
형식상 대구가 되어 리듬 효과가 발생하고 있다. 물론 이는 짝이 되는
모든 시구에서 나타나는 공통적 현상이겠지만, 그것이 빈번히 사용되
는 첩자, 첩운 등과 결합될 때에는 더욱 효과적임을 의식해야 할 것이
다. 마지막 연 각 구의 끝 자인 '伴', '君' 또한 같은 [-n]운으로 되어 있
어 리듬감을 준다. 요컨대 위의 시는 첩운, 첩자, 대구 등의 수단을 동
원하는 전형적인 방법으로 청각적 리듬 효과를 발생시킨 작품이라고
볼 수 있다.

| 空山步步水聲遙, | 인적 없는 산은 걸음마다 물소리 아득한데 |

---

52) 《楚亭全書》上, p.15, 〈約山亭逢李儒東〉.

烟際歸驢獨木橋.　　안개 속 외나무다리로 나귀 타고 돌아가네.

來日朱欄人不在,　　오는 날 붉은 난간엔 사람은 없고

殘風寒雨自蕭蕭.[53]　　殘風에 찬비만 쓸쓸히 왔었지.

　인적 없는 산에는 그대로 정적이 깃들어 있으므로 멀리서 나는 물소리마저 은은히 들려온다. 다만 나귀의 발걸음 소리만이 아득히 들려오는 물소리에 화답이라도 하듯 그 은은함을 깨고는 한다. 이 산에서 나는 자연의 소리로는 오로지 나귀의 발자국 소리와 은은한 물소리뿐이다. 이러한 의미에서 '步步'라는 의태어를 의성어로 느껴볼 수도 있을 것이다. 결국 첫 구는 청각적인 '象'을 구사한 셈인데, 이와 달리 둘째 구는 시각적 '象'을 표현했다고 볼 수 있다. 뿐얀 안개 속의 외나무다리는 청각적 효과보다 시각적 효과를 노리고 있는 것이다. 한편 이 외나무다리는 먼저 있었던 일을 암시한 것으로 생각할 수도 있다. 즉 2연에서 화자가 세검정(제목이 '세검정을 떠나'임)으로 오던 날, 붉은 난간에 사람은 없고 다만 쌀쌀한 바람 속에서 찬비만 쓸쓸히 내리던 그때의 분위기를, 말하자면 홀로 있어 외로운 분위기를 외나무다리로써 미리 암시했다는 해석도 가능한 것이다. '蕭蕭'라는 첩자를 통해 당시 분위기를 집약시켜 표현했다면, 현재 세검정을 떠나는 장면 역시 과거와 마찬가지로 나귀를 타고 외나무다리를 건너는 모습으로 형상화함으로써 화자의 고독과 외로움을 감지하게끔 한다. 이와 같이 '步步'와 '蕭蕭'는 시적인 경지와 절묘하게 어울리는 시어들로서, 소리와 글자가 적절하게 합쳐진 경우라 하겠다.

　　片白田間水,　　　이랑마다 맑은 물 소복이 고여 있고

---

53) 《楚亭全書》上, p.16, 〈別洗劍亭〉.

針魚匿馬蹄.　　　말발굽 자국에도 새끼고기 숨었네.

蜻蜓還邁邁,　　　잠자리 떼 부지런히 날아다니고

鴻雁亦棲棲.　　　기러기도 훨훨 돌아오누나.

岐路心猶豫,　　　갈림길에 서서 마음이 헷갈려라

幽憂醉似泥.　　　근심이 있어 취토록 마셨네.

瓜牛盧畔夕,　　　오막살이 집 가에 저녁이 깃들어

人在月弦西.[54]　초승달 서쪽에 나 홀로 섰노라.

　　첫 연은 한여름의 논밭 광경이다. 이랑을 따라 고여 있는 물이 하
얗게 보인다. 다시 가까이 가서 자세히 살펴보니 물은 너무도 맑아
말발굽 자국에 숨은 새끼 고기마저 분명하게 보일 정도이다. 다음 연
은 잠자리와 기러기가 서둘러 날아다니는 모습이다. 이는 논밭의 고
요하고도 정적인 광경과 완전히 대조되는 동적인 묘사이다. 또한 갈
림길에 선 화자의 주저와 외로움과도 대조적이다. 어쨌든 새끼 고기
도 숨을 곳이 있으니 보금자리는 마련된 셈이다. 잠자리와 기러기도
제각기 할 일이 있어 분주하다. 하지만 '나'만은 갈림길에서 외로이
머뭇거릴 뿐이다. 의성어 구사에 따른 성감(聲感)은 없지만 의태어인
첩자 '邁邁', '棲棲'를 사용해 이들 미물이 화자와는 달리 저들의 삶의
목적을 위해 분분히 서두르고 있음을 강조함으로써, 오히려 화자의
유예와 외로움을 두드러지게 한다. 따라서 '邁邁'는 첩운인 '蜻蜓'과
어울리면서 다음 구와 더불어 리듬 효과를 낳는다고 하겠다.

墻頭日上花影短,　　담 위에 해 걸리니 꽃 그림자 짧고

墻根潑潑玄蟻散.　　담 밑의 검은 개미 여기저기 움찔움찔.

54)《四家詩選》, p.188,〈田舍〉.

土解石動蟲子出,   땅 풀려 돌 움직이니 벌레들 기어 나와
弄腹伸股皆蠢蠢.   배 쓸고 다리 펴며 저마다 꿈틀꿈틀.
春山綠碧春無涯,   봄 산이 푸르러 봄은 끝이 없는데
天際孤雲亦一時.   하늘가의 외로운 구름 한때뿐이네.
忽忽東風來去中,   솔솔 동풍이 오고 가는 가운데
但看芽草日參差.[55]   풀싹은 나날이 키돋움 하노라.

이 시는 봄볕이 내리쬐는 봄날의 가장 따스한 때인 정오를 시간적 배경으로 택하여, 자연의 가장 미묘한 조화로서 또다시 새로운 생명이 소생하는 활기에 찬 봄의 모습을 생동하는 형상으로 보여주고 있다. 보기에는 가장 하찮은 미물인 검은 개미와 너도나도 나날이 뾰족뾰족 돋아나는 야린 풀싹을 함께 등장시켜, 겨우내 꽁꽁 얼어붙었던 이 땅에 새 생명을 부여하는 봄의 신기와 위대함을 섬세한 필치로 노래하고 있다. 시인은 따스한 햇볕에 봄기운을 만끽하며 자유로이 기어다니는 개미의 모습을 '潑潑', '蠢蠢' 등의 의태어로 적절하게 표현하였고, 산들산들 불어오는 봄바람은 '忽忽'로, 들쑥날쑥 키돋움하는 풀싹은 '參差'로 각각 형상화하여 약동하는 봄의 모습을 감각적으로 묘사하였다. 여기서 시인은 첩자를 세 차례, 쌍성(雙聲)을 한 차례 사용하고 있음을 볼 수 있다. 이처럼 박제가는 첩자를 빈번히 사용함으로써 소리가 지니는 율동을 살리는 동시에, 추상적인 것을 구체적이고 생동감 있게 표현할 수 있었다.

日下天邊光未已,   해는 져도 하늘가는 아직도 훤하고
萬戶炊烟凝遠紫.   집집마다 밥 짓는 연기 보라색으로 엉겼네.

---

55)《楚亭全書》上, p.19,〈厠上〉.

歸人處處行欲急,	돌아오는 사람 곳곳에서 발걸음 재촉하고
凍履雜雜寒聲起.	언 신은 뿌드득 뿌드득 찬 소리 내는구나.
脂燈初點屠市中,	기름등잔 저잣거리 점점 밝혀가고
犬聲時在鍾樓東.	개 짖는 소리 종루 동쪽에서 가끔 들리네.
西峽蒼蒼檜頂雪,	서산 위의 짙푸른 노송나무엔 눈이 쌓이고
太白一星當先出.	태백성 별 하나가 제일 먼저 떴구려.
瞑色能令瓦鱗平,	어두움은 비늘 같은 기와를 일색으로 만들고
望眼更愁橋虹滅.	무지개다리마저 사라지니 더욱 아쉽네.
踽踽衝寒何所去,	외로이 추위를 물리치고 어디로 가는가
白塔之下梅花發.[56]	백탑 아래 매화 꽃 피어 있는 곳으로.

'죽음을 초개같이 여기다'라는 뜻의 '시사여귀'(視死如歸)란 말이 있다. 누구나 집으로 돌아갈 때는 아무런 주저도 하지 않듯이, 국난을 맞아 죽음을 각오해야 할 경우 이를 주저 없이 받아들이는 자세를 사람들은 '시사여귀'라고 말한다. 하루의 일을 마치고 천륜지락(天倫之樂)을 누릴 가정의 보금자리로 돌아가는 데는 누구도 서둘지 않을 수 없을 것이다.

'處處'라는 표현으로 곳곳에서 걸음이 급함을 생동감 있게 묘사하고 있다. 그런가 하면 '雜雜'이란 의성어를 구사하여 실제로 현장에서 눈 밟는 소리를 형상화하였다. 3연의 등잔불과 개 짖는 소리는 각각 시각적·청각적 효과를 낸다. 다음에 이어지는 나무에 쌓인 눈, 태백성, 특히 '고기비늘' 일색으로 변해버린 기와 모습 등에 대한 묘사도 하나하나의 자연의 신비를 놓치지 않는 작가적 안목을 그대로 보여준다. 5연의 둘째 구는 시의 의경을 보여주는 대목이라 할 것이다. 아름

---

56) 《楚亭全書》上, p.25, 〈黃昏訪炯菴〉.

다운 무지개다리가 어둠에 잠기는 것을 더욱 아쉬워하는 모습에서 자연에 대한 시인의 사랑과 애착이 엿보인다.

이 작품은 초정이 형암(炯菴) 이덕무의 집으로 가는 길에 주변의 경관을 읊은 것이다. 화자는 땅거미가 지면서 미묘한 황혼의 조화(造化)가 점점 사라지는 것을 아쉬워한다. 그리고 이제는 외로운 혼자가 되었다. 마지막 연의 '踽踽'가 이를 말해준다. 그제야 화자는 친구의 집으로 향하는 것이다.

초정은 첩자, 첩운 등으로 이루어진 의성어와 의태어를 늘 핵심이 되는 시구에 배치한다. 위에서 '處處'와 '雜雜'이 추운 저녁 사람들이 귀가에 여념이 없는 풍경을 보여주었다면, 마지막 연의 '踽踽'는 이와 반대로 홀로 외롭게 추위를 박차고 지기인 형암을 찾아가는 모습을 표현한 것이다. 시인에게는 친구의 집으로 가는 것이야말로 진정한 귀가의 의미가 있는 것이 아닐까.

藍輿伊軋峽叢叢,	골짜기 밀집한 곳에 藍輿 삐걱삐걱
仰視滲天映數鴻.	하늘엔 기러기 몇 마리 비치었구나.
百丈飛泉橫石白,	높고 흰 절벽 위론 샘물이 날고
一竿初日犯人紅.	장대 높이 뜬 해 사람 얼굴 붉히네.
逶迤樹隔歸僧沒,	구불구불 돌아가는 중은 나무에 가려지고
惆悵雲深去路窮.	짙은 구름 갈 길을 막아 슬퍼하누나.
却悔忘勞尋絶頂,	노고 잊고 절정 찾은 것 후회하노니
了無奇事只侱傯.[57]	기이한 것 얻지 못한 채 고생만 하였네.

시는 첫 구부터 의성어와 의태어가 쏟아져 나온다. 가마의 삐걱거

---

57)《楚亭全書》上, p.29, 〈武陵瀑〉.

림을 형용한 '伊軋', 빽빽이 들어선 골짜기 모양을 형용한 '叢叢' 등, 그야말로 시청각의 모든 수단을 동원한 셈이다. 다음 구는 높고 푸른 하늘을 깊은 물에 비유하여 하늘을 날고 있는 기러기가 물에 비친 모습을 그리고 있다. 2연은 폭포와 붉은 해를 대조적으로 묘사했다. 백장(百丈)의 폭포 높이와 일간(一竿)의 해의 높이, 가로놓인 흰 바위와 해에 비친 붉은 얼굴 등의 표현에서 볼 수 있듯이, 불균형을 노린 회화적 느낌도 다분하다.

길의 험악함을 형상화한 3연에서도 첩운인 '逶迤'와 쌍성인 '惆悵'이 서로 짝을 이루도록 함으로써 음악적인 율동을 살리고 있다. 시인은 힘들게 절정에 올랐지만 후회막급이다. 왜냐하면 기대했던 신기한 광경은 볼 수 없었기 때문이다. 마지막 구에서는 '倥傯'이란 첩운을 이용함으로써 헛되이 고생만 했음을 생동감 있게 시화했고, 음악적인 율동도 더욱 효과적으로 나타냈다.

요컨대 이 시가 전반부에서 폭포의 장관을 드러내고자 했다면, 후반부에서는 기대한 바의 기사(奇事)를 얻지 못한 허망함을 나타내었다고 하겠다. 그리고 이런 내용을 표출하는 데 의성어와 의태어의 작용이 크다고 하겠다.

> 了了魚相聚,　　모여드는 고기떼 환히 보여
> 寥寥人屛息.　　사람들 조용히 숨을 죽이네.
> 啞然忽發笑,　　갑자기 껄껄거리며 웃어대니
> 觀影寫咫尺.[58]　그 모습 물위 지척에 어렸네.

위의 시는 오늘날 우리들이 공원이나 인공의 작은 못에서 흔히 볼

---

58) 《楚亭全書》上, p.48, 〈月瀨雜絶四首〉(3).

수 있는 모습을 시화한 내용이다. 첫 구의 첩자 '了了'는 분명한 모양
이라는 뜻으로, 맑은 물속에 고기떼가 모여드는 광경이 빤히 들여다
보임을 형용한 것이다. 아마 먹이를 뿌려준 것 같다. 그리고 사람들은
숨을 죽이고 그것을 지켜본다. '寥寥'라는 첩자는 이처럼 고기가 놀라
흩어질까 조용히 조심스럽게 지켜보는 모습을 그린 것이다. 여기까지
는 비교적 조용하고 고요하다. 정적을 깨는 것은 4구에서 '啞然'이란
의성어로 표현되는 갑작스런 웃음소리다. 그런데 그 웃는 모습이 소
리와 더불어 지척의 거울 같은 수면에 그대로 떠오른다. '了了'와 '寥
寥'는 의태로 짝이 되면서 리듬을 주고, '啞然'은 웃음소리를 형용하
여 청각적 효과를 낳는다. '咫尺'은 명사이나 역시 첩운으로 리듬감을
준다. 이처럼 이 시는 구마다 첩자, 첩운 등을 구사하여 사람들이 자
연을 즐기는 모습을 생생하게 표현하고 있다.

　　黃楡秋早塞天淸,　　유자나무 가을 들고 북쪽 하늘 맑은데
　　鞁鞦斜陽著色輕.　　말갈 땅에 석양이 불그스레 비쳐 든다.
　　草畫淋漓如草檄,　　무르익은 그 필치 격문이나 쓰는 듯
　　颼颼紙面作邊聲.[59]　지면엔 쏴쏴 변방의 소리 흡사하네.

　이 시는 진재 김윤겸(眞宰 金允謙, 1711~1775)이 그림을 그리는 모
습을 생취가 넘치게 묘사하고 있다. 필치가 무르익고 원기가 넘치는
듯하여 마치 적을 토벌하는 격문을 쓰는 것과 같다는 묘사가 참으로
전신(傳神) 그 자체라 하겠다. 게다가 쏴쏴 소리를 내며 지면에 그림
을 그린다는 표현이 변방의 온갖 소리들을 불러오는 듯하다. 반정균
은 이 시를 '호매한 자세를 보는 듯하다(豪態如見)'《箋註四家詩》)고 평

---

59)《楚亭全書》上, p.51, 〈送金眞宰允謙北游四首〉(1).

가했는바, 그야말로 수은이 쟁반 위를 구르는 듯한 생취적 시의 전형이라 할 것이다. 이는 의태어 '淋漓'와 의성어 '颼颼'를 구사한 결과라 하겠다. 내용만으로도 현장에서 자신의 눈으로 직접 보고 귀로 듣는 듯한 생동감을 느낄 수 있을 뿐 아니라, 아울러 음향효과에서도 율동감을 맛볼 수 있다.

> 遠村斜陽出沒,　　　먼 마을에 저녁노을 가물거리고
> 空林菊影蕭疎.　　　빈 숲엔 국화꽃 그림자가 성글다.
> 燕去鴻來怊悵,　　　제비 가고 기러기 옴도 괴롭구나
> 登山臨水躊躇.[60]　　　산수의 경치에 이르러 머뭇거리네.

특색 있는 6언 절구다. 구마다 마지막 두 자는 음악적인 율동을 살려주는 숙어로 되어 있다. 저녁노을 가물거리는 '出沒', 국화꽃 그림자의 성김을 나타낸 '蕭疎', 슬픔을 형용한 '怊悵', 주저감을 보여준 '躊躇' 등이 그러하다. 시인은 이러한 갖가지 모습들을 통하여 중양절(重陽節)이 돌아오면 겪게 되는 이름 붙일 수 없는 고독과 괴로움과 갈등을 토로하고 있다. 특히 아름다운 산천경개를 보고서도 흥이 일지 않는 마음상태의 표출은 경물(景物)에 감정이 이입된 의경(意境)의 한 사례라 하겠다.

> 亭根石趾水環環,　　　정자 밑 돌부리에 물은 맴도는데
> 朝日蒼茫在笠端.　　　아침 해 으슴푸레 삿갓 머리 비쳐오네.
> 遠樹陰時堪悵望,　　　먼 숲 그늘질 때도 쓸쓸히 바라보고
> 烟波皴展入橫看.　　　물결 밀려들고 나갈 때도 내다보았노라.

---

60) 《四家詩選》, p.166, 〈九日〉.

花叢有露春寒淺,   꽃떨기에 이슬 맺혀 봄은 벌써 따스한데

沙岸無人雨點殘.   모래언덕 사람 없고 비만 몇 방울 듣는구나.

綠草汀洲何處路,   강 언덕 풀 푸른 어느 오솔길로도

思君不見倚闌干.[61]   그대는 오지 않고 나 홀로 난간을 기대섰네.

제목에서 밝힌 바와 같이, 시인이 금강산을 구경하는 가운데 금수정이라는 정자에서 늦어지고 있는 벗을 기다리며 지은 작품으로 볼 수 있다. 첫 구에서 화자는 자신이 머물고 있는 정자 밑으로 시선을 돌렸다가 둘째 구에서는 머리를 들어 아침해를 바라본다. 첫 연에서는 물이 맴도는 모습의 '環環'과 해가 높이 걸린 풍경의 '蒼茫'이란 의태어를 통해 이미 시간이 어느 정도 흘렀다는 사실과 벗을 기다리는 화자의 초조한 심경을 보여주고 있다.

2연부터는 이러한 초조감이 더욱 강화되고 있다. 행여나 해서 먼 숲을 바라도 보고, 출렁이는 물결도 살핀다. 이는 첩운 형식인 '悵望'과 '皴展'으로 표현되고 있다. 그런 가운데서도 화자는 기회를 놓치지 않고 3연에서 자연의 신비를 느껴본다. '寒淺'과 '點殘'에도 발음상 첩운의 형식인 [-n]의 요소가 들어 있어 분명 리듬감을 전달한다. 4연에서는 늦어지는 벗을 기다리느라 답답한 나머지 홀로 난간에 기대어 있는 화자의 외로움이 그대로 나타나고 있다. 형식상이지만 '處路'와 마지막의 '闌干'도 각각 첩운의 효과를 내고 있다. 이로써 시는 벗을 기다리는 초조함을 경물에 기탁하여 표현하되, 그것이 첩자와 첩운의 작용을 받아 획득하게 되는 생취적인 면모를 더 선명하게 드러낸다.

---

61) 《四家詩選》, p.210, 〈永平金水亭約金剛遊伴不至〉.

急雨絲絲直,   소나기 실오리처럼 곧게 내리고
寒泉曲曲懸.   찬 샘은 꼬불꼬불 벼랑에 걸렸네.
玲瓏千萬籟,   영롱한 자연의 온갖 소리에로
共赴一宵眠.[62]   함께 가서 하룻밤 자 보세나.

첫 연의 '絲絲'와 '曲曲'이 짝을 이루면서 율동감을 준다. 다음 연의 '玲瓏' 또한 첩운이자 의태어에 해당하는 것으로 자연의 온갖 소리를 미적인 것으로 변모시킨다. 시인은 영롱한 자연과 함께 하룻밤이라도 자고 싶은 충동을 느낀다. 이 또한 '초예'에서 말하는 자연친화의 성향을 다분히 표출한 시라 하겠다.

峽盡岸奔尙勃如,   골짜기 끝나고 언덕을 달려도 안색 여전한데
天低東北始人墟.   하늘 끝 동북쪽 비로소 인적 드물구나.
行隨狋狋紛紛鳥,   느릿느릿 날고 있는 뭇 새들을 따르고
坐數堂堂策策魚.   앉아서 정연히 줄지어가는 고기를 세는구나.
靑翰舟驚仙侶近,   놀란 靑翰舟는 仙境과 가까워지고
白松扇拂草書疎.   白松부채질에 초서는 성글구나.
郎官也足稱名士,   낭관도 족히 명사로 칭할 만하니
水濶雲多痛飮餘.[63]   강 넓고 구름 많은데 실컷 마시자꾸나.

제목이 말해주듯, 1797년 시인이 48세 때 몇몇 친구들과 배를 타고 광나루〔廣津〕를 노닐고 미호(渼湖)를 거슬러 오르다가 세찬 바람에 막

---

62) 《楚亭全書》上, p.415, 〈夢賞亭十詠·石灘夜雨〉.
63) 《楚亭全書》上, p.481, 〈丁巳四月二十有四日, 舟同澹水·信菴, 泛廣津, 溯渼湖, 阻風一宿, 聯騎轉向茗溪分院, 留飮二日, 拈虞山七言近體詩韻, 疊至二十一章, 紀事述懷論文, 屬示之語, 互陳錯出, 無倫次焉二十一首〉(9).

혀 하룻밤 묵은 뒤, 다음 날 함께 말을 타고 태계분원(苔溪分院)으로 달려간 다음 다시 이틀 묵으면서 지은 연작시 21수 가운데 한 수이다.

이 시는 첩자를 연속으로 구사하고 있다는 점이 특이하다. 이는 리듬의 효과를 강조하기 위한 의도에서 비롯되었을 것이다. 배는 위로는 새 무리와 함께 움직이고, 아래로는 고기무리와 동행한다. 사람과 배 그리고 자연이 혼연일체가 된 모습을 연속 첩자를 통해 생동감 있게 형상화한 것이다. 3연의 청한주(靑翰舟)는 새 모양을 새긴, 푸른색을 칠한 배를 뜻한다. 특히 경(驚) 자를 구사한 것은 전반부의 느릿하고 여유 있는 모습과는 대조적으로 긴장감을 주고자 함이다. 즉 일정한 낙차가 있는 거센 물결을 타고 달리는 모습인 것이다. 게다가 백송(白松)을 비롯해서 뒤로 물러가는 주변 수풀의 경관은 그러한 선경(仙境)다운 분위기를 더욱 고조시킨다. 바로 이런 환경과 기분 속에서 화자는 실컷 마시지 않을 수 없을 것이다.

蝴蝶扁扁獅獅解媚人,　　나비 오락가락 사람에게 아양 떨지만
不知三世作蟲身.　　　　삼대째 벌레의 신세인 줄 잊었구나.
菜花只與針芒比,　　　　야채꽃 오로지 가시와 수염만으로도
色色玲瓏也自春.[64]　　색깔마다 영롱하여 스스로 봄이로다.

첫 연에서 '扁扁'은 가벼운 동작에 대한 묘사인바, 화려한 나비의 경박함을 적당한 시어로 표출한 것이다. 이와는 대조적으로 2연은 평범한 야채꽃, 곧 사람들의 관심사에서 소외된 이른바 천한 꽃이 단지 가시와 수염만으로도 그 색깔이 영롱하여 스스로 아름답고 즐거운 봄을 조성하고 있음을 시화한다. '色色'과 '玲瓏'은 각기 다른 첩자이며 첩운

---

64) 《楚亭全書》上, p.534, 〈成龍汝見訪縣齋三首〉(2).

이지만 때때로 오색영롱(五色玲瓏)의 경우처럼 함께 쓰이면서 눈부시고 아름다운 색채를 형용한다. 즐거운 율동을 주는 의태어라 하겠다.

> (……)
> 牧童不笑亦不忙,　　목동은 웃지도 서둘지도 않더니
> 酒家易知復難忘,　　"술집 찾기는 쉬워도 잊기 어려워요."
> 揚鞭擧袂一回首,　　손을 들어 말 몰아 머리 돌리는데
> 紅紅白白遙相望.　　붉은 것 흰 것이 아득히 보이누나.
> 桃花短短梨花早,　　복사꽃 갓 피고 배꽃 더욱 여리니
> 惟有杏花多最好.　　오로지 살구꽃 많아 제일 좋다네.
> 花風遠遠送酒氣,　　꽃바람 멀리멀리 술기운 보내고
> 花樹高高當酒旗.　　꽃나무 높이높이 주기가 걸렸구나.
> (……)[65]

이 시는 전형적인 대화체 서사시다. 그 가운데 일부분인 이 대목은 화자가 길을 가다가 한 목동에게 술집을 물었을 때 나타난 목동의 반응과 표정 및 느낌을 읊은 내용이다. 술집이 있느냐고 묻는 화자의 물음에 대한 목동의 대답이 걸작이다. "찾기는 쉬워도 잊기는 어렵다", 곧 술맛이 좋다 함이다. 목동이 방향을 제시한 곳을 보니, 아득한 곳에 붉은 것, 흰 것 등 갖가지 꽃이 만발해 있다. 역시 연속된 첩자로서 발음의 청각적인 율동과 내용의 시각적인 색채감을 아울러 주는 것이 독특하고 이채롭다. 복숭아꽃, 배꽃이 방금 핀 늦은 봄의 정취, 특히 활짝 핀 살구꽃 덕분에 기분이 좋은 화자다. 게다가 주변의 환경은 온통 꽃향기와 술 냄새로 가득하여 코를 자극한다. 여기서 '短

---

65) 《楚亭全書》 上, p.602, 〈牧童遙指杏村口號〉.

短', '遠遠', '高高' 등 첩자로 된 의태어는 일정한 리듬을 형성할 뿐 아니라 주변의 모습과 분위기를 그대로 드러내고 전달해 주는 데 큰 역할을 한다.

> 兩頭纖纖鐵蒺藜,　　　　두 끝이 가느다란 마름쇠
> 半白半黑斑花犀.　　　　반은 희고 반은 검은 얼룩 犀牛 뿔.
> 膒膒膊膊雙鬪鷄,　　　　홰치며 싸우는 한 쌍의 투계
> 磊磊落落駿馬蹄.[66]　　　뜻이 큰 준마의 발굽 같다네.

하늘과 땅 사이에 가득 차 있는 것이 다 시라고 하였다. 시인의 붓 끝에서는 모든 것이 시가 된다. 이 시는 투계의 광경을 마치 노래와도 같이 읊고 있다. 시구마다 첩자, 또는 연속 첩자를 구사한 데서 그 율동미(律動味)가 강하게 느껴진다. 원래 제목을 '曲'이라 했다는 점이 더욱 이 점을 뒷받침한다. 특히 2구는 '반' 자 운(韻)이 연속 세 번이나 쓰여 그 리듬감이 독특하다. 이런 형식을 통하여 시인은 투계의 장면을 고조된 분위기와 함께 경쾌하게 묘사하고 있다.

이상에서 보면 초정은 시에서 쌍성, 첩운, 첩자 등 의성어와 의태어를 빈번히 사용하여 리듬을 주고 활기를 부여함으로써 생취적 미감(味感)을 잘 살려내고 있음을 알 수 있다. 초정은 같은 첩자라 하더라도 다른 의미로 사용하거나 심지어는 '磊磊落落'과 같이 첩자를 연속적으로 구사하는 등 다양한 기법을 활용함으로써, 필요에 따라 강한 리듬뿐만 아니라 적절한 기세와 힘을 부여할 수 있었다.

한편 이와 같은 분석을 통해 초정이 여전히 농후한 작가 의식을 드

---

66) 《楚亭全書》上, p.256, 〈兩頭纖纖曲〉.

러내면서도 남달리 시의 수사적·표현적 측면에 주력했음을 엿볼 수
있다. 하지만 소리와 글자가 잘 합쳐져야만 좋은 시가 될 수 있다고
한 그의 시론을 증명하듯, 생취적 시에서는 내용에 적합한 세련된 시
어가 조탁의 흔적을 찾아볼 수 없을 정도로 자연스럽게 구사되었다.
시란 모름지기 나무에 꽃이 피고 새가 스스로 우는 듯해야 함을 강조
했던 초정이기 때문이다.

4. 繪畫的 味

회화적 맛(味)의 시란 말 그대로 회화성이 짙은 시를 말한다. 한편
회화적 '美'의 시는 시청각적인 느낌을 동시에 주는 시를 가리키는 것
이라 할 수 있다. 그러므로 회화적 시에서 시와 그림이 결합되는 '妙'
는 바로 청각과 시각, 무성(無聲)과 유성(有聲)이 하나가 되는 데 있
다. 즉 회화적 시의 목적은 단순한 그림이나 시에서는 도달할 수 없
는 예술의 경지를 추구하기 위해 각자의 단점을 서로 보완하여 시의
최상의 표현 효과를 얻고자 하는 것이다. 따라서 본 절에서는 제화시
(題畫詩)와 시의 회화성 분석에 주목하려 한다.

(1) 題畫詩

제화시는 특정한 그림의 형상을 바탕으로 전개되는 시이다. 제화시
는 그림을 전제로 하여 쓰여지는 만큼, 시 창작의 보편 법칙을 지켜
야 하는 것 외에도 전반적으로 시가 회화 형상과 유기적인 구성을 이
루도록 해야 한다. 그러므로 시의 형식과 내용은 당연히 회화 내용의
제약을 받게 된다. 한편 제화시는 그림과 더불어 존재하는 것이기는

하지만, 회화적 경지를 초월하여 그 자체로 독특한 예술 매력을 드러내기도 하는 일정한 자립성 또한 지니고 있다. 따라서 제화시와 그림의 관계는 서로 의존하고 상부상조하여 각자의 단점을 보완하고 장점을 더욱 잘 나타낼 수 있도록 이루어져야 한다. 시의 형식과 내용이 그림과 긴밀한 관계를 유지·조화시키지 못한다면 이는 적어도 좋은 제화시가 될 수 없을 것이고, 오히려 회화의 형상에 손상을 주게 될지도 모르기 때문이다.

제화시의 구실은 일목요연한 표층 의미를 나타내는 데 있는 것이 아니라, 감상자를 인도하여 그로 하여금 그림의 경지에 깊이 들어가 필묵 밖에 숨어 있는 심층 의미를 발견하고 깨닫도록 하는 데 있다.[67] 물론 제화시는 처음부터 자신이 선택한 시적 대상에 대한 느낌을 담은 것이 아니라는 한계를 지니고 있지만, 그래도 자신의 흥미에 맞게 선택한 그림에 대한 제시(題詩)라는 점에서는 일반 시와 크게 다를 바가 없을 뿐더러, 제화시가 표출한 그림 바깥의 의의는 분명 자신의 정서를 함축하게 된다. 초정의 제화시는 이러한 제화시 특유의 여러 요소들을 효과적으로 구현하고 있다.

松聲乍寂寥,   솔바람 소리가 잠깐 고요해지자
晝日堪惆悵.   한낮의 해가 슬픔을 감내하누나.
何來繡項鳩,   어디선가 목털 고운 비둘기 날아와
哎得空山響.[68]   소리 내어 울더니 빈산을 울리네.

그림은 목에 수놓은 듯 고운 무늬를 한 비둘기가 소나무 가지 위에

---

67) 이상은 麻守中 等編, 《歷代題畵類詩鑒賞寶典》(長春 : 時代文藝出版社, 1993), 〈前言〉 부분을 참조한 것임.
68) 《楚亭全書》上, p.310, 〈題松枝翡鴿圖〉.

서 울고 있는 모습을 나타낸 것으로 추정된다. 아마 위로는 해가 외롭게 걸려 있고 아래로는 숲이 우거진 산을 배경으로 하고 있는 듯하다. 소나무 소리가 적막하고 고요해진 가운데 비둘기 울음소리만은 메아리로 울려 퍼진다. 가령 세찬 바람이 불어친다면 비둘기의 울음소리는 두드러지지 못할 것이다. 이는 그 주변의 환경이 매우 고요함을 말해준다. 그래서인지 적막 속에서 허공에 외롭게 걸려 있는 해도 슬퍼 보인다. 구름 한 점 없는 맑은 날임을 짐작할 수 있다.

바로 이처럼 하늘과 땅 모든 것이 고요한 가운데, 어디선가 목에 고운 무늬를 한 비둘기가 날아와 그 고요를 깨뜨린 것이다. 시는 단순하고 슬픔에 찬 해와 화려하고 생취가 넘치는 비둘기, 바람 멎어 고요해진 소나무와 메아리로 울려 퍼지는 비둘기 울음소리를 대조적으로 구사하였다. 시인은 비둘기라는 '象'을 통하여 적막하고 슬픈 분위기를 깨고 활기에 넘치는 생명감이라는 의경을 만들어 내고 있다.

이와 같이 제화시는 그림의 경지를 전제로 하면서도 시인만의 의경을 독자적으로 창출해 낼 수 있다. 그림의 표상만을 해석하고 설명하는 것에 그친다면 제화시는 그 의의를 상실하고 말 것이다.

雙鳥握枝懸,	가지에 새 한 쌍 매달려
一啼枝一動.	울 적마다 나뭇가지 흔들흔들.
瓊花盡向西,	경화는 모두 서쪽으로 향하고
春風淡如夢.	담담한 봄바람 꿈과 같구나.

水濶荷華小,	드넓은 호수 작디작은 연꽃
天晴野鴨驕.	맑은 하늘엔 들오리 교태 부리네.
夕陽無定色,	석양은 다양한 색상 연출하고
秋柳動蒲蒲.[69]	가을 냇버들 낙엽이 우수수.

한 쌍의 새가 가느다란 나뭇가지에 매달려 있는 그림에 대한 시인 듯하다. 시인은 새의 울음소리와 나뭇가지의 흔들림, 그리고 담담한 봄바람을 꿈의 경지에 견주었다. 경화(瓊花)는 팔선화(八仙花)와 비슷한 꽃으로, 잎이 부드럽고 윤이 나며 담담한 누런색을 띠고 있는, 밤에 피는 진귀한 꽃이다. 그래서인지 경화는 빨리 밤이 되기를 바라는 마음으로 서쪽을 향하고 있다. 새가 한번 울 때마다 흔들리는 냇버들 가지는 마치 읽는 이를 그림 속으로 끌어들일 듯 유혹적이다. 특히 피부로 느껴질 듯 말 듯한 담담한 봄바람은 화창한 봄날이 그만큼 매혹적임을 시사한다.

둘째 수의 첫 연은 호수의 연꽃과 하늘의 들오리를 짝이 되도록 묘사했다. 그림 또한 이 둘이 대조를 이루도록 그린 듯하다. 하늘과 땅 그리고 그 사이의 인간이 일체가 된 셈이다. 특히 '驕'자의 이용은 정적인 호수의 연꽃 이미지와는 달리 동적인 느낌을 주고 있다. 한편 그림의 석양은 비록 여러 색감으로 채색되어 있다 할지라도, 여전히 움직이지 않는 고정된 색상에 불과할 것이다. 하지만 시인은 역시 변화의 느낌을 주기 위하여 '無定色'이라 하였다. 가을의 냇버들은 바람이 조금만 불어도 낙엽을 우수수 떨어뜨릴 것이 자명하다. 이처럼 시는 정적이고 소리 없는 그림을 오히려 동적이고 소리 있는 그림으로 만들어 살아 숨쉬게 하고 있다.

茸茸短草間,	작은 풀 우거진 가운데
知有石根水.	돌 뿌린 물에 잠겼네.
鳥啄莫相疑,	새는 쪼느라 정신없는데
颼颼風竹耳.[70]	대나무 바람소리만 쏴쏴.

---

69) 《楚亭全書》 上, p.289, 〈題畵二首應令〉.
70) 《楚亭全書》 上, p.312, 〈題畵〉.

　자연의 조화로움을 그린 그림에 대한 제화시인 것으로 보인다. 풀과 돌과 새와 대나무와 바람이 조화를 이루고 있다. 또한 그것을 감상하는 시인도 그림과 하나가 되어 자연에 몰입한 상태이다. 이와 달리 서로 의심하고 매도하며 살육하는 인간사회는 냉혹하고 조화가 없음을 깊이 자성케 한다. 이 시 역시 소리로써 시의 특징을 살려 그림에 생기를 부여한다. 특히 첩자로 된 의태어 '茸茸'과 의성어 '颼颼'를 구사하여 시에 생취를 더해 주고 있다.

草深僅沒春鋤趾,　　풀은 깊어도 겨우 백로 발굽 묻혀지고
水淺能浮倒影花.　　물은 얕으나 꽃 그림자 띄울 만하네.
料得春山孤靜意,　　봄산의 외롭고 고요한 뜻 헤아려
一卷苔石數堆霞.[71]　이끼 낀 조약돌 몇 더미 노을 쌓였네.

　첫 연은 대구를 이루고 있다. 또한 대구로 이해해야만 해석이 가능하다. 풀은 무성해도 백로 발굽을 겨우 묻힐 만한 정도이고, 물은 얕으나 능히 거꾸로 비낀 꽃 그림자를 띄울 수 있다고 하였다. 여기서 '深'과 '淺', '僅沒'과 '能浮'는 서로 반대말로 쓰였음을 알 수 있다. 한편 3구와 4구도 내용상 대조가 되고 있다. 산과 조약돌은 비교가 되지 않을 정도로 너무도 큰 차이를 보인다. 웅장한 거구를 가진 봄산이건만 자신과 벗할 상대가 없어 고요와 외로움을 금할 수 없다. 이와는 반대로 조약돌은 볼품없이 미약한 존재이지만 화려한 노을이 비껴 있어 나름대로 활기가 넘치고 있다. 초정은 작은 화폭의 그림 속에서도 이에 대한 자세한 관찰과 시적 안목을 잃지 않고 섬세한 필치로 그림 바깥의 뜻, 곧 모든 사물에는 그것의 크기를 막론하고 그 자

---

71) 《楚亭全書》上, p.383, 〈題畫扇〉.

체로 존재가치가 내재해 있음을 표출한 것이다.

落蘂飄魚鱗,   떨어지는 꽃술은 비늘처럼 흩날리고
松光流翡翠.   소나무 빛은 비취색으로 흐르네.
如聞屧響來,   신 끄는 소리가 들리는 듯하더니
夢斷廻廊邊.[72] 행랑 돌아 사라져 꿈만 깨어졌네.

이 그림의 본래 모양이 어떠한지 분명히 알 수는 없으나 제목에서
〈春院美人圖〉라고 했으니 미인이 화면에 분명 그려져 있을 것이다.
그러나 시에서는 여인에 대한 구체적인 묘사를 삼가고 있다. 시인은
꽃과 푸른 소나무가 어울려 있는 황홀경 속에서 미인의 신 끄는 소리
를 두드러지게 묘사했다. 말하자면 몸에서 풍기는 향기가 느껴질 듯
미인이 가까이 다가오다가 눈 깜짝하는 사이에 벌써 감상자의 시야를
벗어나 어렴풋한 모습만 남기는 것이다. 바로 이러한 느낌을 주고자
하는 것이 제화시의 구실이 아닌가 싶다. 시는 매우 단순하고 정적인
그림에서 동적이고 미묘한 통감(通感)을 이끌어 내는 것이다.

吳家灣接范家灣,   오가만에 범가만이 연접했는데
終古詩人此往還.   언제나 시인들은 이곳을 왕래하네.
只一靑峯吾自樂,   푸른 봉우리만 스스로 즐긴 것이니
非關白眼傲塵寰.   속세를 흘기고 싫어함도 아니라네.

雲山蕭寺記南朝,   구름 걸린 산중 사찰은 남조를 기록하고
湖上人家畵裏遙.   호수 위의 인가는 그림 속에선 아득하네.

---

72) 《楚亭全書》上, p.309, 〈題春院美人圖〉.

縱使十年趨紫陌,　　가령 십 년이나 서울 길을 밟았어도

胸中邱壑定難消.[73]　　흉중의 구학은 정녕 가실 바 없구려.

오조(吳照, 1755~1811)는 호가 백암(白菴)이고 중국 강서 남성(江西南城) 사람이다. 오조는 시를 잘 짓고 대나무를 기운생동(氣韻生動)하게 잘 그려 사람들이 그를 '강서묵죽'(江西墨竹)이라 불렀다. 이 시는 초정이 중국에 갔을 적에 오조의 그림 〈석호도(石湖圖)〉를 접하고 이에 붙인 시다.[74]

첫 수에서는 이때까지 시인들이 석호[75]에 드나드는 목적이 다만 하나의 푸른 산봉우리를 스스로 좋아하기 때문이었다고 설파했다. 사실 때로는 속세가 싫어서 맑고 아름다운 이곳을 찾을 수도 있었겠지만 초정은 결구에서 이 점을 부인한다. 그 이유는 당시 초정이 이 그림에 제시(題詩)할 때 자리를 같이했던 옹방강(翁方綱, 1733~1818 ; 청의 서법가이자 문학가)의 말에서 찾을 수 있다. 오조가 석호에 머물면서 그린 자신의 그림을 스스로 '석호어은'(石湖漁隱)이라 명명한 데 대해 옹방강이 태평성대의 세상에 '은거'(隱居)라 함은 적합하지 않다고 하자, 오조가 그림의 제목을 다시 '석호과경'(石湖課耕), 곧 '석호에 머물러 농사를 지으면서 공부를 한다'는 의미로 고쳤다고 한다. 즉 속세를 백안시하거나 혐오한다 함은 적어도 태평성대의 세상에는 걸맞지 않다는 것이다.

둘째 수는 남조(南朝)의 양(梁)나라 무제(武帝)가 사원을 짓고 자기

---

73) 《楚亭全書》上, p.319, 〈題白菴吳照石湖課耕圖卷二首〉.

74) 《楚亭全書》下, pp.91~92 참조. '석호어은'(石湖漁隱)을 '석호과경'(石湖課耕)으로 바꾸었다는 이어지는 내용의 출처도 이와 같음.

75) 석호(石湖)는 중국 강소성 소주(江蘇省 蘇州)에 위치한 태호(太湖)의 일부로서, 현재 관광명소로 각광을 받고 있다.

의 '蕭'씨 성을 따서 소사(蕭寺)라 불렀다는 고사를 인용하였다. 1연의 첫 구절은 드넓은 석호의 장관을 말해주는 것으로, 역대 임금들이 이곳을 좋아하게 된 까닭을 밝히고 있다. 이처럼 매우 유혹적인 곳이므로 문인 정객들은 이를 뿌리칠 수 없었다. 초정은 오랜 벼슬길에 몸을 담그고 있어도 속세를 싫어하여서가 아니라 도저히 유혹을 물리칠 수가 없어 그곳에 머물고 마는 이들의 연유를 시로 표현한 것이다. 그림만으로는 이런 점을 알 수 없다.

이러한 점에서 볼 때 초정이 시를 붙인 석호도는 넓은 호수와 그 주변에 이른바 오가만과 범가만이 인접해 있고, 호수 가운데에는 푸른 산이 홀로 우뚝 솟아 장관을 이루며, 호수 위에는 여러 척의 어선이 점점이 보이는 풍경을 담고 있는 그림으로 추정해 볼 수 있다.

秋山一幅亂麻皴,　　가을산 한 폭은 亂麻皴으로 그렸고
老屋疎林點染新.　　낡은 집 성긴 숲 칠하니 새롭구나.
另有神交在便面,　　별다른 교감이 있어 낯익다 했더니
夢中人是畵中人.[76]　꿈속의 사람이 그림 속의 사람일세.

왕학호(王學浩, 1754~1832)의 호는 초휴(椒畦)로서 강남 사람이다. 왕학호는 직접 초정과는 얼굴을 맞댄 적이 없지만 반정균과 절친한 사이이고 산수화에 능했다. 그에 대한 회인시(懷人詩)에서 초정은 "산수를 그림에 元인의 준법과 채색법을 닮았고 비단부채에 정을 담아 보내주니 친근한 마음을 증정하네. 참된 사귐은 만남에 있지 않고 이 뜻만으로도 진실로 소중한 것이로세"[77]라 하여, 왕학호의 화법이 원

---

76) 《楚亭全書》上, p.322, 〈題王椒畦學浩畵扇見贈〉.
77) 《楚亭全書》上, p.377, 〈懷人詩倣蔣心餘·王椒畦學浩〉. "椒畦寫山水 皴染如元人 含情托紈扇 贈以心所親 眞交不在面 此意良足珍"

(元)인을 계승했다는 점과 부채에 제시한 일, 그리고 직접 만나지는 못했더라도 서로 귀중한 뜻을 주고받았던 기억 등을 밝히고 있다.

회화에서 준법(皴法)은 형태의 외형을 끝낸 다음에 산이나 바위, 비탈 등의 입체감과 명암, 질감을 나타내기 위해 표면을 처리하는 유형적 수법으로, 약 25가지가 있다.[78] 1연의 내용은 부채 그림을 담고 있는 화면이다. 난마준(亂麻皴)으로 이루어진 가을산을 화면의 공간 배경으로 설정하고, 그 가운데 낡은 가옥과 성긴 숲을 점염법(點染法)으로 그리고 있어 참신하다. 낡은 집이 점염법에 따라 새롭게 변신했다는 점이 바로 그림의 남다른 효용이라 하겠다. 즉 모든 사물이 그림으로 옮겨지면 대부분 아름답게 느껴지는 것처럼 말이다. 2연은 화자의 느낌을 표출한 대목이다. 그림 안의 사람이 어쩐지 낯이 익어 아무래도 정신적 사귐(神交)이 있었던 것이 아닐까 하고 생각을 굴려 보니 바로 꿈속, 곧 마음속으로 그리던 사람이라는 것이다. 왕학호를 암시하고 있음이 틀림없다. 이처럼 시로써 유능한 사람과 교유를 즐기는 시인의 성품을 엿볼 수도 있다.

岷峨碧天下,	민산 아미산 푸른 하늘 아래서
江水所自出.	장강은 저절로 흘러내리네.
長庚照李樹,	태백성은 오얏나무를 비추어
間氣挺豪傑.	어쩌다 세상에 호걸이 태어났네.
胸次蟠竹石,	가슴속엔 竹石의 기가 서려 있고
詞源貫天地.	무궁한 文詞는 천지를 관통했네.
常存遐擧情,	항상 뛰어난 정감이 있어
肯爲簪組累.	대대로 높은 벼슬 이을 만하네.

---

78) 최숙인, 〈朝鮮後期 文學에 나타난 繪畫性 硏究―연암 계열의 시를 중심으로〉, 이화여대 박사논문, 1989, p.108 참조.

前日遇吾友,　　　전일에 내 벗을 만나서

片言輸眞意.　　　한마디 말로 참뜻을 전하니,

中外卽一家,　　　중외는 바로 한 집안

羣議不足道.　　　여론은 보잘 것 없다네.

鷄林一卷書,　　　계림의 한 권의 책

木瓜瓊瑤報.　　　모과에 보석으로 갚누나.

詩中有知己,　　　詩 속에 知己가 있거니

珍重一言付.　　　건네준 한마디 참으로 귀하구나.

小照來颯爽,　　　초상화 그 모습 씩씩하고 성품 좋은데

迢迢鴨水渡.　　　머나먼 곳에서 압록강을 건너왔네.

萬里懸弧日,　　　만리 밖 그대 출생한 날은

人間蠟月五.　　　속세의 음력 섣달 초닷새라네.

生死結寸心,　　　생과 사를 마음으로 다져

酒一香一炷.　　　술 한잔 올리고 향 한대 피운다.

未登淸閟閣,　　　아직 淸職에 오르지 못했으나

欲繡宛陵句.　　　王述의 글귀를 수놓으련다.

拜像如拜佛,　　　부처에 절하듯 초상에 절하고

閨集堪千古.[79]　　遺稿集 오랜 세월 전하길 바라네.

　　청(淸)의 이조원이 초정의 서신을 받고 자신의 초상화를 답장과 함께 보냈었는데, 바로 그 초상화에 대한 시다.

　　제화시 첫 2연에서는 이조원이 태어난 사천지방의 웅위하고 수려한 산수를 묘사함으로써 호걸이 세상에 나타날 때의 비범한 배경을 밝혔다. 뿐만 아니라 3, 4연에 이르러서는 호걸이 소유한 고상한 인격

---

79)《楚亭全書》上, p.92, 〈題幾何室所藏雲龍山人小照〉.

과 사백(詞伯)으로서 가진 재능을 언급함으로써 이런 것들이 그의 타고난 탁월성에 말미암은 것임을 설파하고 있다. 5, 6연에서는 시인이 친구의 말을 전해 듣고 중국이나 우리나라는 모두 한집 식구나 마찬가지이므로 누가 무엇이라 해도 개의할 것도, 화낼 것도 없다는 초연한 마음가짐을 토로한다. 7, 8연은 시인의 서신에 기꺼이 답하면서 친구 자신의 초상화까지 보내준 데 대해 고마움을 나타내고 있는 대목이다. 《시경(詩經)》에 한 연인이 모과를 던져주니 이에 보답하고자 상대방은 옥을 주었다는 내용의 시가 있다. 즉 초정은 여기서 그들 사이의 관계를 연인 관계로 격을 높여 지기로서 절실한 감정을 표출한 것이다. 9, 10연에서는 초상에 그려진 친구의 훌륭한 모습을 찬양하고 상대방의 출생일까지 밝히고 있다. 11, 12연에서는 그런 '절친'한 사이로 생사를 같이할 것을 다짐하면서 벼슬보다도 문학에 더욱 정진할 뜻을 표명한다. 그리고 마지막 연에서는 지극한 우도(友道) 정신에서 출발하여 '遺稿集'의 좋은 운명을 빌고 있다.

이 제화시는 간단한 초상화를 대상으로 하면서도 그 인물의 '像'에 대한 묘사는 극히 적은 반면에, 인격 또는 성품의 고결함과 시문에서 보여준 재능 등 이조원이라는 인물의 비범한 내막에 대한 묘사가 대부분을 차지하는 특징을 보여주고 있다. 이로써 시가 단순히 그 인물의 외적인 모습을 주로 보여줄 뿐인 그림의 한계를 극복하고 인물의 사연과 같은 내적인 것까지 여실히 전달할 수 있음을 확인할 수 있다.

酒卽杯中水,	술은 바로 잔 속의 물이라
能含天地意.	능히 천지의 뜻 품었구나.
不知雪何能,	백설이 무엇을 할 수 있을까
使人堂戶邃.	人家를 그윽하게 만드는구려.
世人見其臥,	사람들 누워 있는 모습 본다면

强名謂之醉.　　억지로 취했다고 말하리라.

試看樹頭白,　　나무 끝 흰빛을 쳐다보시라

玲瓏有奇致.[80]　영롱함이 기이한 풍취 자아내네.

이 시의 그림은 아마 눈 오는 날 미친 듯이 술을 마시는 모습을 그
린 인물화인 듯하다. 1연은 '천지의 뜻'을 품고 있는 장문도(張問陶,
1764~1814)의 포부와 재주를 뜻한 것으로 보인다. 초정은 다른 시에
서도 "재능은 용수나 도원과 견줄만하다"[81]고 하여 그의 재주를 높이
평가한 바 있다. 다음 연은 그림에서 눈의 배경이 갖는 구실을 설파
하고 있다. 눈 오는 날 온 세상이 전부 새하얀 가운데 자리하고 있는
가옥의 광경은 그야말로 깊고 아늑한 느낌을 줄 것이다. 그러면서 시
인은 이어지는 연에서 그가 술에 취해 있는 것을 보면 세상 사람들은
틀림없이 그를 술주정뱅이로 몰아칠 것이라고 판단한다. 하지만 이는
단지 겉만 알고 속은 모르는 소치이다. 하늘을 찌를 듯한 나무 끝에
서려 있는 흰빛은 암시하는 바가 있다. 취하여 고주망태가 되어버린
것 같은 인물의 겉모습과는 대조적으로, 그의 포부와 재능은 향후 크
게 발휘될 날이 반드시 도래하리라는 가능성이 예고되고 있는 셈이
다. 아주 간단한 광음도(狂飮圖)이지만 그 인물에 대한 품평을 통해
장문도의 됨됨이, 곧 애주가로서 지닌 외적인 성품과 그로 하여 흔히
지나쳐버리기 쉬운 내적인 재능을 직설적이지 않게 은유적으로 표현
하고 있다. 초정은 다른 회인시에서 장문도가 자신의 용모 때문에 무
람없는 느낌을 주지만 사실은 철 같은 굳센 의지와 결백을 지켜 온
인격의 소유자라며 그를 극찬하기도 했다.[82]

---

80) 《楚亭全書》上, p.353, 〈題船山雪中狂飮圖〉.

81) 《楚亭全書》上, p.321, 〈題船山書扇見贈〉. "才堪用修敵, 句欲道園齊"

82) 《楚亭全書》上, p.376, 〈張船山問陶〉. "船山貌可狎, 介然中有鐵. 習靜椒山寺, 蕭

淺水纖浮草履船,　　얕은 물에 짚신 같은 배만 뜨는데

葦間風日去延緣.　　갈대 사이 바람 해 하늘가로 옮겨지고,

巖廊一片蓑衣夢,　　궁궐에 있으면서 도롱이 옷 그리워

忽漫披圖已五年.　　홀연 멋대로 그림 편지도 5년이네.

一副胸中將就園,　　이 한 가슴속에 동산을 이루고

歐波亭對鶺鴒原.　　구파정에서 할미새 무리 마주했네.

漁洋未老西樵逝,　　어양이 늙기 전에 서초가 먼저 가니

腸斷江南黃葉邨.[83]　　강남의 황엽촌에서 애간장 타누나.

　빈곡 증욱(賓谷 曾燠, 1759~1830)은 강서 남성(南城) 사람으로, 일찍이 자신의 형과 함께 항주(杭州)의 서호(西湖)를 유람하다가 이곳에 같이 은거하자고 약속했다 한다. 이에 빈곡은 만상린(萬上遴)에게 부탁하여 그리게 하였다는 〈西溪漁隱圖〉를 가지고 와 초정에게 시를 청탁하였고, 결국 초정이 위의 시를 쓰게 된 것이다.[84] 초정은 빈곡에 대한 회인시에서 "어은도를 한번 읽으면 재삼 세상의 차가움을 느끼게 된다"[85]며 〈어은도〉의 숨은 뜻을 드러낸 적이 있다.

　이 시는 두 편으로 되어 있다. 첫 수의 1연은 그림의 내용을 설명하고 있다. 작은 배가 갈대 숲 사이로 아득히 사라지는 모습이 그림의 전모인 듯하다. 바로 증욱의 형제가 유람하다 함께 은거하려고 약속했던 당시 서호의 모습이 부분적으로 그려져 있었을 것으로 보인다. 2연은 증욱 형제가 벼슬하면서 이곳에 은거할 뜻이 있었음을 말

　　然味禪悅. 傳家有清白, 相期在名節"
83) 《楚亭全書》上, p.353, 〈題曾賓谷燠西溪漁隱卷二首〉.
84) 《楚亭全書》下, p.100 참조.
85) 《楚亭全書》上, p.377, 〈曾賓谷燠〉. "一讀漁隱圖, 丁寧歲寒意"

해주는데, 그때 만상린에게 부탁하여 〈어은도〉를 그리도록 한 지도 이미 5년이 지났음을 밝히고 있다. 이는 벼슬하면서 자연을 그리고 자연에 몰입하고자 하는 심사를 수차례나 표명하면서도 실제로 그렇게 하지 못하는 현실을 고민한 초정의 경우와 너무나도 흡사하다. 사실 그림만 보아서는 이와 같은 일들을 알 수 없을 것이다.

두 번째 시는 첫 수의 연속으로 판단되는데, 그림을 제작할 당시 가슴속에는 이미 이들 '隱者'의 무릉도원이 이루어졌던 것처럼 보인다. 여기서 '구파정'의 '鷗波'는 갈매기가 물속에서 유유자적하게 노니는 모습을 가리키는 말로서 전하여 은거할 땅을 표현하였다고 볼 수 있고, '鶺鴒原'은 '척령재원'(鶺鴒在原)의 준말로서 형제가 어려움을 당하였을 때 서로 돕는 비유로 쓰이고 있는바, 구파정이 증욱 형제가 은거할 곳을 표현한 것이라면, 척령원은 왕사정 형제의 돈독한 우애를 뜻하는 것으로 보인다. 이 점은 마지막 연에서 알 수 있다. 이 부분은 왕사정 자신이 늙기도 전에 서초 왕사록(西樵 王士祿 ; 왕사정과 형제인 듯함)이 요절한 것 때문에 슬퍼하고 있었던 일을 시로 표현한 것이다. 아울러 증욱 형제도 왕사정 형제처럼 그 우애가 돈독함을 암시한 것으로 볼 수 있는데, 왕사정을 거론한 것도 바로 이 점을 감안한 것이 아닐까 한다.

道人畵竹時,　　도인이 대나무를 그릴 때면
還以色相起.　　도리어 색상으로 일으켜 세운다.
君看竹成後,　　대가 다 이루어진 것 보노라면
妙不在形似.　　교묘함은 형사에 있지 않다네.

莫說無人采,　　채취하는 이 없다고 말하지 말라
非關爾不香.　　그대 향기 없는 것과는 무관하네.

聊將一孤萼,　　장차 홀로 선 꽃받침에 힘입어

含笑答春光[86]　미소를 머금고 봄빛에 화답하리.

청의 문인화가 양봉 나빙(兩峰 羅聘)의 죽란도(竹蘭圖)에 대한 두
편의 시다. 양봉은 강도(江都) 광릉사람[廣陵人]으로서, 천녕문(天寧門)
안의 미타암(彌陀菴)에 거주할 때 그 당액(堂額)을 '朱草詩林'이라 하
고 자신의 호를 '花之寺僧'으로 자칭하였다. 그림은 김농(金農)에게서
초학하였고, 이후 고선불화법(古仙佛畫法)을 익혀 시와 그림 모두에
능했던 것으로 전한다.[87]

첫 수에서 도인(道人)이라 한 것은 바로 나빙이 미타암에 거주하던
시기에 호를 화지사승(花之寺僧)이라 한 것과 관련이 있을 것으로 본
다. 사실 도인이란 불문에 귀의한 사람을 말한다. 또는 선도(仙道)에
몰입했거나 속세를 떠난 자들을 두루 가리키는 말이기도 하다. 그러
므로 도인이 대나무를 그린다고 하면 상식적으로 보아도 도인답게 세
속인과는 다른 신비적인 측면에 주력할 것으로 생각되겠지만, 여기서
는 도리어 도인이 시선을 현혹하는 생동한 형상(색상)으로 그렸다고
한다. 하지만 대나무가 다 이루어진 다음에 드러나는 그림의 묘는, 그
본래의 자연의 대나무와 흡사하여 나타나는 생동하는 모습에 있는 것
이 아니라, 말로는 형용할 수 없는, 도인에게만 있을 수 있는 신사(神
似) 또는 신비에 있다고 하였다. 여기서 한 가지 중요한 사실을 알 수
있다. 아무리 사의(寫意)의 작품이라 하더라도 그 바탕은 형사(形似)
라는 것이다. 따라서 이 시는 형사를 바탕으로 해야만 사의의 작품을
마음대로 그릴 수 있음을 시사하고 있다. 아울러 작자의 인격 또는
인품이 작품의 형성에 지대한 영향을 줄 수 있다는 점도 암시한다.

86) 《楚亭全書》上, p.320, 〈題兩峯畵竹蘭草二首〉.
87) 《楚亭全書》下, pp.66~67 참조.

다음은 난에 대한 시이다. 이 시는 내용적으로 보아 첫 수의 부연이라 하겠다. 첫 수와 마찬가지로 이 난초도 분명 실제 난초처럼 생생하게 그려졌을 것은 의심할 바 없다. 따라서 '無人采'는 채취하러 올 사람이 없다는 뜻으로 이해하는 것이 좋을 듯싶다. 말하자면 아무리 잘 그린 그림이라도 취하러 오지 않는 것은 향기가 풍기지 않는 것과 무관하다는 것이다. 여기에 바로 도인의 인격과 정신이 담겨 있다. 가령 세속인이 그 향기에 유혹되어 난초를 캐러 온다면, 그것은 도인이 바라는 바가 아닐 것이고 '脫俗'의 자세도 아닐 것이다. 바로 2연에서 펼쳐지는 선비의 꿋꿋한 지조와 낙천적인 자세야말로 이 그림 또는 시에서 보여주고자 하는 의경(意境)이 아니겠는가 한다.

(2) 繪畵性 詩

회화적 맛[味]의 시는 주로 시각적 느낌이 짙은 시, 또는 여러 회화 수법들이 구사된 시를 말한다. 여기서는 크게 두 가지 유형의 시를 다루고자 한다. 첫째는 시에서 화의(畵意)를 직접 명시한 시다. 이런 시는 그림의 경지와 상통하여 시정화의(詩情畵意)를 드러낸다고 할 수 있는데, 화의를 직접 언급하고 있으므로 가려내기도 쉽다. 즉 시적인 대상이 그림의 소재로 쓰여도 손색이 없는 시인 것이다. 두 번째는 화의가 직접적으로 명시되지 않았으나 흔히 말하는 회화성이 농후한 시, 곧 회화 수법의 원용, 대상의 회화화 등을 통해 시각적 효과가 고도로 보장된 시다.

雙牖虛相映,　　한 쌍의 열린 창문 서로 비추고
圖書望更深.　　도서를 바라보니 더욱 깊숙하다.
春風搖野馬,　　봄바람에 아지랑이 아물거리고

夕藥淡林禽.　　저녁 꽃술에 수풀 짐승 어렴풋하네.
眉宇遙難辨,　　아득하여 얼굴은 가려 볼 수 없고
琴聲略可尋.　　그래도 거문고 소린 찾을 수 있네.
爲君添畫意,　　그대를 위하여 그림의 뜻 보태어
驢背一遲吟.[88]　　나귀 등에서 한 번 천천히 읊으리.

　　이 시는 화자가 화창한 봄날에 나귀를 타고 길을 가다가 길가의 한
초당에서 울리는 거문고 소리를 들은 것이 계기가 되어 쓰여진 것 같
다. 시는 몇 개의 시각적 '象'과 소리로 구성되어 있다. 열린 창문과
그 안의 도서는 초당이라는 하나의 작은 공간에 자리 잡고 있고, 아
지랑이와 수풀의 짐승은 자연이라는 큰 공간에 자리하고 있다. 아득
하여 용모를 분간할 수 없다는 것으로 보아 길가라고는 하지만 화자
와 초당 사이의 거리는 꽤 먼 것으로 추정된다. 이는 마치 회화의 원
근법을 연상시키는 표현이기도 하다. 그러나 시인은 거문고 임자의
얼굴을 파악할 수는 없어도 거문고 소리만은 잘 들을 수 있다. 시인
의 관심이 시각적 표상에서 청각적 표상으로 옮겨간 것이다. 필경 거
문고 소리는 화자의 마음을 움직인 듯싶다. 시흥이 도도한 화자는 거
문고 소리를 반주로 삼은 듯 이에 맞추어 시를 읊는다. 즉 그림의 뜻
을 시로 지어 낭송한다는 것이다. 여기서 화의는 여러 표상을 가리킬
터인데, 그림처럼 아름다운 광경을 시로 표현한다는 의미로 이해하는
것도 얼마든지 가능할 것이다. 거문고 소리와 시를 읊는 소리가 그림
같은 여러 가지 '象'과 어울려 말 그대로 시정화의(詩情畫意)의 경지가
이루어진 것이다.

---

88) 《楚亭全書》上, p.32, 〈路傍草堂有琴聲〉.

茅葦乾聲夾路秋,　　띠, 갈대, 하늘 소리 가을 길에 울리고

夕陽寒傍土饅頭.　　석양이 지는 곳에 차가운 흙 만두.

迅飛不辭何毛鳥,　　말없이 빨리 나는 건 무슨 새인고

遠脚相交亂渡牛.　　먼 곳 소떼들 어지럽게 강을 건너네.

百里雲山輸畫卷,　　백 리 뻗은 구름 산 그림 같고

一竿行李付漁舟.　　행장 한 짐 고기 배에 맡기었네.

飄然願入荷花國,　　표연히 연꽃나라로 들어가서

皓月澄波載酒遊.[89]　하얀 달 맑은 파도에 술 싣고 놀고 싶네.

　띠, 갈대, 하늘, 모든 것이 가을을 나타내는 자연 풍경이다. 봉분을
의미하는 것 같은 '흙 만두' 역시 가을과 어울리는 소슬함을 뜻하는
이미지일 것이다. 이때 가까운 곳의 새와 먼 곳의 소가 공간상으로뿐
만 아니라 빠르고 느림의 속도상으로도 대조적이다. 길게 뻗어 구름
이 감돌고 있는 산은 마치 말아둔 그림을 펴놓은 듯하다. 화자는 그
림 같은 경지에 임하여 어느덧 흥분의 도가니에 빠져든 것처럼 보인
다. 마지막 연에서는 그러한 선경에 몸을 맡겨 술을 마시면서 마치
신선과도 같이 즐기고 싶은 마음을 토로하였다. 역시 시정화의가 담
긴 자연경관이라 하겠다. 청각을 자극하는 요소는 오로지 띠풀과 갈
대의 소리뿐이고, 나머지는 모두 시각을 자극하는 표상들이다. 더욱
이 3연의 첫 구절은 우리가 흔히 볼 수 있는 여러 점의 연속된 산수
화를 연상케 한다. 화자는 그림 같은 곳에 마주해 있으면서도 여기에
만족하지 않고 더욱 아름다운 신선 세계와 같은 '연꽃나라'를 동경한
다. 시인 자신도 미적인 경지에 깊이 빠져든 것이다.

---

89) 《楚亭全書》上, p.81, 〈出黃精坪〉.

曉山堆半綠,	새벽 산은 푸른빛이 반쯤 쌓여 있고
初旭出臙脂.	막 떠오른 해는 연지 바른 듯하네.
小雨柴門外,	가랑비는 사립문 밖에 흩뿌리고
寒天落葉時.	차가운 날 가끔 낙엽이 지는구나.
春聲帶疎屋,	절구질 소리는 성긴 집들을 둘러싸고
野色入秋籬.	들 빛깔은 가을 울타리 속으로 들어오네.
卽事欣相契,	시 짓자 하니 흔연히 뜻이 서로 맞아
森然畵裏詩.[90]	삼연한 그림 속에 시가 들어 있다네.

1연부터 그림을 연상시킨다. 새벽의 푸른 산을 배경으로 연지를 바른 듯한 붉은 해가 막 떠오르는 모습이다. 기분 좋은 쾌적한 아침이다. 푸름과 붉음의 색상이 선명하다. 2연은 1연의 원경에서 집 부근의 근경으로 시점이 옮겨간다. 바로 가을의 조짐을 시사하는 대목으로서 1연과는 전혀 다른 소슬한 느낌이다. 3연의 절구질 소리는 음악의 리듬과 같은 청각적인 느낌을 주는데, 그 표현이 '帶'라는 글자를 통해 시각적으로도 구사됨이 절묘하다고 하겠다. 이러한 율동과 조화를 이루며 가을들판의 빛이 화자의 마음속으로 들어온다. 시흥이 도도할 때 마침 그림과도 같은 가을빛이 화자의 눈길에 포착된 것이다. 그림 속에 시가 들어 있다고 한 것은 이러한 시적인 여러 표상들 안에 그림의 뜻과 시적인 경지가 함께 무르녹아 있다는 말로 이해된다. 즉 이 시에 사용된 시적 표현들은 그림의 소재로도 충분하다는 뜻이다.

江海秋聲日夜喧,   강과 바다 가을 소리 밤낮으로 그치지 않고

---

90)《楚亭全書》上, p.104, 〈柴門〉.

荻花風起蟹燈繁.   갈대에 바람 일어 게잡이 등불 번하다.
長波帶鴈漂孤岸,   긴 물결 기러기와 어울려 외딴 언덕 일렁이고
寒雨隨人到遠村.   찬비는 사람 따라 먼 마을에 이르렀네.
砧杵不分黃葉處,   다듬이 소리 희미하게 황엽 속에 들려오고
衡門遙指碧山痕.   푸른 산발치를 가리키며 선비의 문이라 하네.
那堪夷樹堂前夕,   어찌 이수당 앞의 이 저녁을 견뎌내리오,
畫意詩情摠斷魂.[91]   화의와 시정에 온통 넋이 빠질 듯하네.

앞의 시와 비슷한 의경을 표출한 작품이라 하겠다. 첫 구절의 '소
리'는 아마도 가을엔 바람이 잦고 세므로 파도 소리가 다른 계절보다
는 더욱 요란하고 끊임없다는 점을 떠올린 것이라 볼 수 있다. 그러
므로 가을 소리는 특별한 표상이라기보다는 가을의 의미를 의도적으
로 주입한 결과로서 나타난 비유라고 할 수 있다. 1연에서 파도 소리
와 게잡이 등불은 시청각적으로 대조가 될 뿐 아니라 각각 동적이고
정적이라는 점에서도 대조적이다. 아울러 2연은 1연에 등장하는 강과
바다와 반대편에 있는 하늘에서 내리는 비와 그 속에서 날고 있는 기
러기의 모습을 그리고 있다. 특히 아래로는 출렁이는 파도, 위로는 춤
추는 듯한 기러기가 한데 어울리는 묘사는 바닷가에서 흔히 볼 수 있
는 그림 같은 모습이다. 이로써 강과 바다, 그리고 하늘 사이에서 대
조가 이루어진다. 3연에서 다시 다듬이 소리와 황엽을 시화함으로써
그림과 시적인 의미를 동시에 살리고 있다. 요컨대 시의 특징인 소리
와 그림의 특징인 '象'을 유기적으로 구사하여, 넋이라도 빼앗을 듯한
황홀한 자연미를 시청각적인 감각으로 표현하고 있다.

---

91) 《楚亭全書》上, p.107, 〈夷樹堂夕思二首〉(1).

蟋蟀荒田岸,	귀뚜라미 울어대는 거친 밭 언덕
依舟薥黍風.	옥수수 섶 바람결에 배를 맡겼네.
祖江纖月白,	한강 위엔 초승달 하얗게 뜨고
木覓數烽紅.	남산엔 수점의 횃불 붉어라.
蟹舍烟霜外,	서릿발 안개 끝엔 고기잡이배들
漁罾荻葦中.	갈대풀 우거진 곳 그물질 한창일세.
躬耕吾不怨,	몸소 농사질 해도 원망 없노니
身乏一經通.[92]	이 몸은 경서 한 권 통달치 못했네.

한 폭의 그림임에 손색이 없다. 물론 오늘날 한강의 야경은 현대적 감각에 어울리는 훌륭한 볼거리를 선사하지만, 초정이 살았던 시기의 한강의 야경은 지금처럼 눈과 귀를 자극하는 황홀함은 없더라도 자연 그대로의 멋을 보여주었을 것이기에, 만약 현대인이 이를 볼 수 있다면 더욱 색다른 느낌과 미감을 갖게 될지도 모르는 일이다.

제목에서 '舟行'이라 한 것으로 보아, 이 시는 시인이 밤에 배를 타고 한강을 유람하면서 지은 것으로 볼 수 있다. 1연에서 쓸쓸한 가을밤, 시적 화자는 바람에 배를 맡겨 한강 유람을 시작한다. 청각적 느낌과 촉각적 느낌이 한데 어우러진 표현이다. 위로는 초승달이 밝게 비추고 있고, 앞에는 목멱산, 곧 남산의 봉화가 붉은빛을 발하고 있다. 여기서는 흰빛과 붉은빛이 시선을 자극한다. 다시 주변을 살펴보니 게딱지 같은 어선들이 달빛의 조화와 서릿발 같은 안개 속에서 갈대숲을 헤치며 고기를 잡는 모습이 한눈에 안겨 온다. 시는 귀뚜라미 소리, 바람, 밝은 달, 남산의 횃불, 서릿발 같은 안개 등 촉각적이고 시청각적인 여러 '象'을 동원하여 한강의 아름다운 야경을 다원적으로

---

92) 《楚亭全書》上, p.77, 〈舟行雜詠八首〉(3).

회화화하고 있다. 이로써 2백여 년 전의 한강의 야경을 그림처럼 감
지할 수 있게 된다.

마지막 연은 두 가지 시구가 전해진다. 하나는 위에서 보는 대로이
고, 다른 하나는 "정은 있고 象은 없는 곳에 시와 그림은 서로 통한다
(有情無象處, 詩畵境相通)"《箋註四家詩》)라고 되어 있다. 시의 맥락으
로 보아 전자는 너무 당돌한 느낌을 주는 만큼, 아무래도 후자가 더
타당해 보인다. 그림 같은 경치를 글로 표현하면 자연히 '象'은 없고
'情'만 남아 있게 된다. 하지만 '象'은 상상으로도 느낄 수 있을 것이므
로 시로써 표현된 '情'과 '象'을 아울러 감지할 수 있을 것이고, 회화에
서 느끼기 어려운 '情'을 오히려 시를 통해 더욱 절실히 느낄 수 있을
것이다. 바로 이런 의미에서 시와 그림은 서로 통한다고 했을 것이다.
즉 시의 안목으로 그림을 감상하고 그림의 안목으로 시를 감상할 때,
둘 다 서로 통함을 느낄 수 있다는 말로 이해된다.

數樹衡門特地閒,	형문 앞 몇 그루 나무는 한가로이 서 있고
天然畵意逼荊關.	천연 그림의 뜻 형호와 관동을 핍박하네.
孤懷又値秋冬際,	외로이 그리다 다시 가을과 겨울 사이 이르러
相賞眞如松石間.	소나무 바위 사이에서 서로 감상하듯 하네.
賣藥偶隨流氷去,	우연히 약장사꾼 따라 얼음 타고 가서는
借書多背夕陽還.	많은 책 빌려 메고 석양녘에 돌아오네.
無心獨數天邊雁,	무심히 홀로 하늘가의 기러기 세며
一笑癡看夢裏山.[93]	한번 웃고는 꿈속의 산 멍하니 바라보네.

'衡門'이란 사전적 의미로는 두 개의 기둥에 한 개의 나무 막대를

---

93) 《楚亭全書》上, p.282, 〈燕巖室次前韻〉.

가로질러서 만든 허술한 문을 말하지만, 일반적으로는 가난한 선비가 사는 집을 가리키기도 한다. 그런데 이런 허술한 문이 그 주변에 한가로이 서 있는 몇 그루의 나무와 조화를 이루니, 자연 그대로의 멋을 지니게 되어 '畫意'는 물론 형호(莉浩)와 관동(關同)을 넘볼 정도에까지 이른다. 형호는 당(唐) 말 5대(五代) 때의 유명한 화가이고 관동은 형호의 제자로서, 두 사람은 형관(莉關)이라 함께 불릴 정도로 산수화에 조예가 깊은 대가들이다. 다소 과장된 느낌이 없지는 않지만, 얼마나 화의가 짙었으면 시인이 이들까지 넘보았다고 표현했을지 상상해 볼 수 있다.

가을과 겨울 사이라고 한 것을 보면 아름다운 붉은 단풍이 퍽 매력적이었을 것이다. 바위와 소나무를 보는 느낌이라 했으니, 당시 그러한 경치를 본 화자가 마지막 구에서처럼 꿈속에서 환상적인 산수(山水)를 연상했을지도 모른다. 하늘의 기러기를 셀 정도로 화자가 자연친화적이고 자연에 빠져드는 시인이기 때문이기도 하다. 그러나 이것만으로는 부족했을 것이다. 이러한 연상에는 예리하고 자세한 관찰이 가능한 시인 겸 화가로서의 안목이 크게 작용했을 것으로 본다.

的的西風鴈字斜,	선선한 가을바람에 기러기 떼 비껴날고
遠山砧杵幾人家.	먼 산 몇몇 인가에는 다듬이 소리 들려온다.
淸笳一動官樓月,	맑은 피리는 달빛 아래 관루서 울려오고
叢菊三開古縣花.	국화 떨기는 옛 고을에 세 번이나 피고 졌네.
按部川原都畫意,	고을의 강과 들은 다 그림의 뜻이 생겨나고
隨身琴鶴足生涯.	이 몸엔 거문고, 학이면 생애가 흡족하네.
席珍還有京山老,	귀한 잔치 자린 더구나 경산노인 계시는데
展盡眉間十丈霞.94)	눈썹 사이엔 열 길 노을 펼쳐져 있네.

1연은 그 자체만으로 한 폭의 그림을 방불케 한다. 인(人) 자 모양으로 날아가는 기러기 떼의 모습과 멀리에서 들려오는 다듬이질 소리가 어울리면서 시화일치(詩畵一致)의 경지가 나타나고 있는 것이다. 분명 가을 풍경화의 소재이지만 그림으로서는 도저히 그 느낌을 줄 수 없는 다듬이 소리가 연출되고 있다. 여기까지가 원경 묘사라면 2연부터는 근경 묘사가 이루어지는데, 이 또한 시청각적인 느낌을 전해준다. 관루의 피리 소리와 국화에 대한 묘사가 그것이다. 이뿐만이 아니다. 강과 들, 그리고 사람까지도 모두 다 그림의 뜻이 깃들어 있어, 시인은 시로써 그것을 담아내지 않고는 견딜 수가 없다. 마지막 구절은 밝게 웃으며 담소하는 모습을 과장된 비유를 통해 시화한 것으로 보이는데, 이 역시 시인에게는 그림의 뜻일 터이다. 말하자면 그림의 뜻이 곧 시적인 경지라 할 것이다.

快活眞如鳥脫籠,　　상쾌하긴 정말로 조롱을 빠져나온 새와 같고
好將歸興溯春風.　　장차 돌아가려는 흥 지니고 봄바람 맞이하네.
夢廻池北談詩處,　　지북에서 시를 얘기하던 곳 꿈속처럼 아득한데
路入京東考古中.　　길은 경동의 考古書 있는 곳으로 돌아서네.
細柳輕霞搖淺碧,　　가는 버들 옅은 노을에 흔들려 파르스름하고
遠山初日吐殷紅.　　먼 산 막 떠오른 해는 붉은빛 토해낸 듯.
長途畵卷知誰贈,　　긴 여정에 본 그림책 누구에게 줄까,
極目天然設色工.[95]　　눈 닿는 곳마다 자연은 공교한 빛 베풀었네.

시인이 연행(燕行)을 마치고 돌아오는 가운데, 아침에 여양역(閭陽驛)을 떠나며 지은 시로 볼 수 있다. 일을 마치고 귀가하는 기분이 상

---

94) 《楚亭全書》上, p.524, 〈縣齋九日同京山〉.
95) 《楚亭全書》上, p.366, 〈閭陽驛早發〉.

쾌하고 즐거울 것은 누구나 상상할 수 있을 것이다. 오죽하였으면 그러한 기분을 조롱을 빠져나온 새에 비유했을까. 지북(池北)은 왕사정이 시를 논했던 곳이다. 시인은 지난 일들을 회상하면서 흥에 겨워 길을 재촉한다. 워낙 즐거운 기분이므로 주변의 모든 것이 다 아름답게만 보일 것이다. 게다가 아침 해가 붉은빛을 발하는 사이, 버들은 노을을 받아 더욱 매혹적으로 다가온다. 시인은 이러한 '시정화의'를 천연으로 공교하게 채색된 그림들이 차례로 한데 묶여 있는 그림책에 비유하여 인식하고 있다. 이 밖에도 "물기 오른 버들은 얼마나 기이한가"(設色柳何奇),[96] "저녁 산은 색칠한 듯하네"(暮山增設色)[97] 등 '색칠'을 뜻하는 '設色'이 가끔 등장하는바, 이는 시화일치론을 전제로 하는 초정의 시가 회화성이 농후함을 다시 한번 시사한다.

이상은 '畵意'가 시어로 직접 명시된 시이다. 이제 '畵意'가 시어로 명시되지 않았으나 회화성이 짙게 나타나는 시를 분석하기로 한다.

> 石素川青繞化城,　　흰 바위 푸른 내 사찰을 둘렀는데
> 夕陽收盡洞還明.　　석양 지자 골짜기 오히려 밝구나.
> 降香中使無消息,　　다녀간 降香中使 소식도 없는데
> 梵唄空傳海外聲.[98]　여래의 찬양가 헛되이 해외로 전하네.

사람들은 흔히 아름다운 경치를 그림 같다고 비유한다. 왜냐하면 그림은 그린 사람이 아름답다고 느끼는 경물을 그린 것이기 때문이고, 또한 실제로 아름답게 그려져 있기 때문이기도 하다. 일명 〈金剛山詩〉(《箋註四家詩》)라는 제목으로 된 이 시는 그처럼 이름 높고 나라

---

96) 《楚亭全書》上, p.40, 〈春集沈園六首〉(5).
97) 《楚亭全書》上, p.32, 〈六角峰次懋官賞花〉.
98) 《楚亭全書》上, p.65, 〈八潭〉.

안팎에 널리 알려진 금강산의 팔담(八潭)의 경관을 몇 마디 되지 않는 7언 절구로 함축성 있게 회화화하여 묘사했다. 초정의 빼어난 재능을 보여주는 시라고 하겠다.

1구는 색채감을 안겨주는 시각적인 묘사이다. 화성(化城)은 불교에서 말하는 번뇌를 방지하는 안식의 땅, 또는 사찰의 의미로 해석된다. 2구에서는 어둠이 깃들었음에도 밝게 비치는 골짜기를 묘사하고 있는데, 골짜기의 이러한 조화는 아마도 흰 바위 때문일 것이다. 금강산이 얼마나 어떻게 아름다운가 하는 장황한 묘사가 생략되었음에도 그 신비함이 다가온다. 원(元)에 가 있다가 황제의 명으로 금강산에 불공을 드리려 왔다는 고려 사신 염제신(廉悌臣)의 고사를 인용한 것도 금강산의 위용을 설명하려는 것과 무관하지 않다. 이렇듯 1연에서 색채 묘사로써 전달되었던 시각적 느낌이 2연에서 해외로 퍼진 불교의 찬양가 소리를 통해 청각적 효과로 전이되었다. 이로써 시와 그림 각각의 요소가 함께하는 것이 실현된 것이다.

船板時時吼,	뱃전이 때때로 울부짖음은
高檣不抵風.	높은 돛대 바람을 못 이김이라.
遠雲鴻頸白,	먼 구름엔 기러기 목 새하얗고
深水鯉髥紅.	깊은 물속엔 잉어 수염 빨갛다.
目盡蕭疎際,	눈 가득 풍경은 쓸쓸하지만
身從浩蕩中.	물결 따라 내 몸은 넘실거린다.
試看三十里,	삼십 리 밖 넓은 벌 바라다보니
天壓海門通.[99]	바다로 통하는 문 하늘이 짓눌렀네.

99) 《楚亭全書》上, p.77, 〈舟行襍詠八首〉(3).

청각·촉각·시각적으로 두루 시적인 경지와 그림의 뜻을 함께 표출한 시라 하겠다. 세찬 바람에 하늘 높이 먼 곳에서 나는 기러기의 목털 색상까지는 잘 보이지 않을 것이다. 하지만 기러기의 털이 검다 하더라도 하늘 높이 날 때만큼은 다 희게 보인다고 한다. 자세한 관찰 끝에 '際'를 터득한 것이다. 그리고 잉어의 수염이 보인다고 한 것도 과장으로 들릴지 모르겠지만, 바꾸어 생각하면 당시 한강의 수질이 좋고 대단히 맑았음을 시사하는 대목이라 할 수도 있다. 여의도를 건설하기 전에 밤섬〔栗島〕에 살았던 사람들이 한강의 물을 그대로 마셨다고 하는데, 이 시는 그보다 훨씬 오래 전의 일이니 수질이 좋았을 것은 의심할 여지가 없다. 화가의 섬세한 안목과 관찰이 아니고서는 이 같은 묘사가 이루어질 수 없을 것이다. 이러한 시각적 표상은 독자들에게 깊은 인상을 남긴다.

다음 연은 시적 화자의 기분을 드러내는 대목이다. 가을이라 나뭇잎이 떨어져 듬성듬성한 풍경이 쓸쓸해 보일지는 몰라도 자신의 마음은 출렁이는 물결처럼 격동과 흥분에 젖어 있음을 드러낸다. 이 연작시는 《楚亭全書》(上)의 시집 제1권, 또는 《篘註四家詩》(제목은 〈通津雜詠〉으로 되어 있음)에 수록된 것으로 보아 초기작에 해당하는데, 당시 초정은 중국을 동경하여 '북학'을 향한 열망에 휩싸여 있었음을 상기한다면, 마지막 연의 '海門通' 곧, '바다로 통하는 문'은 그러한 열망을 암시한 표현이라고 이해할 수 있다. 하지만 이는 당시 초정에게 하나의 생각에 지나지 않았다. 그것을 가능하게 하는 길이 겹겹이 막혀 있음을 절감한 나머지, 초정은 그저 하늘이 해외로 통하는 문을 누르고 있다고 쓸 수밖에 없었을 것이다.

荷花孤立萬莖心,　　많은 줄기에 연꽃은 홀로 피어 있고
人語風來水閣陰.　　그늘진 정자에 바람 따라 말소리 들려오네.

大報壇西斜照後,　　대보단 서쪽 석양빛 지는 뒤에

一聲蟬去碧深深.[100]　매미 소리 그치자 푸른빛 짙어가네.

홀로 서 있는 정자와 같이 연꽃이 외롭게 피어 있는 아늑한 정경이
다. 사람의 말소리가 바람결에 실려 올 정도로 고요하고 한적한 곳이
다. 게다가 석양빛마저 사라지고 매미 소리 또한 그쳐서 더욱 쥐 죽
은 듯한 정적이 깃든, 푸른빛만 점점 짙어가는 저녁이다. 꽃과 사람,
소리와 석양빛, 그리고 매미 울음소리와 푸른빛 등 시청각적 효과가
적절히 구사됨으로써, 역시 시와 그림이 서로 통하는 시가 이루어졌
다고 하겠다.

遊魚方潑潑,　　노니는 고기 바야흐로 약동하고

春水善回散.　　봄물은 잘도 돌아 퍼져가누나.

晴天明小餌,　　맑은 물엔 작은 미끼 달랑 보이고

芳草照隔岸.　　방초는 저편 언덕 새파랗구나.

風來澹終日,　　담담한 바람 하루 종일 불어오고

樓中柳絮亂.[101]　누각엔 버들꽃만 어지럽게 날린다.

시는 흐르는 봄물, 헤엄치는 고기 등을 동적으로 묘사하면서 시작
된다. 제3구는 맑은 하늘이 그대로 맑은 물에 비치어 고기 낚는 미끼
가 마치 맑은 하늘에 던져져 있는 듯한 느낌을 고스란히 시로 표현한
것이다. 따라서 시인은 방초가 스스로 빛을 발하는 것처럼 묘사하여
건너편 언덕을 푸르게 비쳐진 모습으로 회화화하고 있다. 마지막 연
은 미풍에 마구 날리는 버들꽃을 그렸다. 첫 연이 동적인 모습이었다

---

100) 《楚亭全書》 上, p.22, 〈夢踏亭〉.

101) 《楚亭全書》 上, p.28, 〈題寧邊池亭〉.

면 둘째 연은 정적·시각적인 모습이고, 마지막 연은 다시 동적인 모습으로 바뀌면서 약동하는 봄의 의경을 순환적으로 표출하고 있다.

覆階芳草已秋香,	섬돌 덮은 방초엔 벌써 가을 향기 감돌고
撲樹回風送夕凉.	나무 치는 회오리바람 저녁 서늘함 보내주네.
紅藕一池人坐處,	붉은 연꽃 만발한 못가에 앉았노라니
白雲孤鳥遠山長.[102]	외로운 새 구름 속을 날고 먼 산은 끝없어라.

시는 가을 향기, 가을 바람, 붉은 연꽃, 흰 구름, 외로운 새, 산마루 등의 '象'을 취하고 있다. 여기에는 진하게 채색된 푸르고 붉고 흰 색상과 같은 시각적인 느낌과 더불어, 후각(향기)과 촉각(바람)을 자극하는 느낌이 한데 어울려 묘사되어 있다. 외로운 새는 흰 구름을 사랑하는 맑고 고고한 인격의 소유자인 시인에 대한 은유로 판단된다.

書劍脩脩未返林,	문무를 배우느라 전원에 돌아 못 가고
秋回雁字示昭森.	가을 되자 기러기 雁자 수풀 비추네.
魚梁曲折通禾徑,	어량 놓은 굽은 도랑 논두렁길 맞닿았고
牛屋黃寒接樹隱.	마구간 쓸쓸히 나무 그늘 접하였네.
海上諸山如是暮,	바다의 산들은 이러구러 저무는데
田間九日若爲心.	농촌의 중양절은 마음 서성거린다.
農家口急身猶緩,	농민들 입기보다 먹는 것 더 급하여
百戶春聲數戶砧.[103]	집집이 절구질 몇 집만 다듬이 소릴세.

이 시는 두보(杜甫)의 시 〈秋興八首〉 가운데 첫 수를 차운(次韻) 한

---

102) 《楚亭全書》 上, p.13, 〈池上〉.
103) 《楚亭全書》 上, p.78, 〈玄竹里九日次杜氏秋興韻〉.

것이다. 〈秋興八首〉가 몸은 무협(巫峽)에 있으면서 마음은 경사(京師)를 그리고 있는 두보의 심경[104]을 표출한 것이라면, 이 시는 문무를 연마하는 데 시간 가는 줄 모르면서도 정작 속으로는 전원을 그리워하는 초정의 심경을 보여준다. 기러기들이 열을 지어 남으로 날아가는 모습을 보고 시인은 자신이 공부를 열심히 하느라 전원에 돌아가지 못하고 있음을 한탄하고 있다. 2연부터는 풍속화와 같은 전원의 모습을 펼쳐 보이고 있다. 이는 시적 화자가 현죽리(玄竹里)에서 가까이 목격한 전원의 경치를 묘사한 부분이다. 계속하여 원경(遠景) 묘사와 더불어 농민들의 삶에까지 언급이 미친다. 때는 어둠이 깃들기 시작하는 저녁 무렵이다. 또 이날은 음력 9월 9일 중양절이어서 먹을 것을 준비하느라 거의 모든 농가는 곡식 찧는 절구질 소리로 요란하다. 다만 먹을 것 걱정이 없는 몇 집에서만 다듬이 소리가 들려올 뿐이다. 시각적인 느낌이 청각적인 느낌으로 바뀐 것이다. 역시 시와 그림이 만나는 묘를 보여주는 시라 하겠다.

이 밖에도 허다한 예를 들 수 있으나 기존 연구에서 '회화성', '회화수법의 수용', "대상의 繪畵化"[105] 등의 관점에서 상당수 검토되었던 관계로 더 자세한 고찰은 생략하기로 한다.

지금까지 제화시와 회화성이 짙은 시들 가운데 일부를 살펴보았다. 제화시의 바탕이 되었던 본래의 그림을 볼 수 없으므로, 제화시를 분석하는 것만으로는 회화와 시의 상관관계, 예컨대 제화시에서 어느 정도가 그림의 내용이고, 시인의 상상을 발휘한 부분은 또 어디까지인지를 자세히 판단하기 어려운 한계가 있다. 그러므로 제화시는 오

104) 淸, 陽湖 楊倫 編輯, 《杜詩鏡銓》(臺北 : 華正書局, 1993), p.643, 〈秋興八首〉. 兪場의 註 참조.
105) 최숙인, 앞의 글 ; 김경미, 앞의 글, p.146에서 '회화적 표상 방식'을 참조.

히려 다분히 일반적인 회화성 시의 성격을 지닌다고 말할 수도 있을 것이다. 따라서 본고는 그림의 내용을 추측에 맡긴 채 시 자체의 분석에 집중했다. 초정은 산수초목, 금수, 인물 등 그림 속에 나타난 다양한 존재들에 대해 시를 썼을 뿐 아니라, 시를 통해 화론을 펴고 자신의 정서를 토로하기도 하였다. 한편 분석하는 과정에서 그림의 본래의 모습을 가늠하고 시인과 화자(畵者) 사이의 교유(交遊) 과정 등을 알 수 있는 것이 또한 흥미롭다. 일반적인 회화성 시는 주로 시각적 표상과 청각적 요소의 결합 형태로 나타나고, 아울러 가끔 오감(五感)이 동원되는 등 다각적인 감각으로 드러나기도 한다.

한편 초정의 시에 나타난 회화성 고찰을 통해 시화일치론의 여러 특징들이 초정의 시에서 거의 구현되고 있음을 볼 수 있다. 초정의 제화시는 물론이고, 다른 작품들에서도 나타나는 시적인 소재 사용, 의경의 표출, 의장론(意匠論)에 따른 자연의 오묘함에 대한 자세한 관찰과 터득, 생취(생동) 등을 통하여 시와 그림 양자가 서로 통한다는 사실이 여실히 드러나고 있다. 예컨대 그 소재나 의경은 말할 것도 없고, 시정화의의 경지를 "삼연한 그림 속에 시가 들어 있다네(森然畵裏詩)"《柴門》), "정은 있고 象은 없는 곳에 시와 그림은 서로 통한다(有情無象處, 詩畵境相通)"《舟行襍詠八首〉 1) 등으로 표현한 것이나, 자연의 오묘한 이치 또는 조화에 대한 터득을 "먼 구름엔 기러기 목 새하얗고 깊은 물속엔 잉어 수염 빨갛다(遠雲鴻頸白, 深水鯉髥紅)"《舟行襍詠八首〉 3)라고 섬세하게 묘사한 것 등은 모두 이러한 시화일치론을 초정이 직접 작품에 적용한 사례라 하겠다. 그리고 시각적 표상에 따른 생취적 맛[味]의 면모는 위의 구절을 포함한 초정의 회화적 시 대부분에서 구현되고 있음을 감지할 수 있다.

제5장
결 론

　지금까지 논의한 내용들을 정리하면 다음과 같다. 2장에서는 배경적 요소로 초정 박제가의 인격과 일부 사상을 고찰하였다. 성장기의 문예 취향을 살펴볼 때 초정이 어릴 적부터 글과 그림에 각별한 취미를 가졌고 학문과 인연이 있었음을 알 수 있다. 문예에 대한 집착은 남다른 교유벽(交遊癖)에서도 드러난다. 아울러 이때부터 벽(癖)의 요소가 보이기 시작하고 문예에서 대성할 조짐이 나타난다. 인간적인 면모는 주로 두 가지 면에서 파악되는데, 고고함에 따른 과합(寡合)의 측면과 '癖'의 측면이 그것이다. 초정은 고고한 자와 벗하고 번화(繁華)한 자를 멀리한다고 스스로 고백한 바 있다. 형암 이덕무도 그를 선민(先民)답고 옛날 기남자(奇男子)의 풍도가 있다고 하면서, 때문에 시도 담박(澹泊)하고 소쇄(瀟灑)하다고 호평하였다. 따라서 행실이 곧고 논함이 날카로운 초정의 성격은 타인의 입에 오르내리기 쉽고 괴벽한 성미로 나아갈 소지가 충분했던 것이다. 그러나 다르게 보면 지나친 소심함을 극복하고 처음의 뜻을 줄기차게 밀고 나아가는 박진감을 가질 수도 있는 성격이기도 하다. 당벽(唐癖), 당괴(唐魁)의 말을 들으면서 개혁을 추진하고자 했던 노력도 이에 말미암는다. 한편 굴원과 견주어 볼 때 초정에게도 서자(庶子)로서 직면하는 사회적인 소외감에 따른 비감과 울분이 잠재되어 있음을 알 수 있고, 제가(齊家)라는 이름이 말해주듯 그의 가슴속에 웅대한 뜻이 도사리고 있음을 간접적으로 감지할 수 있다. "불평이 있으면 소리를 내게 되고"(不平則鳴), "'분노'가 시인을 만든다"(憤怒出詩人)는 이치가 완곡하게 구현되었던 것이다. 그가 연암 박지원 등 동료들보다 시를 좋아한 이유도 여기서 찾을 수 있을 것이다.

사상적 측면에서는 주로 열린 사고방식과 이에 따른 개국 통상이라는 개방적인 사상을 살펴보았다. 초정은 노비라도 자신보다 잘 아는 것이 있다면 그에게서 거리낌 없이 배워야 한다는 논리를 펼쳤다. 백성의 이익과 부국강병을 위해서는 아무리 오랑캐의 것이라 하더라도 배울 것이 있다면 배워야 하는데, 하물며 당대의 중국은 중화의 문명을 그대로 간직하고 있으므로 더욱 배워야 한다는 것이다. 이것이 초정의 열린 생각이자 사유방식이라고 할 수 있다. 특히 그의 통상론은 곧 문호개방을 의미했으므로 당시 조선에서는 획기적인 혁명으로서 받아들여졌다. 뿐만 아니라 상황이 좀더 나아지면 중국만이 아닌 세계 여러 나라와 점차 통상을 해야 한다고 자신의 주장에 더욱 박차를 가했다. 이른바 국제화 시대를 열자는 것이었으니 당시로서는 기발한 생각이 아닐 수 없다. 초정은 통상의 결과로서 나타나는 실효가 대단하다고 보았다. 어린아이의 성정에서 사대부들 사상에 이르기까지 위아래 할 것 없이 고루하고 침체되고 막힌 의식과 사유가 공격을 받지 않아도 스스로 치유된다는 것이다. 이러한 북학사상이 애국애족을 바탕으로 하였음은 의심할 나위도 없다. 하지만 실천적이면서 급진적이었던 초정의 사상은 당시 집권자들에게 백안시당하고 소외되어 비극적 운명을 면치 못했다. 다만 후세에 진지한 교훈이 될 수 있는 사유방식 및 사상으로 남겨져 있다.

한편 초정의 열린 생각과 이를 바탕으로 하는 개방사상은 그의 문학에도 적지 않는 영향을 미쳤다. 3장에서는 초정의 심미의식과 그에 따른 시론의 여러 측면을 고찰함으로써, 미적 향수와 미적 판단으로 표현되는 초정의 심미의식이 역시 열린 생각의 소산임을 확인하였다. 아름다운 산천은 사람들의 발걸음을 유혹하고 지각이 결핍한 어린아이라도 새 옷을 입으면 좋아한다는 점에서, 미의식은 인간의 본능이다. 미의식은 또 양허(養虛)를 전제로 해야 한다. 번뇌로 가득한 사람은 주변이 아무리 아름다워도 그것을 의식하지 못한다. 이처럼 미적 향수는 도덕적 판단도 이해관계도 무시된 채 이루어지는 것이다. 한편 사람들은 미적인 것에 대한 스스로의 쾌감에 그치지 않고 더욱 아름다운 경지를 추구한다. 이런 행위는 미적 판단으로 이루어진다. 이런 의미에서 초정의 《북학의(北學議)》는 미적 판단의 산물이라 할 수 있으며, 그의 모든 문학 작품도 예외가 아니다. 또한 초정이 선입관을 버리고 이른바 오랑캐의 선진 기술과 문화를 배우려 했던 행위도 미적 판단에 속한다고 말할 수 있다. 초정은 당시 조선의 문화적인 풍토가 매우 경직되어 있음을 절감하고 의식의 갱신이 무엇보다 급선무임을 자각했다. 따라서 그는 이른바 백성들의 생업에 도움을 주지 않는 고동서화(古董書畵)나 청산백운(靑山白雲) 같은 것을 미적인 대상으로 인식해야 함을 강조함으로써 그것의 정신적 가치를 긍정하고자 했다. 그는 경제적 '富'가 사람들의 의식에 미치는 영향을 인정하면서도 '富'와 '美'를 동시에 중요시하여 양자를 상보적인 관계로 파악하였다. 초정만의 독특한 발상이다.

시론 및 그에 따라 창작된 문학작품 역시 미적 판단의 산물이다. 시미론(詩味論)에서 '味'는 음식의 맛에서 비롯된 것으로, 정치나 문학에 적용되었다. 따라서 시에서 '味'는 '美'와 같은 개념으로 사용되는 바, 시의 우열을 판단하는 중요한 시평 용어로 쓰이고 있다. 초정은 시에 '味'가 있어야 하되 지극해야 한다고 강조한다. 나아가, 시는 다양한 맛을 낼 수 있어야 한다는 백미관(百味觀)을 펴기도 한다. 이는 문인의 다양한 개성을 존중해야 한다는 뜻으로 이해할 수 있는 것으로, 문학의 개성론에 대한 발상이라 하겠다.

초정의 시론 가운데서도 제론(際論)은 시 창작과 관련된 중요한 이론이다. 제론은 이덕무가 자신의 창작 경험에서 구현하였고, 연암 또한 인식론의 차원에서 이를 언급한 바 있지만, 초정이 처음으로 시론의 형태로서 제기했다는 데 의의가 있다. '際'는 사물과 사물, 인간과 사물 사이의 관계 설정을 전제로 한다. 시인은 시적 대상인 자연과 마주하여 자연과 가장 가까운 지점에 있거나 자연과 혼연일체가 되는 경지에서 대상물을 가장 자세히 관찰·파악할 수 있고 터득할 수 있다는 것이다. 이처럼 제론의 핵심은 대상에 대한 터득이다. 그리고 사물의 오묘한 이치를 터득하여 시로 표현해 내는 것이 바로 시인의 과업이라 할 수 있다. '제'는 또한 시의 의미를 구성하는 의경(意境)과도 밀접한 관련이 있다. 시는 결과적으로 자연의 갖가지 표상들을 통하여 시인의 의경을 표출하기 때문이다. 그러므로 초정은 '意'와 '象'을 잘 포착하여 양자의 내재적인 통합을 기해야만 좋은 시를 생산할 수 있다고 보았다. 문학의 본질과 관련되는 사항이라는 점에서 제론은 초정의 시론에서 중심을 이루는 하나의 축이다. 모방과 인습이 난무하는 문화 풍토에서 시적인 대상을 스스로 터득하여 시화한다는 것은 자신의 뜻, 자신의 정감, 자신의 말을 쓴다는 의미이며, 문학이 인간의 개성을 전제로 백미(百味)를 산출할 수 있는 까닭도 여기에 있다.

다음으로 초정의 어문관을 성자일치론(聲字一致論)과 관련시켜 살펴보았다. 초정은 한어 중심의 언문일치를 주장하였다. 이는 당시 말과 글이 분리된 상황에서 초래되는 여러 문제들을 해결하고자 한 고민의 흔적이라 하겠다. 물론 초정의 어문관은 일차적으로 북학이나 나라의 빈곤을 해소하는 문제 등과 관련되어 있겠지만, 시를 짓는 것과도 무관하지 않다. 이때 시 창작과 접목할 수 있는 부분이 바로 성자일치론이다. 초정은 시에서 '聲'이 '字'를 떠나는 것은 고기가 물을 떠나고 어미가 아기를 떠난 것과 같은바, 이로 하여 시의 생취(生趣)는 고갈된다고 주장하였다. 여기서 '聲'은 정을 전달할 수 있는 '樂'이나 '音'을 말하기도 하며, 내용의 표현에 적합한 '字'의 소리를 뜻하기도 한다. 그래서 '聲'은 상달(上達), '字'는 하학(下學)이라 했다. 따라서 이 둘이 잘 합쳐져야만 생생하고 활기 있는 훌륭한 시, 곧 생취적(生趣的)인 시미(詩味)가 이루어지는 것이다. 이러한 관점에서 초정은 생동한 리듬을 발생할 수 있는 첩자(疊字) 등 의성어와 의태어를 다른 시인들보다 많이 구사하였다.

한편 성자일치론에서 초정은 문학이 시대의 흐름에 따라 변화하고 발전한다고 하였다. 그는 《시경(詩經)》에 수록된 3백 편이 그 글자만 간직하고 소리는 상실해 버린 사실을 예로 들며 설명했다. 이러한 논리에 따르면 옛것을 단순히 모방하는 것은 무리한 소치임이 스스로 드러난다. 아울러 초정이 당송원명(唐宋元明)은 과거의 장부라고 한 것도 같은 맥락에서 볼 때 과거의 문학을 부정하는 것이 아니라 문학이 변화하고 발전한다는 자신의 견해를 뒷받침하는 것임을 알 수 있다.

이어 시화일치론(詩畵一致論)에서는 시와 그림의 공통성을 주로 살펴보았다. 그 결과, 이 둘은 창작 소재, 창작 과정, 표현, 심성의 도야 등에서 대체로 일치함을 볼 수 있었다. 그래서인지 초정 시의 가장 두드러진 특징의 하나가 바로 회화성(繪畵性)이다. 이는 초정이 시인 겸 화가로서 회화에 조예가 깊은 예술인이었던 것과도 무관하지 않을 것이다. 초정은 자신과 취향이 비슷한 이른바 연암 계열의 인물들 가운데서도 가장 많은 그림을 그렸고, 제화시(題畵詩)도 가장 많이 지었다.

4장에서는 지금까지 논했던 시론을 바탕으로 구체적인 작품 분석을 시도해 보았다. 먼저 시미론에서 신운적(神韻的) 풍의 시를 다루었다. 신운의 뜻이 복잡한 만큼 이를 한마디로 표현하기는 어렵겠지만, 대체로 직설을 극복하고 주로 자연의 물상에 '意'를 융화시켜 표현하되, 미외미(味外味)를 추구하는 시풍이라고 신운의 뜻을 이해할 수 있다. 또한 청(淸)에서 수용한 신운풍(神韻風)의 영향을 염두에 두고 시를 분석한 결과, 초정의 시에는 신운만이 아니라 신기(新奇)의 측면도 드러나고 있어 주목된다. 이는 초정이 신운풍을 비판적으로 수용하여 자신만의 것으로 만들었다는 하나의 징표라 하겠다. 이 또한 사가(四家)의 다른 시인들과 견주어 독특한 점이다.

제론에서는 주로 시인이 자연과 설정하는 관계를 감안하여 탈속의 내용으로 이루어지는 초예적 풍(超詣的風)의 시를 다루었다. 그 결과 초정은 시종일관 친자연적인 성향을 지니고 있었음을 볼 수 있었다. 초기 시는 그나마 고고한 인격, 불우한 신분적 처지에서 오는 갈등과 고민에서 말미암은 것으로도 이해할 수 있을 것이다. 그러나 그가 비록 높은 벼슬은 아닐지언정 검서관 등에 출사하였을 때에도 이러한 성향을 지속적으로 드러냈다는 것은, 문장만으로는 나라에 보답할 수 없다는, 곧 자신의 정치적 경륜을 펼칠 수 없다는 미관말직에 대한 실망감이 일부 작용한 결과일 수도 있겠으나, 무엇보다 한 작가로서, 한 시인으로서 자연을 관조하고 자연에 집착하였다는 사실을 보여주는 것이 아닌가 한다. 하늘과 땅 사이에 가득한 것이 모두 시라는 발언이 이 점을 어느 정도 시사한다고 할 것이다. 이러한 작가적인 취미와 안목은 그로 하여금 틈나는 대로 자연으로, 산과 들로 달려가서 그곳에 심취하고 함께 호흡하도록 충동하였던 것으로 보인다. 바로 '際'의 이론이 작품화하는 과정이었던 것이다. 그 결과 초예적 시는

주로 쇄락(灑落)하고 담박한 맛이 있다. 시인으로서 갖는 철저한 의식
의 소산이 아닐 수 없다.

　성자일치론에서는 생취적 '味'의 시를 분석하였는바, 주로 첩자 등
의성어와 의태어가 구사된 시에 주목했다. 초정의 시가 다른 문인들
의 시에 견주어 특히 첩자, 첩운(疊韻), 쌍성(雙聲) 등으로 이루어진
의성어와 의태어가 많은 점을 염두에 두었기 때문이다. 한편 초정이
농후한 작가 의식을 드러내면서도, 더불어 시의 수사적·표현적 측면
에 남달리 신경을 기울였음을 분석을 통해 다시 한번 확인할 수 있었
다. 그럼에도 내용에 걸맞은 세련된 시어가 구사되었고, 작품 전반에
걸쳐 조탁의 흔적이 눈에 띄지 않아 자연스럽다.

　시화일치론에서는 제화시 및 일반 시의 회화성을 고찰하였다. 초정
은 산수초목(山水草木), 금수(禽獸), 인물 등이 그려진 다양한 그림에
대하여 시를 썼을 뿐 아니라, 이를 통해 화론을 펴고 자신의 정서를 토
로하기도 하였다. 한편 작품을 분석하는 가운데 그림의 모양을 추적하
고 초정과 타인의 교유(交遊) 과정을 알 수 있는 것이 또한 흥미롭다.
일반적인 회화적 시는 주로 시각적 표상과 청각적 요소의 결합 형태로
나타나고, 때때로 오감(五感)이 함께 동원되는 등 다각적인 감각으로
드러나기도 한다. 특히 초정은 채색, 원근법 등의 회화 수법을 구사하
여 화가로서의 재능을 남김없이 발휘하기도 했다.

　회화성은 초정의 문예미에 대한 인식을 가장 잘 구현한 부분이기
도 하다. 회화적 시는 직설을 극복하고 사물의 표상을 통하여 뜻을
전달한다. 나아가 물상(物象)의 한계를 넘어서는 무한한 의경을 표출
함으로써 상외지상(象外之象), 미외미(味外味)의 여운을 주기도 한다.
또한 생동성을 부여하여 생취적 시의 면모도 드러낸다. 이런 견지에
서 회화적 시는 앞에서 분석한 시의 여러 가지 유형을 거의 포함한다
고 해도 무방하다.

　요컨대 위에서 언급된 시론의 몇 가지는 창작, 표현, 풍격(風格) 등 문학의 주요 측면들을 거의 망라하고 있다. 제론은 주로 시 창작과 관련되고, 성자일치론과 시화일치론은 시 창작의 수사와 표현적 측면에 해당되며, 시미론은 이들 전체를 아우르면서 미감(味感)을 전제로 하는 시풍격(詩風格)의 성격을 강하게 띤다. 그리고 창작과 관련된 제론도 '터득'을 골자로 하는 만큼 역시 작가의 개성을 바탕으로 하는 시풍격의 특징을 갖는다. 하지만 이러한 시론의 다양한 측면들은 대부분 서로를 전제로 하고 포괄하는 상부상조의 관계여서, 이들 각자는 독자적 성격을 가지면서 유기적으로 통일된다. 이 가운데 특히 중심을 이루는 축은 제론이다. 제론은 시 창작의 기본이 되어 전체를 아우를 뿐 아니라 파생적 효과도 발생시키기 때문이다.

　자연의 삼라만상이 훌륭한 시로 태어나기 위해서는 시인이 자연에 몰입하여 사물의 온갖 현상들에 내재한 오묘함을 터득해야 한다. 시미론에서 다양한 개성을 바탕으로 산출되는 것이라고 설명하는 '百味' 또한 '際'의 터득을 전제로 한다. 사람마다 성정(性情)이 상이하기 때문에 터득의 결과 또한 같지 않을 것임은 자명하다. 성자일치론에서 말하는 생취적 시, 곧 자연의 참된 소리를 수은이 쟁반 위를 구르듯 생생하게 표출하는 시도 시적 대상에 대한 자세한 관찰을 통해 사물의 특징에 적합한 시어를 구사해야 하므로 역시 '際'의 이론을 떠날 수 없다. 시화일치론에서 설명하는 회화적 시 또한 시각적 표상을 잘 포착해야 하므로 제론을 결코 도외시할 수 없다. 그리고 의고와 답습을 반대하는 대안도 제론에서 발견되고 있다. 객관 대상을 터득하여 표출하는 데 필요한 것은 오로지 자신의 회포, 자신의 목소리일 뿐이다. 정녕 옛사람들의 뜻 깊은 말이라 하더라도 그 정신을 터득하여 표출하는 존재는 '나'이기 때문이다. 그래서 초정은 말단을 따르기보다 근본[際]을 추구해야 함을 주장했다. 하늘과 땅 사이에 가득 찬 것이 모두 시라는 발언도 '際'의 터득을 전제로 하는 것이다.

한편 '際'의 이론은 초정의 또 다른 사상적 축 가운데 하나인 변화발전의 이론[1]과 긴밀한 관계를 이루고 있다. 변화발전의 근거를 과거의 소리와 현재의 소리 사이의 차이에서 찾는다면, 그것의 현실적 대안은 '際'의 이론이 될 것이다. 자신이 처한 시대에 따라 독자적인 목소리를 낼 수 있기 때문이다. 그렇다고 하여 초정이 제론에 필요 이상 집착한 것도 아니었다. 초정은 과거와 현재, 나라 안팎의 시를 널리 배워 마음의 지혜[心智, 곧 '際'의 터득]를 열고 이목을 넓혀야 한다고 했다. 또한 이목을 넓힘으로써 다시 마음의 지혜가 열린다고 했다. 그러므로 심지를 여는 것과 이목을 넓히는 것은 상부상조의 변증관계(辨證關係)라 할 것이다.

시적인 대상을 터득하여 시로 표현하는 데는 자신만의 독특한 개성 또는 정감만이 드러날 뿐, 여기에는 타인의 것이 조금도 개입할 여지가 없다. 설령 개입하더라도 터득을 거치면서 더욱 훌륭한 자신의 목소리가 된다. 아울러 문학은 이러한 원리를 거듭하면서 시대의 추이에 따라 부단히 변화하고 발전한다. 이를 종합해 볼 때, 초정의 중요한 시론 가운데 하나인 '際'의 이론은 시미론, 성자일치론, 시화일치론과 더불어 개성적이고 주체적이며 사실적인 문학론이라는 문학사적 의의를 갖는다고 할 수 있다. 아울러 개성적 문학을 추구하는 근대 지향적 움직임과도 궤를 같이했을 뿐 아니라, 그 가운데서도 특히 선구적인 구실을 했다는 점에서도 초정의 문학론이 갖는 의의를 찾을 수 있을 것이다.

지금까지 논의한 시론의 원리를 바탕으로 창작된 초정의 시 또한

---

1) 송재소, 〈實學派 文學觀 一考察〉, 《한국한문학연구》 제26집, 태학사, 2000, p.355 참조.

그만큼 특색이 있다. 서론 부분에서 인용한 바 있는 초정의 시에 대한 청(淸)의 문인들의 평가를 살펴보아도 이를 확인할 수 있다.

말하자면, "구름이 흐르는 듯, 샘이 솟는 듯하다(雲流泉涌)"(진전), "미끈하기가 탄환과 같다(脫手如彈丸)"(반정균) 등의 평가는 초정의 시가 나무에 꽃이 피듯 자연스럽다는 의미로서 생취의 일종을 일컫는 표현일 것이고, "비단으로 꾸민 듯, 마름을 펴놓은 듯하다(綺合藻抒)"(진전), "별처럼 빛나고, 조개처럼 반짝인다(粲如星, 光如貝)"(이조원) 등의 평가는 시각적인 표현을 염두에 둔 것으로서 시의 회화성을 일컫는 말일 것이다. 그리고 "괴이하기가 온갖 것이 다 쏟아진다"(怪異百出), "기문(奇文)이다"(이조원) 등의 평가는 비록 시문 전체를 대상으로 한 것이기는 하지만, 여기에는 물론 시도 포함되므로 시의 신기(新奇) 또는 백미(百味)의 측면을 말했다고 볼 수 있고, "청아하고 탈속적이다"(淸雅脫俗), "신선의 심경을 방불케 하는 글귀"(好句如仙)[2] 등의 평가는 초예적인 시풍을 가리키는 것이라 할 수 있다. 한편 신운의 경우는 초예와 통하는 것으로, 이덕무가 그의 《청비록(淸脾錄)》에서 거론했던 바이기도 하다. 그러므로 신기(新奇 또는 神韻), 초예, 생취, 회화성 등은 초정 시의 특징이자 매력을 구성하는 요소라 할 수 있을 것이다.

그런데 이런 특징들은 주로 초정의 초기 시에서 나타나고 있어 후기에 쓰여진 그의 적지 않은 시들을 포괄하지 못하는 한계를 지니고 있다. 예컨대 연행(燕行) 중 지은 〈燕京雜絶一百四十首〉, 종성 유배 때 창작된 〈愁州客詞七十九首〉 등의 시들은 위에서 언급한 특징들과 거의 무관하다. 초정의 생활범위가 넓어지면서 시의 제재 영역도 더불어 넓어졌고 창작된 시의 양도 점점 많아졌지만, 후기의 시는 사회

---

2) 《箋註四家詩》에서 발견되는 초정 시에 대한 이조원의 평가임. 《箋註四家詩》(京城 : 翰南書林, 1917), p.99, p.113 참조.

성을 강하게 드러내고 무척 직설적이어서 상대적으로 예술성이나 운
치가 떨어지는 모습을 보여준다. 이러한 의미에서 초정 시의 정수, 또
는 예술적 매력을 발하는 시는 역시 그의 전기 작품들이고, 많은 사
람들이 극찬한 시도 대부분 초기의 작품에 속한다고 고 볼 수 있다.
그럼에도 앞서 논의한 시론을 근거로 창작된 시풍을 초정 시의 특징
또는 매력적인 요소라 해도 큰 무리는 없을 것으로 생각한다.

   "어느 누구보다 사상적 진보성, 문학적 참신성으로 평가받는 존재"
인 초정은 그 시대에서 보기 드물게 혁신적인 사고를 가진 학자이자
문인이었고,[3] 이러한 인물들 가운데서도 가장 진보적인 문제의식을
통해 현실과 접근하고자 했던 만큼,[4] 그의 문학에 대한 인식과 시 창
작 이론 또한 다른 문인보다 개성적이고 특징적인 것이라고 할 수 있
을 것이다. 그것의 구체적인 내용이 바로 위에서 고찰한 시론의 다양
한 측면과 시의 특질이다. 물론 이 같은 초정 문학의 특성이 시대적인
분위기와 연암 계열에서 공통적으로 나타나는 문학 인식과 밀접하게
관련되어 있음은 분명하다. 예컨대 '新聲', '新體', '新調', '別裁詩風'으
로 평가되는 검서체(檢書體)[5] 활용, 시의 예술적 기교와 수사의 표현
적 측면에 깊은 관심을 가졌던 것[6] 등은 백탑시파(白塔詩派), 또는 '四
家' 등으로 일컬어지는 이들 집단이 공유하는 특징이다. 하지만 저마

---

3) 안대회, 《韓國 漢詩의 分析과 視覺》, 연세대출판부, 2000, p.201 참조.
4) 윤기홍, 〈朴趾源과 後期四家의 文學思想 硏究〉, 연세대 박사논문, 1988, p.247 참
   조.
5) 안대회, 〈白塔詩派의 硏究〉, 연세대 석사논문, 1987, p.94. 박제가, 이덕무, 유득
   공 등은 순정(醇正)한 시풍, 정통적 시풍에 반하여 새롭고 참신한 경지를 보여주
   는 개성적인 문체 또는 시풍을 추구하였는데, 당시 이들은 초대 규장각 외각검서
   관으로 있었으므로 이들이 추구한 문풍은 별재시풍(別裁詩風) 또는 '檢書體'라고
   불렸다.
6) 위와 같음.

다 자신만의 인격, 성향, 취미가 있듯이, 이들 각각의 문학도 저마다 독특한 측면이 있음을 부인할 수 없다. 예컨대 이덕무가 내성적인 성격과 박학을 바탕으로 시의 진정(眞情)을 강조하였고, 유득공이 애국 애족을 바탕으로 민족의 역사에 관심을 가졌던 것은 이미 널리 알려져 있다. 초정 또한 진보적인 사상가이자 시·서·화(詩書畵) 삼절(三絶)로 지칭되는 문예가로서, 뛰어난 작가 의식을 바탕으로 신기, 초예, 생취 등의 특징으로 대표되는 개성적인 시 세계를 구축하였던 것이다. 따라서 이들이 "李用休의 참신한 시풍에 영향을 받고 그 개성을 발휘하여 18세기 후기에 가장 뚜렷하고 독자적인 시풍을 수립하였다"[7]면, 그 가운데 초정의 공헌이 차지하는 비중은 매우 클 것으로 생각한다.

---

7) 안대회, 《18세기 한국 한시사 연구》, 소명출판, 1999, p.38.

참고문헌

〈原典類〉

朴齊家, 《楚亭全書》(上, 中, 下), (李佑成編) 아세아문화사, 1992.

_____, 《貞蕤閣全集》, 여강출판사, 1986.

_____, 《貞蕤集·附 北學議》, 국사편찬위원회, 1961.

柳琴 編, 《韓客巾衍集》, 연세대 소장본.

《箋註四家詩》(京城 : 翰南書林, 1917).

《朝鮮王朝實錄》, 국사편찬위원회, 1970.

《弘齋全書》, 태학사, 1978.

《燕行錄選集》, 성균관대 대동문화연구원, 1960.

《朝鮮庶孽關係資料集》, 여강출판사, 1985.

朴趾源, 《燕巖集》, 경인문화사, 1974.

成大中, 《青城集》, 여강출판사, 1985.

成海應, 《研經齋全集》, 오성사, 1986.

柳得恭, 《冷齋集》(송준호, 〈유득공의 시문학 연구〉 합본, 태학사, 1985)

李書九, 《惕齋集》, 오성사, 1986.

丁若鏞, 《與猶堂全書》, 경인문화사, 1970.

朱承爵(明), 《存餘堂詩話》, 국립중앙도서관 소장, 편자, 연대 미상.

〈飜譯本〉

朴齊家, 안대회 옮김, 《궁핍한 날의 벗》, 태학사, 2000.
朴趾源, 이가원 옮김, 《熱河日記》, 양우당, 1988.
朴宗采, 김윤조 역주, 《過庭錄》, 태학사, 1997.
李德懋, 《國譯 靑莊館全書》, 민족문화추진회, 1979.
_____ 외, 김상훈, 상민 옮김, 《四家詩選》, 여강출판사, 2000.
李重煥 외, 노도양, 이석호 옮김, 《擇里志·北學議》, 양우당, 1991.
正祖 외, 송준호, 안대회 역주, 《홍재전서·영재집·금대집·정유집》, 고려대 민족
        문화연구소, 1996.
洪大容, 《湛軒書》, 민족문화추진회, 1974.

〈著書類〉

김영, 《朝鮮後期 漢文學의 社會的 意味》, 집문당, 1993.
김명호, 《熱河日記 硏究》, 창작과비평사, 1990.
김병민, 《韓國 近代移行期 文學硏究》, 국학자료원, 1995.
_____, 《朝鮮中世紀 北學派 文學硏究》, 목원대출판부, 1992.
김상홍, 《韓國漢詩論과 實學派文學》, 계명문화사, 1989.
서복관, 권덕주 외 옮김, 《중국예술정신》, 동문선, 2000.
송재소, 《茶山詩硏究》, 창작사, 1986.
_____ 역주, 《茶山詩選》, 창작과비평사, 1981.
_____ 외, 《李朝後期 漢文學의 再照明》, 창작과비평사, 1983.
송준호, 《柳得恭의 詩文學硏究》, 태학사, 1985.
안대회, 《朝鮮後期 詩話史》, 소명출판, 2000.
_____, 《18세기 한국한시사 연구》, 소명출판, 1999.
_____, 《韓國 漢詩의 分析과 視覺》, 연세대출판부, 2000.
유재일, 《李德懋의 詩文學 硏究》, 태학사, 1998.
유홍준, 《朝鮮後期 畵論 硏究》, 학고재, 1998.
이경수, 《漢詩四家의 淸代詩 受容 硏究》, 태학사, 1995.

이민홍, 《朝鮮朝 詩歌의 理念과 美意識》, 성균관대출판부, 2000.

이우성, 《韓國의 歷史像》, 창작과비평사, 1982.

임형택 편역, 《李朝時代 敍事詩》, 창작과비평사, 1992.

_____, 《韓國文學史의 視角》, 창작과비평사, 1995.

_____, 《실사구시의 한국학》, 창작과비평사, 2000.

정대림, 《한국고전비평사》, 태학사, 2001.

정량완, 《朝鮮朝後期 漢詩研究》, 성신여대출판부, 1983.

_____ 외, 《朝鮮後期 漢文學作家論》, 집문당, 1994.

정옥자, 《朝鮮後期 文學思想史》, 서울대출판부, 1990.

정요일, 《漢文學批評論》, 집문당, 1994.

조동일, 《한국문학통사》, 지식산업사, 1983.

진재교, 《이조 후기 한시의 사회사》, 소명출판, 2001.

차주환, 《中國詩論》, 서울대출판부, 1989.

《韓國의 經學과 漢文學》(竹夫李篪衡敎授定年退職紀念論叢), 태학사, 1996.

〈中國著書〉

郭紹虞 主編, 《中國歷代文論選》(上海：上海古籍出版社, 1996).

麻守中 等 主編, 《歷代題畵類詩鑒賞寶典》(長春：時代文藝出版社, 1993).

葉朗, 《中國美學史大綱》(上海：上海人民出版社, 1985).

王士禎 著, 張明非 撰, 《唐賢三昧集譯注》(上海：上海古籍出版社, 2000).

諸葛志, 《中國原創性美學》(上海：上海古籍出版社, 2000).

祖保泉, 《司空圖詩文研究》(合肥：安徽敎育出版社, 1998).

中國文史資料編輯委員會, 《中國美學史資料選編》上,下(臺北：輔新書局, 1984).

陳良運, 《中國詩學體繫論》(北京：中國社會科學出版社, 1998).

陳應鸞, 《詩味論》(成都：巴蜀書社, 1996).

肖馳, 《中國詩歌美學》(北京：北京大學出版社, 1986).

胡家祥, 《審美學》(北京：北京大學出版社, 2000).

黃廣華, 《中國古代藝術成象論》(南寧：廣西敎育出版社, 1995).

王國維, 馬自毅 註譯, 《人間詞話》(臺北：三民書局, 1994).

<論文>

강동엽, 〈18세기를 전후한 朝鮮朝 문학작품에 나타난 文明意識〉,《淵民學志》2, 1994.

김경미, 〈朴齊家 詩의 研究〉, 연세대 박사논문, 1991.

김룡덕, 〈貞蕤 朴齊家 研究〉, 중앙대 박사논문, 1977.

_____, 〈朝鮮後期의 民權思想―朴齊家의 生涯와 思想〉, 광장 47, 1977.

_____, 〈朴齊家의 經濟思想〉,《震檀學報》52, 진단학회, 1981.

김무헌, 〈朴齊家詩解序〉,《東方學志》36, 37집 합본, 연세대 국학교육연구원, 1983.

_____, 〈朴齊家의 懷人詩略評〉,《淵民李家源先生七秩頌壽紀念論叢》, 정음사, 1987.

金明昊, 〈燕行錄의 傳統과 '熱河日記'〉,《韓國漢文學研究》11, 한국한문학회, 1988.

金柄珉, 〈'연경잡절'에 반영된 초정 박제가의 문화의식〉,《茶山學報》13, 다산학연구원, 1992.

김수경, 〈北學議를 통해 본 朴齊家의 중국인식〉,《研究論集》28, 이화여대 대학원, 1995.

김순애, 〈楚亭 朴齊家의 繪畫觀〉, 전남대 석사논문, 1997.

김시업, 〈高麗後期 士大夫文學의 性格〉, 성균관대 박사논문, 1989.

김윤조, 〈薑山 李書九의 生涯와 文學〉, 성균관대 박사논문, 1991.

김혈조, 〈燕巖 朴趾源의 思惟樣式과 散文文學〉, 성균관대 박사논문, 1992.

김영수, 〈忠臣戀主之詞攷〉,《淵民李家源先生七秩頌壽紀念論叢》, 정음사, 1987.

남재철, 〈四家의 交遊樣相과 그 詩의 연구〉,《淵民學志》7, 1999.

박준호, 〈惠寰 李用休 文學 研究〉, 성균관대 박사논문, 1999.

박충석, 〈楚亭의 思想史的 位置〉,《진단학보》52, 1981.

박희병, 〈燕巖思想에 있어서 言語와 冥心〉,《韓國의 經學과 漢文學》, 태학사, 1996.

小倉雅紀, 〈朴齊家의 北學思想과 性理學〉,《韓國文化》18, 서울대, 1996.

송재소, 〈朴齊家의 文學觀〉,《韓國漢文學研究》5, 한국한문학회, 1980.

_____, 〈實學派 文學觀 一考察〉,《韓國漢文學研究》26, 한국한문학회, 2000.

_____, 〈燕巖詩 '海印寺'에 대하여〉,《韓國漢文學研究》11, 한국한문학회, 1988.

송준호, 〈朝鮮朝後期 四家詩에 있어서 實學思想의 檢討〉,《淵民李家源先生七秩頌壽紀念論叢》, 정음사, 1987.

신용하, 〈朴齊家의 商工業開發論과 開國通商論〉,《經濟論集》36권, 3, 4호, 서울대, 1997.

안대회, 〈白塔詩派의 研究〉, 연세대 석사논문, 1987.

오수경, 〈楚亭 朴齊家 詩 研究〉, 성균관대 석사논문, 1982.

_____, 〈18세기 서울 文人知識層의 성향〉, 성균관대 박사논문, 1990.

윤기홍, 〈朴趾源과 後期四家의 文學思想 研究〉, 연세대 박사논문, 1988.

윤종배, 〈朝鮮時代 敍事漢詩 研究〉, 성균관대 박사논문, 1999.

윤호진, 〈漢詩의 意味構造〉, 《韓國漢文學研究》 15, 한국한문학회, 1992

이경수, 〈漢詩四家의 清代詩 收容研究〉, 서울대 박사논문, 1993.

_____, 〈漢詩四家의 王士禎 受容〉, 《韓國漢詩文學》 1, 한국한시학회, 1993.

이광호, 〈朴齊家의 養虛説〉, 《泰東古典研究》 10, 태동고전연구소, 1993.

이동환, 〈朝鮮後期 文學思想과 文體의 變移〉, 《韓國文學研究入門》, 지식산업사, 1982.

_____, 〈朝鮮後期 '天機論'의 概念 및 美學理念과 그 文藝·思想的 聯關〉, 《韓國漢文學研究》 28, 한국한문학회, 2001.

이민홍, 〈朝鮮前期 自然美의 追求와 漢詩〉, 《韓國漢文學研究》 15, 한국한문학회, 1992.

임형택, 〈燕巖의 主體意識과 世界認識〉, 1985년 제3회 東洋學國際學術會議論文集, 성균관대 대동문화연구원, 1985.

_____, 〈朴燕巖의 認識論과 美意識〉, 《韓國漢文學研究》 11, 한국한문학회, 1988.

_____, 〈한민족의 문자생활과 20세기 국한문체〉, 《創作과 批評》 107호, 창작과비평사, 2000.

정양완, 〈朴齊家의 生涯에 영향을 미친 몇몇 분에 대하여〉, 《研究論文集》 15(1982. 2).

정옥자, 〈文學史의 側面에서 본 貞蕤集〉, 《진단학보》 52, 1981.

정우봉, 〈楚亭 朴齊家의 文學思想〉, 《朴齊家의 學問과 思想》(朴齊家學術發表會論文集), 한국사상사연구회 주최, 1997.

정일남, 〈朴齊家의 語文觀과 詩論〉, 《漢文學報》 3, 우리한문학회, 2000.

_____, 〈朴齊家 詩論의 一考〉, 《漢文學報》 4, 우리한문학회, 2001.

_____, 〈朴齊家의 際의 詩論〉, 《韓國漢文學研究》 28, 한국한문학회, 2001.

정충권, 〈朴齊家의 武科 應試 與否 辨證〉, 《전농어문연구》 7, 서울시립대, 1995.

지순임, 〈詩와 繪畫〉, 《古典美學研究》, 민음사, 1992.

陳寧寧, 〈朝鮮朝 實學派文學과 清代文化와의 關聯性에 대한 研究〉, 건국대 박사논문, 1987.

최숙인, 〈朝鮮後期 文學에 나타난 繪畫性 研究〉, 이화여대 박사논문, 1989.

최신호, 〈朴齊家의 文學觀에 있어서의 生趣問題〉, 《聖心語文論集》 13, 성심여대, 1990.

〈中國論文〉

葛荃,〈屈原的政治人格與心態析論〉,《中國古代, 近代文學研究》, 中國人民大學出版社(1999. 9).

陶濤,〈論發端於屈原的逐臣文學〉,《中國古代, 近代文學研究》, 中國人民大學出版社(1999. 9).

敏澤,〈錢鍾書先生談'意象'〉,《文學遺產》(2000. 2).

朴現圭,〈韓國的四家詩'與清朝李調元的雨村詩話'〉,《中國古代, 近代文學研究》, 中國人民大學出版社(1999. 1).

葉朗,〈再說意境〉,《中國古代, 近代文學研究》, 中國人民大學出版社(1999. 9).

殷國明,〈寂靜出詩人〉,《中國古代, 近代文學研究》, 中國人民大學出版社(2000. 4).

趙旗,〈禪境與藝境〉,《中國古代, 近代文學研究》, 中國人民大學出版社(2000. 5).

陳伯海,〈變則通, 通則久〉,《文學遺產》(2000. 1).

찾아보기